황진이

최인호 중단편 소설전집

2

문학동네

작가의 말

오래 전에 들은 이야기인데 백 미터를 달리는 스프린터들은 한 번 도 쉬지 않고 달린다고 한다. 0.01초를 다투는 단거리에서는 숨을 쉬 는 행위가 힘을 분산시키는 요인이 될 수 있기 때문이다.

문단에 데뷔한 것이 1963년 고등학교 이학년 때였으니, 사십 년에 가까운 세월이 흘렀는데 처음으로 중단편 문학전집을 상재(上梓)하 면서 까마득히 잊어버리고 있었던 지난날의 중단편들을 읽으며 떠 오른 생각이 바로 스프린터들이 숨을 한 번도 쉬지 않고 단숨에 백 미터를 달린다는 이야기였던 것이다.

일찍이 수천 곡을 작곡했던 모차르트에게는 다음과 같은 일화가 있다. 어느 날 역에서 기차를 타다 말고 흘러나오는 곡을 듣고는 무 심코 "아, 그 음악 참 좋다"고 말하자 옆에서 듣고 있던 사람이 이렇 게 대답했다고 한다.

"저 음악은 바로 선생님이 작곡한 것입니다."

나 역시 일단 쓴 작품은 벗어놓은 허물처럼 기억조차 하지 않는 습성을 갖고 있어 이번 기회에 지난 수십 년 동안 쓴 작품을 읽으면서 과연 이 작품이 내가 쓴 작품인가 아닌가 하는 모차르트적 착각에 빠졌다. 그럼에도 불구하고 비교적 초기 작품이었던 「술꾼」과 「타인의 방」과 같은 작품을 읽으면서 나는 새삼스러운 감회를 느낄 수 있었던 것이다.

　내 기억이 정확하다면 「술꾼」은 두 시간에 걸쳐 단숨에 쓴 작품이다. 누나네 집에 놀러 갔다가 시간이 남아 배를 깔고 엎드려서 펜촉에 잉크를 묻히고 그야말로 백 미터를 달리듯 단숨에 쓴 작품이며, 「타인의 방」 역시 『문학과지성』 창간호에 의뢰를 받고 하룻밤 사이에 완성했던 단편소설이었던 것이다.

　대부분의 중단편들은 이처럼 백 미터를 단숨에 달리듯 탄생되었다. 그렇게 백 미터 단거리 선수로 출발하였던 나는 그 동안 일만 미터의 중거리 주자를 걸쳐 주로 호흡이 긴 장편소설에 주력함으로써 마라톤 코스를 달려온 마라토너로 작가생활을 계속해온 것 같다.

　마라톤은 숨 한 번 쉬지 않고 단숨에 백 미터를 달리고 0.01초를 다투는 스프린터의 피 말리는 고통과는 또다른 주법(走法)이 필요한 운동이겠지만 어느 것이 작가에게 최선의 선택인지는 정확한 판단은 내릴 수 없을 것이다.

　한 작곡가가 평생을 통해 어떨 때는 달콤한 세레나데를, 어떨 때는 웅장한 심포니를, 때로는 실내악과 협주곡을, 어떨 때는 오페라 등 다양한 음악을 작곡하듯이 한 작가가 장편소설이든, 대하소설이든, 중편소설이든, 아니면 희곡이든, 시나리오든, 그 무엇이든 한곳에만 매달리는 것은 자유로운 작가정신에 스스로 자물쇠를 잠그는 구속 행위라고 나는 줄곧 생각해왔던 것이다.

　그러나 이번 기회에 과거에 쓴 중단편을 새삼스럽게 읽어보는 동안 나는 문득 작가로서의 남은 인생을 또다시 숨 한 번 쉬지 않고 단숨에 백 미터를 달려가는 치열한 스프린터로 살아가고 싶다는 느낌을 강하게 받게 되었다.

특히 5권에 게재된 「산문」이나 「몽유도원도」 같은 중단편들과 「이별 없는 이별」과 같은 작품들은 그 어떤 작품집에도 수록된 적이 없는 신작이므로 다시 사백 미터 계주에서 배턴을 이어받아 달리는 최후의 주자처럼 남은 인생코스를 눈부신 속도의 스프린터로 다시 뛰고 싶다는 욕망을 지울 수가 없었던 것이었다.

그런 의미에서 이번 중단편 전집의 발간은 소위 최인호 문학의 정리가 아니라 새로운 출발을 알리는 신호탄이라고 말할 수 있을 것이다.

그렇다.

나는 마지막 주자로서 스타트 라인에 서 있다. 헐떡이면서 달려오는 지친 내 모습을 나는 고개를 돌려 지켜보며 기다리고 있다. 그는 내게 조금이라도 빨리 배턴을 넘겨주려고 필사적으로 달려오고 있다. 나는 이 순간 손을 뻗어 그 배턴을 마악 받으려고 하고 있다.

이제 내게 남은 것은 오직 결승점일 뿐, 0.01초를 단축하려는 기록도, 1등이라는 등수도 이젠 내게 상관이 없다. 결승점을 통과하여 테이프를 끊을 때까지 심장이 파열되어 찢어질 것 같은 치열함 속에서 달리는 것. 그 문학의 비등점(沸騰點)을 향해 나는 다만 끓어오를 것이다. 타오를 것이다. 그리고 마침내 날아오를 것이다.

2002년 봄 해인당에서
최인호

차례

황진이 1

상사뱀

황진이.

그대의 목에는 뱀이 있네.

그대 열다섯 살 땐가 그대를 짝사랑하던 이웃집 머슴녀석이 죽어 뱀이 되었다.

그 뱀이 그대의 목을 감고 있네.

녀석의 혼이 관 뚜껑을 뚫고 뱀으로 변해 칠흑처럼 어두운 산길을 타고 목마르면 산 계곡물에 목을 축이고 황진이 네 방을 찾아들었지.

그 뱀은 너의 고운 잠자리를 파고들어 독기로 너의 얼굴을 핥고, 빛나는 비늘로 너의 몸을 씻었다. 그리고 너의 몸을 타고 올라 날름 이는 혀로 너의 잠든 혼을 불러내어 천 년보다 깊은 정을 맺어 너의 끓어오르는 핏속에 뜨거운 정액을 뿌리었거늘 황진이, 그대는 그 뱀이 너의 몸이 죽어 한줌의 흙이 될 때까지 너의 목을 감고 있음을 어이 긴 한숨 한번 내보이지 않고 참아내었던가.

황진이.

그대의 목에는 뱀이 있네.

꼬리를 너의 예쁜 유방 위에 힘껏 붙이고, 몸체를 서리서리 감아올라가 그 질긴 머리만을 너의 귓가에 밀어넣고, 쉴새없이 혀를 날름거려 너의 혼과 교정하는 뱀이 있네.

그대가 우물가에서 곱게 얼굴을 씻고, 우물가에 서 있는 오동나무 잎새가 바람에 한둘 떨어져 그대가 떠놓은 물위에 떨어지면 황진이, 그대는 보았다.

너의 목에 감긴 뱀은 그제서야 스스로 몸을 풀어 너의 등허리를 타고 내려가 우물가 꽃그늘 속에 몸을 도사리고 그대가 머리를 감는 모습을 파란 인광 번득이는 두 개의 눈으로 쏘아보고 있음을.

황진이.

그리고 그 뱀은 용케도 참아내더군. 그대가 차가운 물에 머리를 씻어내리고 그 위에 부드러운 동백기름을 발라내는 긴 시간을.

그대는 떨어진 한 조각의 거울을 들어 물기 덜 마른 긴 머리칼을 틀어올리고 그러면서 그 조그만 거울 속에서 그대는 줄곧 울고 있었거니. 그제야 그 뱀은 다시 기어오르네. 다시 그대의 등을 타고 올라 혀로 그대의 눈물을 핥고는 다시 녀석이 관 속에서 기어나와 그대와 처음 정을 맺던 날처럼 깊은 힘으로 그대의 목을 조이네. 실로 머리 빗을 때 이외엔 언제나 뱀은 그곳에서 그대와 넋만의 사랑을 속삭이고 그대 또한 그것을 받아들이고 있었네.

왜 그랬을까, 황진이. 그대는 왜 익숙하게 녀석의 몸을 받아들이고 있었는가, 황진이.

송도(松都)의 달

송도 봄밤에 홀로 걸어가는 사내가 하나 있었다. 먼길을 가려는가 봇짐을 짊어지고 키는 우뚝한데 몸매는 날렵해서 짚신 위의 발걸음 한결 경쾌하다.

봇짐 위에는 여벌 짚신이 서너 개 달랑거리고 짐 위에는 무슨 막대기가 비뚜로 꽂혀 있었는데 자세히 보면 피리임이 분명하다.

그는 아까부터 만나는 이마다 붙들고 무엇을 묻고 있는 품이 이 밤을 도와 다시 먼길을 가려는 품은 아닌 것 같고, 오늘밤은 그냥 눌러 주막에서라도 눈을 붙이려는 뜻이 분명하다. 하지만 그것도 아닌 것이 주막이라면 송도 곳곳에 가득 차서, 향기 어우러진 벚꽃 사이로 꽃등을 달아 걸어 지나가는 고객을 불러들이려는 주막의 계집들을 뿌리치고 황황히 걷는 품이 그냥 예사의 손은 아닌 듯싶기도 하다.

원래 송도라면 유명한 색향이라서 지나는 길목마다 값싼 주막이 그득그득하고, 지나는 객들은 영 급한 일이 아니면 색주가에 눌러 하루를 청하는데, 그 하루가 예사의 하루로 끝났으면 하련마는 대다수의 과객은 색줏집 색시 등쌀에 한 사날 눌러앉았다, 노자 잃어버리고 사정사정해서 다시 약간의 엽전 몇 푼 얻어가지고 오던 길을 돌아보며 언덕길을 넘어가는 고을로 유명하다. 돌아가는 언덕 위에서 송도를 바라보면 자기가 마치 쫓겨가는 신세가 되어버린 기분은 아득하고, 꿈속에서 있었던 일인 양 송도의 지난 추억이 눈에 삼삼하게 되는 것이 보통이다. 그런데 어인 일인가. 이 사내는 유혹하는 손짓, 마다하고 그저 황황히 걷기만 하고 있다.

길은 어둡지 않아 길 위로는 봄밤의 달이 가득하고 꽃향기는 그 밤속에 녹아 흐르는데 여염집에서는 개들의 짖는 소리만 왕왕인다. 때문에 사내는 어렵지 않게 거리를 헤쳐나간다. 사내의 행색이 한량처럼 보이는가 살펴보면 그렇지도 않아, 제법 이목이 수려하고 몸차림이 단정하다고 하나 그렇다고 건너 마을 한량패로 유명한 양반집 자제와 한통속은 아닌 듯 여겨진다.

사내는 이윽고 어느 집 근처에서 잠시 기웃거리는 눈치더니 인근 주막집으로 불쑥 들어선다.

평상 위에 앉아서 녹두지짐을 지지고 있던 주모가 황황히 일어선다.

"말 좀 물어보세."

사내의 입에서 말이 떨어진다.

"말이야 얼마든지 물어도 좋으니 술 한잔하구 가소."

주모가 호들갑을 떨며 사내의 봇짐을 받아든다.

"그냥 말만 물어봄세."

"그런 법이 어디 있는감. 말 묻기 전에 술 한잔 먼저 드소."

"그것 좋네."

사내도 마다 않고 의자에 앉는다. 주모는 술병에서 술을 따라 잔 위로 넘칠 듯이 부어놓는다. 사내는 찰랑이는 술이 약간 엎질러지자 손으로 훑어 입에 담는다.

"무슨 술이 이리 붉고 맛이 좋은감."

"진달래술 아니요."

"허 그것 참 입맛에 차오."

사내는 혀를 차며 술잔을 단숨에 비워버린다.

"어디 가는 길이요?"

"지나가는 객일세."

"송도는 초행이요?"

"그런 것 같으네."

"어따 이 양반 술 한번 잘 마시네. 그래 누굴 찾소."

주모는 연신 잔이 비면 술을 따르며 이 사내가 돈푼깨나 있을 듯싶은가, 아니면 건달패에 불과한가를 점치고 있다. 내심 짚이는바, 객이 돈푼이나 있을 듯싶으면 방 안에서 지분거리는 계집아이를 시켜 허리춤이 녹도록 녹여버릴 심산인 것이다.

"이 근처에 황진이 집이 있다고 해서."

"황진이를 찾는다고."

"그렇네."

"무슨 일로."

주모는 좀 의아스럽게 묻는다. 보아하니 황진이가 늘 상대하는 귀한 양반집 같지는 않고, 그렇다고 지나가는 장터의 장사치는 아닌 듯싶으나, 도무지 어림이 안 되는 행장인지라 눈을 왕방울만큼 크게 뜨고 사내의 입을 살핀다.

"그런 건 자네가 알 바 아니네."

사내는 그저 술만 들이켜더니 눈을 올려떠, 열린 문 저 하늘에 걸린 달을 스쳐본다. 진작부터 문가에 앉아 있던 늙은 개 한 마리가 스름스름 다가와 사내가 쏟는 술의 찌꺼기를 핥아먹는다.

"저리 가."

주모가 버선발로 개를 차자, 늙은 개는 다시 스름스름 물러가며 군불 지피는 아궁이 곁에 쭈그리고 앉는다.

"술은 더 하겠남?"

"그만두겠네."

"어디서 오는 길이람?"

"한양서 오는 길일세."

"어이구 반갑네."

주모가 시키지도 않은 새 술병을 들고 들어오더니 연거푸 빈 잔을 채운다.

"한양 어디 사는감."

"그건 알아 무엇."

"우리 딸애가 한양으로 시집가서 그러오."

"군말 말고 황진이 집이나 가르쳐주소."

사내는 술잔을 단숨에 들이켜더니 문턱에 벗어놓았던 갓을 쓰며 다시 행장을 차린다.

"아이구. 이제 보니 양반은 양반인데 무슨 양반이 그리 성질이 급하담. 이리 나와보소."

주모가 문턱을 나서며 사내를 돌아본다.

길가에 나서자 봄기운이 완연한 바람이 꽃향내를 품고 불어온다.

"저 큰 벚나무 밑으로 기와집 서너 채 보이오?"

"그렇네."

"그 가운데 집이 황진이 집이요."

"고맙네."

사내는 저고리 소매로 얼굴을 흠씬 닦아내리는 주모를 돌아보며 인사를 차리고는 성큼성큼 걷기 시작한다.

"어따 이 양반아. 술값은 주고 가얄 게 아닌가베."

주모가 잠시 사내의 빠른 뒷걸음을 보고 있다. 깜박 잊어버렸다는 듯 벌써 수양버들 늘어진 개울가로 성큼성큼 내달아가는 과객의 뒤를 바짝 쫓는다.

"술값이라니. 난 송도 인심이 좋아 한잔 거저 주는 줄 알았네."

"어느 시러베 딸년이 공술을 준담. 이보소. 행색은 남루하게 차렸지만 보아하니 귀한 행색으로 황진이 후려내려고 온 것 같으니 많지도 않은 닷 냥만 놓고 가소."

사내는 우뚝 서서 주모를 쳐다보다가 이윽고 껄껄 웃는다.

그리고 괴춤을 뒤져 엽전 닷 냥을 꺼내 주모의 손에 번쩍 들어놓는다.

"되었나."

"되었소."

"그럼 이젠 가도 괜찮남."

"물어 무엇이요."

사내는 다시 냇물 위로 듬성듬성 깔아놓은 디딤돌을 딛고 건너기 시작한다.

송도술 두 병에 취하지도 않았는가, 단숨에 비웠는데도 정확히 디딤돌을 딛고 우쭐우쭐 건너간다.

"조심해 가소."

주모는 잠시 달빛에 번쩍거리는 냇물 위로 사내가 무사히 건너는가 지켜보다가 다정히 손 모아 소리쳐준다.

그러나 사내는 대답 없고 버드나무 가지만 흔들거릴 뿐. 먼 곳의 개만 짖을 뿐.

사내는 냇물을 다 건너서 오솔길로 접어든다. 입김에서 내비친 술기운은 씩씩거리고 걷는 다리가 녹아 나른해도 사내는 허이허이 어두운 숲길을 헤쳐나가면서, 주모가 알려준 가운데 기와집 정문 앞에 당도한다. 사내는 잠시 발을 모두고 낮은 돌담 너머로 안채에 불기가 있는가 어쩐가를 기웃거리나, 안채엔 이미 불이 꺼져 있었고 온 집안은 죽은 듯 괴괴하다. 그러나 사내는 마치 오랜 먼길에서 자기 집 돌아온 사람처럼 당당히 걸어 대문을 흔들어댄다.

"이리 오너라. 이리 오너라."

사내의 목소리는 우렁차고 깊이 잠든 돌담 너머 안채를 향해 쩌르렁쩌르렁 울린다. 적은 양의 술이긴 해도 바삐 마신 술이라 얼굴이 화확 달아오른다.

"이리 오너라. 이리 오너라."

어디선가 먼 곳에서 느닷없이 개 짖는 소리가 들려오고 다듬이질

소리가 돌연 멎는다. 그래도 안채에선 아무런 소리가 없고 사내의 목소리 기세에 잠시 멎었던 먼 다듬이질 소리만 이어진다.

"이리 오너라."

사내는 마치 부숴버릴 듯 대문을 흔들어댄다. 그제서야 안쪽에서 신발 끄는 소리가 들려온다.

"뉘시오."

닫은 문 틈으로 계집 하인의 눈이 조심스럽게 다가온다.

"지나가는 과객인데 누울 자리 있으면 좀 쉬어갈까 하는데 의향이 어떠시냐 여쭤라."

"주인이 안 계시오."

계집의 대답은 매몰차고 냉정스럽다.

"주막도 많은데 왜 하필이면 이곳을 찾소, 찾기는."

"잔소릴랑 말고 주인 어른 좀 나오시라고 여쭤라."

"이 집이 도대체 누구 집인 줄 아시기나 하나. 왜 이리 떠들기요, 떠들긴."

"이 집이 평양감사 집이나 되는감."

사내는 짐짓 술이 취한 듯 혀 꼬부라진 소리를 낸다.

"얼른 주인 어른한테 여쭙고 이 문 좀 열어라."

"싫소."

계집은 잔망스럽게 거절한다.

"주인 마님은 진작부터 깊은 잠에 드셨소."

"깨우면 되지 않는감."

사내는 지금까지의 태도로 보아서는 너무할 정도로 지분거린다. 몸은 술에 잔뜩 취한 사내처럼 흔들거리고 갓끈이 풀어져 머리의 갓은 비뚤게 걸려 있다.

"정히 그렇다면 잠깐만 기다려보소. 주인 마님께 여쭤보고 오겠으니."

계집애의 신발 끄는 소리가 경망스럽게 사라진다. 사내는 담뱃대에 담배를 비벼넣고 부싯돌을 그어 불을 일군다. 번득번득 몇 번의 불빛이 엇갈리자, 불이 살려지고 사내는 잠시 돌담에 기대어 몇 그루인가 냇가 위로 깔린 매화나무 위에 흰 달이 걸린 모습을 쳐다본다. 달은 매화꽃 사이에 걸리었는데 달빛을 받은 매화꽃은 마치 분첩에 분가루 날리듯 봄바람에 떨어져 하얗게 무너져내린다.

그러고 보니 땅 위엔 나비를 쥐었을 때, 손 위에 묻어내리는 나비의 몸껍질 같은 매화꽃의 죽은 낙화가 어지러이 깔려 있었고, 그 위로 달빛은 눈이 부셔 마치 사금파리가 햇빛에 반짝이는 듯 빛나고 있다.

달을 가리는 짓궂은 먹구름 하나 없이 푸르르고, 투명한 하늘 위에 저 혼자만 덩그렇다. 무슨 새인가, 작은 새가 하나 나뭇가지 위에서 울어예다, 순간 달을 향해 비늘처럼 솟구친다. 사내는 돌담에 몸을 기댄 채 그 새의 행방을 좇는다. 그러나 사내의 목은 짧아 새는 푸른 과일과 같이 젖어 있는 먼산의 숲을 향해 사라져가고, 솟구친 순간에 떨어진 금빛 깃털만이 꽃잎처럼 나풀대며 내려온다.

이윽고 한참 만에 다시 계집의 잰 걸음이 다가온다.

"어찌 되었느냐."

사내는 다시 비틀거리며 혀 꼬부라진 소리를 낸다.

"하룻밤이라면 행랑채에서라도 자고 가도 무방하시다 그러오."

"옳지 잘되었구먼. 어서 문 따거라."

"급하게 재촉 말고 잠깐만 기다리소."

대문이 우지끈 열리더니 한 손에 꽃등을 든 계집이 몸을 사린다.

"아까는 어른 몰라뵙고 너무 말 많았사옵니다."

"진작 그러할 것이지."

사내는 호기롭게 봇짐을 덜렁이며 큰 걸음으로 뜨락에 들어선다.

뜨락엔 불기는 없고 석등 안엔 심지 낮춘 호롱불이 바람도 잔데 깜
북인다.

"이럴 게 아니라 주인 양반께 인사를 차려야 할 겐데."

"관두시오."

등을 밝히고 앞서 걷던 계집이 몸을 돌려 말을 막는다.

"이 집이 뉘 집인 줄 아시고 바깥 양반을 찾으시오, 찾기는."

"이 집이 뉘 집이란 말이냐."

"도대체 어디서 오는 길이옵니까."

"한양서 오는 길인데."

"한양에서도 우리 주인 마님 소문 못 들으셨소?"

"못 들었다."

사내는 계집의 뒤를 따라 집을 돌아 후원으로 간다. 이 무슨 집인
가, 후원은 넓어 뒷산과 연해 있어 숲은 우거지고 자그마한 연못이
달빛에 잠긴 듯 찰랑거리고 있는데 그 못 가운데에는 삿갓집 누각이
솟아 있구나. 누각으로 가는 다리가 꿈결처럼 놓여 있구나.

"애야, 이 집이 뉘 댁인 줄은 모르지만 경치 한번 굉장하구나."

사내는 눈을 가느다랗게 뜨고, 턱 밑에 솟은 수염을 처억 쓰다듬으
며 물을 입에 뿜었다 일시에 뿜어내는 것과 같은 터져내리는 달빛이
후원 별당 숲 위에 부서져 흐르는 것을 보고 있다.

"예서 주무시오."

계집이 후원에서도 떨어진 행랑채 문을 잡아당기는데 어둠 속에
서 보아도 집은 낡아 덧문 여는 문고리 소리가 무척이나 요란하다.

계집은 문을 열어 방 안을 휘둘러보고 탁상 위의 황촛대에 불을 켜
밝히더니

"이 방이 누추하지만 하룻밤만 주무시오."

하고 그만 물러설 요량으로 읍을 한다.

"방 안이 차가우면 뒷문 아궁이에 묵은 잔솔가지가 있사오니 불을 지펴 주무시오."

"수고스럽지만 니가 좀 해줄 수 없겠느냐."

"소녀는 주인 마님 몸 불편하시와 빨리 시중들러 가야 합니다."

계집은 다시 한번 방 안을 둘러보고 몸을 돌려 긴 치마를 끌며 어둠 속으로 사라진다.

사내는 잠시 냉기 흐르는 방 안을 들여다보며 곰팡이 냄새를 맡는다. 문 이마엔 부적이 한 장 붙어 있고, 벽장 위엔 유난스럽지 않은 필체로 붓글씨가 휘갈겨 씌어 있다.

사내는 우선 방 안에 짐을 풀어놓더니 성큼성큼한 걸음새로 집 뒤켠으로 돌아가 잔솔가지를 지펴 불을 일구기 시작한다. 잔솔가지는 겨우내 말린 것인지 바싹 말라 이내 깊고 깊은 아궁이 속에서 탁탁 불을 튀기며 피어오른다. 깊은 산 새둥지 속에서 어린 새가 잠결에 칭얼거리는 소리인 양 은밀한 소리를 반추해가며 삭정이는 불타오르고, 이내 온 방 안은 구수하게 묵은 낙엽 타는 냄새로 가득 차버린다. 사내는 자꾸자꾸 솔가지를 집어넣으면서 연기가 얼굴로 덤벼들 때마다 간혹 얼굴을 피하면서, 아궁이에 밀어넣은 솔가지에 끓어오르는 송진으로 선득선득 손끝을 데이기도 한다. 연기가 굴뚝으로 솟구쳐올라 이내 요염스런 달빛을 타고 하늘을 가린다. 달빛 속에 녹아 흐르는 연기는 이내 푸른 물 속에 휘감기는 해감처럼 흔들리며 춤을 춘다. 가끔 사내는 지피다 말고 문을 열어 방바닥을 만져본다. 방바닥은 이내 달아올라 끝내는 절절 끓는다.

그제서야 사내는 아궁이 문을 닫고 손에 묻은 솔가지를 털어버리고는 성큼성큼 짚신을 벗어던지고 방 안으로 들어선다. 방 안에는 아직 연기 냄새가 빠지지 않아, 냄새가 나기는 하나 고약스럽지는 않다. 사내는 겉옷을 훌훌 벗어던지고, 잠시 벽에 몸을 기대고는 닫힌 문틈으로 새어오는 연한 바람에 우쭐우쭐 춤추는 촛불을 바라본다.

참으로 먼길은 먼길이어서 연 사흘을 걸어온 길이었다. 그리하여 마침내 온 이곳이 바로 송도의 황진이 집이 아닌가. 소문에 듣자하니 황진이가 신분은 비록 기생이긴 하나 황 진사의 서녀(庶女)인 양반의 피를 섞은 여자로서, 인물은 고사하고 인격과 서예도 특출하거니와, 사람 대하는 눈도 높다 하거늘, 제아무리 몸을 사리는 미녀라 하지만 한갓 관기녀(官妓女)에 불과한 주제로서 어디 제까짓 게 얼마만한 인물인가 내 한번 보고 오겠노라고 술좌석에서 공언하고는, 그길로 봄밤을 걸어걸어 온 길이었던 것이다. 풍문에 의하면 송공대부인(宋公大夫人)의 수연(壽宴) 석상에서 이름난 기생치고 하나 빠짐없이 가지각색의 오색 찬란한 비단옷 차림과 현란한 노리개와 분연지 등으로 단장하여 미색을 다투고 있었는데, 유독 황진이만큼은 화장을 하나도 하지 않았건만 광채가 사람을 움직일 정도로 그 존재는 한 떨기의 청순한 국화꽃과도 같이 이채를 띠어, 보는 이마다 칭찬하지 아니하는 사람이 없다고 하였으며, 외국의 사신이 '여국유천하절색(汝國有天下絶色)'이라 감탄하였다고 하니, 천하의 대장부인 주제에 어디 한번이라도 내가 황진이의 사람됨을 직접 보고 오겠노라 했던 것이다. 일부러 행장을 남루하게 차리었고 행동도 경박스럽게 하였지만 내 한번 어디 보리라 하고 작정한 내친걸음은 단숨에 먼길을 오게 하였거늘, 사내는 이윽고 촛불에 눈을 두다 후욱 불어 촛불을 꺼버린다.

보리라. 이제야 내가 보리라. 황진이 내가 너를 시험하여보리라.

완자창으로 비쳐든 달빛 위에 매화꽃 그늘이 흔들리고 온 방 안에 가득 쏟아진 달빛 속에 술좌석에서 소판서(蘇判書)와 이별 때 읊었던 황진이의 시 구절이 조용히 떠서 흐른다.

달빛 깔린 뜰에는 오동잎 지고,
서리 속에 들국화 시들어가네.
다락은 하늘에 닿을 듯하고
술은 취해도 오가는 잔 끝이 없네.
흐르는 목소리 거문고랄까
매화 향기는 그윽이 피리에 감돌고야.
내일 아침 우리 둘 헤어진 뒤면
얽힌 정은 길고 긴 물결이랄까.

사내는 돌연 칼집에서 칼을 뽑듯 어렵지 않게 피리를 뽑아든다. 손끝에 쥐어든 피리의 감촉은 지그시 무거웁고, 그의 손에 익은 피리는 싸늘하고 그리고 따스하였다.

사내는 눈을 감고 호흡을 정지한다. 자세를 바로하고 심기를 잡는다. 머릿속의 온갖 잡스런 망상은 심기에 눌리어 천천히 사라진다. 허공에서 춤추는 요귀의 광기가 나지막이 가라앉고, 주위는 칼로 베인 듯 돌연 빛이 붙는다. 머릿속으로 투명한 달빛이 흘러온다. 그의 머리는 푸른빛으로 충만된다. 온몸에서 빠져나간 잡념 때문에 그는 속이 빈 대나무처럼 경쾌하고 가벼웁다. 그는 자신이 이른 아침 강변에 나아가 씻는, 흐르는 모발처럼 가볍게 떠오르는 것을 느낀다. 손을 내미나 저항감을 느끼지 않고, 손끝에 그려진 손금처럼 달빛은 한줌 손아귀에 쥐어도 무게는 없다. 그러나 달빛은 한줌 덥석 쥔 손끝에서, 파란 인광을 사방으로 흩날리며 떨어져내린다. 사내는 달빛을 손에 힘을 주어 쥐어짠다. 달빛이 주르르 흘러내린다.

사내는 한 손에 피리를 든 채 완자창을 열어젖힌다.

더욱이 빛나오르는가. 너 달빛이여. 그 빛은 뽐내지 않고 구석구석 은은히 숨어 있다 눈짓으로만 토해내는 빛처럼 고루고루 투명하다.

사내는 나는 새처럼 소리없이 걸어 연못가로 나아간다.

암갈색 연못 위에 달빛이 하얗게 뒤채고 있다. 그는 다리를 건넌다. 인기척에 놀란 물곤충들이 풀숲에서 연못을 향해 달려든다.

그는 잠시 삿갓집 정자에 정좌해 앉고는 정자 위 단청이 색색으로 달빛을 품고 있음을 본다. 누각 위의 절병통(節甁桶)이 투구의 칼날처럼 솟아 빛난다. 그의 머리는 단칼에 베어버린 과일의 단면처럼 맑아오고 그의 눈 안으로 달빛이 흘러든다. 그의 온몸은 빛을 발하기 시작한다. 그의 몸은 달빛에 녹아들어 이윽고 느슨히 몸의 선이 지워져버리면서 형체가 없어져버린다. 진득진득한 빛의 섬광이 참을성 있게 녹는 형체 위에서 묻어난다. 사라져버린 몸은 간 곳이 없고 대신 한결 청아한 넋만이 남아 일렁인다.

그는 조용히 피리를 쥐어든다. 피리 위로 달빛이 번득인다. 그러다가는 그가 피리를 쥐어들자, 주르르 낮은 곳을 향해 흘러내린다.

달은 그의 피리 위에서 무게를 달기 위해 놓은 것처럼 무겁게 빛난다.

이윽고 그는 들이마신 숨을 내뿜으면서 피리를 불기 시작한다.

그 소리는 그의 호흡을 타고 튀어오른다. 피리의 혈(穴) 하나하나를 눌러내릴 때마다, 소리의 실이 풀려서 은빛으로 엉긴다. 그의 손은 때로는 빠르게, 때로는 느릿느릿 그의 피리를 더듬는다. 그의 피리 소리는 슬프고 비애에 가득 차서 하늘과 땅 사이의 빈 공간을 재빠르게 메워버린다. 피리 위로 뜨거운 피가 돌기 시작하고 피리는 그의 몸 일부분인 양 달아오른다. 돌담 구석구석 이끼 낀 습지로부터 투명한 빛이 튀어오르면서 그가 내뿜은 소리의 호흡과 엉겨 뒹군다.

보이는 빛 너머에서 소스라쳐 놀라며 소리의 무덤이 열리기 시작한다. 빛이 없이 가라앉은 캄캄한 바다 속을 자기의 눈에 야광을 발라 자진해서 어둠을 밝히는 물고기와 같은 보이지 않는 자의 보이지 않는 빛이 열린다. 들리지 않는 자의 들리지 않는 소리가 들린다.

그는 소리의 껍질을 벗긴다.
그러나 오래 걸리지 않는다.
사랑이 깊은 귀를 아는 소리는
도둑처럼 그 귀를 떼어가서
소리 자신의 귀를 급히 만든다.
소리 자신의 목소리에 귀를 붙인다.
그의 떨리는 전신을 그의 귀로 삼는 소리들.

　황진이는 벌거벗겨지고 있다. 무슨 나무일까, 키 큰 나무 밑에서. 그녀의 옷이 저항감 없이 한둘 벗겨진다. 그녀는 이래서는 안 된다고, 이래서는 안 된다고 생각한다. 그러나 몸은 뜻대로 되지 않는다. 방심한 상태에서 어디서 불어오는지 한 가닥의 수상한 바람이 그녀의 옷을 핥듯이 벗긴다. 그 바람 속에서 투명한 손이 튀어나와 그녀의 옷고름을 풀어내린다.

　그녀는 옷이 벗겨질 때마다 젖가슴을 두 손으로 가린다. 그러나 바람은 그것도 허락지 않는다. 바람은 그녀의 젖가슴을 어루만진다. 이윽고 황진이는 손을 내린다. 그리고 모든 것을 허락한다. 그녀는 모든 옷이 벗긴다.

　그녀의 벌거벗은 나신 위로 비늘이 돋기 시작한다. 아른아른 찬연한 비늘이 무성하게 돋아난다. 처음에는 다리에서부터 몇 개의 선이 그어지더니 꽃이 피듯 소리도 없이 갈라진다. 그 갈라진 틈으로 운모(雲母)와 같은 비늘이 고개를 든다. 그리고 그녀의 온몸을 침윤한다. 황진이는 한 조각의 비늘을 뜯어낸다. 비늘은 아픔도 없이 벗겨진다. 비늘은 황금빛으로 빛나고 있다. 그녀는 비늘을 입김으로 불어 날린다. 뜯긴 비늘 자리에 새로운 비늘이 돋아난다.

황진이는 갑자기 꿈을 깬다. 잠과 현실의 짧은 순간을 피리 소리가 재빠르게 없애버린다. 그녀는 오랫동안 피리 소리를 듣고 있었음을, 그 피리 소리를 들으면서 잠을 자고 있었음을 알아차린다. 황진이는 피리 속에서 투명한 손이 튀어나와 자신의 옷을 벗기고 있었음을, 그리고 그 피리의 곡(曲) 음률 하나하나가 현란한 비늘이 되어 자라고 있었음을 의식한다. 그녀의 뜨거운 피를 피리 소리는 불러 춤추게 한다. 그녀는 조용히 몸을 일으켜 잠옷 바람으로 뜰로 나선다. 흰 버선 발로 섬돌 밑으로 내려선다. 밤은 깊은데 주위는 무사(無事)의 적막으로 가득 차 있고 하늘에는 요염하게 무르익은 달이 그녀의 백옥같이 씻은 얼굴 위에 비낀다. 바람이 그녀의 속옷을 날리고, 그녀는 천천히 피리 소리 나는 곳으로 발을 옮긴다.

연못의 달빛이 부서지는 삿갓집 정자에 단정히 앉아 피리를 불고 있는 사내의 모습을 발을 돋우고 숨어 본다. 사내의 피리 소리는 더욱 깊이 익어가고, 황진이는 이윽고 사내가 누구인 줄 알아낸다. 그녀는 사내의 마음을 읽어내린다.

그녀는 다시 되돌아온다.

"애월아."

황진이는 사랑채에 잠들어 있는 계집을 숨죽여 부른다. 좀 후에 옷 깃 여미는 소리가 나고 계집 하인이 부산하게 나타난다.

"야심하온데 웬일이오십니까, 마님."

"저기 못 위에 앉아 피리를 불고 있는 사내가 누구냐."

"아까 마님께 여쭤본 지나가는 과객이옵니다."

"행장은 어떠하였더냐."

"남루하였사옵니다."

황진이는 조용히 웃는다.

"애월아, 곧 술상을 봐 올리도록 하여라."

"예?"

몸종은 호들갑스럽게 놀라며 눈을 올려뜬다.

"쉬, 조용히 해라."

황진이는 몸종의 경망스런 움직임을 책하며 손으로 입을 가린다.

"저분의 피리 소리를 그치게 하지는 말아라."

"도대체 저 사람이 누구시오니까."

"저렇게 피리를 불 줄 아는 사람은 조선에서 오직 한 사람. 곧 술상 봐 올리고, 내 먼저 별당에 들어가 있을 터이니 피리 소리 그치기 기다려 몸 사리며 찾아뵙고, 주인 마님이 술 한잔 권하시겠다고 일러라. 알겠느냐."

"알겠사옵니다."

황진이는 몸을 돌려 매화꽃 어우러진 꽃밭 속으로 사라진다. 밤의 꽃들은 한결 눈이 부시고 짙은 향내는 봄밤을 풍요롭게 한다.

계집은 황진이의 뒷모습과 피리 소리 나는 곳을 번갈아 쳐다보다가 얼핏 생각난 듯 마님의 뒤를 쫓아간다.

"마님, 혹 저 피리 소리가 밤이 샐 때까지 이어진다면 어찌하오리까."

황진이는 무심코 눈 위의 매화꽃 한 송이를 뜯어 꿈속에서 비늘 날리었듯 입김으로 불어 날린다. 흩어지는 매화 꽃잎은 달빛에 어지러이 떨어진다. 땅 위엔 무정한 봄바람으로 떨어진 매화 꽃잎의 낙화가 즐비해서 마치 겨울에 내린 눈처럼 보인다. 황진이는 흘긋 몸종을 쳐다보며 한숨과 같은 말을 내린다.

"내 가야금 뜯기 시작하면 필히 저 피리 소리는 그칠 것이니, 그때를 봐서 내 뜻을 이르도록 해라."

(1972년)

＊정현종의 시 「귀를 그리워하는 소리」 중에서 7행을 피리 부는 묘사 중에 삽입 인용하였음.

황진이 2
—마라(魔羅)의 딸

1

어느 날 황진이 성안에 들어섰다 이상한 소문을 들었다. 지족선사(知足禪師)라는 불교의 승려가 천마산(天馬山) 아래 지족암(知足庵)이라는 암자에서 삼십 년 동안이나 수도하여 거의 생불(生佛)이 되어간다는 소문을 들은 것이었다. 그 소문은 송도 안에 이미 파다하게 퍼져, 너나 나나 할 것 없이 대자대비하신 그 스님이 곧 산을 내려와 중생을 구도할 것이라는 기쁨으로 술렁이고 있었다. 그날 황진이는 몸이 아파 몸종애를 앞세우고 성안으로 의원집을 찾아 길을 나선 참이었다.

며칠 동안 황진이는 명치끝이 아파와서 혹 먹은 게 체했는가 싶어 몸종애를 시켜 환약을 가져다 먹어보긴 했지만, 먹어봐도 소용없어 그날은 몸소 맥이라도 짚어보리라 하고 행장을 차리고 나선 길이었다. 성안 누각 밑 그늘에 웬 거렁뱅이 수십 명이 누워 혹은 앉은 채로 지나가는 행인들에게 동냥을 청하고 있었다.

　처음에 황진이는 몹쓸 전염병에 걸린 사람들을 무슨 연고로 저렇게 길거리에 놔두고 있는가 의아해하며 종종걸음으로 피해 가려는데,

　"이보오, 낭자. 동냥이나 하고 가오."

하며 누웠던 거렁뱅이가 벌떡 상체를 일으키며 황진이를 막았다. 앞서가던 몸종애는,

　"에그에그, 마님 전염병에 걸린 사람들인가보오."

하고 화들짝 놀랐는데, 황진이가 가만히 쳐다보니 누워 있는 거렁뱅이들은 열병에 걸린 환자들 같지 않고 모두 눈이 없거나 손발이 없는 병신들인지라, 잠시 놀랐던 가슴 진정하고 허리춤 뒤져 엽전 한 닢 장님 손에 쥐어주고 지나가려는데,

　"어허, 뉘집 낭자인지 모르오나 그 손 한번 곱다."

하며 거렁뱅이 주제에 추파 한번 던지는 것이었다. 그래 황진이 지나치려던 걸음 모두고 다시 돌아서,

　"보아하니 봉사인 것 같은데 어찌 아시오?"

하고 묻자, 장님 낄낄거리면서 말을 한다.

　"눈은 없어도 마음이 있는데 어찌 모르겠소. 스치는 손길이 향내 나는 부챗살 같구면. 손길뿐 아니라 그 마음까지 고우니 복 받으시오. 관세음보살. 나무아미타불 관세음보살."

　장님 흰자위만 번득이며 어림짐작으로 황진이 쪽을 향해 두 손을 합장하고 고개를 조아리자,

　"에그, 병신 주제에 육갑까지 하는구면. 미쳐두 단단히 미쳤구면."

몸종애가 지분거리며 황진이 귓가에 나불거린다.

　"도대체 왜 이런 곳에 누워 있소, 있기는."

　황진이 거렁뱅이에게 다시 묻자, 장님은 모두었던 손 풀지 않고 더욱더 합장하며,

"부처님 오시는 걸 기다리고 있소."

하는 것이 아닌가. 황진이 잠시 놀라 깊은 생각 하였지만 부처님이 되살아 환생하신다는 소리 들은 적 없어,

"부처님 오신다니 그게 도대체 무슨 말이오?"

하고 묻자, 장님 앉은걸음으로 두서너 발자국 더 다가와 하는 말이,

"아니, 부처님 오신다는 소리 못 들으셨소?"

"못 들었소."

"허어, 뉘집 낭자인 줄 모르오나 영 소식 캄캄이로구먼. 아, 송도 안에 파다한 소식도 못 들은가베."

하며 지레 쯧쯧 혀를 차는 것이었다.

"길 가는 행인 붙들고 물어보시오. 천마산 청량봉(淸凉峰) 밑, 지족 스님이 삼십 년 수도 끝에 생불되어 이제 중생을 구도하러 나서신다니, 우리 팔자 기구한 걸인들은 대자대비하신 큰 은덕 행여 입을까 예까지 나와 있소. 나무아미타불 관세음보살."

하고는 다시 큰 소리로 합장을 하는 것이었다.

그러자 누워 있던 거렁뱅이, 앉아 있던 앉은뱅이, 팔병신, 다리병신 할 것 없이 모두 몸을 일으켜 어림짐작으로 천마산 쪽을 향해 단정히 자리하고 깊은 절을 드리는 것이었다.

뜨거운 성하(盛夏)의 햇살이 빈틈없이 내리붓는 땡볕 아래 먼지 분분한 황토 위 거적때기에 앉아 있는 거렁뱅이들의 이 돌연하고도 엄숙한 의식은 황진이의 눈을 찌르고 또 찔러, 숨도 쉬지 않고 황진이는 마치 투명하고 짙은 햇살 속에 미동도 하지 않고 서 있는 비각과도 같은 정물을 바라보고 있었다.

"이보시오. 차라리 이렇게 앉아서 기다릴 바에는 불편하지만 직접 찾아뵙지 그러오."

황진이가 한참 후에 조용히 묻자 장님 하는 말이,

"기다릴 뿐이오. 부처님이 오시는 걸 기다릴 뿐이오. 설사 간다고 해도 그게 어디 갈 길이며 가깝다고 해도 그게 어디 가까운 길이겠소. 허기야 먼길 간다고 해도 가는 것은 내 뜻일 뿐 부처님의 뜻이 아닐 터이니 그저 앉아 기다리며 크신 덕이나 입길 바라고 있을 뿐이오. 나무아미타불 관세음보살."

하고는 다시 합장을 하는 것이었다.

그래 황진이는 할 수 없이,

"그럼 부디 크신 덕 입으시오."

하며 멈추었던 길을 다시 떠났던 것이었다.

허나 성내에서 거렁뱅이들을 만났던 기억은 황진이의 머릿속을 잠시도 떠나본 적이 없어 의원에게 환약을 지어가지고 오는 길에서도, 집에 달하여서도, 잠에 들려고 누운 자리에서도 종일토록 그 장님의 말을 지워버릴 수가 없었던 것이었다.

인간의 욕망은 끝이 없어 하늘을 가리고, 인간의 욕망은 끝이 없어 바다를 채우고 남는 것을. 십 년도 아니고 이십 년도 아니고 열 손가락을 또 열 번, 그 열 번을 또 열 번 해도 헤아리지 못하는 삼십 년의 긴 세월을 홀로 면벽하고 선을 하여, 거의 해탈의 경지에 들어섰다는 그 스님의 욕망은 무엇으로 채워져 있으며 무엇으로 가릴 수 있었는가 궁리하고 또 궁리하였던 것이다.

인간의 욕망은 살아생전은 고사하고 죽은 자에게도 무한하여 살아 있는 육신이 그 생명을 다했을 때도 홀로 죽은 자 위에 헛되이 흐르고 떠돌고 있나니, 보아라, 그녀가 기계(妓界)에 투신한 열다섯 살 때의 어느 봄날 그녀를 탐하던 사내의 죽은 상여도 움직이지 못하게 하였거늘. 핏속에 끓는 정욕은 무엇으로 다스리고, 망령되어 불붙는 욕망은 무엇으로 감출 수 있단 말인가. 아아, 아직 몸 위엔 사내의 손길이 남아 있고, 짓쑤시고, 누르고, 바윗돌을 손톱으로 긁고 또 긁어

손톱에 온통 핏자국이 낭자해도 몸은 여태 뜨겁고, 황진이 그녀는 잠을 이룰 수 없다.

생각해보면, 제아무리 도도한 남자라도 눈짓 한번, 미태 한번에 그만 넋이 나가 정을 주고 정을 받고 말아 사내의 몸을 받아 그 피를 종지에 담아 훌훌 마신다 한들 날뛰는 피는 잠자지 아니하고, 하룻밤을 다 지새우고 이틀밤을 다 지새우고, 추야장장 긴긴 밤을 온통 다 지새우고 나도 깨고 나면 그도 그뿐, 욕망은 재 속에서 다시 살아 불을 당기고 다시 피어오른다. 솟아오른다.

그러하면 그 스님은 무엇으로, 도대체 무엇으로 욕망을 잠재울 수 있으며, 무엇으로 욕망을 길들일 수 있었단 말인가. 그러자 황진이의 가슴속에서는 새로운 불길이 솟아오르고, 잔인한 정욕이 끓어오른다. 그리하여 그녀의 정욕은 뜨거운 혀를 보이며 달아올라, 짧은 여름밤을 지새우게 한다.

다음날 또 다음날도 그녀는 밤을 새우며 몸부림치다. 드디어 어느 여름날 그녀는 크게 마음먹고 신새벽 찬 공기를 뚫고 길을 떠난다. 천마산을 향해 길을 떠난다. 산 인간의 욕망은 물론이거니와 이미 죽은 사내의 영혼까지 머무르게 한 그녀가, 풀숲을 걸어가면 나뭇잎새도 괴로워하고 날벌레도 그녀의 깊은 곳을 향해 떨어져내리는 황진이가, 홀연 신새벽에 일어나 길을 떠난다.

어인 일인가. 그럴 수가 없는데 눈부신 상복을 입고. 시험하여보리라. 내 너를 시험하여보리라.

2

아침엔 빛나던 태양이, 황진이 산길로 접어드는 기슭에 이르자 돌연 엇샤엇샤 달려가는 낮고도 검은 구름에 가렸고 빠른 바람이 숲 사이를 달려가기 시작한다.

황진이 눈을 들어 하늘을 쳐다보니 소나기를 내리는 짓궂은 구름이 하늘을 가린다.

청아한 활엽수 사이로 보이는 산정 위에는 아직 투명한 햇살이 고여 있는데 온 산은 짙은 여름의 향내와 정기, 계곡을 타고 흘러내리는 서늘한 냉기, 저만큼인가 천년 바위를 핥으며 쏟는 물위에 피어 있는 야생초의 빛깔과 방향, 그런 꼭 집어 말할 수 없는 비릿한 냄새로 충만되어 있었다.

산은 깊고 완만해서 한없이 들어가긴 하나, 아무리 올려다보아도 산정은 거기에 있어, 그뿐인가 하늘을 가리는 숲의 그늘 사이로 수상스런 바람이 습기를 안고 수런대기 시작한다.

황진이의 마음은 암자에 도달하기 전 비 오지 않을까 조마조마한데 걸음은 마음과 달리 더디었고 숨은 허이허이 차왔지만 이상하게도 젖은 하늘 밑에서 풀잎들은 오히려 더욱 빛나오고, 산계곡을 타고 흐르는 숲그늘은 요염하게 무르익어 산은 가깝게 혹은 멀리서 더욱더 친근하게 다가오고 먼 계곡을 향해 무너져내리는 땅 울리는 폭포의 소리마저 귓가에 사근거린다.

숲길을 헤쳐나가는 황진이의 흰 상복은 마치 풀 위를 낮게 떠 헤엄쳐나가는 흰 나비처럼 보이게 한다.

황진이의 가슴은 물론 산비탈을 오르는 것으로 두근거리지만 더욱이 지족 스님을 만나리라는 기대와, 그리하여 뚜렷한 이유 없이 그녀의 가슴속에 타오르는 정념, 독기, 잔인한 적개심으로 더욱더 두근거리고 있다.

산 중턱에 이르렀을 때, 돌연 성근 빗방울이 듣기 시작하였다. 갑자기 하늘이 더욱 무거워지고 앞산이 홀연 물러서더니 슬쩍 던져보는 수상스런 눈짓인 양 비가 쏴아아 오기 시작한다.

키 큰 갈대는 벌 서는 아이처럼 고개를 꺾고, 한데에서 무안스레 비를 맞고 흘러가는 시냇물은 더욱더 지껄인다. 수국 사이로 청개구리 한 마리가 놀란 듯이 튀어오르더니 이윽고 작은 공터에 나와 음흉스런 눈빛으로 하늘을 노려보고 있다.

하늘이 숲이 한데 어우러져 마치 벼루 위에 고운 솜씨로 먹을 갈아 놓은 듯 묵화를 그린다.

앞산과 하늘 맞닿은 언저리에서부터 뽀오얀 물보라가 조용히, 그리고 천천히 내려와 하늘과 하늘 사이에 넓은 장막을 펼친다.

황진이는 비를 피할 곳을 아무리 살펴보나 여의치 않아 그저 키 큰 나무 밑에 숨어든다. 성긴 빗방울이 그녀의 온몸을 타고 흘러 이내 얇은 상복을 적시고 그녀의 살을 훤히 내비치고 만다.

황진이 방심한 마음이 되어 그녀가 올라온 길을 내려다본다. 산 아래는 이미 비보라에 묵직하게 가라앉아 그 끝을 모르겠고 발 아래로 낮은 구름이 깃을 펼치고 무럭무럭 피어오른다.

비는 그녀의 온몸을 파고든다. 서물서물거리면서 그녀의 어깨를 젖가슴을 그녀의 둥근 배를 그리고 다리 속을 파고든다. 날파람 같은 육향이 그녀의 몸에서 끼쳐온다. 오랜 가뭄 끝에 비를 맞은 수목처럼 그녀의 몸은 생기로 차오른다.

그녀는 다시 걷기 시작한다.

그녀가 빗속을 뚫고 산정에 도달하였을 때, 갑자기 빗방울이 후드득후드득 끊기더니 거짓말인 것처럼 뜨거운 햇살이 온 산을 비추기 시작한다. 햇살은 한결 짙푸른 수목에 맺힌 빗방울 위에서 사금파리처럼 반짝거리고 잔뜩 배부른 냇물은 세찬 소리로 흰 배를 내보이면서 흘러간다.

스쳐가는 나무 위에서 끊겼던 매미 소리가 기승을 부리고 흘긋 본

풀숲 사이로 비늘 번득이는 뱀 한 마리 사라져 숨는다.

눈 들어 바라보는 수목은 비 온 뒤의 요기에 젖어, 한바탕 거센 자연과의 교합으로 번들거리는 땀과 정액과 같은 끈기로 더 한층 빛나오고 있었다. 오랫동안 달아오른 열기는 비에 씻기었지만 그리하여 콸콸콸 거센 기세로 냇물을 흘러가게 하지만, 곧 다시 온 산은 열기로 가득 차고 말 것이다.

비를 흠뻑 맞았으므로 옷이 피부에 달라붙어 그녀는 마치 벗은 듯이 온몸의 굴곡을 완연히 드러내고 있었다. 황진이는 산정 큰 바위 옆에 제비집처럼 세워진 작은 암자로 다가간다. 산사(山寺)엔 암자가 두어 채 세워져 있고 처마 끝에선 풍경 소리만 뎅겅거릴 뿐 사방은 고요하고 귀 기울이면 먼 숲에서 우는 산새 울음, 그리고 투명한 정적뿐이다.

그제서야 황진이는 암자 처마 위에 앉았던 제비들이 지지배배 지저귀는 소리를 듣는다. 어미새는 빗속을 뚫고 구해온 먹이를 연신 입을 벙긋거리는 새끼들에게 골고루 나누어준다.

절 앞뜰에는 꽃이 만개하였다. 수국과 백일홍, 그리고 더 많은 꽃들이 이슬에 젖어 불어오는 바람에 가늘게 떨고 있었다.

그때였다.

암자 뒤편에서 비를 피하려는 듯 큰 삿갓을 쓴 스님이 한 사람 나타난다. 삿갓은 눈을 가리었고, 턱엔 수염이 무성히 자라 거센 나무 뿌리처럼 보인다. 승복은 입었으나 해어져 마르고 여윈 가슴과 다리가 관목처럼 보인다.

"뉘시오?"

스님의 목소리는 황진이를 찌른다. 황진이는 놀라서 옷깃을 여미며 두 손 모아 합장을 한다. 스님은 마주 손을 모아 예를 표한다.

"여기가 지족암이옵니까?"

"그렇소이다."

스님의 손에는 질긴 약초가 두어 그루 들려 있다.

"그런데 어인 일로?"

"죽은 남편의 명복을 빌러 왔사옵니다."

황진이는 다소곳이 고개를 숙인다. 스님은 대답 대신 잠시 삿갓 속의 빛나는 눈으로 황진이의 온몸을 훑기 시작한다.

"안되었소만,"

이윽고 스님이 말을 내린다.

"여긴 여느 절이 아니옵니다. 도로 내려가주십시오."

"아니 되옵니다."

황진이의 목소리는 슬픔과 비애에 젖어 가늘게 떨린다.

"새벽부터 물어 찾아왔사옵니다. 선사님을 찾아뵈오러 온 길이옵니다. 대자대비하신 선사님의 큰 덕이, 가엾게 타계하신 서방님의 넋을 위로해드릴까, 하룻밤 향불을 피워 받들려고 찾아왔사옵니다. 원컨대 스님은 소녀의 원을 들어 뿌리치지 말아주시옵고 떨어진 외딴 암자에서 하룻밤만 묵어가게 해주시옵소서."

"아니 되옵니다."

스님은 완강하게 거절한다.

"지족 스님은 벌써 삼십 년째 저 암자 위에서 선정(禪定)에 드셨습니다. 열반과 해탈의 경지에 드신 지족 스님의 심기를 혹 해할까 두렵사옵니다. 그러므로 이 암자엔 아무도 들어오지 못하옵니다. 암벽에 솟는 약수나 한잔 하시옵고 산을 내려가주시옵소서."

스님의 목소리는 차분히 가라앉아 있다. 허나 황진이는 조용히 입을 연다.

"옛날 부처님이 동산에 묵고 계실 때 여인이 한 명 부처님을 찾아뵙고 출가를 허락해달라고 간청하였사옵니다. 그것도 세 차례나 간청하였사옵니다. 그러나 부처님은 그 간청을 세 번 다 거절하셨습니다. 그러자 그 여인은 다시 성으로 돌아갔다가 마침내 자기의 머리카락을 자른 다음 스스로 노란 옷을 걸치고 다시 부처님을 찾아뵈었사옵니다. 그리하여 부처님께서도 여인의 출가를 인정하여주셨거늘, 하물며 불초 아녀자가 돌아가신 남편의 유영을 받들어 명복을 빌며 하룻밤을 간청하옵는데, 어이 크나큰 은덕으로 허락해주실 수 없단 말이옵니까. 원컨대 스님께서는 제발 소녀의 청을 뿌리치지는 말아주옵소서."

황진이의 낭랑한 목소리는 요염한 미태를 띠며 끝을 맺는다.

스님은 잠시 눈을 감고 깊은 생각에 잠긴다. 여인의 자태에서 선뜩한 느낌을 받은 것은 사실이나 말이 분명하고 사리가 분별하다. 어이할 것인가. 산 밑에서 첩첩산중, 비 안개를 헤치고 온 상복을 입은, 그리하여 더욱 요염한 이 여인을. 깊은 생각 끝에 스님은 무겁게 입을 연다.

"그러하오면 저 외딴 암자에 하룻밤 묵어가시옵소서. 그러하오나, 절대 이 암자 쪽으로는 오지 마시옵소서."

"알겠사옵니다."

"그리고 하룻밤만 지내시옵고 날이 밝으면 곧 하계해주시옵소서."

"알겠사옵니다."

황진이는 합장하고 스님과 헤어진다. 그녀는 암벽에서 솟는 샘물을 표주박으로 떠서 든다. 한 잔의 물에 구름이 떠서 흐른다. 그녀는 물에 뜬 구름을 슬쩍 잔솔가지 떠내듯 손으로 쳐내며 들이마신다.

되었다. 그녀는 마음을 놓는다. 시험하여보리라. 내 너를 시험하여보리라.

저물 무렵 스님이 바리때를 들고 지족 스님이 결가부좌하고 있는 암자로 올라가 뵈었을 때였다.

말없이 바리때를 받아들던 지족 스님이 조용히 입을 연다.

"암자에 뉘 찾아오지 않았더냐?"

"예."

스님은 가슴이 철렁 내려앉는 것을 느끼며 지족 스님을 올려다보았다.

"어찌 아시옵니까?"

"내 보았다. 암자에 앉은 자세로 보았어. 비를 흠뻑 맞고 올라오더군."

"예, 지아비를 잃은 여인네라 하였사옵니다."

"지아비를 잃었다구?"

"예, 그러하였사옵니다. 하룻밤만 불공을 드리고 가겠다고 하였사옵니다."

"그래서 어찌하였느냐?"

"예, 하도 간청하기에 외딴 암자를 하나 주었사옵니다. 날이 밝으면 곧 떠나겠다 하였사옵니다."

"잘했군."

지족 스님은 고개를 들어 암자 밖 하늘 위에 흐르는 구름을 올려다본다.

"잘했어."

3

염불 소리도 사위어진 산사에 밤이 오기 시작한다. 낮기운 한줌의 햇살이 산그림자에 밀려 조금씩 조금씩 밀리더니 온 산이 어둠에 파묻히고 만다. 마지막 염불을 읊던 스님이 타종하던 법당의 종소리도 사라졌고, 스님이 붙인 석등의 불빛만이 어두운 절 안을 비추며 바람도 없는데 깜박인다.

하늘엔 과일과 같은 달. 단청 고운 처마에 걸린 풍경 소리만 뎅겅일 뿐 뜰에 핀 꽃들은 야기에 젖어 흐드러져 피어난다.

밤은 밀려오고 겹겹이 쌓이고 쌓여 달이 있어도 한치의 밖을 보여주지 않는다. 나무와 나무 사이를 빠져 사라지는 어둠의 날개 소리.

황진이 뜰로 나선다. 뜰 안의 풀섶에선 풀벌레 소리 요란하고 꽁지에 스스로의 형광으로 빛을 밝힌 반디가 파란 인광을 발하며 허공을 맴돈다.

밖을 보면 어둠에 파묻힌 숲과 나무들. 흐르는 물소리와 야행동물들. 서걱이며 달려가는 숲 사이의 바람, 음모와 탐욕에 젖은 밤의 광기. 그 속을 솟구쳐오르는 반디의 빛. 포르르포르르. 반디의 꽁무니에서 빛이 떨어진다.

황진이는 숲 사이를 어림하며 걷는다. 낮에 내린 비로 온 산은 습기에 차 있고 하늘엔 운모가 비쳐 떠 있다.

황진이 산비탈을 내려가자 산계곡을 타고 흐르는 맑은 시내가 나타난다. 내리쏟는 물줄기로 움푹 파인 곳에 물이 고여 있고 달빛은 물위에서 쩔렁이며 부서진다.

그녀는 천천히 옷을 벗기 시작한다. 그녀는 온몸의 옷을 다 벗어버린다. 그리고 벗은 옷을 함부로 풀숲에 던져버린다. 온몸이 다 뜨겁고 그녀의 호흡은 거칠어진다.

가시 있는 잡초의 억센 가시가 매끄러운 황진이의 피부를 예리하게 찢는다. 그러나 그녀는 아랑곳하지 않는다. 날카롭게 그어진 상흔 사이로 피가 배어든다.

이미 그녀의 육신은 육신을 떠나 흐르는 물처럼 보인다. 이미 그녀의 육체를 떠나 밤에 빛나는 꽃처럼 보인다.

그녀는 산 위에서 달게 익은 꽃잎이 바람에 흩날려 흐르는 물결에 몸을 날려 떨어지듯 세찬 물줄기를 향해 달려든다.

물은 팔을 벌려 그녀를 능숙하게 받아들인다. 몸에 닿는 물의 감촉은 시도록 차다. 바위 위에 덮인 이끼로 자칫하면 넘어질 뻔한다. 내리쏟는 물은 그녀의 몸 구석구석을 핥는다. 그녀는 물이 온몸을 핥는 것을 마음껏 즐긴다. 천 개의 혀를 가진 물의 끈질기고 집요한 애무는 그녀를 사로잡기 시작한다. 몸이 뒤척일 때마다 월광이 부서진다.

그녀의 온몸은 은박(銀箔)인 듯 부서진 달빛으로 찬란하게 채색된다. 꿀과 같은 물이 그녀의 온몸을 짓쑤신다. 물 속에서 손이 나와 그녀를 어루만지기 시작한다.

지족은 결가부좌한 자세로 벽을 향해 앉아 있다. 그는 마음을 일점에 집중시켜 호흡을 제어한다.

뜨거운 열기가 몸 안에서 부풀기 시작하고 온몸에서 땀이 흐르기 시작한다. 몇 번의 호흡을 제어하자, 내공의 빈 곳을 메우는 뜨거운 열기로 양쪽 귓속을 달려가는 맥박 소리가 마치 대장간의 풀무 소리처럼 들린다. 밖으로 향하는 모든 구멍(穴)을 막아버리면 닫힌 곳을 뚫고 나가려고 회오리치는 체내의 바람이 다리 끝에서 머리 끝까지 충돌하고 진노하여 크나큰 음향을 일으킨다. 날카로운 비수로 뇌수를 찌르는 듯한 아픔이 온다.

드디어 지족은 숨을 완전히 끊어버린다. 그러자 체내의 바람이 양겨드랑이 사이를 사납게 불어닥치면서 온몸을 갈가리 찢어버리는 듯 싶어진다. 그리고 그는 점점 내부에서 밖으로 튀어나가려고 몸부림치는 열기가 차츰 연소하는 것을 느낀다. 그는 무위로 빠져들어간다.

그때다.

그는 가슴을 찢는 고통을 느낀다. 그는 돌연 무위에서 깨어난다. 가슴이 불이 되어 활활 타고 사위어가던 바람이 광풍이 되어 출렁인다. 그는 몸부림을 치며 눈을 뜬다. 이상한 일이다라고 그는 가쁜 숨을 가누려 애를 쓰며 생각한다.

이같은 일은 좀처럼 없던 일이었다. 그는 다시 자세를 바로하고 심기를 바로잡는다. 숨을 다시 제어하고 눈을 감는다. 눈을 감으며 캄캄한 암흑 속에 빛나는 한 조각의 심령을 뚫어져라 응시한다. 그의 집중된 마음의 불이 점점 강렬하게 모여들어 드디어 심령은 불타기 시작한다.

그러나 돌연 그 심령의 불은 꺼져버린다.

그는 자신에 대해 크게 놀란다. 놀란 나머지 벌떡 몸을 일으킨다. 온몸에 땀이 비 오듯 하고 가슴이 놀라 진정되지 않는다. 숨이 가빠온다.

이상한 일이군. 이상한 일이야.

그는 서성거리면서 어둠이 깔린 암자를 돌기 시작한다. 수상스러운 요기가 가슴을 짓밟는군. 그는 중얼거린다.

그러다 그는 얼핏 부처님이 욕계(欲界)의 대왕 마라(魔羅)와 싸움을 벌인 것을 기억해낸다.

부처님이 일찍이 보리좌(菩提坐)에 앉아 해탈의 경지를 깨닫고 마지막으로 양미간의 백호상(白毫相)에서 한 줄기 광명을 뻗쳐 마왕에게 도전하였을 때, 마왕은 천 명의 자식을 불러 부처님 최후의 경지를 깨뜨리라 분부하였던 적이 있다. 그때 자식들은 두 패로 갈라져 가(可)하다는 측과 불가(不可)하다는 측으로 설왕설래하던 판에 마왕의 예쁜 딸들이 우선 나서 부처님을 유혹하였다. 그녀들은 서른두 가지의 미태로 부처님을 유혹하였다.

"때는 봄. 나무도 풀도 이 봄에 한창이옵니다. 사람도 이 봄과 같이 한창일 때가 좋은 것입니다. 청춘은 두번 다시 오지 않고 보건대 당신은 젊습니다. 우리들의 이 어여쁜 자태를 보십시오. 자아, 함께 놉시다. 좌선으로 해탈을 한다는 것은 지극히 어리석은 짓입니다."

그러자 부처님은 일찍이 대답하셨다.

"육체의 쾌락에는 고민이 따르는 법. 나는 벌써 이것을 초월하였다. 이 도리를 알지 못하기 때문에 세상 사람들은 정욕에 갈피를 못 잡고 있다. 나는 바야흐로 절대적인 정신적 자유에 도달하려 한다. 자신이 자유롭게 되고 나서 세상 사람들까지도 자유롭게 해주리라 마음먹고 있다. 하늘을 나는 바람처럼 자유로운 나를 어떻게 감히 잡아매어둘 수 있겠는가."

지족은 문득 한낮에 비를 맞고 산을 오르던 여인을 생각해낸다. 물론 그는 암자 위에서 산비탈을 오르던 여인을 우연히 보았다.

흰 상복을 입고 온몸은 비에 젖어 몸의 굴곡이 완연하고, 비 오는 숲 사이를 올라오던 여인의 몸매는 이상스러우리만치 요염하고, 정념에 불타고 있었다.

그때 지족은 그 여인이 혹 마라가 보낸 여인이 아닐까 하는 생각이 들었다. 그 생각은 그의 뇌리를 번득이면서 찔렀다. 그렇다 하고 그는 중얼거렸다. 저 사바의 세계에서 보낸 욕망의 화신일지도 모른다.

무릇 산 위에서 내려다보면 발 아래 운무 밑으로 사바의 세계, 육욕의 세계, 욕망의 세계는 흐르고 있었다.

그가 이 천마산에서 수도한 지 어언 삼십 년. 저 아득한 마라의 세계에서 최후로 그에게 보낸 그를 시험하기 위한 마라의 딸인지도 모른다.

그렇다. 이것은 최후의 심판이다. 그는 비로소 하늘의 뜻을 깨달았다.

죽은 자의 상여를 서게 하고 죽은 자의 영혼에게 몸을 던진 뜨거운 피로 들끓는 황진이의 마음을 그는 읽었다.

그대는 우리를 병들게 하고 그대는 우리를 숨막히게 하고 그대는 우리의 자손을 잉태케 한다.

그대는 먹어도 먹어도 배부르지 아니하고, 그대는 우리를 죽은 자의 뿌리에 머무르게 한다.

그대는 우리를 절망케 하고, 뉘우치게 참회하게 만들고 우리를 홀로 두지 아니한다.

지족은 크게 결심하고 몸을 일으킨다. 그는 암자를 벗어난다. 무르녹는 숲 위에 요염하게 젖어 푸른 꿈처럼 속속들이 끼어 있는 달빛. 그 달빛 속을 뚫고 황진이 쪽으로 나아간다.

황진이 목욕을 하면서, 눈에 불을 밝힌 야생동물들이 으르렁으르렁 숲 사이를 지나고 산비탈을 오르내리는 소리를 들었다. 그리고 그 동물들이 숨을 내쉴 때마다 흰 거품을 내보이면서 진득이는 타액을 뿜어내는 것을 보았다.

밤에 더욱 눈을 뜨고, 밤에 더욱 미치도록 깨기 시작하는 모든 사물들이 일제히 그녀 곁에서 웅성이는 소리를 들었다.

물은 더욱 날뛰면서 그녀의 온몸을 핥고 있었고, 그녀의 내부에서 뻗어가는 요기는 온 산을 깨우고 있었다.

불안정한 자세로 잠이 들었던 박쥐들도 푸드득푸드득 날아오르기 시작하였다.

짝을 찾아나섰던 동물들은 서로의 짝을 찾아 암벽 밑에서 혹은 나무 밑에서 탐욕적인 교미를 시작했고, 제 짝을 찾지 못한 운 나쁜 동물들은 이빨을 드러내고 나무껍질을 갉아내리거나 발톱 사이에 숨겨두었던 발톱을 꺼내 허공의 달을 한줌 한줌 뜯어내리기 시작하였다.

암벽 위에서 교미를 벌였던 한 쌍의 동물들은 달빛에 젖은 흰 정액을 토하면서, 그러나 또다시 새로운 정사를 벌이기 시작하였다.

가만히 귀 기울이면 온 산이 뜨거운 열기와 한숨, 헐떡이는 신음 소리로 충만되고 있었다.

달빛이 새어들어오지 않는 숲 사이의 어둠은 일제히 혀를 빼물고 서로의 깃털을 핥고 있었다.

황진이는 그때 보았다.

웬 사내가 달빛 밑에 서 있음을.

그때 또 보았다.

그 사내가 나타나자 수런이던 야생동물들이 일제히 숲 사이의 길로 달아나는 어지러운 발소리를.

지족이다.

황진이는 알아차렸다. 드디어 그는 내게로 왔다. 내가 부르는 소리를 듣고야 말았다.

황진이의 가슴은 무섭게 고동치고 있었다.

시험하여보리라. 내 너를 시험하여보리라.

지족은 황진이가 목욕하는 것을 보았다. 암벽 사이 흘러내리는 폭포 밑에서 황진이는 팔월 보름날 방생(放生)되어 살아 힘차게 물살 헤치며 대해로 나아가는 비늘 번득이는 물고기처럼 보였다.

희디흰 젖가슴이 돋보이고 둔부가 물 속에서 떠 보였다. 그녀가 벗은 옷자락은 풀숲에 놓인 채 바람에 펄렁이고 있었다.

지족의 눈앞에서는 관능이 춤추고 있었고 그의 마음속에서는 심한 갈등이 일어나고 있었다.

보아라.

저 능숙한 몸짓을. 흐르는 물을 잠재우고, 흐르는 물의 욕망을 채워주고 있는 깊고 깊은 그녀의 정욕을 보아라. 사람과 자연이 한마음으로 의기투합하여 찬연한 정사를 벌이고 있다.

이곳에서도 맡을 수 있는 훅훅 끼쳐오르는 짙은 육향, 물을 차올리는 흰 손, 아직 풀숲에 떨어진 채 체온이 남아 있는 그녀의 옷자락.

출가한 지 근 삼십 년. 인간의 욕망을 등뒤로 하고 청춘을 버려두고 육신만 산으로 올라왔다. 허나 그 긴 세월을 단숨에 꿰어버리는 듯한 눈앞에 현존하는 육욕의 냄새. 작은 벌레가 강산에 쌓인 눈에 파묻혀 자신의 체온만큼 주위의 눈을 녹이듯 저 여인의 뜨거운 관능은 주위의 어둠을 녹이고 있다. 그리고 이미 녹아 흘러내리는 밤의 진액.

부처님이시여. 제게 중도(中道)를 주시옵소서. 육체적 욕망과 생명을 향한 강한 집착과, 삶으로부터 벗어나려는 헛된 허무, 이 모든 고뇌를 벗어던지고 제게 최후의 중도를 주시옵소서.

그는 눈을 감았다. 호흡을 바로하고 허공을 날아다니는 그의 영혼을 간신히 붙들었다. 그는 마음의 손을 내던져 욕망을 누르기 시작하였다. 욕망은 벌건 혀를 내보이며 그의 손에 붙들리었다.

자거라 하고 그는 말하였다.

이제 그만 잠자거라.

그러나 모든 것은 타기 시작하였다.

눈이 타고 있었다. 눈에 비치는 모든 빛깔과 형태가 타고 있었다. 눈으로 인한 인식도 타고 있었고 눈으로 바라보는 모든 감정이 타고 있었다.

간신히 쥔 그의 욕망이 센 기운으로 빠져나가기 시작하였다. 그의 육체 내부에서 욕망이 끓어오르고 거센 정욕이 피어올랐다.

그는 이를 악물었다. 자신에 대한 혐오감이 솟아오르자, 그는 불현듯 달빛을 예리하게 반사하고 있는 날카로운 돌을 쥐어들었다.

버혀라, 버혀. 버혀라. 살 속에 묻혀 눈뜨고 있는 욕망을 버혀, 버혀라.

그는 돌을 움켜쥐고 허공을 향해 치켜올렸다.

그러나 그때 지족은 부처님의 말씀을 들었다.

"너는 잘라버릴 것이 따로 있는데 잘라버릴 것을 잘못 고른다. 끊어야 할 것은 마음에 있지 육체의 일부분은 아닌 것이다."

그는 순간 허공을 향해 들었던 돌을 힘없이 떨어뜨렸다. 자거라. 그는 천 개의 혀를 날름이면서 뜨거운 입김을 뿜고 있는 자신의 욕망을 향해 부르짖었다.

이제 그만 잠자거라.

그는 눈을 감고 자신의 욕망을 응시하였다. 욕망은 그의 심상 속에서 한점 붉은색으로 흔들거리고 있었다. 그는 숨을 끊고 욕망을 일점에 붙들어매었다. 그리고 그 속에 자기를 집어넣었다. 그는 천천히 자신의 영혼을 흐르는 물 속에 투영시켰다. 그의 영혼은 생명이 없는 무생물인 물방울 속으로 집약되었다. 지족은 한 방울의 물이 되었다.

그는 흐르고 있었다. 죽은 물고기처럼 흰 배를 내보이며. 뒤에서 밀어오는 강한 기세에 진저리를 치며 낮은 곳을 향해 흘러가고 있다. 물방울들은 막연히 이대로 흐르고 흐르다가는 결국엔 바다에 이른다는 것을 잘 알고 있었다. 몇 번이고 곤두박질치고 몇 번이고 굴렀다. 그는 미끄러운 이끼 낀 바위 위를 타고 흘러내려 깊은 진동을 하면서 폭포를 내려갔다.

그는 그의 혼이 부서지는 둔한 고통을 맛보았다. 이미 그것은 육체가 아니었다. 내부의 등불로 말갛게 비쳐 보이는 욕망의 화신이었다.

물방울은 황진이의 육체를 핥기 시작하였다. 황진이는 물방울을 한줌 두 손으로 떠올렸다. 그리고 그 물방울을 입에 뿜는다. 가늘고 고운 이로 물을 씹는다. 물이 부서진다. 황진이는 달빛을 향해 물을 내뿜는다. 물은 월광에 젖어 안개로 흩어진다.

지족은 급히 자신의 영혼을 물방울에서 거둬버린다.

"뉘시오?"

황진이가 날카롭게 부르짖었다.

"거기 서 있는 사람이 뉘시오?"

지족은 눈에 띄는 대로 자신의 혼을, 물을 향해 고개를 늘이고 있는 나무의 잎사귀로 투영시켰다. 그는 한 개의 나뭇잎이 되었다. 그는 숲 사이를 빠져 달아나는 바람에 흔들리며 나뭇가지에 매달리었다. 뿌리에서부터 빨아올리는 수액으로 그의 몸은 축축하게 젖기 시작하였다.

황진이는 물 속에서 몸을 솟구쳐 밖으로 나왔다. 지족이 서 있던 자리에는 아무도 없었다. 그녀는 놀란 가슴 진정하고 사방을 둘러보았다.

그러나 사위는 어둠으로 충만되었을 뿐. 먼 곳의 짐승 소리만 들려올 뿐.

그녀의 몸에서는 물방울이 함부로 떨어지고 있었다. 너무나 오랫동안 물 속에 있었던가. 전신이 와들와들 떨려왔다. 그녀는 분명 좀 전에 보고 확인하였던 지족의 그림자를 살피며 풀숲에 떨어진 옷을 쥐었다.

그러나 옷을 입기에는 몸에 물기가 너무 많았으므로 그녀는 눈을 들어 수면을 향해 우울하게 고개를 꺾고 있는 나뭇잎을 손가락으로 훑었다. 나뭇잎은 축축했지만 따스한 느낌이었다. 그녀는 그것으로 대충 몸의 물기를 닦았다. 그리고 그것을 버렸다.

나뭇잎 하나가 바람에 불리어 사라져갔다. 지족은 바람에 불리면서 얼핏 낮게 떠다니는 반딧불이를 보았다. 그는 황급히 반딧불이 속에 자신의 영혼을 집어넣었다.

그의 영혼이 타오르고 있었다. 그것은 결코 뜨거운 열기가 아니었다. 차디찬 불이었다. 그는 자기의 영혼이 빛나오르는 것을 느꼈다. 그는 힘차게 날개를 저었다. 그러자 몸이 허공을 향해 솟아올랐다.

황진이는 마른 몸으로 옷을 입기 시작하였다. 그러다가 한 마리의 반딧불이를 발견하였다. 그녀는 기회를 보아 손을 오므려 반딧불을 향해 손을 뻗쳤다. 반딧불이는 힘차게 위로 비상하였다. 이 야밤에 어디서부터 빛이 나와, 반딧불이를 이처럼 빛나게 하는가.

황진이는 옷 입기를 다 마치고 걷다가 아까 놓친 반딧불이가 다시 날아오는 것을 보았다. 그녀는 날쌔게 손을 휘저었다. 반딧불이 그녀의 손아귀에 걸리었다.

잡았다. 황진이는 기뻐서 뛰어오른다.

반딧불을 잡았다. 어둠을 뛰어노는 반디를 쥐었다.

그녀는 조심스레 손 안을 들여다보았다. 손바닥 안에 든 반딧불이가 탈출을 꾀하려고 필사적으로 몸부림친다. 반딧불이가 몸부림치면 칠수록 반딧불의 빛은 더욱 빛나오른다. 손금이 비쳐 보인다. 손톱이 말갛게 비쳐 보인다.

그처럼 크나큰 반딧불이의 욕망. 지족의 욕망은 황진이의 한 손에 걸리었다. 손 밖을 뛰쳐나갈 수가 없다.

인간의 욕망은 한갓 벌레의 욕망과 뜻이 같아서, 인간의 욕망이 한갓 흐르는 물과 뜻이 같아서, 인간의 욕망이 한갓 미풍에 떨리는 나뭇잎과 같아서, 하늘을 가리는 인간의 욕망이 한갓 한줌의 손아귀에 갇혀서 스스로의 몸에 불을 밝힌 채 떠나고 있다.

4

황진이 송도에서 나날이 유흥에 종사하고, 나날이 술과 가무를 즐기다가 여전히 심신이 피로하여 어느 날 술좌석에서 그만 쓰러지고 말았다.

이리하여 몇 날 며칠을 계속하던 유흥은 끝이 났는데, 껄껄거리며 지분거리던 사내들은 의관을 차리고 홀홀히 하나둘 떠나버리고, 온 방 안엔 빈 상만 그득, 줄 끊어진 가야금이 던져진 채 놓여 있을 때,

그녀는 정신이 들었다. 몸종애가 황황히 떠다주는 한 잔의 냉수를 받아들고 메이는 가슴 쓸어가며 진정하고 앉았을 때, 황진이 문득 서럽고 쓸쓸한 심사가 들어 장지문을 활짝 여니 하늘엔 검은 달이 비껴 떴고 먹구름이 가리었다.

가슴은 타고 난 재로 되어 불면 날아갈 듯, 타오르던 욕망도 재로 되어 불면 날아갈 듯. 심사를 가라앉히려 더듬어 가야금을 찾았건만 줄은 끊어지고 잔치는 오래 전에 끝장났다. 하늘엔 거미줄만 가득한데, 마신 술은 여태 어지럽고 심란하다. 인간의 욕망은 한갓 불과 같아서 꺼지면 재로 되고 재로 되면 우는 것을.

황진이 별수없이 환약을 가져다 먹어보긴 했지만 아픈 것은 마음이요 이미 몸은 아닌지라, 밤이 새고 날이 밝도록 여태 아프고 아프다.

날이 밝자 황진이 몸종애 앞세우고 다시 성내로 나아간다. 문 밖으로 나서니 이미 여름은 가고 추색이 완연하여 지나는 나뭇잎은 붉게 물들었고, 옷기운으로 스며드는 바람이 제법 서늘하다. 성안으로 들어서자, 역시 거렁뱅이 수십 명이 앉은 채로 혹은 누운 채로 길 가는 행인에게 동냥을 구하고 있다.

앞서가던 몸종애가,

"에그머니나 깜짝이야."

하고 호들갑을 떠는데 앉았던 거렁뱅이 하나 손을 뻗쳐 몸종애를 건드렸던 모양이다.

"이보쇼, 이보, 낭자. 불쌍한 우리 신세 동냥이나 하고 가소."

장님 거렁뱅이가 이번엔 황진이의 갈 길을 막아 나선다. 황진이 눈여겨본즉 얼마 전 거렁뱅이인지라, 빙긋이 웃으며 엽전 한 닢 쥐어주며,

"그래 부처님은 여즉 오지 않으셨소?"

하고 물었다.

"아니 뉘시오? 듣기는 많이 들은 목소린데."

"지난 여름에 동냥 한 닢 하고 갔소."

"에그, 반갑구면. 이제 생각나는구면. 손이 부드럽고 마음 또한 고운 낭자님 아니겠소."

장님은 행여 새로운 동냥이나 구하려는 심사로 앉은걸음으로 다가온다.

"그래 지족 스님은 오시었소?"

"에그. 말 마시오. 아직 오지 않으셨소."

"언제쯤 오신다오?"

"나도 모르겠소."

장님은 길게 한숨을 내리쉰다.

"언제 오실는지 나두 모르겠소."

황진이 눈 아래 장님을 바라보니 측은도 하련마는 슬프기도 하여서 새로운 엽전 한 닢 다시 주면서,

"그럼 복 많이 받으시오."

황진이는 저만큼서 코를 막고 서 있는 몸종애를 따라가며 황황히 작별을 고하였다.

성내는 풍경도 완연히 추색이고 사람들의 행색도 가을 옷으로 바뀌었다. 황진이 부지런히 걸어가는데,

"마님 마님, 저 보시오."

하고 몸종애가 깡충깡충 뛰어가는 것이 아닌가.

황진이 몸종애가 깡충깡충 뛰어가는 곳을 바라본즉 웬 미친 사람이 지팡이를 짚고 거리 한복판에 서 있고 아이들 수십 명이 놀려대고 있었다. 못된 녀석들은 돌까지 던졌는데 꽤 아플 텐데도 미친 사내는 꿈쩍도 하지 않고 우뚝 서 있었다. 머리는 봉두난발에 짚신조차 신지 못한 맨발이었다.

사내는 무언가 손에 들고 게걸스럽게 먹고 있었다. 그리고 우물가에서 갈증이 나는지 물을 먹으려 하는데 짓궂은 아이들은 두레박을 빼앗고 자기네들끼리 히히덕대며 막대기로 쑤시고 놀려댄다. 어떤 녀석은 두레박에 물을 받아 사내 눈앞에 뿌리기도 하고, 어떤 녀석은 거리에 구르는 소똥을 막대기에 묻혀 던지거나 진흙을 뭉쳐 던지기도 하였다. 그러나 사내는 꿈쩍도 하지 않고 되새김질하는 소가 눈한번 떴다가는 슬쩍 감듯이 물을 먹으려고 아이들의 뒤를 따라다니고 있었다. 길거리엔 사람도 별로 없었고 말 탄 선비 둘이서 지나가다 껄껄 웃는다. 황진이는 조용히 우물가로 나아간다.

"에그 마님, 어쩌시려고 이러십니까?"

몸종애가 경망스레 앞을 막는다. 황진이는 말없이 아이들 손에서 두레박을 빼앗아 든다. 빼앗기지 않으려고 뒷걸음질치던 아이들도 황진이의 기세에 눌리어 잠잠해진다.

황진이는 깊고 깊은 우물 속에 두레박을 던진다. 손끝의 중량으로 두레박이 찰랑찰랑 넘침을 가늠한다. 그녀는 한자 한자 두레박을 퍼올린다. 지하의 뿌리에서 흘러넘치는 차디찬 물을 길어올린다. 쇠잔한 황진이의 팔은 무거운 무게로 늘어진다.

황진이 퍼올린 물을 사내에게 준다. 시선이 마주쳤나 싶은 짧은 순간에 사내는 게걸스럽게 물을 받아든다.

"애월아."

눈을 휘둥그레 뜨고 있는 몸종애를 부른다.

"예 마님!"

황진이는 손을 들어 햇빛을 가리며 한숨과 같은 말을 내린다.

"자, 어서 앞장서라. 빨리 길을 떠나자."

(1972년)

52

전람회의 그림 1
―잠자는 신화

그날 아침을 무어라고 표현할 수 있으랴.

어쨌든 그날 아침 나는 매우 유쾌유쾌하였다. 날씨는 쾌청하고 하늘로는 새털 같은 초가을 날씨의 구름이 낙타 모양을 하고 흘러가고 있었다. 거울을 보니 수염이 간밤에 좀 자라나긴 했지만 수면이 깊었으므로 고급 양피지처럼 정결해 보였다. 더군다나 오늘이 무슨 국경일이고 내일이 일요일이었으므로 연 이틀 동안의 연휴가 약속되어 있었던 것이다. 이틀 동안 내리 쉴 수 있는 연휴는 그리 쉬운 행운이 아니었다. 언젠가 국경일이 일요일과 겹친 그야말로 천재일우의 기회를 우울하게 보낸 일이 있었던 것이다.

하지만 신께서는 공평한 편이니까, 또 신께서도 가끔쯤은 피로하신 모양이니까 엿새 동안에 우주만물을 창조하시고 악착같이 쉬셔야 할 휴일이 이틀 내리 계속되는 정도야 나쁜 일이 아닐 테고 하물며 우리 인간에게야 그야말로 말할 나위 없이 즐거운 일이다.

더군다나 오우, 신이시여 감사합니다. 어젯밤 나는 나의 애인을 드디어 정복했던 것이다. 육 개월을 넘게 끌어온 정사였다. 살려주십사 하고 덤벼들어도, 이 악물고 몸부림쳐도, 매달려봐도, 고대 스핑크스처럼 의연하기만 하던 나의 여인이 드디어 어젯밤 내게 몸을 허락했던 것이다.

어제의 정사를 무어라고 말을 할까. 그것은 날카로운 철제로 뚫어 일시에 무너져내리는 거대한 광고용 애드벌룬과 흡사한 정사였던 것이다.

원래 내 약혼자는 키가 커서 백구십이 센티미터를 상회하고 거기에 알맞추어 몸무게는 팔십 킬로그램을 족히 넘는 여인이었다. 하지만 그 몸매는 비록 체중이 그렇게 우람지다 할지라도 뚱뚱한 느낌이나, 간혹 돌연변이를 일으켜 비대해진 변종 식물처럼 징그럽기까지 한 느낌을 주는 것은 아니었다. 그녀가 좋아하는 몸에 꼭 붙는 원피스를 입은 모습을 보노라면 그저 나올 곳은 비상히 튀어나오고 들어갈 곳은 비상히 들어가버려 마치 유난히 알이 굵은 과일을 실험재배하는 임업시험장의 우량종 식물 같은 느낌을 주는 것이다.

거기에 내가 홀딱 반했던 것이다. 원래 내 몸은 유약하고 왜소해서 키는 백사십 센티미터를 간신히 넘고 체중은 사십 킬로그램도 채 못되어 군대에도 본의 아니게 갈 수 없는 형편인데, 때문에 나는 평소에 자신의 모습에 언제든 열등의식을 느끼고 있었으므로 적어도 내 아내 자격 제1조는 나의 두 배쯤, 허락된다면 세 배쯤 되는 여인이어야만 한다고 늘 생각하고 있었던 것이다.

그 조건에 딱히 부합되는 여인을 찾기란 그리 쉬운 일이 아니었다. 바로 그것 때문에 나는 서른다섯 살이 넘도록 결혼을 하지 못했던 것이다. 물론 나는 가끔 부모들이 권하는 대로 선을 보기도 했었다. 그러나 만나기로 한 장소에 나갈 때마다 나는 늘 못마땅하고 우울해서 그야말로 인간이면 누구든 한 번쯤 향유할 수 있는 결혼이란 천국 아니면 지옥을 도저히 나로서는 맛볼 수 없는 그 무엇이 아닐까 하고 단정짓고 있었던 것이다.

그래서 후에는 부모들이 선을 권할 때마다 나는 내가 가지고 있는 외국잡지, 접었다 폈다 할 수 있는 간지(間紙)에서 뜯어낸 키 크고, 마치 범람하는 나일 강 같은 외국 누드모델을 가리키면서 적어도 이런 여인 아니면 상대하지 않겠노라고 공언했던 것이다.

나는 막연하게나마 적어도 내가 결혼할 수 있는 여인의 키는 백팔십오 센티 이상에다가 체중은 칠십오 킬로그램을 넘어야 할 것은 물론이고, 그렇다고 몸의 질량감이 클지언정 무시무시한 느낌을 주거나 징그러워 무슨 적진을 향해 돌격하는 탱크와 같은 느낌을 주는 여인은 곤란하다고 점찍어놓았던 것이다.

대체로 우리나라 여인들은 모두 소변기처럼 작고 거기다가 유방이라면 화재를 알리는 비상용 경보장치만큼 염치없이 부풀고 거기에 건포도 같은 유두가 붙어 있어, 나는 거리를 쏘다니며 여인들을 볼 때마다 창피스러워지고 비애를 느껴서 저런 염치머리없는 왜소한 여인들과 소위 지상의 낙원이라는 결혼생활을 꾸밀 바엔 아예 독신으로 늙어 죽는 편이 낫겠다고 결심했던 것이다. 친구녀석들은 나의 이러한 결심을 듣고 나를 멍텅구리 아니면 바보, 그것도 아니면 약간 돌아버린 모양이라고 험담을 하곤 했다.

하지만 내가 돌아버린 사람이 아니라는 것을 거듭 밝혀두는바, 왜냐하면 나는 그야말로 컴퓨터와 같은 두뇌를 소유하고 있는 사람이기 때문이다.

물론 우리가 기성복을 사입으려고 양복 총판매장이라는 데를 들르면 소위 특대라는 사이즈의 기성복이 있는 것처럼 특대의 여인들이 거리엔 간혹 있었다. 나는 막연하게 거리의 사람들은 모두 이미

재단되고 가봉되어 어떤 형태를 이루고 있는 기성복에 불과하다고 생각하고 있었다. 학벌이라든지 미모라든지 가문이라는 것은 양복 뒤에 붙어 있는 상표와 가격품 표시에 불과한 셈인 것이다. 실로 거리에는 기성복이 걸어다니고 있는 셈이었다. 사람들은 용케도 자기의 규격에 알맞은 옷을 걸치고 있는 것처럼 기성복 아닌 기성녀를 골라잡고 그리고 고만고만한 애들을 낳고 그야말로 행복에 겨워 낄낄대는 것이었다.

대부분의 사람들은 물론 자기 목의 사이즈를 기억하고 있는 것처럼 자기의 분수를 알고 있었다. 그래서 사람들은 자기 목 치수에 알맞은 와이셔츠를 고르기 위해 이것저것 입어보다가 드디어 알맞은 물건을 발견하고 상점을 나오는 식으로 이 여인에게 연애 걸어보다가는 물리고, 저 여인과 손목 잡아보다가는 물리고, 드디어는 겨우겨우 제 치수에 알맞은 와이셔츠를 고르고는 그것도 아주 아니꼬운 물건을 마지못해 사는 것처럼 점원에게 물건값을 깎아 사서 의기양양하게 거리로 나오듯이 결혼식을 올리고, 와이셔츠를 입었으니 넥타이를 매야 되겠다는 배짱으로 애들을 낳는 것이었다.

그러나 가령 목은 새처럼 가는 사나이가 특대 와이셔츠를 입었다 한들 안 될 것도 없는 일이었다. 가령 일곱 살 난 막내둥이가 아버지의 신사복을 걸치고 거리에 나갔다 한들 남에게 혐오감을 줄 수 있을지는 모르지만 아무리 비상시국이라 할지라도 법에 벗어나는 일은 아니었던 것이다. 그런 의미에서 내가 내 사이즈와는 어울리지 않는 특대의 기성복을 입었다 한들 그것이 틀려먹은 일이라고 단정할 수는 없을 것이다. 그래서 나는 이런 우량종의 여인을 좇아서 실로 서른하고도 다섯 해 동안을 독수공방으로 지내온 것이다.

처음에 나는 신문에다 광고를 낼까도 생각해보았다. 재산 있는 과부가 젊은 놈팡이 구한다는 광고처럼 재산 있는 총각이 거대한 여인을 구한다고 광고를 낼까 궁리궁리해보았다. 그러나 좀 후에는 그 생각을 포기했다. 차라리 신라시대 때의 무슨 왕처럼 전국을 유람하며 거대한 여인을 찾아헤매는 편이 나으리라 싶었던 것이다. 나는 타의에 의한 방법을 취소해버리고 내 스스로 찾아헤매리라 결심했다.

물론 나는 거리에서 간혹 내가 바라는 그런 몸이 큰 이상형을 발견하기는 했다. 그런 여인들은 매우 드물어서 농구선수나 배구선수 같은 운동선수이거나 그것도 아니면 외국인을 상대하는 접대부 같은 여인들이었다. 전자는 키 큰 대신 모두 말라 보였으며 후자들은 키는 크나 징그럽고 마치 다족류 벌레 같은 느낌을 주어오는 것이었다. 몇 년 전 나는 그런 여인을 찻집에서 만난 일이 있었다.

카운터 앞 공중전화기에서 누구에게 전화를 걸고 내 자리로 돌아오려고 했을 때였다.

다방 안은 어둡고 요란했으므로 나는 내 자리에 돌아오기 위해 더듬거리다가 그만 어떤 여인의 발을 밟아버렸다. 그때 나는 그 여인이 날카로운 비명을 지르며 내게 무어라고 우렁찬 욕지거리를 하고는 꼭 구식 증기기관차가 간혹 김을 빼기 위해 풀풀─ 흰 수증기를 토해놓는 것처럼 툴툴거리면서 풀무 같은 입을 열어 불평하는 것을 보았다.

처음에 나는 그녀가 선 키로 내게 그렇게 불평을 하는 줄 알았다. 왜냐하면 그녀의 눈 위치와 내 눈 위치가 거의 일직선상에 있었기 때문이었다.

그러나 나는 잠시 후에 그녀가 선 채가 아니라 앉은 채로 내게 그렇게 불평을 해온 것을 알았다. 그러자 나는 그 여인에게 비상한 흥분을 느끼기 시작했던 것이다.

나는 다방 안에 빈자리가 없는 것을 핑계로 그 여인 앞자리에 앉아 더듬거리며 사과를 하기 시작했다.

"미안하게 됐습니다."

나는 정중하게 사과를 했다.

"전 밤눈이 어둡습니다. 죄송천만입니다. 그 대신 제가 커피를 사겠습니다."

나는 국기게양대 위에 걸린 국기를 바라보며 애국가의 후렴을 부르듯 자꾸 그녀를 우러르면서 사과의 말을 되풀이하고 있었다.

"괜찮아요."

그녀는 벌린 입을 크게 움직이면서 마치 하품하듯이 대답했다.

"하지만 주의하셔야 되겠어요."

그 목소리는 얼마나 우렁차고 큰지 내 가슴을 온통 흔들어대고, 나는 그만 소년처럼 달아오르기 시작했다. 그래서 나는 이것저것을 얘기하기 시작했고, 엉겁결에 내가 지금 독신이라는 것도 얘기했고, 대학교 전임강사로 사학을 가르치고 있고 저축해둔 돈이 한 두어 장 정도 있다는 것을 얘기했으며, 그 얘기는 별로 우습지 않았는데도 그녀는 꼭꼭 얘기할 때마다 어깨를 들먹이며 군가를 부르듯 우렁차게 웃었다.

"재미있군요."

하고 그녀는 깔깔거렸다.

"아주 재미있는 분이셔."

그녀의 그런 칭찬은 나를 우쭐거리게 했으므로 나는 내가 얼마나 나사못처럼 작고 귀여운 사내인지, 우리 아파트 동(棟)에 혹 열쇠를 두고 문을 잠근 사람이 있으면 으레 나를 찾고, 그럴 때면 나는 나를 찾아준 사람의 무등을 타고 윗 창문의 좁은 환기통을 통해 들어가서 안에서 문을 열어주는 전문가라는 얘기를 했고, 그것은 내가 남을 웃길 수 있는 유일한 농담이었으므로 그녀는 아니나 다를까 만세 부르듯 터져흐르는 웃음을 보여주었던 것이다.

"아주 재미있네요. 아주 재미무쌍한 분이셔, 어쩌면."

나는 진지하게 이 사랑스러운 여인에게 훗날 시간이 있으면 만나 주실 수 있느냐고 물었다. 그녀는 대답 대신 그저 웃기만 하였다.

그래서 나는 응낙의 뜻으로 알고 일방적으로 약속을 하고 마침 일이 있었으므로 다방을 나왔다.

그러나 내가 그 다음날 그 여인과 약속한 다방으로 나갔을 때 그 여인은 나오지 않았다. 마침 나는 머리를 빗고 구두를 닦았으므로 온몸 전체가 금속으로 도금한 넥타이핀처럼 빛나고 있었는데 그러한 모습을 그녀는 그냥 포기해버린 것이다.

나는 한 시간이나 음악을 들으면서 그 여인이 나와주기를 기원했다. 시간이 한 시간이 지났을 때 나는 그녀가 역시 내가 바라던 이상형의 여인이 절대로 아니었다는 것을 되새기는 것으로 자위를 할 수 있었다. 내가 좋아할 수 있는 여인은 체구가 커야 하지만 그렇다고 여성적인 아름다움을 상실해서는 곤란했던 것이다.

그러나 그녀는 몸도 크고 키도 큰데 거기에 비례해서 목소리도 컸다. 더구나 내가 발을 밟자 마치 풀무질하듯 붉은 입을 움직여 나를 향해 불평을 했다는 사실을 상기했을 때 나는 차라리 그처럼 비여성적인 여인이 나와주지 않은 것이 얼마나 다행한 일인가를 생각해냈고 그러자 나는 다시 유쾌해졌다.

내가 지금의 애인을 만난 것은 지난해의 봄이었다. 그때 나는 혼자서 전 미국을 휩쓸고 있는 흡혈귀라는 프로레슬러가 우리나라 김일의 이마에 바람구멍을 내주러 왔노라는 레슬링 경기를 구경하러 갔었던 것이다.

원래 나는 프로레슬링 같은 과격한 운동을 좋아하지 않았다. 무슨 짐승스런 사내들이 목을 조르고 사뭇 죽이기라도 할 양으로 메어꽂는 싸움놀이를 천성적으로 좋아하는 편은 아니었다. 그러나 나는 무슨 잡지사에서 그 관전기를 써달라는 부탁을 받아 우연히 공짜표가 생겼으므로 별수없이 혼자서 링 사이드 특별석에 앉아서 레슬링 경기를 보게 되었다.

장내는 초만원이었고 텔레비전으로 중계하는지 앞좌석에서는 아나운서가 거품을 물고 '우리의 호프 김일' '우리의 용사 김일'을 목이 메라 부르고 있었다.

과연 우리의 호프, 대한의 남아 김일은 미국 녀석 흡혈귀의 이빨에 이마를 물어뜯겨 선혈이 낭자한 채 쓰러질 듯 쓰러질 듯 경기를 이끌어나가고 있었다.

피가 이마에서 흘러내리자 장내는 더욱 흥분이 고조되어 죽여라, 머리로 받아라, 밟아라, 라는 식의 격한 응원이 여기저기서 합창되어 흘렀는데 바로 그때 나는 지금의 애인인 그 여인을 발견했던 것이다.

그녀는 내 바로 옆자리에 앉아 있었는데 아직 쌀쌀한 봄날이었는데도 소매 없는 블라우스를 입고 긴 머리칼을 나풀거리며 한 손에는 팝콘 봉지를 들고 소리를 지르면서, 비명을 지르면서, 링을 향해 손을 내저으면서, 그러다가는 팝콘을 들어 입 안에 털어넣었다가는 다시 링을 향해 던져버리면서 발을 동동 구르고 있었던 것이다.

그녀를 무어라고 표현하면 좋을까. 앉긴 분명히 앉았으되 내 선 키보다 컸으며 옷에 감추어진 살은 팽팽해서 금세라도 옷을 짜개고 나올 듯이 꿈틀거리고 있었으며 긴 머리칼은 길고 무성했으며 눈은 크고, 인상적인 생김새였던 것이다.

나는 숫제 레슬링 경기 관전은 저만치 버려두고, 그녀가 흥분해서 발을 동동 구르는 모습을 망연히 쳐다보고 있었다.

아, 보라, 대한민국의 아들딸이여, 죽을 듯 넘어져 있던 우리의 김일 선수가 드디어 젖 먹던 힘을 다하여 피에 젖어 번들거리는 이마로 박치기를 시작하고 있는 것이 아닌가. 한 번, 두 번, 세 번……

그 순간 여인은 먹던 팝콘을 휴지 버리듯 던져버리더니 이윽고 당돌하게도 옆좌석에 앉은 생면부지의 내 무릎을 강타하면서, 그리고는 목이 멘 소리로 느닷없이 만세를 삼창하는 것이 아닌가.

바로 그때 나는 그녀에게 사랑을 느꼈던 것이다.

이미 내 눈엔 김일 선수가 레프리 손에 이끌려 승리를 선언받는 모습도 눈에 들어오지 않았다. 그저 야생마처럼 힘이 있고 잡초처럼 끈질기고, 움직일 때마다 옷 속에 감추어진 몸의 선이 민첩하게 경련하면서 흘러내리는 그 여인의 모습에 넋이 빠져 있었던 것이다.

레슬링 경기가 끝나고 관객이 뿔뿔이 헤어질 때 나는 그녀가 사람들의 머리 위로 거의 목 하나가 불쑥 빠져나온 채로 체육관을 나가는 것을 보았고 그리고 뒤를 따랐다. 그녀는 굽이 낮은 편상화를 신고 있었지만 정말 불쑥 일어난 느낌을 줄 정도로 키가 컸다.

밖은 어둠이 내리깔려 있었고 칙칙한 숲이 화안한 수은등 저편으로 깊게 잠들어 있었다.

그녀는 사람들 사이에 묻혀 언덕길을 내려가고 있었다. 나는 주머니에 손을 찌르고 잰 걸음으로 그녀의 뒤를 따르고 있었다. 그녀는 산보나 하듯 천천히 걷고 있었지만 내 걸음의 두 배쯤 빨랐으므로 나는 거의 뛰듯이 했다. 사람들이 거의 뿔뿔이 헤어져 사라져버렸을 때 그녀는 홀로 네온이 번득이는 도심으로 서서히 침전하고 있었다.

거리에서 명멸하는 차의 헤드라이트와 쇼윈도의 차가운 불빛이 우뚝 큰 키로 미끄러지듯 걸어가는 그녀의 몸 위를 현란하게 채색시키고 있었다.

그녀의 긴 그림자는 도시와 도시, 거리와 거리로 이어진 철근의 숲 사이를 뱀의 혀처럼 늘여져 어른대며 빠져나가고 있었다.

나는 오랫동안 망설이고 망설인 끝에 드디어 결심했다. 그래서 그녀의 곁으로 뛰듯이 걸어가서 드디어는 그녀의 옆에 나란히 섰다.

"실례합니다."

라고 나는 거수경례하는 훈련병 같은 목소리를 꺼냈다.

하지만 나의 목소리는 거리의 소음과 내 자신의 망설임으로 들리지 않았으므로 나는 다시 큰 목소리로,

"실례합니다앗."

라고 발악적인 인사말을 꺼냈던 것이다.

그러나 그녀는 우뚝 서더니 나를 우울하게 내려다볼 뿐이었다. 그녀의 그런 모습은 어두운 곳에 떨어진 동전을 주우려는 진지한 표정처럼 보였다. 나는 자신의 존재를 알리고 싶어 거리의 불빛을 반짝이며 반사하는 떨어진 동전처럼 필사적으로 웃었다.

"제게 말씀하셨나요?"

그녀는 큰 체구에서 어떻게 저런 소프라노 목소리를 낼 수 있을까 의아스럽게도 맑은 목소리로 나를 응시했다.

"네, 그래요."

하고 나는 대답했다.

지나가는 사람들이 기묘한 부조화를 이루고 있는 한 쌍의 남녀를 힐끔거리면서 쳐다보고 있었다.

"무슨 용건이신지요?"

그녀는 아주 사무적인 표정을 했다. 나는 나의 눈 위치에서 둔중하게 떠오르고 있는 수박만한 유방과 그 유방에서 끼쳐오는 더운 살냄새에 숨이 막힐 듯한 수치감을 느끼고 있었다.

"차나 한잔 마시고 싶습니다. 바쁘시지 않다면요."

나는 더듬거리며 말을 했다.

"정말입니다, 아가씨. 전 거리의 부랑배가 아닙니다. 저는 세금도 꼬박꼬박 내고 있는 모범시민입니다."

"알아요. 난 댁과 같은 꼬마 부랑배는 본 적이 없어요. 하지만 난 지금 바쁜데요."

하고 그 여인은 잘라 말을 했다. 그리고는 다시 심연의 도시 속으로 행군하는 듯한 걸음걸이로 걸어가기 시작했다.

나는 그녀의 뒤를 따르면서 목이 메어 울부짖었다.

"보세요. 절 살려주세요. 전 정말 댁하고 사귀고 싶어요. 믿어주세요."

하지만 여인은 여전히 이쪽은 무시하고 거리를 걷고 있을 뿐이었다.

"체육관에서부터 줄곧 댁을 보고 있었습니다."

나는 거리의 소음에 대항하듯 악을 쓰고 그녀의 잰 걸음을 따라붙으려고 허덕이면서, 인파를 헤엄쳐나가며 얘기했다.

"바쁘시지 않다면 절 살려주시는 셈 치고 잠깐만 시간을 빌려주세요. 잠깐이면 돼요."

"이봐요. 택시."

갑자기 그 여인은 지나가는 택시를 세웠다. 나는 그녀가 귀찮아서 택시를 타고 떠나버리는구나 생각하곤 숨이 막혀 입술을 깨물며 서 있었다. 그러나 나의 생각은 빗나갔다.

여인은 멈춘 택시 문을 열어젖히더니 느닷없이,

"타세요. 꼬마 신사님."

하고, 글쎄 내가 잘못 보았을까, 아주 상냥스런 웃음까지 흘깃 보여주더니 먼저 차에 올라타는 것이 아닌가.

나는 놀란 나머지 태엽 감긴 인형처럼 깡충이면서 택시 안으로 다이빙했고 그러고는 과장된 센 힘으로 택시의 문을 닫았다.

"어디로 갈까요?"

하고 운전사가 물었다.

"달리세요."

여인이 낭랑하게 소리쳤다. 그 소리는 출발을 알리는 체육 교사의 신호처럼 산뜻한 울림이 있었다.

"운전사 아저씨가 달리고 싶은 대로 달리세요."

코카콜라.
코카콜라.
산뜻한 맛 코카콜라.
당신이 목말라 애타게 찾는 코카콜라.

차 안의 라디오에서는 잠꼬대하듯 광고문구가 노래되고 있었다.
나는 몸이 달아오르고 마음이 급해져서 심한 갈증을 느끼고 있었다.
"저 실은 체육관에서 댁을 보자 바로 이 여인이야말로 내가 평소
에 찾아헤매던 여인이구나라는 확신이 들었어요. 정말이에요. 그런
확신이 들자 댁을 놓쳐서는 안 되겠다 하는 생각이 들었고, 그래서
이처럼 뒤를 따라온 거예요."
그러자 그 여인은 갑자기 웃기 시작했다.
그 웃음이 얼마나 거침없고 당당한 웃음이었는지 나는 순간 놀랐다.
"상습범이군요. 이제 보니 여간 아니셔."
"아닙니다."
나는 오해받은 것이 분하고 원통해서 단정을 내렸다.
"상습범이 아닙니다. 정말 초범일 뿐입니다."
"좋았어요. 꼬마 신사님."
여인은 웃음 끝에 대답했다.
"잘해보세요. 아주 용감한 꼬마 신사님, 좋았어요."
그녀는 내 어깨를 손으로 툭툭 쳤다. 그것은 마치 잘해보라고 격려
하는 우의의 손짓으로 생각되었고 때문에 나는 감격에 찬 목소리를
발했다.
"그럼 허락해주시는 겁니까?"

64

나는 그 여인을 쳐다보았다.

"이젠 당신과 사귀어도 좋겠습니까?"

"굉장히 성질이 급한 편이에요, 당신은."

여인은 내 어깨를 치던 손가락으로 머리칼을 가르마질하며 웃었다.

"저도 작은 사람이 좋아요. 댁처럼 트랜지스터 형의 작은 남자가 말이에요."

"다행이군요."

나는 의기양양해서 목청을 돋우어 큰 소리를 냈다.

"저는 정말 트랜지스터처럼 작답니다. 키가 일 미터하고도 사십 센티가 채 못 되니까요."

"너무 크신데요."

여인은 관대하게 친절히 혹 자신의 말이 내게 어떤 영향을 주지 않을까 조심스럽게 말을 했다.

"그 정도로는 문틈으로 빠져나가실 수는 없잖아요. 더구나 제 핸드백 속엔 들어가실 수 없잖아요."

"천만에요."

나는 자랑에 차서 부정을 했다.

"저는 몸을 굽히면 아무리 작은 구멍이라도 빠져나갈 수 있어요. 수건 접듯이 내 몸을 접으면 핸드백 안엔 들어갈 수 없겠지만 트렁크 속엔 들어갈 수 있답니다. 보세요."

나는 그녀가 차 뒤에 앉아 아까부터 만지작거리던 그녀의 손수건을 집어들었다. 그리고 차곡차곡 접힌 그 손수건을 펼쳐서 얼굴을 가리며 웃었다.

"아가씬 행커치프로 사용하시는 이 손수건이 제게 오면 그대로 세수하고 난 뒤에 닦는 타월이 되고 말잖아요."

그러자 여인은 웃었다.

"아주 재미있는 분이셔. 여간내기가 아니셔."

나는 정말 우쭐하고 승리에 도취해서 칭찬받은 유치원 생도처럼 수줍게 그러나 당당하게 웃음으로 맞장구쳤다.

"그러더군요. 나는 잘 모르겠는데 남들이 절 아주 재미있는 사람이라고 그러더군요."

"가지세요, 그 손수건. 기념으로 드리겠어요. 그것으로 타월을 하세요."

"고맙습니다."

차는 한강을 건너가고 있었다. 어둠이 깃들인 강물은 마치 중유처럼 번득이고 있었다. 붉은 달이 흐린 하늘에 걸려 있었다.

"댁이 어디십니까?"

"강변아파트예요."

"오우, 그럼 바래다드리겠습니다."

나는 시계를 보았다. 시계는 벌써 열시 십분을 가리키고 있었다. 나는 운전사에게 로터리에서 차를 돌려 강변아파트까지 가주기를 부탁했다. 그리고 돌아가는 차 속에서 나는 그녀에게 내가 K대학에서 사학을 강의하고 있고 집에서는 외아들이라는 것, 사실 이제 나이가 너무 들어 결혼하고 싶다는 것, 신부 될 사람에게 최소한도 일 캐럿 다이아몬드 해줄 돈은 저축해두었다는 것, 그런 것을 얘기했고 그녀는 자기가 성악, 소프라노를 전공했고 올해 대학교를 졸업했는데 곧 독창 발표회를 가질 거라는 것, 집에는 의사를 직업으로 가지고 있는 오빠가 한 분 계시고 동생이 하나 있을 뿐 홀어머니와 살고 있다는 것을 이야기했다.

또 우리는 그 동안 나의 이름은 김영호이고 그녀의 이름은 오유미이며 내가 서른다섯, A형인 반면에 그녀는 스물다섯, O형이라는 것 등등을 얘기했다.

우리는 참으로 오랫동안 사귄 사이인 듯 느껴졌으며 친숙하게 여겨졌다. 그래서 나는 택시가 그녀의 아파트 광장에 서자 그녀가 내리는 것을 부축하면서 사뭇 손이라도 잡고 그리고 그녀의 우람진 몸뚱어리에 정육점에 매달린 정육처럼 안기고 싶은 충동을 받았다.

"그럼 또 만나주시겠습니까?"

나는 그녀의 얼굴을 우러러보면서 은근하게 유혹을 했다. 그러자 그녀는 잠시 광장 한구석에 있는 나무에 기대어 입술을 혀로 빨면서 나를 현미경 들여다보듯 우울하게 응시했다. 강변에서 불어오는 물기를 머금은 초봄의 바람이 성근 그녀의 머리칼을 흩날리고 있었다. 그녀의 긴 그림자는 아파트 벽에 부딪혀서 흔들리고 그녀의 큰 몸은 청동으로 만든 동상처럼 깎아 빚은 듯 보였다. 그녀는 나의 눈과 그리고 온몸을 큰 눈으로 쳐다보더니 천천히 내 얼굴을 두 손으로 감싸쥐었다. 나의 얼굴은 크고 아름다운 그녀의 두 손에 가벼운 물건처럼 떠올려지고 있었다. 그녀는 조용히 그러나 달콤하게 속삭이기 시작했다.

"어젯밤 나는 꿈을 꾸었어요. 어젯밤 나는 꿈을 꾸었어요."

아파트 창문마다 내어놓은 화분에 핀 봄꽃에서, 혹은 아파트 광장 화단에 피어 있는 꽃들에서 꽃의 향기가 밤과 어우러져 싸늘하고 빙초산 같은 봄밤의 분위기를 형성하고 있었다.

"꿈속에서 흰 수염을 기른 할아버지가 나왔어요. 그리고는 내게 말을 하는 것이었어요. 내일이면 너는 귀한 남자를 만나게 된다. 내일이면 너는 귀한 남자를 만나게 된다……"

여인의 얼굴은 나무그늘에 가리어져 어두웠다. 그녀의 목소리는 그 어둠 속에서 빠져나오고 있었다. 그 소리는 그녀 자신의 목소리 같지 않고 그녀의 입을 빌려 은자(隱者)가 예언하는 것처럼 가라앉아 있었다.

"나는 그 운명에 복종해요. 난 내 자신을 잘 알고 있어요. 영호씨, 이제야 당신은 잘 와주셨어요. 오랫동안 참으로 오랫동안 기다렸어요."

그녀의 손이 내 얼굴을 부드럽게 비비기 시작했다. 나는 너무나 황홀해서 밤하늘에 불티처럼 깔린 별들 중의 하나가 돌연 가슴을 향해 스며드는 환영을 보았다.

"하지만."

유미는 손을 스르르 풀더니 자신의 다리를 굽혀 무릎을 꿇었다.

"영호씨와 제가 결합할 수 있기 위해선 넘어야 할 관문이 세 가지 있어요."

"그게 뭡니까?"

나는 그녀의 눈을 바라보며 물었다. 그러자 그녀는 난감한 표정으로 나를 쳐다보았다. 그녀의 표정은 마치 내가 그녀의 요구를 감당해 내기에는 어딘지 유약한 데가 있어 보인다는 식의 표정이었다. 그래서 나는 몸을 세우면서 큰 소리로 물었다.

"그게 뭡니까? 저는 무엇이든 해치울 수가 있습니다."

유미는 잠시 무엇인가 생각하는 눈치더니 이윽고 나를 쳐다보았다.

"첫째는 '힘의 자랑'이에요. 영호씨가 제대로 힘을 과시해 이 문제를 풀면 제 입에 입을 맞추시는 것을 허락해주겠어요. 둘째는, 제겐 오빠가 한 분 계세요. 그 오빠는 일생 동안 한 번도 웃은 적이 없어요. 그 오빠를 웃겨주셔야 하는 거예요. 저의 오빠를 웃겨주시는 것이 두번째의 관문이에요. 그 관문을 통과하시면 제가 간직해온 순결을 영호씨에게 드리겠어요."

"오우."

나는 용수철이 튀긴 낡은 스프링 의자처럼 펄쩍 튀었다.

"좋습니다. 제가 유미씨의 수수께끼를 풀어드리겠습니다. 자신있습니다. 보세요."

나는 신사복의 상의를 벗고 와이셔츠 단추를 풀어 오른쪽 팔뚝을 굽혔다. 그러자 메추리알처럼 작으나 단단한 근육이 상냥하게 부풀어올랐다.

"저는 몸은 작으나 탄력이 있어요. 절 번쩍 들어 벽에 던져보세요. 공처럼 튀어오를 것이에요."

나는 스스로의 기운을 자랑하기 위해서 보도 위에 구르는 돌을 집어 어둠을 향해 있는 힘을 다해서 던졌다. 돌은 어둠 속으로 새처럼 비상하였다.

"세번째의 문제를 가르쳐주세요, 유미씨."

"그것은 지금 가르쳐드릴 수 없어요. 두번째 관문이 끝나면 가르쳐드리겠어요."

"세번째 관문까지 통과하면 결혼해주시는 겁니까?"

"물론이죠."

"만세."

나는 환호작약하였다.

"어떤 어려운 시련이라도 당해낼 수 있습니다. 주문만 하십시오. 몹쓸 마술을 유미씨에게서 걷어갈 수 있습니다."

"영호씨, 집요한 인내력이 필요해요. 잘해주실 수 있겠죠?"

"물론입니다. 자, 첫번째 수수께끼부터 풀기로 합시다."

나는 벗은 상의를 벤치 위에 놓으면서 그녀를 올려다보았다.

"쉬운 일은 아니에요. 많은 사람들이 저에게 청혼을 하였지만 힘의 자랑에서부터 지고 말았어요."

유미는 낮은 소리로 말을 한 다음 결심한 듯 몸을 세웠다.

"첫번째 관문이에요."

유미는 내 상의를 잘 개켜놓으면서 말을 했다.

"어떤 종류의 힘 자랑입니까? 싸움닭처럼 일 대 일로 싸워 이겨야 하는 겁니까, 그것도 아니면 천 근의 무게를 들어올리는 겁니까?"

"저기 보이는 도로표지판에서부터 제가 서 있는 곳까지는 정확히 이백 미터랍니다. 저 도로표지판을 돌아오시는 거예요. 그러니까 사백 미터를 일 분 안에 돌아오셔야 하는 거예요. 아니……"

유미는 입술을 깨물면서 잠시 말을 끊고 곰곰이 생각했다.

"오 초를 더 드리겠어요. 사백 미터를 일 분 오 초 이내에 뛰어오셔야 하는 거예요."

"알겠습니다."

나는 이를 악물었다. 그리고 와이셔츠를 벗고 러닝셔츠 바람으로 도로표지판을 노려보았다.

"꼭 이겨주세요. 꼬마 신사님."

"전력을 다하겠습니다."

나는 비장한 마음으로 말을 받았다.

"자, 준비하세요. 제가 출발하라고 소리치는 순간 뛰어서 저 도로표지판 앞까지 갔다가 되돌아오는 거예요. 자신있으세요?"

나는 그녀의 얼굴을 올려보았다. 나는 조금이라도 자신을 얻기 위해서 그녀가 약간만 웃어주기를 기대하였다. 그러나 그녀는 입을 꾸욱 다물고 곤란한 수학 방정식을 풀 때처럼 심각하고 진지한 표정을 짓고 있었다. 가등의 불빛이 아름답고 거대한 그녀의 얼굴 위에 쓸쓸히 비끼고 있었다.

"해보겠습니다."

나는 큰 소리로 외쳤다. 나의 목소리는 어둠과 밤, 밤과 어둠 속으로 젖어 사라졌다. 나는 순간 무서우리만치 고독을 느꼈고 그러자 터져버릴 듯한 분노가 치밀었다. 그래서 허리를 굽히고 스타트 라인에 서서 어둠 속에 빛나는 야광 도로표지판을 뚫어져라 노려보았다. 숨가쁜 침묵이 톱밥처럼 흐르고 나는 긴장을 가누느라고 혀를 깨물고 있었다.

그녀는 가등의 불빛에 자신의 시계를 들어 비추어보면서 이윽고 가볍게 오른손을 치켜들더니 이 더러움과 권태와 피로가 가득 찬 도시의 저 온 아파트의 창문마다 밝혀지고 있는 수치와 뻣뻣한 자기 기만을 순간 지워버리려는 듯 큰 소리로 '출발' 하고 소리를 질렀다.

나는 배면을 잡아당겼다, 일순에 퉁겨진 화살처럼 뛰었다. 나의 걸음 소리는 빈 공터를 찡찡 울리고 나의 기묘한 뜀박질 소리는 어지럽게 흔들렸다.

나는 정말 이를 악물고, 손을 내어지르고 발로 허공을 차 내깔기면서 그것이 나의 전 생명인 것처럼 뛰었다. 일종의 무아지경 속, 캄캄한 나의 의식 속에서 아파트의 불빛이 물기에 젖어 축축이 빛을 흘리고, 도로표지판의 야광이 번득였다. 그리고 그녀가 시계를 들여다보면서 나를 기다리고 있는 쓸쓸하고 어두운 아파트 광장을 향해서 전력투구했다.

내가 드디어 그녀 앞에 섰을 때 나는 가쁜 숨에 몸을 가누지 못하고 벤치에 쓰러지듯 앉았다. 땀이 불쑥 배어와서 후끈거리는 머리꼭대기에서부터 더운 땀을 얼굴 위로 흘려보내고 있었다.

"됐습니까?"

나는 헐떡거리며 그녀를 쳐다보았다.

"시간 안에 도착했습니까?"

"늦었어요."

하고 그녀가 힘없이 시계를 찬 손을 내리면서 말을 했다.

"오오, 망할……"

나는 쓰러지듯 누워서 하늘을 쳐다보았다. 보이지 않는 곳에서 나는 사람들의 어지러운 발걸음 소리와 나를 향해 손가락질하는 수군대는 야유의 소리를 들었다.

"다시 뛰겠습니다."

나는 순간 앉은 몸을 일으켰다.

"무리예요. 오늘은 틀렸어요."

"아닙니다."

나는 소리쳤다.

"이길 수 있습니다. 잠깐 기다려주십시오."

나는 광장 한구석에 불을 밝히고 있는 약방까지 걸어갔다. 신문을 보고 있던 남자가 나를 쳐다보았다.

"무엇을 찾으십니까?"

"기운을 내는 약을 줘요. 피로를 몰아내는 약 말이오."

"그거야 많지요. 거의 열 개도 넘으니까요."

"몇 개 좀 꺼내봐주시오."

그러자 그는 진열장에서 박카스와 알프스, 원비, 박탄 D, 네 병을 꺼냈다. 나는 그 네 병의 마개를 모두 따서 차례로 들이켰다. 드링크제는 달고도 썼다.

나는 돈을 지불하고 다시 광장으로 돌아왔다. 그것들을 마시자 나는 시금치를 먹은 미국만화 주인공 뽀빠이처럼 투지가 솟아오르고 지친 피로가 사라지는 것을 분명 느낄 수 있었다.

"다시 뜁시다."

나는 한결 가벼운 기분으로 그녀를 향해 말을 했다.

"해낼 수 있어요?"

그녀는 조심스럽게 나의 어깨 위에 손을 얹고 그리고 가볍게 목덜미를 손바닥으로 쓸어주었다.

"노력해보겠습니다."

나는 이번에는 구두와 양말을 벗었다.

될 수 있는 한 체중에 부담이 가는 것은 덜 양으로 주머니에서 자질구레한 물건들도 얌전히 꺼내어 벤치 위에 놓았다. 그리고는 호흡을 조정하면서 허리를 굽혀 손을 차가운 콘크리트 바닥에 밀착시켰다. 내다뵈는 야광 도로표지판은 강변도로를 달려가는 차량의 순간적인 번득임으로 번쩍거리고 있었다.

그녀는 다시 시계를 들어 아파트 광장에서 빛나는 가등에 비추어 보더니 드디어 출발신호를 했다.

나는 불빛을 향해 몸을 던지는 야광충처럼 뛰었다. 그것은 정말 지독스런 고통이었다. 발바닥에 부딪히는 꺼끌꺼끌한 도로의 겉면은 삐죽삐죽 신경을 솟아오르게 하고 강가에서부터 불어오는 세찬 바람은 호흡을 탁탁 막히게 했다.

나는 차라리 날개가 달렸으면 했다. 아픔도 없이 양 옆구리로부터 날개가 솟아 내가 이처럼 무섭게 질주하는 순간 천천히 하늘을 향해 비상했으면 하고 기원했다. 나는 짙은 어둠과 작은 불빛의 불확실한 배합 사이로 시계의 초침처럼 뛰었다. 그리고 있는 힘을 다해 마지막 힘을 뽑은 다음 잔디밭에 넓죽하니 쓰러졌다.

나는 헐떡거리면서 시야 가득히 별들이 흘러가는 것을 멍하니 쳐다보고 있었다. 산다는 것은, 남보다 빠르다는 것은 힘든 일이므로 하고 나는 생각하였다.

"여전히 늦었어요."

유미가 우울하게 시계를 든 손목을 내렸다.

"삼 초 늦으셨어요."

나는 그때 몇 방울의 눈물이 굴러떨어지는 것을 느꼈다. 너무나 서럽고 너무나 야속한 기분이었다.

"오늘은 이만 헤어지기로 해요, 영호씨. 기운을 내세요. 내일도 있고 모레도 있잖아요."

"알겠습니다."

나는 손가락으로 코를 잡고 팽하니 코를 풀었다.

"내일이건 모레건 다시 와서 싸우겠습니다. 부끄럽습니다. 안녕히 계십시오."

나는 천천히 벗어놓았던 옷을 주워입고 구두끈까지 맨 후에 그녀에게 작별인사를 했다. 그리고 우리는 헤어졌다. 악수도 없이 걸어가면서 나는 몇 번이나 뒤를 돌아보았다. 그리고 그녀가 나를 돌아보아줄 것을 기대하였다. 그러나 그녀는 등만을 보이며 아파트 건물 안으로 빨려들어갔다. 나는 죽고 싶었다. 그 이후부터 나는 늘 뛰었다. 한 번도 걸어본 적이 없었다. 변소에 갈 때에도 나는 뛰었다. 고층건물을 올라갈 때에도 나는 엘리베이터를 타지 않고 뛰어 계단으로 올라갔다. 고층건물은 나의 속력을 가늠하는 좋은 척도였다.

고대 신라의 어떤 무사의 화살보다 말이 빨리 간 것처럼 나는 가령 19층의 고층도 엘리베이터의 속력보다 더 빨리 층계를 뛰어올라갈 수 있도록 노력하였다. 엘리베이터가 지금 어느 층에 있는가는 엘리베이터 위에 있는 층계 표시판에 나타나 있었다. 한층 한층 뛰어올라갈 때마다 나는 내가 지금 엘리베이터보다 뒤지고 있는가 어떤가, 그 표시판 위에 선명히 나타나 있는 표시를 보며 알 수 있었고 더 한층 속력을 빨리하였다.

층계의 경사는 급경사가 대부분이었다. 나의 다리는 숫제 뻣뻣이 경직하곤 하였다. 그러나 나는 굽히지 않았다. 좀더 빠르게, 좀더 빠르게. 나는 소리보다 빠르고 빛보다 빠르고 싶었다. 허락된다면, 문풍지를 돌연 울리게 하다 사라지는 바람이었으면 싶었다. 삼 초를 줄인다는 것은 쉬운 일이 아니었다. 그러나 며칠 동안 뛰고 보니 자신이 생각해도 스피드에 대해 어느 정도 자신이 생긴 것 같았다.

그래서 나는 며칠 후 유미의 아파트로 갔다. 그리고 아파트 앞 광장에 서서 큰 소리로 유미를 불렀다. 나의 소리는 온 광장을 거침없이 울리게 하였다. 많은 사람들이 무슨 일인가 창문을 열고 내다보았다. 나는 말없이 옷을 벗으며 온몸의 근육에서 흑인과 같은 억센 힘이, 질긴 정력이 솟아오는 것을 느꼈다.

"어서 오세요."

유미가 환히 웃으며 다가왔을 때 나는 이미 출발 준비를 완료하고 있었다. 그날 저녁 나는 뛰었다. 그리고 나는 첫번째 관문을 통과했던 것이다.

"축하해요."

유미가 뜀박질을 끝낸 내게 아주 기쁜 어조로 말을 하였다.

"아직 한 바퀴 더 뛰어올 수 있습니다. 문제 없습니다."

나는 팔을 흔들어 아직 저장되어 있는 힘이 무섭게 끓고 있음을 보여주었다.

"오십팔 초에 뛰셨어요. 정말 총알처럼 뛰셨어요."

"그럼 된 겁니까? 이제 완전히 첫번째 관문은 통과한 셈입니까?"

"물론이죠. 정말 영호씨는 고속도로 위를 달려가는 경주차처럼 달려주셨어요. 무서운 속력이었어요."

그녀의 손수건이, 아니 나의 세수 수건이 얼굴 위를 스치고 그녀는 다정하게 내 얼굴 위에 흐르는 땀을 핥듯이 닦아주었다.

"그러나 넘어야 할 관문은 아직도 두 개가 남아 있어요. 그것을 마저 통과해주셔야 해요."

"그게 뭐였지요?"

나는 옷을 입으면서 큰 소리로 자신 있게 물었다.

"제겐 오빠 한 분이 계세요."

그녀는 조용히 얼굴을 들어 강변 쪽을 바라다보았다. 마침 늦은 밤 열차가 철교 위를 굴러가고 있었다. 나는 잠시 그 기차가 불을 밝히고 이윽고 어두운 밤의 저편으로 사라져버리는 것을 보았다.

"그 오빠는 지금껏 철들고 나서 한 번도 웃어본 적이 없어요."

"예?"

나는 전에 한 번 들었던 말이긴 하나 새삼스럽게 놀라운 나머지 비명을 발했다.

"한 번도 웃어본 적이 없다구요?"

"그래요. 정말 한 번도 웃어본 적이 없어요. 얼굴의 근육이 마비되었거든요."

"……오빠는 지금 병원을 개업하고 있어요. 오빠를 웃겨야지만 두번째 관문을 통과하실 수 있는 거예요. 저를 사랑하신다면."

그녀는 말을 끊고 나를 쳐다보았다.

"오빠를 웃겨주셔야 해요."

"너무하십니다."

나는 한숨을 쉬었다.

"그건 정말 너무 어려운 문제로군요."

이 더럽고 축축한 도시의 염기 속을 뚫고 한바탕 뜀박질하고 난 후 피로함과 야속함, 쓸쓸함이 한데 어우러져 있을 때 그런 어려운 또하나의 문제가 있다는 것은 미리 각오하고 있었지만 우울한 일이었다.

"제가 탐나지 않으세요?"

갑자기 유미가 내 얼굴을 두 손으로 감싸들 듯 쥐었다. 나는 그녀의 놀랄 만한 볼륨을 보이는 육체를 눈이 부신 듯 쳐다보았다. 몸에 꼭 붙는 블라우스 위로 그녀의 잘 발달된 젖가슴과 둔부가 눈을 찌르기 시작했다. 나는 뜨거운 침을 삼켰다. 엄청나게 성기가 발기되어 꿈틀거렸다.

"탐납니다, 유미씨. 유미씨의 육체를 가지고 싶습니다."

나는 솔직한 고백을 했다.

"유미씨, 부끄럽게도 나는 이제껏 여자의 육체를 가져본 일도 없습니다. 유미씨의 육체는 정말 우람합니다."

나는 호흡이 어지러워지는 것을 느꼈다.

"이 육체를 드리겠어요. 두번째 관문을 통과하신다면."

그녀는 찬란한 미소를 띠며 여성적인 교태를 부렸다. 나는 흥분되어 소리를 질렀다.

"이길 수 있습니다. 문제 없이 이길 수 있습니다."

나는 갑자기 무슨 몹쓸 병을 앓고 난 후 발작적으로 일어나는 원기처럼 무서우리만치 엄습해오는 강한 투지를 새삼 느꼈다.

"하겠습니다. 꼭 유미씨의 오빠를 웃기고야 말겠습니다."

"부탁해요. 꼭 웃겨주셔야 해요."

"그래서 꼭 유미씨를 내 것으로 정복하고 말겠습니다."

그녀는 천천히 자기 오빠가 지금 종로2가 어디에서 산부인과를 개업하고 있는지를 알려주었고, 될 수 있는 대로 빠른 시일 내에 오빠를 웃겨줄 것과 웃기기 전에는 들르거나 전화를 거는 따위의 행동은 하지 말아줄 것을 부탁하였다.

"영호씨."

유미는 부탁이 끝나고 잠시 무슨 말을 할까 하는 식의 침묵이 왔을 때 조용히 나를 불렀다. 나는 그녀의 수상스러운 부름에 천천히 고개를 돌려 그녀를 올려다보았다.

"첫번째 관문을 통과하셨으니까, 약속은 지켜드리겠어요. 키스해줄게요."

그녀는 천천히 눈을 감았다. 나는 그녀의 입술에 떨리는 입술을 맞추려고 발돋음을 하였다. 그러나 터무니도 없는 높이였다. 나는 마음은 급하고 행동은 마음을 따라가지 못하는 초조감 속에서 드디어는 그녀의 어깨 위에 손을 얹고 그리고 거대한 바다 속으로 매어달렸다.

그러나 이 기막힌 도약은 그녀가 눈치 빠르게 봄의 잔디밭, 아아,

싱그럽고 양탄자처럼 부드러운 꽃밭 위에 천천히 눕는 것으로 끝이 났던 것이다.

그녀는 꽃밭에 누워 눈을 감고 있었다. 그녀가 숨을 쉴 때마다 그녀의 큰 몸은 오르락거리고 있었다. 허파로 숨을 쉬지 않고 온몸으로 향기와 육감을 발산하고 있었다.

나는 뜨겁고, 바짝 마른 입술을 그녀의 입술에 부딪쳤다. 우리는 술을 마신다. 잔과 잔을 부딪치며. 마찬가지로 우리는 입을 맞춘다. 입술과 입술을 부딪치며.

나는 보온병만큼이나 크고 뜨거운 그녀의 입술에 나의 입을 파묻었다. 이빨이 부딪쳤다. 나는 그 입술 사이로 숫제 액체처럼 녹아들어가고 싶은 충동을 받았다. 젖은 꿀과 같은 타액과 타액이 교환되고, 나는 그녀의 혀 위에 나의 혀를 다정히 부착시켰다.

"이대로 죽고 싶어요."

라고 유미가 말을 하였다.

그 말은 나의 정열에 불을 붙이고 나는 맹렬히 그녀의 몸을 향해 덤벼들었다. 나는 폭발하듯 그녀의 몸 위에서 몸부림을 쳤다. 내 손은 거미의 발처럼 그녀의 목덜미와 그리고 거대하게 흔들거리는 풍요한 유방을 향해 전진하였다.

"안 돼요."

순간 유미가 몸을 일으켰다. 나는 성벽을 향해 붙었다 떨어지는 벌레처럼 무참하게 비틀거렸다.

"키스만 하기로 약속했잖아요."

나는 부끄러웠다. 갑자기 봄밤의 바람이 차갑게 덤벼들었다.

"잘못했습니다."

나는 씩씩거리며 사과를 했다.

"유미씨의 입술이 너무나 황홀했던 나머지…… 용서해주십시오."

나는 낮을 붉히며 뛰었다. 가자! 나는 속으로 부르짖었다. 가서 제
2의 수수께끼를 풀어야 한다. 그리하여 저 풍요한 언덕 위에서 마음
껏 뛰어놀아야 한다. 저 원시의 초원에 나를 뉘어야 한다. 가자, 가서
해치우자.

나는 그 다음날 유미가 알려준 대로 '오진태 산부인과'를 찾아갔다.
그 산부인과는 종로2가 케이크점 옆골목 이층에 자리잡고 있었다.

"어떻게 오셨습니까?"

간호원이 진찰카드를 정리하고 있다가 나를 쳐다보았다.

"원장님 계십니까?"

나는 정중하게 첫마디를 꺼냈다.

"계시는데, 무슨 일인가요?"

"개인적인 볼일입니다."

나는 그녀가 혹시 나를 월부 책장사로 오해할까 염려스러워 과장
된 미소를 띠며 말을 했다.

"중대한 일입니다. 좀 불러주실 수 있겠습니까?"

"앉아 계세요."

그녀는 상냥하게 말을 하더니 내실로 들어가버렸다.

나는 대기실 소파에 앉아 비치용 화보를 들춰보았다.

침착하자, 김영호. 나는 스스로를 달래면서 웃음을 가라앉혔다.

남을 웃기기 위해서는 너는 될 수 있는 한 마음을 가라앉혀야 할
필요가 있다. 네가 오늘 준비하고 있는 두 개의 레퍼토리는 글쎄 철
저한 미국식 유머라는 것을 염두에 두고 있어야 한다. 대체로 남을
웃기기 위해서는, 웃기려는 사람의 마음자세는 솜씨 좋은 외무사원
의 유연한 손짓처럼 풀어져 있어야 한단 말이야. 침착하자, 김영호.
마음을 가라앉혀라. 마음을.

"무슨 일로 오셨습니까?"

이윽고 흰 가운을 입고 어깨엔 견장처럼 청진기를 두른 사내가 천천히 다가오면서 물었다.

그는 아주 잘생긴 사내였다. 온몸은 깨끗이 단정하게 치장되어 있었고, 얼굴은 소독용 가제처럼 정결했다.

"저, 오유미씨의 부탁을 받고 왔습니다."

나는 일어서서 훌쩍 큰 그 사내를 쳐다보았다.

"오유미라구요? 유미는 제 동생인데요. 오우 알겠습니다."

사내는 느닷없이 내게 손을 내밀면서 말했다.

"김영호씨죠."

"그렇습니다."

나는 그가 내민 손에 내 손을 맡기면서 그리고 인심 좋게 웃었다.

"앉읍시다."

그는 내게 담배를 권하면서 라이터까지 찰칵이며 불을 당겨주었다.

"절 웃기시러 오신 거죠?"

하고 오진태는 단도직입적으로 말을 꺼냈다.

"그렇습니다."

나도 그가 그렇게 단도직입적으로 대해오자 별수없이 사무적으로 말을 받았다.

"저는 유미씨를 사랑하고 있습니다. 그리고 유미씨와 결혼하고 싶습니다. 그러기 위해서는 오진태씨를 웃겨야 한다고 하더군요. 죄송스러운 부탁입니다마는."

나는 좀 봐주십시오, 하는 식으로 두 손을 마주 비볐다.

"혹 제 얘기가 우습지 않으시더라도 제법 웃긴다고 생각되시면 가차없이 웃어주셨으면 합니다. 부탁입니다."

"노형, 그것은 어려울 것입니다."

오진태가 담배연기를 후욱 뱉으면서 허공을 쳐다보았다.

"아무도 나를 웃길 수는 없습니다."

"그런 증세는 언제부터였습니까?"

나는 천천히 그를 향해 청진기를 들었다. 웃기기 위해서는 그의 증세를 알아둘 필요가 있기 때문이었다.

"나는 지금껏 철들어 웃어본 적이 없습니다."

"그럼 한 번도 웃어본 적이 없습니까?"

"천만에요. 나는 태어날 때부터 우는 대신 웃으면서 태어난 사람이었습니다. 제가 기억하는 것으로 제일 마지막으로 웃었던 것은 제가 열두 살 때 봄, 닭이 알을 낳는 것을 보고 웃은 것입니다."

"그게 뭐가 우스웠습니까?"

"모르겠습니다. 어쨌든 그땐 그 모습이 굉장히 우스웠습니다. 그래서 일 주일 동안 내리 웃고만 있었습니다. 밥을 먹으면서도 핫하하, 변소에 가도 핫하하…… 마치 잘못 꽂힌 배터리가 그 약이 없어질 때까지 충전되는 것처럼 아마 일생 웃을 웃음의 양을 미리 한꺼번에 웃은 모양입니다."

"아닙니다. 당신은 치료될 수 있습니다. 비관하지 마십시오."

나는 우울하게 환자처럼 앉아 있는 그를 위로했다.

"당신은 나을 수 있습니다. 웃음을 되찾을 수 있습니다. 병이 낫기 위해서는 스스로 낫는다는 것을 확신하는 마음의 자세가 필요합니다. 특히 당신은 의사입니다. 마음만 먹으면 닭이 달걀 낳는 것쯤의 우스꽝스런 모습은 수천 가지도 넘게 발견할 수 있습니다. 애를 낳는다는 것도 일종의 달걀 낳는 것과 유사하지 않습니까?"

"제 병을 고쳐주면 김형에게 후사하겠습니다."

오진태는 진정 증세를 호소하는 노인처럼 진지한 표정을 했다.

"구봉서의 만담을 좋아하십니까?"

"들어보았습니다."

그는 대답했다.

"그러나 웃기지는 못했습니다."

그는 웃기지 못하는 것이 자기의 책임이나 되는 듯 미안한 표정을 했다.

"그럼 이런 방법을 쓰는 것이 어떨까요? 애 못 낳는 사람들은 인공으로 수정을 해서 임신을 합니다. 일테면 의사시니까 얼굴의 근육에서 특별히 웃을 때 사용되는 근육을 골라내어 훈련시킨다면 되지 않겠습니까?"

"글쎄요."

그는 우울하게 대답했다.

"얼굴에는 수천 개의 근육이 있습니다. 그 근육은 감정의 미묘한 상태를 전달받아서 웃거나 혹은 울거나 혹은 화를 내는 감정을 표현해냅니다. 그러니까 흔히 만화에서 보듯이 몇 가지의 단선, 즉 화를 낼 때는 입을 꾸욱 다물거나 눈을 치켜뜨는 몇 가지 선의 표현으로 그려질 수는 없습니다. 더구나 웃거나 우는 극단적인 표현에 필요한 근육은 서로 일치되는 경우가 많습니다. 그것보다 더욱 중요한 것은, 설사 장시간 훈련을 해서 얼굴에 웃음을 띠어올렸다고 칩시다. 그러나 거기에 수반하는 웃음이 핫하하든지 헛허허든지 나와야 할 것이 아니겠습니까? 문제는 웃는 표정보다는 웃는 감정이 아니겠습니까?"

나는 순간 자기의 증세를 미세하게 알고 있는 인텔리 환자의 투병이 어려운 일이라는 상식을 떠올리면서 혹 이 사내를 웃긴다는 일이 불가능한 일이 아닐까 하는 느낌을 받았다. 그러자 나는 비애를 느꼈다.

"자, 날 웃겨주시오."

그는 가운의 단추를 끌렀다. 그럼으로써 그는 자신의 내부를 무방비상태로 백지화하려는 것처럼 보였다.

그러나 그러한 마음의 자세가 웃음을 구체화하려는 의도에 반하여 더욱 웃음을 불가능하게 하는 요소임을 나는 알아차렸다.

그러한 마음가짐은 차라리 무슨 내기장기나 한판 두자는 것처럼 보였다. 포(包)로 궁(宮)을 막고, 졸(卒)을 움직이려는 포석은 결코 웃음이라는 형이상학과 거리가 먼 것이다. 그가 그렇게 몸 움직임을 보이자, 웃음이라는 보이지 않고 만질 수 없는 어떤 개념이 구체화되어 서로 던지고 받는, 마치 한 잔의 냉주스처럼 냉동시켰다가 마시는 그런 공기놀이식의 유희로 느껴졌다. 이미 그와 내가 웃음을 손끝으로 가누고 있다는 것을 의식했을 때 나는 이 친구를 웃길 수 있으리라는 가능성이 점점 희박해지는 것을 느꼈다.

웃음이라는 것은 무슨 적진을 돌파하기 직전의, 꼭 해치워야겠다는 식의 비장한 결심이 필요한 것도 아니고 또 우리가 목욕탕에서 체중을 재듯 미리 웃음을 재고, 무게를 달고 저울질할 수도 없는 것이다.

그러나 나는 이 내기를 포기해서는 안 될 것이다. 모름지기 나는 이 내기에 이겨 유미를 내 것으로 만들어야 하는 것이다. 나는 불붙는 적의를 느꼈다.

"자, 첫번째 이야기를 시작하겠습니다."

나는 낯을 붉히면서 뻣뻣한 얼굴로 그러나 약간 기선을 제압당한 채로 준비했던 얘기를 꺼내기 시작했다.

"우리 동리에는 머리 좋고 상냥한 똘똘이라는 초등학교 삼학년짜리 소년이 하나 살고 있습니다."

"우리 동리에는 머리 좋고 상냥한 똘똘이라는 초등학교 삼학년짜리 소년이 하나 살고 있습니다."

그는 내가 서두를 꺼내자 큰 소리로 책을 읽는 아이처럼 말을 따라 했다.

"따라하지는 마시오."

"따라하지는 마시오."

나는 상냥하게 말을 하였으나 그는 그것이 또하나의 얘기인 줄 알고 따라하였다.

"그만합시다."

나는 손을 휘둘러 이야기를 거둬들였다.

"제 얘기를 따라하지는 마십시오. 감정의 흐름이 단절됩니다."

"그것은 오랫동안의 제 버릇입니다."

그는 다소 화를 내면서 항의를 했다.

"그러나 하지 말라고 하면 그만두겠습니다. 시작하십시오."

나는 이미 전의를 상실하였다.

"다시 시작하겠습니다."

나는 꼬리 떨어진 도마뱀의 꼬리에서 새로운 꼬리가 솟아나는 환영을 보았다.

"우리 동리에는 머리 좋고 상냥한 똘똘이라는 초등학교 삼학년짜리 소년이 하나 살고 있습니다. 이 소년은 늘 부모님의 말씀을 잘 듣고 착한 모범 소년이었습니다. 그런데 이 똘똘이가 어느 날 엉큼하게도 학교에 가기가 싫어졌답니다. 그래 궁리궁리를 했지요. 그러자 아주 좋은 묘안이 떠올랐습니다. 똘똘이는 학교에 전화를 걸고 담임 선생님을 찾았습니다. 이윽고 담임 선생님이 나오자 똘똘이는 굵은 목소리로 어른의 흉내를 내었습니다.

—아, 저 똘똘이 담임 선생님이신가요?

—아, 그렇습니다만.

—진작 찾아뵙는다는 것이 그만 사정이 여의치 않아서 아주 죄송합니다.

—뭘요, 천만에요. 그런데 어인 일로?

—아, 다름이 아니라 우리집 똘똘이 얘긴데요.

─ 똘똘이가 어떻게 됐습니까?

─ 아 글쎄 우리 똘똘이가 오늘 아침 갑자기 열이 나고 구토를 하고 설사를 한단 말이에요."

"잠깐."

오진태가 나의 말을 황급히 막았다.

"지금 열이 나고 구토를 하고 설사를 한다고 하지 않았습니까?"

"그렇습니다."

나는 의아해서 그를 쳐다보았다.

"그렇다면 중증입니다. 격리시켜야 합니다. 전염병에 틀림없습니다."

"아닙니다."

나는 분노에 차서 큰 소리로 부정을 했다.

"제 얘기는 지금 가공의 인물 얘기가 아닙니까? 얘기를 끝까지 분명히 들어주십시오."

"미안하게 됐습니다."

그는 하나도 미안하지 않은 표정으로 사과를 했다.

"얘기를 계속해보시지요."

"아까 제가 어디까지 얘기를 했던가요?"

나는 당황해서 생각 끝에 말을 되물었다.

"똘똘이가 열이 나고 구토를 하고 설사를 시작했습니다, 라고까지 말을 하셨습니다."

"그렇습니다. 네, 똘똘이가 열이 나고 구토를 하고 설사를 시작했습니다. 담임 선생님, 오늘 아침부터 말입니다, 하고 똘똘이가 아버지 목소리를 흉내내어 말을 했습니다."

나는 한숨을 쉬었다. 이미 나는 의욕을 잃고 있었다.

"왜 김이 빠지십니까?"

그가 물었다.

"그렇다면 처음부터 다시 얘기하십시오. 안 들은 셈 치고 진지하게 듣겠습니다."

오진태가 딱하다는 듯 동정의 눈빛을 했다. 나는 화가 치받쳐올랐다.

"아닙니다. 계속하겠습니다. 그래서 똘똘이가 아버지 목소리를 흉내내어 담임 선생에게 말을 했어요.

— 저 그래서 오늘 우리 똘똘이를 학교에 보내지 못하겠습니다. 아시겠습니까?

— 예, 잘 알겠습니다.

라고 담임 선생님이 쾌히 승낙했지요.

— 그런데 저……

담임 선생님이 이윽고 부드럽게 물었습니다.

— 실례지만 댁은 누구신지요?

그러자 똘똘이가 대답을 했습니다.

— 예, 저는요, 우리 아버지입니다."

나는 얘기를 끝마쳤다. 물론 나는 이미 그가 웃어줄 것은 기대하지 않고 있었다. 하지만 꺼낸 이야기이니 끝까지는 마쳐야겠다는 퇴색된 배짱으로 계속하였다. 그러나 상대편을 웃길 수 있다는 가능성 없이 얘기를 해야 하는 것은 벽을 향해 소리를 질러대는 심사와 하나도 다를 것이 없었다.

그래서 나는 얘기를 끝마치고는 잠시 멈추었던 담배를 빨아대면서 암수에 걸렸을 때처럼 씁쓸하게 그를 올려다보았다.

"계속하시지요."

오진태가 손을 내저으면서 말을 했다.

"아주 재미있는 얘기인데요."

그는 하나도 재미있지 않은 표정으로 권했다.

"끝났습니다."

나는 시선을 피하면서 담배를 비벼 껐다.

"얘기가 다 끝났습니다."

"아 그래요, 난 얘기가 계속되는 줄 알았습니다."

그는 라이터를 공기놀이 하듯 상하로 던졌다 받아 쥐었다.

"하지만 아주 재미난 얘기로군요."

어디선가 어린애 우는 소리가 들려왔다.

나는 맥이 풀린 채 쓴 담배를 다시 피워물면서 심한 낭패감을 맛보고 있었다. 아주 고집불통인 사내와 지리멸렬한 토의를 하고 있는 것처럼 답답한 생각이 들었다. 그러자 기왕 밀고나온 바에야 미리 준비해두었던 다른 얘기를 끝마치고 오늘밤 종말을 고하리라 작정하고 천천히 담배를 눌러 끄면서 새로운 유머를 끄집어내기 시작했다.

"새로운 이야기가 있습니다. 이것은 분명 오진태씨를 웃길 수 있는 틀림없는 진짜라는 것을 믿어 의심치 않는 바입니다."

나는 주머니에 숨겨두었던 밀수품 양키 물건을 꺼내는 거리의 암거래상처럼 천천히 그러나 제법 음흉스럽게 서두를 꺼냈다.

"아 예, 기대하겠습니다."

그는 앉은 자세에서 의자를 바짝 끌어당겼다.

"월남에서 종군하던 톰이 오랜만에 한 달간의 휴가를 얻었습니다. 그리하여 톰은 자기의 아내인 제니와 휴가지에서 만나 수년간 떨어져 있던 회포의 정을 만끽하고 침대에 누웠습니다. 둘은 오랜만에 맛본 정사의 깊은 피로로 꿈도 없이 잠이 들어 있었습니다. 그때였습니다. 누군가 술 취한 술주정뱅이가 그만 자기 방으로 잘못 알았는지, 한밤중에 톰의 방문을 세차게 두드리기 시작했습니다. 그러자 톰이 엉겁결에 벌떡 일어나서 곤히 잠든 아내 제니를 흔들어 깨웠습니다.

―이봐. 빨리 일어나, 빨리. 당신 남편이 돌아왔나봐.

무심결에 일어난 제니, 손을 내저으면서 하는 말이……"

"잠깐."

하고 오진태가 말을 막았다.

"나는 압니다. 나는 제니가 무어라고 말을 했는지 압니다."

그는 스무고개에 나온 재치박사가 이미 둘째 고개쯤에 정답을 알아버린 듯한 자만심으로 그러나 무표정한 얼굴로 말을 했다.

"그거야 뻔한 것 아닙니까? 천만에요. (여기서 그는 여자의 목소리를 흉내내었다.) 우리집 남편 톰은 지금 월남에 있는걸요. 제 대답이 맞습니까?"

"그렇군요."

나는 제기랄 하는 심사로 수긍을 했다.

"아주 척척박사로군요."

우리는 뻔히 속이 들여다보이는 한바탕의 치졸한 웃음놀이를 끝내고 불유쾌하고 무책임한 유머가 주고 간 침묵을 멍하니 쳐다보았다.

"가겠습니다."

나는 침묵을 깨뜨리며 일어섰다.

"이봐 간호원."

그는 별로 만류하지도 않고 거실 쪽을 향해 소리를 질렀다.

"이 손님에게 우산을 갖다드려."

그는 좀 후에 간호원이 오자 명령을 하였다.

벌써부터 비가 내리고 있었다.

"또 오십시오."

신을 신으려고 나선 내게 오진태는 비닐우산을 들려주며 친절하게 말했다. 나는 참았던 눈물을 마침내 터뜨리는 심정으로

"내일 이 시간에 또 오겠습니다."

하고 큰 소리로 작별인사를 하였다.

거리엔 비가, 안개 같은 봄비가 지독히 내리고 있었다. 나는 휘청이면서 거리를 뚫고 걷기 시작했다. 거리는 갑작스레 내리는 봄비에 젖어 갓 울음을 끝낸 아이의 볼처럼 질펀히 젖어 있었고 그 촉촉한 물기 위로 야경이 녹아들어 있었다.

술 취한 사내들이 골목마다 오줌을 깔기고 있었고 도시의 시끌시끌한 소음이 자자분하게 빗속에 가라앉아 있었다.

나는 목적도 없이 비닐우산에 몸을 맡기며 걷고 있었다. 곰곰이 생각 좀 해보자. 나는 중얼거렸다.

유미와 결혼을 하기 위해선 그녀의 오빠인 오진태를 웃겨야만 한다. 그를 웃기기 위해선 나는 어떤 행동을 취해야 할 것인가.

심리학적으로 보면 웃음이라는 것은 정상에서 약간만 비껴주면 형상화되는 상태인 것이다. 인간 내면 속에 자리잡고 있는 유희본능이 평소에는 인간의 무거운 체면 따위로 억눌려 있으나 그 억눌린 유희본능을 자극시켜주면 웃음이 나오는 것이다.

나는 최근에, 아니면 지금까지 통쾌하게 웃었던 일이 있었는가, 있었으면 언제였던가를 기억하려고 머리를 모았다.

그러자 정말 우스꽝스럽게도 그 기억이 떠올라주질 않는 것이었다. 최소한도 구봉서와 배삼룡의 엉터리 요리 강습에도 나는 웃고 있질 않았던 것이다.

'거참 이상한 일이군' 하고 나는 생각했다.

생각하면 할수록 내가 웃었던 기억이 떠올라주지 않았다.

오히려 버스 속에서 발을 밟히고 싸움했던 기억이나 팔백오십원짜리 티셔츠를 팔백원에 깎아 사려고 싸웠던 기억이 먼저 떠오르고 있었다.

제기랄, 하고 나는 투덜거렸다.

물론 나도 웃었던 때도 있었다. 일테면 서커스에서 어릿광대가 회방귀를 피우던 모습에 거짓말이 아니고 거의 일 년 동안 기억해낼 때마다 웃었던 때도 있었다. 그러나 그렇다손 치더라도 내가 오진태를 웃기기 위해서 서커스의 어릿광대처럼 회방귀를 뀔 수야 없지 않은가.

나는 최근에 언제 웃었던가를 생각해내려고 눈썹을 모았다. 그러나 그 기억이 떠오르지는 않았다.

그래서 나는 거리의 사람들은 어떻게 오가고 있는가를 쳐다보기 시작했다. 거리엔 수많은 사람들이 오가고 있었다. 술에 취한 남자들이, 혹은 남자를 유혹하기 위해서 노출된 옷을 입은 여인들이, 외출 나온 군인들이, 대학생들이, 구두닦이들이, 신문팔이들이, 골목마다 장사치가, 상점마다 손님들이.

하지만 그들은 한결같이 입을 꾸욱 다물고 단연 해치우고 말겠다는 수상스런 적개심을 가지고 거리를 떠다니고 있을 뿐이었다.

그들의 얼굴에서 웃음을 발견해보겠다는 나의 생각은 어리석은 것임을 알았다.

웃음은 사진관에서 자기 사진관을 선전하기 위해 내건 영화배우의 사진, 혹은 서너 살 먹은 아이가 자기 부모들의 관심을 모으기 위해서 웃는 그런 사진 속에서나 찾아볼 수 있는 것이었다.

나는 길 잃은 미아처럼 거리에 서서 어느 만치에서 웃음이 오고가고 있는 것인가 눈을 뜨고, 발돋움을 하며 내다보았다.

그때 나는 얼핏 책방을 생각해냈다.

내가 책방을 생각해냈다는 것은 참으로 멋진 착상이었다.

"어서 옵쇼."

책방 점원이 상업적인 인사를 했다.

"무엇을 찾으십니까? 무엇이든 구비되어 있습니다. 신간 서적, 외국 서적, 잡지, 각종 참고서 모두 구비되어 있습니다."

"저 소화집(笑話集) 하나 주시오."

"아. 불 끄는 책 말입니까? 물론입죠. 불은 무서운 것이니까요."

"그런 종류의 책이 아니라 남을 웃길 수 있는 책 말이오."

"아, '화제의 주인공이 될 수 있는 비결'이란 책이 나왔습니다. '당신도 사장이 될 수 있다'라고 문고판의 제이권입니다. 여기엔 천 개의 유머가 있습니다. 최신판입니다. 잠깐 기다려주십시오."

점원은 서가에 꽂힌 책을 한 권 뽑아들었다.

"이겁니다. 천하의 냉정한 사람도 웃을 수 있는 책, 즉 현대판 웃음 보따리인 것입니다."

나는 그 책을 쥐어들었다. 그 책은 저명한 코미디언이 회갑기념으로 출판한 책으로 겉장엔 붉은 글씨로 '주의, 이 책을 읽기 전에 배꼽에 이름을 적어놓으십시오. 전에도 이 책을 읽다가 250명의 사람이 배꼽을 잃었습니다'라는 마치 하나도 무섭지 않은 영화를 상영하는 영화관에서 '심장이 약한 분이나 임신부는 삼가시오' 따위의 애교 있는 협박을 하는 것처럼 역설적인 경구가 적혀 있었다.

어쨌든 나는 값을 지불하고 그 책을 들고 집으로 돌아왔다. 그 책엔 천 개의 유머가 만재되어 있었다. 책은 과연 은퇴한 코미디언의 글답게 아주 재미있는 농담으로 가득 차 있었고, 편자가 서문에 밝혔듯이 서구식 농담과 순 한국식 농담이 총망라되어 있었으므로 하루에 한 편씩 이야기한다 할지라도 천일야화는 문제 없을 것 같았다.

그래서 나는 거리가 어둑어둑해지면 행장을 차리고 오진태의 병원을 방문하곤 하였다. 그것은 나의 일과였다. 괴롭고 긴 인내를 요구하는 일과였다.

오진태는 습관화되어 있어서 마치 제시간에 꼬박꼬박 약을 받아먹으러 오는 환자를 기다리듯이 소파에 앉아서 기다리고 있었으며 그때엔 커피나 혹은 홍차가 알맞게 데워져 있었다.

그것은 마치 상품을 수교하거나 부두에서 수입품을 내려놓는 하역작업처럼 보이고 있었다.

"또 왔습니다. 밤새 안녕하셨습니까?"

하고 내가 첫마디를 꺼내면 그는 아주 비감한 표정으로,

"예, 별일 없습니다. 오늘은 정말 무슨 획기적인 유머가 없겠습니까?"

하고 지레 걱정을 해주었으며 그럴 때마다 나는, 환자의 증상을 거짓말로 안심시켜버리려는 의사처럼,

"아무럼요. 자, 오늘은 서른두번째의 유머를 꺼내겠습니다."

라는 투로 이야기를 펼쳐나가기 시작했다.

그는 늘 진지하게 눈을 뜨고 하나도 빼놓지 않고 듣다가 언제든 정말 조금이라도 웃어줄 마땅한 낌새가 엿보이면 가차없이 웃음을 단행하겠다는 대기 태세를 완비하고 안간힘을 쓰면서 나의 이야기를 경청하는 것이었다.

그러나 나의 유머는 그의 이미 대기 태세가 완비된 마음을 조금도 흔들어주지 못하고, 묵묵히 앉아서 식은 커피를 혹은 홍차를 홀쩍홀쩍 들이켜고, 그럼 내일 또 뵙겠습니다라는 공식적이요 입에 밴 작별 인사를 나누는 것으로 하루의 종말을 고하는 것이었다.

나는 정말이지 여러 가지 얘기를 하였다. 버스 속에서 남의 바지 단추를 끄르는 여직원의 얘기부터 약간의 음담기 섞인 사제와 노처녀의 얘기, 나폴레옹의 치즈 얘기까지 여러 가지 이야기를 해주었던 것이다.

그러나 오진태는 한 번도 웃어주지 않았으며 단 한 번, 희미한 어둠 속에서 야광시계의 야광침이 부옇게 떠오르듯 아리송한 미소를 입에 담은 적밖에는 도대체 상식 정도의 미소까지도 보여주려고 하지 않았던 것이다.

92

오진태가 자칫하면 웃을 뻔했던 날은 열사흘째 날로서 백두번째의 유머를 꺼냈을 때였다.

나는 언제나 하루에 대여섯 개의 유머를 한 개에 평균 사 분씩 소비해서 얘기하는 것이 보통인데 그 유머는 제일 나중에 했던 유머로, 오진태는 거의 오늘도 이제 파장이 되고 말았군 하는 식으로 결국 기회만 있으면 웃으려고 했던 임전 태세를 거두려고 담배를 피워물었고 그러면서도 그의 얼굴엔 얄밉게도 결국 오늘도 너의 함정에 빠지지 않았다는 아슬아슬한 안도감이 이율배반적으로 넘쳐 흐르고 있을 때였다.

나도 이미 오늘도 틀리고 말았다라는 체념감으로 그러나 이미 시작해놓은 싸움판이니 마무리나 짓고 내일로 미루자는 심사로 천천히 얘기를 꺼내기 시작했던 것이다.

"백두번째의 유머를 시작하겠습니다."

"행운을 빌겠습니다."

그가 남의 일을 보듯 말을 했다.

"생물학 교수가 수업시간에 어느 예쁘고 수줍음 많은 여학생에게 물었습니다. (목소리를 굵게 해서)

— 인간의 육체 중에서 감정의 흥분을 느꼈을 때 평상시의 열두 배로 팽창하는 부분이 있습니다. 그 부분이 어딥니까? 대답해보십시오.

그러자 그 여학생은 얼굴이 붉어지고 숨이 가빠오르고 정신이 아득해져서 말을 하였습니다. (수줍게 여자 목소리를 흉내내면서)

— 아이 선생님두, 제가 그 질문에 어떻게 대답할 수 있겠어요.

그녀는 남학생들의 눈초리를 피해서 어쩔 줄 몰라했습니다. 그러자 생물학 교수는 근엄하게 안경을 고쳐 쓰면서 다음과 같이 말을 했습니다. (엄숙하고 극적인 목소리로)

— 학생은 결혼하면 틀림없이 실망하겠군그래. 인간의 신체 중에

서 흥분하면 열두 배로 늘어나는 것은 바로 눈동자란 말이오."

그러자 오진태는 느닷없이 얼굴에 미소를 띠기 시작했다. 순간 나는 놀라서 주위에 이 거대하게 시작하려는 웃음의 발화점에 더 부채질해줄 수 있는 무엇이 없을까 멈칫거렸고 오진태는 아주 아쉬운 듯,

"아주 재미난 얘기로군. 하지만 조금 모자라는군요."

라고 애석한 표정으로 그날의 하루를 고했던 것이다.

그가 그날 보여준 한 가닥의 미소는 내게 고무적인 무엇을 던져주긴 했지만 그날 이후로 오진태는 다시 무표정의 심연 속에 침전되어 있었다.

어느덧 나의 유일한 재산인 소화집도 거의 바닥이 나고 있었다.

나는 그 웃음 보따리 책이 끝장나버리면 그를 웃길 레퍼토리가 전무후무할 것이며, 그러면 영원히 오유미를 내 소유로 할 수 없다는 우울한 비애감으로 하루하루를 불안과 초조 속에 보내고 있었다.

그러나 내가 그의 병원을 드나든 것은 어언 석 달이 넘었으며 그 두껍던 천 개의 웃음책도 마지막 다섯 개의 웃음거리밖에 남겨주질 않았다.

나는 마지막날 밤 남아 있는 나머지의 웃음 보따리를 조심스럽게 펼쳐보았다. 그리고 그 마지막의 웃음거리에 어제와는 달리 무슨 획기적인 웃음 요인이 들어 있는가를 검토하였고, 그러자 나는 이내 실망하였다. 나는 우울하고 슬퍼서 책상에 머리를 기대고 이토록 사랑의 획득이 어렵고 힘든 것인가를 저주하였다.

하지만 남들은 쉽게 만나서 쉽게 입을 맞추고, 애들을 낳지 않는가. 그러나 나의 사랑의 앞길엔 왜 험난한 길만 가로놓여 있는가. 그리고 왜 그녀는 내게 유독 이런 어렵고 고통스런 과제를 주고 있는가.

그러자 내 얼굴 위로는 눈물이 흘러내리기 시작했다.

나는 그때 거울을 들여다보고 울고 있었는데 거울에 비친 내 얼굴은

한없이 흘러내리는 눈물로 말미암아 헝겊처럼 흥건히 젖어 있었다.

바로 그 순간 나는 무언가 번득이는 영감이 떠오르는 것을 느꼈다. 그것은 친구 김형국의 얼굴이었다.

그는 나와 대학교 동창으로 지금은 무슨 조그만 광고 계통의 회사를 스스로 경영하고 있는 친구였다.

키도 크고, 얼굴도 멀쑥하고, 그래서 언제나 주위엔 여성들로 가득 차 있었으며 아직 미혼이었는데 너무나 많은 여인들 때문에 아직은 어느 한 여자에게 자선사업을 베풀어줄 수는 없노라고 공언하면서 이 여인 저 여인에게 몹쓸 감기를 옮겨주듯이 성교를 하고, 대낮부터 술을 먹고 비속한 일이라면 서슴지 않고 해치워버리는 친구였다.

나는 언제나 그 친구에 대해서 투정 섞인 질투심 내지는 막연한 적개심을 느끼고 있었다.

그는 상대편의 고하를 막론하고 개자식, 죽일놈, 망할자식 따위의 욕을 서슴지 않는 친구였고 더군다나 그의 욕은 타이밍을 잘 맞춘 적시타처럼 그의 대화를 풍요롭게 하고 한결 재치 있게 만들고 있었다.

그리고 그는 춘화라든가 피임약 따위를 모으고 있었으며 언제든 부적처럼 그것을 주머니에 넣고 다니고 있었다.

그는 성교하는 자세를 백여 가지 터득하고 있었으며 근엄한 표정의 여인들 곁에서 서서히 인간의 무거운 껍질을 벗겨내리고, 그 여인 자신도 쑥스럽지 않게 비속화해버리는 데 천부의 재질을 소유하고 있었다.

말하자면 그는 언제나 발기된 상태의 성기를 소유한 채 이 구석 저 구석을 쑤시고 다니면서 낄낄거리는 정말 아니꼽고 더럽고 메스껍고 치사한 자식이었던 것이다.

실로 내가 얌전히 머리를 빗고 넥타이를 매고 땅이 꺼질세라 조심 조심 거리를 걷고 있는 동안 녀석은 계단을 오르내리면서 나하고는 다른 세계 속에서 밀림에서 갓 튀어온 들짐승처럼 뛰었던 것이다.

그는 예전부터 나의 세계에선 통용될 수 없는 불가능의 일들을 척척 해치우는 데 선수권자였던 것이다.

일테면 주머니엔 일전 한푼 없으면서도 고급 식당에서 비싼 요리를 먹고, 열 발짝 이상은 굳이 택시를 타고, 언제나 만찬회에 초대된 사람처럼 재미있고 즐거운 획기적인 일들이 주머니 수첩에 가득 적혀 있는 녀석이었던 것이다.

그처럼 우울하고 비애감에 침전되어 있을 때 녀석의 존재를 떠올렸다는 것은 정말 합당한 생각이었다.

나는 언제나 그 녀석의 행동을 쌍놈의 것으로 간주하고 있긴 했지만 오진태를 웃겨야 한다는 기묘한 과제에는 그 쌍놈의 자식이 정말 나하고는 다른 의미의 기발한 묘안을 가지고 있을지도 모른다는 생각에 불쑥 옷을 걸치고 그 녀석의 집을 방문하였던 것이다.

그의 집은 맨션 아파트 오층으로 집 자체를 작업장으로 쓰고 있었다.

그의 집에는 우리가 사진관에서 찍을 때 사용하는 강렬한 백열등이 수십 개 매달린 촬영용 스튜디오가 완비되어 있었으며 암실도 마련되어 그 암실 속에는 언제나 붉은색 전구가 빛나고 있었다.

더구나 재미있는 것은 스튜디오 영사막에는 수십 가지의 배면을 영사할 수 있는 기구가 있었기 때문에 때로는 남태평양의 야자수가, 때로는 에펠 탑의 원경이 원하는 대로 피사체에 투영될 수 있었다.

그래서 그의 집에 들어선다는 것은 일종의 요술상자에서 뛰어든 것과 같은 신비로운 느낌을 불러일으키는 것이었다.

나는 오랜만의 방문이었으므로 과일을 사들고 그의 집을 찾았다. 한참 초인종을 누르자 이윽고 작업용 옷을 입은 그가 수염을 잔뜩 기르고 나타났다.

"이거 웬일인가? 오랜만이군."

하고 그가 손을 내밀면서 내게 반갑게 악수를 청했다.

"무슨 바람이 분 거야, 대학교수 나으리께서."

"정말 반갑네."

나도 웃으면서 그의 손을 마주 잡았다.

"들어오게."

그가 앞장서서 안쪽으로 들어서자 나는 문을 닫고 그를 따랐다. 방 안은 모두 불이 꺼져 있었다.

"작업중일세."

하고 그가 치즈를 씹으면서 말을 하였다.

지독한 담배연기, 더운 날씨로 선풍기는 쉴새없이 돌아가고 있었지만 빛이 새어들지 않게 문을 닫거나 혹은 검은색 휘장을 치고 있었기 때문에 방 안은 침몰한 잠수함처럼 묵직하게 가라앉아 있었다

나는 거의 벌거벗은 여인이 스튜디오 앞 수술용 백열등 같은 음영을 없애버리는 밝은 빛 속에 앉아 담배를 피우고 있는 모습을 보았다.

그녀는 방금 배면에 비친 야자나무 아래서 수영복 차림으로 앉아 있는 것처럼 보였다.

이런 식이었다. 그의 집에는 늘 검은 커튼이 내려져 있었고 그 암실 속에선 늘 예쁜 여인들이 벌거벗고 앉아 있거나, 꼭 작업중이 아니더라도 소파에 귀염받는 애완동물처럼 비스듬히 누워 있었던 것이다.

"조금 기다려주지 않겠나? 조금만 있으면 일이 끝나네. 연말 캘린더용 사진을 촬영하고 있는 중이네."

하고 그는 셔츠와 바지를 벗으면서 얘기했다.

어느 틈엔가 그도 수영팬티 차림으로 되어 있었고, 그래서 그는 마치 영사막 속으로 다이빙이나 하듯 뛰어들려는 것처럼 보였다.

"아 상관 말고 계속하게."

나는 손을 내저으면서 말을 했다.

"더우면 나처럼 홀랑 벗지 그래. 그리고 그 탁자 위에 맥주가 있으니 따라 마시게."

나는 늦은 여름날이었는데도 넥타이를 매고 있었으므로 줄곧 땀을 흘리고 있었다. 더구나 이처럼 밀폐된 방 안과 태양광선 같은 숫제 뇌리까지 비추어 보이려는 빛을 보자 꼭 쥐어짜지 않은 수건처럼 온몸으로 땀이 비 오듯 흐르고 있었다. 하지만 나는 그것을 벗지 않기로 하였다. 왜냐하면 숙녀 앞에서 정장을 하고 있다는 것은 최소한도의 예의였기 때문이었다.

나는 소파에 다리를 뻗고 미지근한 맥주를 마시면서 벽마다 가득히 붙어 있는 여인들의 누드 사진들이, 광고용 나체 사진들이 고만고만한 크기로 나를 우울하게 노려보고 있는 것을 마주 쳐다보았다.

어떤 것들은 그의 사용(私用) 촬영이었는지 성기가 그대로 노출되어 있었고, 어떤 것은 남녀간의 부끄러운 치희가 그대로 묘사되어 있었다.

그래서 다리를 뻗고 비스듬히 누워 그 벽을 바라보고 있다는 것은 마치 수천 명이 행하는 남의 정사를 열쇠구멍으로 들여다보고 있는 것과 같은 심사였다.

"자, 시작합시다. 미스 최."

김형국이 손뼉을 치면서 앉아 담배를 피우고 있는 여인에게 소리를 질렀다. 여인은 조그만 스툴에 다리를 새처럼 꼬부리고 앉아 있었다. 그녀는 잔뜩 지친 표정을 하고 있었다.

"벗으세요."

하고 그가 소리쳤다.

"위쪽의 수영복을 벗어 던지세요."

그러자 여인은 무표정하게 젖가슴을 가린 수영복을 벗었다. 젖가슴이, 굉장한 크기의 젖가슴이 다소 늘어진 모습으로 그 염치없고 뚜렷한 백열전광 밑에서 순간 노출되었다. 너무나 밝은 불빛이 그녀의 구석구석을 비추고 있었기 때문에 그녀의 몸은 산 자의 그것처럼 실감을 주지 않았다. 그저 깨끗이 백지 같은 느낌이었다.

나는 밝은 불빛의 저쪽에서는 어두운 이쪽에 앉은 내 모습이 눈에 띄지 않을 것이라는 것을 잘 알면서도 부끄러워하면서 그러나 엉뚱하게도 심한 흥분을 느끼면서 흰빛으로 번득이는 그녀의 맨살과 부풀어오른 유두 그리고 배꼽을 핥듯이 노려보았다.

그녀는 잘 훈련된 개처럼 일어서서 긴 머리칼로 젖가슴을 보일 듯 말 듯 가리더니 해변용 긴 의자에 놓여 있는 콜라병을 들고 숨이 가쁘게 목마른 여인처럼 그것을 들이켜기 시작했던 것이다.

나는 이미 그녀가 들이켰던 빈 콜라병이 탁자 위에 가득히 놓여 있는 것을 보았다.

"잠깐, 실감이 나지 않는데. 아무래도 해수욕장에서 갓 돌아온 것 같은 느낌을 주기 위해선 샤워실에서 물을 한 바께쓰 뒤집어쓰고 나오는 게 좋겠어."

"아까도 물을 뒤집어썼잖아요."

"벌써 말라붙은걸. 하지만 머리칼엔 물기가 젖지 않게 해줘요."

그러자 여인은 투덜거리면서 목욕실로 들어가버렸다.

"망할년 같으니라구. 늘어진 젖통을 가진 주제에 꽤나 도도한 척하고 있는걸."

김형국은 어둠에 묻혀 땀을 흘리고 있는 나를 향해 중얼거렸다.

"어이, 김영호 마음 있나? 오늘 저녁 하룻밤 데리고 자고 싶지 않나? 허지만 주의해야 할걸. 저 계집년의 그것은 꼭 톱날같이 생겨서 잘못 집어넣었다가는 잘릴 염려가 있으니까 말일세."

그는 껄껄 웃으면서 아주 노골적인 비속한 언사로 나를 유혹하였다. 그는 늘 그런 식으로 내게 말을 하고 있었고 나는 그가 그런 말을 꺼낼 때마다 근엄하고 진지한 표정을 짓고 있긴 했으나 내심 뜨겁게 흥분하고 엄청난 발기를 느끼고 있었다.

"볼일이 있어 왔네. 절대적으로 자네의 도움이 필요하네."

"오우, 자네 같은 도덕박사가 나를 찾아주셨다는 것도 영광인데, 거기에 또 부탁이라, 이건 정말 놀라운 일이로군. 도대체 무슨 일인가?"

"우선 일이나 끝마치고 이야기하기로 하세."

나는 좀전의 여인이 목욕실에서 물을 함부로 뚝뚝 흘리며 나오는 것을 보면서 말을 했다. 여인은 밝은 불빛으로 들어섰는데 물기가 젖 가슴에서 배 위로 흘러내렸으며 매끈한 피부 위에 수은처럼 엉긴 물방울들은 송글송글 빛나고 있었다. 그 구릿빛으로 탄 피부 위에 맺힌 물방울 위로 불빛이 반짝이고 있었기 때문에 여인은 마치 주렴을 두른 듯이 보였으며, 얼음박스에서 갓 뽑아낸 청량음료병처럼 싱싱한 느낌을 불러일으키고 있었다.

"자, 콜라병을 들어요. 입에 대요. 어머니 젖꼭지를 빨듯이 힘차게 마셔요. 옳지 옳지."

그의 카메라가 매미처럼 울었다. 이어 한 번, 두 번, 서너 번을 반복해서 울었다.

"오우케이. 수고했어요, 미스 최. 이젠 쉽시다."

김형국은 벌거벗은 몸으로 여인에게 가더니 느닷없이 여인의 젖꼭지를 손가락으로 비틀면서 그것을 이빨로 깨물었다. 여인이 깔깔거리면서 웃었다.

김형국은 여인의 엉덩이를 툭툭 치면서 책상 위에 놓인 먹다 남은 콜라병을 들어 벌컥벌컥 들이켜면서 방 안에 내리쳐진 커튼을 올리고 여인의 머리칼을 날리던 선풍기의 방향을 이쪽으로 돌려놓았다.

그러자 방 안에 바람이 새어들기 시작했다. 우리는 아파트 창문 밖에서 번득이는 야경을 바라보면서 탁자를 가운데로 하고 미지근한 맥주를 들이켰다.

여인은 담배를 새로 붙여 물며 그의 잔과 내 잔에 술을 가득 따랐다.

"도대체 무슨 일인가?"

하고 김형국이 술을 마시며 물었다. 그러면서 그는 여인을 끌어 잡아당겨 자기 무릎에 앉히고 버릇 없이 여인의 몸을 손으로 쓰다듬고 있었다. 그러나 여인은 제기랄, 도무지 부끄러워하지도 않는 눈치였다.

나는 그들의 치희에 눈을 피하면서 대충 내게 최근 애인이 생겼다는 얘기부터 꺼내기 시작했다.

그러자 그는 호들갑을 떨면서 축하한다고 소리를 질렀으며 그것을 핑계로 연거푸 우리는 잔을 부딪치면서 술을 들었다.

나는 일의 전말을 상세히 더듬거리면서 얘기했다. 그리고 지금껏 내가 했던 유머가 얼마나 광범위한 것이었으며 인간이 저지를 수 있는 실수의 총화였다는 것을 강조하기 위해서 몇 가지의 유머를 실례로 드는 일도 서슴지 않았다. 이야기를 다 듣고 나자 그는 크게 웃었다.

"그것 참 해괴망측한 일이로군. 이상한 일이야. 헛허허."

그는 어찌나 크게 웃었는지 컵의 맥주를 거의 다 쏟아버리고 말았다.

"글쎄 자네에겐 우스운 일일는지는 몰라도 내겐 괴로운 일이네."

"자, 생각해보세. 우리 꼬마 신랑의 행복을 위해서 다같이 생각해보자구."

그리고 그는 갑자기 안색을 바꾸면서 턱에 손을 괴고 생각하기 시작했다.

"현대는 아이디어의 시대일세. 무의식을 활용해야 하네. 우리의 의식은 빙산의 일각에 불과해. 요는 묻혀 있는 잠재력을 개발해보도록 하세. 개가 사람을 물면 당연한 일이지만 사람이 개를 물었다면 충분히 코미디감이지. 어떻게 생각하나?"

"그렇다고 생각하네."

"자, 멀리 갈 것도 없이 가까운 곳에서부터 시작하세. 우리 두뇌의 여행을 떠나기로 하세."

김형국은 소파 위에 아무렇게나 놓여 있는 빈 콜라병을 가리켰다.

"이 병은 빈 콜라병이야. 자네 이 병을 보고 무엇을 생각할 수 있나? 절대 의식을 주지 말고 생각나는 대로 얘기해보게. 자 시작하세."

"빈 잉크병."

하고 담배를 피우던 여인이 소리를 질렀다.

"화장품."

김형국이 말을 받았다.

"벌거벗은 여자."

이번엔 내가 말을 받았다.

"주책없는 늙은이."

"아프리카 코끼리."

"잉크 없는 만년필."

"가발 쓴 대머리."

"포장된 선물상자."

"판도라의 상자."

그 순간이었다. 김형국이 손뼉을 쳤다.

"좋은 수가 생각났네. 아주 기막힌 아이디어가 떠올랐어."

나는 놀란 나머지 벌떡 몸을 일으켰다. 그리고 그의 손을 힘차게 쥐어 흔들었다.

"뭔가? 자네가 날 구원해준다면 자네에게 무엇이든 해줄 수 있네. 맹세하겠네."

"이것 봐."

김형국이 의기양양하게 기쁨에 차서 소리를 질렀다.

"잠깐 기다리게. 내가 무엇을 갖다줄 테니."

그는 일어서서 암실로 쓰는 칸막이 저편으로 사라졌다.

나는 초조해서 손을 비비기도 하고 헛기침을 하기도 하고, 그러다가 씁쓰레한 맥주를 벌컥벌컥 들이켜면서 그가 얼른 나와줄 것을 기다리고 있었다.

여인은 사뭇 정색을 하면서 나를 올려다보고 그러다가는 나지막한 소리로 쿡쿡 어깨로만 웃고 있었다. 그러나 나는 아랑곳하지 않기로 하였다.

내 생각으로는 아주 오랜 시간이 지났을 때 그는 암실에서 무엇인가를 들고 나타났다. 그는 연신 싱글벙글 웃고 있었다.

"이게 무언 줄 아는가?"

그는 탁자 위에 네모지고 마치 배터리용 면도기처럼 작은 무미건조한 금속 기계를 꺼내어놓았다.

"이게 뭔가?"

나는 황급히 그것을 주워들었다. 그리고 그것이 과연 어떤 의미가 있어서 틀림없이 오진태를 웃길 수 있는 물건인가 불빛에 비추어보면서 면밀히 관찰하였다.

그것은 매우 작은 간단한 물건이었다. 검은색이었는데 부속품도 없었고 앞면으로 보이는 곳엔 축소된 스피커 같은 것이 달려 있을 뿐이었다.

"이게 도대체 뭐란 말인가? 아무래도 자넨 날 놀리고 있는 것 같애."

나는 어이없기도 하고 그가 나를 놀리는 것이 틀림없다라는 확신감에 이내 비애에 잠겨서 그 물건을 탁자 위에 세게 내려놓았다.

"아, 아, 조심하라니까."

김형국은 내가 물건을 세게 내려놓자 깨어질세라 그 물건을 받쳐 들더니 조심스럽게 말을 하였다.

"이것은 고려시대 유물일세. 전번에 고분 발견했을 때 내가 비싼 돈을 주고 사온 거라니까. 이 속엔 천 년 묵은 거인이 들어 있네. 처음 오백 년간은 이 상자 속에 갇혀 있는 거인이 자기를 구해주는 사람에겐 무엇이든 요구하는 대로 해주리라고 생각하였지만 이후 오백 년 동안은 자기를 구해주는 사람을 잡아먹을 생각을 하고 있단 말일세. 그렇게 세게 놓다가는 제풀에 거인이 빠져나올지도 모른다니까."

그는 조심조심 그 상자를 들어 손에 들더니 웃음기를 거둔 얼굴로 진지하게 말을 덧붙였다.

"이 물건을 자네에게 빌려주기 전에 한 가지 약속을 해둘 게 있어. 귀한 물건이니까 단 하루만 사용하고 갖다줄 것과, 또 한 가지, 이 상자 뒷면엔 보다시피 단추가 하나 달려 있네. 보이나? 이 빨간 단추 말이야."

"보여. 보인다니까."

나는 수긍을 했다.

"그 사람 앞에 가기 전에 절대 이 단추를 눌러보지 말게. 그럼 이 속에 들어 있는 거인이 화를 내거든. 꼭 조심스럽게 취급하다가 그 병원에 들어가선 윗주머니 속에 넣어두게. 그러다가 윗주머니 속에 넣어둔 채 상대편이 눈치채지 않게 이 상자의 단추를 누르기만 하면 자네의 소망은 이 상자 속에 들어 있는 거인이 모두 해결해줄 걸세."

"한 가지 물어볼 게 있는데, 혹 그 거인이 나를 잡아먹지 않을까?"

나는 그가 나를 조소하지 않을까 어쩔까 하는 염려의 눈빛으로 비굴하게 물었다.

"천만에. 그것은 내가 보증하지. 그 대신 함부로 취급하면 거인이 화를 내거든. 그리고 병원이 아닌 데서 이 단추를 누르면 절대 안 되네. 정말 명심해둘 것은 그 병원에서만 이 단추를 눌러야 한다는 것일세. 이것을 절대 잊어버리지 말게. 알겠나?"

그는 다짐을 받으려는 듯 눈을 부릅뜨면서 내게 물었다.

"알겠네. 명심하겠어."

나는 구두시험을 치르는 생도처럼 또박또박 대답을 했다.

"참 아까 자네는 내가 그 의사를 웃길 수만 있게 해준다면 어떠한 소원도 들어준다고 했지?"

"그랬네."

나는 좀 불안해서 헛기침을 쿵쿵 하였다. 내 이럴 줄 알았어. 이럴 줄 알았다니까. 저 녀석은 꼭 모든 일에 보수를 요구하거든.

"부탁이 있네. 아주 간단한 부탁이야."

그는 싱글거리며 무릎 위에 앉은 여인의 몸을 거미의 발처럼 훑기 시작했다.

"뭔가? 내가 할 수 있는 부탁이라면 들어주겠네."

"물론 자네가 할 수 있는 부탁이지."

그는 웃었다.

"자네의 성기를 몇 달간만 빌려주게. 내 것은 녹이 슬었어. 분해소제를 해야 되겠어."

"용서하게."

나는 당황해서 크게 말을 막았다.

"내게두 곧 필요해진단 말일세. 그 여인이 자기 오빠를 웃기면 자기의 몸을 허락해준다고 약속하였네. 그러니 그때엔 나의 물건도 필요해질 것이 아니겠는가?"

나는 나의 말이 혹 그에게 불쾌감을 주어 그 마물의 상자를 빌려주지 않을지도 모른다는 우려 속에 상냥하게 변명을 하였다.

"그 부탁이 아니라면 무엇이든 들어주겠네. 맹세하겠네."

"헛허허허허."

김형국은 크게 웃었다.

"농담삼아 꺼내본 말이었어. 자, 부디 자네의 행운을 빌겠네. 조심해서 쓰고 반환만 해주면 고맙겠어."

그는 탁자 위에 놓인 상자를 쥐어 내게 주었다.

"곧 나가주게. 난 이 아가씨와 할 일이 있으니까."

나는 그것을 조심스럽게 받아서 윗주머니에 넣었다.

"속주머니에 넣어두어. 비싼 물건이야."

그는 내 눈앞에서 여인을 쓰러뜨리고 여인의 젖가슴을 깨물면서 소리를 질렀다. 나는 그것을 다시 속주머니에 챙겨넣은 다음 일어섰다.

"그럼 잘 있어. 일이 성공하면 이것을 반환하러 들르겠네."

"문 쾅 닫고 나가게. 그러면 문이 저절로 잠길 테니까."

그는 여인의 유일한 옷이었던 비키니의 아랫도리를 손으로 밀어내리면서 이쪽은 보지 않고 말을 하였다.

대신 그의 등에 깔려 얼굴을 이쪽으로 하고 있던 여인이 한쪽 눈을 찡긋거리며 안녕히 가세요, 하고 작별인사를 하였다.

나는 문을 닫고 거리로 나왔다. 발걸음은 절로 날듯이 가벼워서 나는 곤충처럼 뛰고 있었다.

됐다.

그가 준 물건이 무엇인지는 모르지만 어쨌든 일단 그를 믿어보기로 하자. 그리하여 사랑하는 오유미에게서 몹쓸 요술을 거둬버리자.

그가 준 마법의 상자가 심장이 뛰는 왼편 가슴에 있다는 것을 의식할 때마다 나는 기운이 솟아오르고 투지가 넘쳐흐르기 시작하였다.

나는 바람처럼 뛰어서 오진태의 병원을 찾아갔다.

마침 오진태는 언제나 그러하듯 마치 암호문을 수령하기 위해서 대기하고 있는 첩자(諜者)처럼 얌전히 앉아서 나를 기다리고 있었다.

"안녕하십니까?"

그는 내가 들어서자 일어서면서 악수를 청했다.

나는 그의 손을 잡고 흔들었다.

"어떻습니까, 오늘은 절 웃기실 수 있겠습니까?"

그는 아주 다정하게 굴었다.

"노력해보겠습니다."

나는 씩씩하게 대답하였다.

그러자 그는 소파에 앉아 담배를 피워물었다. 그리고는 만반의 준비를 갖추기라도 할 듯이 일부러 지어 보이는 느슨한 태도로 높은 의자에 상체를 기대고 긴장을 풀면서 나를 쳐다보았다.

"천 개째의 유머를 시작하겠습니다."

나는 몇 달 전 샀던 유머책의 가장 마지막 웃음 보따리를 조심스럽게 펼쳐나가기 시작하였다.

"아, 시작하십시오."

오진태는 큐를 알리는 연출자처럼 손가락을 세웠다.

"어느 날 아침 비즈니스 걸인 영자라는 아가씨는 회사에 가기 위해 전차에 탔습니다. 그날따라 영자라는 아가씨는 새로 맞춘 원피스를 입고 있었습니다. 남달리 몸매가 예쁜 영자 아가씨였으므로 이번에 맞춘 옷은 온몸에 꼬옥 붙어 옷을 입어도 몸의 굴곡이 완연히 드러나 보이는 타이트한 옷이었습니다. 전차는 언제나 그러하듯 만원이었습니다. 전차에 올라타서 한 계단 오르려고 발을 들어올렸지만 옷이 너무 몸에 꼭 끼었기 때문에 발을 들어올릴 수가 없었습니다. 전차는 마악 떠나려 하고 급한 김에 영자라는 아가씨는 손을 등쪽으로 돌려 옷을 좀 느슨하게 하기 위해서 지퍼를 내렸습니다. 그리고 발을 들어올렸는데 여전히 옷이 꼭 끼었기 때문에 발을 들어올릴 수가 없었습니다. 할 수 없이 영자라는 아가씨는 손을 등으로 돌려 지퍼를 더욱더 내렸습니다. 그때였습니다."

나는 얼핏 오진태의 얼굴을 살펴보았다. 웃음에는 기복이 있게 마련으로 결정적인 장면에서는 약간의 호흡조절이 필요하다는 것을 잘 알고 있었기 때문이다.

듣는 사람들은 으레 상대편의 얘기에서 자기 나름의 상상력을 발동시켜 끝마무리를 생각하고 있게 마련인데 웃음이라는 것은 대부분 그 상상력에 어긋난 엉뚱한 화제를 줌으로써 자기의 상상력이 일순 어처구니없는 것이로구나 하는 느낌을 받는 순간 터져나오는 것이다. 그러나 오진태의 얼굴은 여전히 무표정하고 따분해 보였다.

나는 될 대로 되라 하는 심사로 말을 이었다.

"그때였습니다. 뒤쪽에 서 있던 사내가 영자라는 아가씨의 어깨를 쳤습니다.

—여보시오. 여보시오, 아가씨. 아가씨는 왜 자꾸 내 바지 지퍼를 내리고 있습니까?"

나는 얘기를 끝마쳤다.

예상대로 오진태는 웃어주질 않았다. 하지만 애초부터 웃어줄 것을 기대하지 않았으므로 나는 낙망하지 않았다.

"끝입니까, 그것으로 얘기가 끝났습니까?"

오진태가 뻣뻣한 침묵 끝에 나를 쳐다보았다.

"예, 끝났습니다."

"아주 재미있는 얘기로군요. 하지만 예전에 그와 비슷한 얘기를 하신 적이 있습니다. 그때는 지퍼가 아니라 단추였고, 전차가 아닌 버스였습니다."

"그랬던가요."

나는 낯을 붉히면서 뒤통수를 긁었다.

"어떻습니까? 이젠 정말 큰일이로군요. 천 개의 유머도 끝내셨고,

또 얘기도 자꾸 유사한 내용이 중복되는 것을 보니."

오진태는 진정으로 나를 염려하는 식의 눈빛으로 부드러운 목소리를 내었다. 그러나 여전히 그의 목소리 밑에는 언제나 그러하듯 오늘 하루도 자네가 쳐둔 그물에 빠지지 않았다는 아슬아슬한 승리감이 가라앉아 있었다.

나는 불쑥 분노와 더불어 왼쪽 가슴에 숨겨진 마법의 상자를 생각해내었다. 그러나 좀전까지와는 달리 이 요술상자에 기대를 걸고 흥분을 하고 있었던 것이 어쩌면 어리석은 생각에 불과할지 모른다, 도대체 천 개의 웃음 보따리로도 어쩌지 못하였던 이 사내의 생경한 웃음을 이 조그만 기계가 어떻게 해결해줄 수 있단 말인가 하는 불안감이 스믈스믈 고개를 쳐들고 있는 것을 나는 느꼈다.

사람의 웃음을 어찌 기계가 해결해줄 수 있단 말인가.

그렇다. 어쩌면 김형국이가 나를 골탕먹이기 위해서 준 물건인지도 모른다. 그 녀석은 능히 그럴 수 있는 녀석이니까.

도대체 그 녀석은 웃음을, 동전을 넣고 손잡이를 돌리면 코인이 쏟아지는 슬롯머신으로 착각을 하고 있는지도 모른다.

나는 비애를 느꼈다.

이제는, 오진태를 웃기지 못하였으므로 영영 오유미의 사랑을, 그녀의 육체를 얻을 수 없다고 생각하자 나는 갑자기 울고 싶은 충동을 받았다.

나는 쓴 담배에 불을 붙이고 한 모금 빨아 삼켰다.

"죄송하게 됐습니다."

오진태가 나를 우울하게 내려다보다가 위로의 말을 던졌다.

"나로서도 어쩔 수는 없습니다. 김형, 저도 최대한의 노력을 했습니다. 하지만 결국 뜻대로 되지 못하였습니다."

"괜찮습니다."

나는 피우던 담배를 눌러 껐다.

자, 이제는 별수없다. 무엇이든 해야만 한다. 이대로 물러날 수는 없는 일이 아닌가. 무엇이든 해야 한다. 김형국이 나를 놀리기 위해서 장난을 했다손 치더라도 일단은 그의 말을 믿어야 한다. 그가 시킨 대로 해보아야만 한다.

'그 사람 앞에 가기 전엔 절대 이 단추를 눌러보지 말게. 그럼 이 속에 들어 있는 거인이 화를 내거든. 꼭 조심스럽게 취급하다가 그 병원에 들어가선 윗주머니 속에 넣어두게. 그러다가 윗주머니 속에 넣어둔 채 상대편이 눈치채지 않게 이 상자의 단추를 누르기만 하면 자네의 소망은 이 상자 속에 들어 있는 거인이 모두 해결해줄 걸세.'

나는 김형국이 내내 신신당부했던 주의의 말을 생각해내었다.

나는 뜨거운 침을 삼켰다. 자연 손끝은 떨리고, 오진태가 눈치채지 못하게 떨리는 손가락을 윗주머니 속에 넣어 마법의 상자를 더듬어 찾으면서 나는 마른기침을 하였다.

김형국이 일러준 대로 차가운 철제 기구의 뒷면에는 불룩 튀어나온 단추가 있어 손끝에 걸렸다. 나는 단추를 누르기 직전 오진태의 얼굴을 살펴보았다.

오진태는 식은 홍차를 훌쩍훌쩍 들이켜면서 그러나 내 시선은 교묘히 피하면서 딴전을 피우고 있었다.

나는 단추를 눌렀다.

그때였다.

갑자기 웃음소리가 마법의 상자 속에서 터져나오기 시작하였다. 굉장한 크기의 웃음소리였다.

깔깔 깔깔 까르르 깔깔 핫하하 허허허, 캴캴캴, 깔깔깔깔 까르르까르르 호호호, 힛히히, 캴캴캴, 킬킬킬 키륵키륵, 카아아아알 칼칼칼, 오오오 카아알 카알카알 칼칼칼……

웃음의 홍수는 요술상자 속에서 범람하기 시작하였다.

핫하하하하하, 오우, 오우, 까알까알 까알까알 까까까까알 카아아알 카알카알, 힛히히히히히 오우오우 키일킬 키일 키이이이이일 키륵 키일키일 킬킬킬킬……

처음엔 나 자신도 놀라고 말았다. 단추를 누른 것은 나였지만 막상 단추를 누르자 심장이 발작하는 것처럼 웃음소리가 튀어나올 줄은 아예 상상도 하지 못했으므로 나는 혼이 나가서 가만히 앉아 있었다.

놀란 것은 나뿐만이 아니었다. 오진태도 눈을 둥그렇게 뜨고 나를 올려다보고 있었다. 그는 매우 어리둥절한 것처럼 보였다. 그리고 이 기괴한 웃음의 홍수가 어디서 기인되는가, 어디서 흘러나오는가를 찾기 위해서 주위를 두리번거리면서, 살펴보고 있었다.

요술상자 속에서 웃음은 끊임없이 계속되었다.

웃어라. 웃어. 웃지 않으면 안 돼.

마법의 상자 속에서 충전되어 흘러나오는 발악적인 웃음의 홍수 속에 일관되어 흐르는 것은 차라리 엄격하고도 질긴 웃음에의 명령이었다.

웃음은 실처럼 풀려나오고 있었다. 그리하여 그 실들이 서로 엉기고 엉겨 끈질기고 집요한 끈으로 변해 촉수를 내던져 뻣뻣하게 앉아 있는 우리들의 마비된 얼굴을, 겨드랑이를, 발바닥을, 목덜미를 간질이기 시작하였다.

웃어라. 웃어. 웃지 않으면 안 돼.

기계는 엄격하게 우리에게 강요하고 있었다. 반복되는 웃음의 최면으로 우리들은 서서히 미끄러져들어가기 시작하였다.

웃어라. 웃어. 웃지 않으면 안 돼.

카아아아알, 카알 카알 칼칼칼칼칼 카카카카카, 카아 카아 카아 카카카 칼칼칼칼칼 카아카아 오우오우 칼칼 캴캬아캬아 캬캬캬아캬아 캬캴캴……

웃음은 음표부호처럼 가볍게 날아 온 방 안 구석구석을 채우고 방 안은 이윽고 들썩이기 시작하였다.

우리는 우리의 몸이 무중력상태 속에서처럼 가볍게 날기 시작하는 것을 느꼈다.

웃어라. 웃어. 너는 웃지 않으면 안 돼.

서서히 오진태의 얼굴에서 미소가 떠오르고 있었다. 그러더니 그 미소가 점점 비틀리고 물처럼 부풀더니 고통 끝에 나오는 신음소리처럼 오진태의 입에서 비명 소리가, 아니 웃음소리가 그 광란하는 구호, 수상한 발맞춤, 간단 없는 웃음소리에 맞추어 조금씩 흘러나오기 시작하였다.

그리고 그 웃음소리는 이내 커지고 과장되어 오진태의 몸은 웃음으로 흔들거리고 마침내 온몸이 웃음으로 충만되기 시작하였다.

나는 놀라면서 오진태의 웃음을 쳐다보았다. 내가 느낀 감정은 내가 드디어 오진태를 웃겼다, 웃기고야 말았다는 승리감보다는 오히려 그가 지금 어쩌면 괴로움과 고통을 그런 식으로 표현하고 있는지도 모른다는 느낌 같은 것이었다.

"그만하십시오. 핫하하하."

오진태는 헐떡이면서 손을 내저었다.

"그만 그만, 웃음을 그만하십시오. 핫하하. 견딜 수가, 핫하하, 견딜 수가 없어요. 핫하하."

그러나 나는 그 웃음의 홍수를 제지하는 방법을 알고 있지 않았다. 김형국은 내게 단추를 누르라고 알려만 주었을 뿐 그것을 어떻게 거둬들여야 하는지는 알려주지 않았기 때문이었다. 그래서 나는 혼이 나가서 가만 앉아만 있을 뿐이었다.

"핫하하, 졌습니다. 졌어요. 그마안 핫하하. 오우오우 그만합시다.

그마안."

나는 손을 윗주머니 속에 넣어 마법의 상자 뒷면에 달린 단추를 다시 한번 눌렀다. 그러자 웃음이 그쳤다.

웃음이 사라지자 오진태는 땀을 흘리면서 겨우겨우 안정을 되찾은 것처럼 헐떡거리면서 내게 손을 내밀어 악수를 청하였다.

"축하합니다, 김형. 핫하하. 드디어 김형은 나를 웃기고야 말았습니다. 핫하하. 축하합니다. 김형, 핫하하. 김형은 이제 두번째의 수수께끼를 푸셨습니다. 자, 가십시오. 유미에게 가십시오. 전화를 걸어 두겠습니다. 축하합니다. 핫하 핫하하. 모처럼 웃었더니 기분이 다아 유쾌해졌습니다. 핫하하."

나는 그의 손에 내 손을 내맡겨 악수를 나누었다.

그제야 비로소 나는 드디어 오진태를 웃겼다, 말하자면 두번째의 수수께끼를 풀었다. 그리고 약속한 대로 오유미의 몸을 얻을 수 있다는 실감이 들었고 그래서 나는 기운이 솟았다.

나는 오진태와 헤어져 달렸다. 오유미 때문에 배운 그 뜀박질 솜씨로 나는 거리의 육교를, 지하도를, 사거리를 뛰어서, 바람처럼 뛰어서 이제는 그녀가 약속한 대로 범람하는 나일 강 같은 그녀의 육체를 갖기 위해서 달려갔다. 나는 그녀의 아파트 광장에 서서 큰 목소리로 그녀를 외쳐 불렀다.

내 목소리는 온 아파트를 울리고 잠든 온 아파트의 주민을 깨우고 있었다.

실로 육 개월 만에 찾아온 유미였다. 지난 봄 싱그러운 잔디밭에서 입맞춤을 나눈 지 육 개월이 흘러간 것이었다. 육 개월 동안 오직 오진태를 웃겨야 한다는 의무감에 세월이 흘러가는 것도 잊어버리고 있었던 것이었다.

육 개월 만에 먼지와 권태, 피로감에 젖어서 돌아온 내 가슴속에는 질긴 슬픔이 가라앉고 있었다.

내 목소리는 우렁차고 웅장하였다. 투명한 달빛 속을 뚫고 날아가 화살처럼 잠든 유미의 의식을 깨우고 있었다. 나는 그녀의 아파트 방문에 불빛이 켜지고 그녀의 거대한 머리가 창 밖으로 빠져나와 잔디밭 위에 서 있는 나를 보고 손을 마주 흔들며 곧 내려가겠다는 표시를 하는 것을 보고서야 쓰러지듯 잔디밭 위에 앉았다.

나는 적지 않게 지쳐 있었다.

강변에서 불어오는 강바람이 쓰러져 앉은 이마의 땀을 어루만지고 있었다.

유미는 곧 내려왔다. 아파트 계단을 오르내리는 입구에서부터 유미는 숫제 뛰기 시작하였다. 유미를 본 순간 나는 몸을 일으켰다.

우리는 서로의 몸을 껴안았다. 나는 게양되는 국기처럼 그녀의 거대한 몸에 달라붙어 그녀의 입술을 찾았으며 그녀는 나를 가볍게 안아들었다.

"보고 싶었어요, 영호씨."

달콤하게 유미의 목소리가 내 귓가에 부딪혔다.

"나두 나두 보고 싶었소, 유미씨."

"사랑해요."

"나두, 나두 사랑하고 있소."

"들어가요, 네?"

유미가 나의 입술에 자기의 입술을 파묻으며 다정하게 속삭였다.

"아파트 방으로 들어가요, 네?"

"집에 어머니가 있지 않소?"

"어머니는 주무시고 계세요. 그리고 귀가 먹었으니까 무슨 일이 벌어지는지 알지 못해요."

"동생도 있지 않소?"

"지방에 내려갔어요."

유미는 소리를 높였다.

"우리 둘뿐이에요. 우리 둘뿐이에요. 이 세상엔 우리 둘뿐이에요. 당신과 나 우리 둘뿐이에요."

"아아, 달도 있소."

"달님은 우리를 축복해줄 뿐, 지켜보고 있을 뿐, 오늘밤은 당신과 나, 우리 둘뿐이에요."

유미의 그림자가 뱀의 혀처럼 늘어져 먼 아파트 벽에 너울거리고 나는 요람 속의 아기처럼 그녀의 굵은 팔뚝에 가볍게 안겼다.

"들어가요, 네? 꿀과 같은 밤이에요."

"그래."

먼 도시의 하늘 위로 네온이 번득이고 있었다.

우리는 나란히 서서 아파트의 층계를 올랐다. 그녀의 방에 오르기까지 우리는 몇 번이고 발을 멈추어 입을 맞추었다.

그녀의 방문은 열려 있었다. 그러나 불은 꺼져 있었다.

"들어오세요."

유미가 먼저 들어서면서 나를 내려다보았다.

"발소리를 죽이며 들어오세요."

나는 도둑고양이처럼 숨을 죽이고 발소리가 나지 않게 신경을 쓰면서 조심스럽게 걸음을 떼어놓았다.

"술을 드세요."

유미는 미리 준비해두었던 것처럼 거실 탁자 위에 놓인 술병을 들어 잔에 넘치도록 부었다.

"우리 축배를 올려요."

자기의 잔에 술을 따라 우리는 잔을 부딪쳤다. 키가 작았으므로 그녀의 잔에 내 잔을 부딪치기 위해서 나는 힘껏 발돋음을 하였다.

나는 단숨에 술을 들이켰다. 사랑의 묘약처럼 한 잔의 술이 나를 달아오르게 하였다.

그래서 나는 튀어오르는 공처럼 소파에 앉아 있는 유미의 몸 안으로 내 몸을 던져버렸다. 나는 그녀의 살찐 허벅다리 속에 몸을 묻었다. 그녀의 부드러운 손이 내 몸을 감싸고 그녀는 장난스레 술병을 들어 내 몸 위에 기울이기 시작하였다.

좁은 구멍을 빠져나가는 술은 숨가쁘게 내 몸 위로 굴러떨어져 나를 온통 적시고 있었다.

"당신은 마치 한 잔의 술잔 같아요. 예쁘게 빚은 한 잔의 술잔 같아요."

유미는 한 병의 술이 그 끝을 다할 때까지 내 머리 위에서부터 철철 부어 따랐다.

나는 발그스레하게 상기하기 시작하였다.

"당신을 마실 테예요. 오늘밤 당신을 마셔버릴 테예요."

내 몸은 유미가 부은 한 병의 술로 가득 차고 있었다.

"눈을 감으세요."

유미는 천천히 노래를 부르기 시작하였다.

"당신은 나의 님. 어디서 오셨나요. 저 깊고 깊은 안식의 나라에서 찾아온 사랑의 손님이신가요. 당신은."

그녀의 목소리는 맑고 아름다웠다.

황홀한 달빛이 열린 창문으로 새어들어와 그녀의 얼굴을 비추고 있었다.

그녀의 긴 머리칼은 옥수수 밀대궁처럼 바람에 서걱서걱 움직이고 있었다.

"당신은 나의 아기. 어디서 오셨나요. 멀고 먼 기쁨의 나라에서 찾아온 사랑의 손님인가요. 당신은."

나는 그대로 잠들어버릴 것만 같았다. 그녀의 몸은 따스한 훈기 감도는 봄날의 대기와 같았다. 허락된다면 그녀의 깊고 깊은 자궁 속으로 몸을 파묻어 안주해버리고 싶을 정도였다.

　"들어가요, 예? 방으로 들어가요. 더 밤이 깊기 전에. 잘못하다간 어머니가 잠을 깨실지도 모르잖아요."

　"그렇군."

　우리는 일어서서 그녀의 방으로 들어섰다. 그리고 굳게 문을 걸어 잠갔다.

　그날 밤, 나는 유미와 정사를 나누었다. 그것은 용광로를 흐르는 뜨거운 쇳물에 몸을 녹여 한줌의 액체를 만드는 듯한 격렬한 정사였다. 나는 한 잔의 액체가 되어 그녀의 몸 안에 부어졌다. 나의 작은 몸은 전체가 성기처럼 달아올라서 거대한 그녀의 몸 위에 발톱을 내리고 질기게 달라붙었다.

　"죽고 싶어요. 이대로 죽고 싶어요."

　그녀의 몸은 살아 움직이는 화산과 흡사하였다. 가슴으로 숨을 쉬지 않고 온몸으로 숨을 쉬고 있는 거대한 길짐승처럼 보였다.

　나는 그녀의 몸 위에서 기나긴 여행을 하였다. 때로는 모험을 그리고 때로는 탐험을, 그녀의 몸은 저 끝간 데를 모르는 매장량이 무진장한 광산과 같아서 나는 산과 같은 그녀의 몸을 향해서 다만 뒤채는 한 방울의 물방울처럼 굴러떨어졌다.

　우리는 주검처럼 누워 있었다.

　"당신은 대지로군."

　"당신은 비예요."

　"당신은 나무로군."

　"당신은 뿌리고요."

　"여기서 쉬고 싶어."

"하지만 가야 해요."

"시간이 늦었는걸."

"가실 수 있어요."

유미는 땀을 흘리면서 대답했다.

"가셔야만 해요."

나는 우울해서 길게 한숨을 내쉬었다.

그러자 유미는 벌거벗은 몸을 내 쪽으로 움직여 나를 감싸듯 얼싸안고 부드럽게 휘파람과 같은 소리를 내었다.

"당신은 가야 해요. 가셔야만 해요."

"결혼하고 싶어. 당신하고 결혼하고 싶소. 이젠 결혼할 수 있지 않소."

"안 돼요."

유미가 잘라 말했다.

"아직 한 가지의 수수께끼가 남아 있어요. 저는 당신에게 두번째의 수수께끼를 풀면 몸을 허락하겠다고 했어요. 당신은 그것을 풀었어요. 그래서 우리는 몸을 나누었어요. 하지만 결혼하기엔 아직 한 가지의 마지막 수수께끼가 남아 있어요."

"그게 뭔데?"

나는 뉘었던 몸을 벌떡 일으켰다.

"그게 뭐요?"

"쉬잇."

유미는 갑자기 자기의 입술에 손가락을 갖다 대었다.

"소리가 커요. 옷을 입으세요."

나는 말을 잘 듣는 소년처럼 일어서서 벗었던 옷을 몸에 걸쳤다.

"가세요. 조용히 조용히 걸으세요."

"하지만."

나는 걷다 말고 유미를 올려다보았다.

"당신은 마지막 문제를 가르쳐주지 않았소. 그 문제가 무엇인지 내게 가르쳐주지 않았소. 그것을 알아야만 가겠소."

"아시게 돼요."

우울하게 유미는 나를 내려다보았다.

"자연히 아시게 될 거예요."

"그런 대답이 어디 있소."

나는 강하게 말을 받았다.

"그런 무책임한 대답이 어디 있겠소. 난 한시라도 빨리 유미씨와 결혼하고 싶소. 때문에 두 가지의 수수께끼도 이를 악물고 견디어냈던 거요. 그런데 이제 한 문제만 남았소. 난 이길 수 있소. 어떤 문제라도 나는 풀 수 있소. 그런데 왜 안 가르쳐주는 거요."

"기다리세요."

유미가 손을 뻗쳐 내 머리를 가만히 받쳐들었다.

"자연히 아시게 돼요. 기다리세요. 자연히 아시게 돼요."

"너무하는군. 유미씨는 지금 너무하고 있소."

"난 약속을 지켰어요. 당신에게 몸을 주었어요. 세번째의 수수께끼만 풀면 우리는 결혼할 수 있어요. 가세요. 더 늦기 전에."

나는 잠자코 서 있었다.

그녀가 준 수수께끼를 두 가지 풀고서도 이처럼 늦은 밤에 홀로 떠나 헤어지고 그리고 무엇인지 모를 한 가지의 문제가 또 남아 있구나 하는 생각이 들자 나는 갑자기 눈물이 솟아 흘렀다.

그러나 유미 앞에서 눈물을 보인다는 것은 부끄러운 일이었으므로 몸을 돌려 아파트를 뛰쳐나왔다.

나는 계단을 뛰어내려왔다.

이긴다. 나는 이기고야 말겠다. 기필코 이겨서 유미를 내 것으로 만들고야 말겠다. 그 문제가 어떠한 것이든 나는 이기고야 말겠다.

마침 아파트 광장에 빈 택시가 한 대 손님을 기다리고 서 있었다. 나는 부리나케 차 안에 올라탔다.

나는 운전사에게 나의 집까지 달려주기를 부탁했다. 그러다가 문득 김형국의 얼굴이 떠올랐으므로, 그리고 그가 내게 빌려준 물건이 아직 왼쪽 속주머니에 들어 있고 또 그가 잠시 사용하고 곧 반환해주기를 원했던 것이 생각났으므로 운전사에게 맨션 아파트 김형국의 집까지 데려다줄 것을 부탁하였다.

거리는 불이 하나둘 꺼져가고 있었다. 잠의 신이 날개를 펴고 내려와 아직 잠들지 못한 사람들의 목을 조르고 그들의 몸에서 혼을 빼앗아가는 시간의 거리는 침묵으로 가라앉아 있었다.

김형국은 그냥 집에 있었다.

내가 초인종을 누르자, 한참 만에 안에서 인기척이 나고 문이 열렸다.

그러나 나온 것은 김형국이 아니었다. 나온 사람은 아까의 모델 그 아가씨였다. 그녀는 여전히 벌거벗고 있었고 온몸을 목욕용 타월로 감싸고 있었다.

"웬일이에요?"

그녀는 약간 짜증이 난 목소리로 나를 노려보았다.

"김형국씨 계십니까?"

"계신데요. 하지만 자고 있어요."

"깨워주십시오."

나는 문 옆에 서서 상냥하게 웃었다.

"김군을 깨워주십시오."

"왜요? 도대체 무슨 일인데요?"

"빌려간 물건을 돌려주러 왔습니다."

"내일 돌려주실 수도 있잖아요."

"잠시 쓰고 곧 돌려주기로 약속을 했습니다. 금방이면 됩니다."

"기다리세요."

그녀는 여전히 나를 문 옆에 세워놓고 다소 못마땅한 표정으로 하품을 하더니 사라졌다.

나는 주머니에서 그 문제의 마법상자를 꺼내 얌전히 손에 들고 그를, 김형국을 기다렸다.

김형국은 오랜 후에 나타났다.

"오우, 이거 웬일인가? 도덕박사가 이 늦은 밤중에."

"빌려간 물건을 돌려주러 왔네."

나는 양손에 얌전히 받쳐든 물건을 내밀었다.

"들어오게."

"늦었어. 집에 가야겠어."

"담배라도 한대 피우고 가."

나는 방 안으로 들어섰다.

여인은 온몸을 가리던 타월도 벗어던지고 소파에 누워 담배를 피우면서 나를 빤히 올려다보았다.

"어땠어? 성공했나?"

김형국은 내게 담배를 권하면서 싱글싱글 웃었다.

"응, 덕분에 성공했네."

"핫하하, 잘됐어, 잘됐어. 내가 그럴 줄 알았다니까. 핫하하."

김형국은 거침없이 웃었다.

"그럼 자네 지금 그 여자와 멋진 정사를 나누고 오는 길이겠네그려."

"응."

나는 부끄러워서 낯을 붉혔다.

"오우 축하, 축하. 축하해 마지않는 일이야. 자네의 정사에 대해

축하를 하겠어. 그래 어떻던가? 해볼 만하던가?"

"이 사람."

나는 그의 노골적인 농담을 막기 위해서라도 몸을 일으켰다.

"난 가겠네."

"잠깐."

김형국은 나를 막아세웠다.

"약속이 있었잖은가?"

"뭔데?"

"일이 잘되면 자네의 그것을 내게 며칠간만 빌려주기로 하였잖은 가. 내 것은 마침 녹이 슬어서 말야. 핫하하."

김형국은 자기가 말하고 자기가 웃었다.

"핫하하. 농담일세, 농담. 자 가보게."

나는 아파트를 나왔다.

"잘 가게."

등뒤에서 김형국이 작별인사를 하였다.

나는 어두운 거리로 나와 늦은 택시를 잡아탔다.

몸은 솜처럼 피곤하였다. 그러나 정신이 맑아서 몸은 가벼이 나는 깃털처럼 가뿐하였다.

간밤에 나는 꿈도 없이 잘 잤다.

육 개월도 넘게 끌어온 나의 여인 유미와 정사를 나눈 후 처음으로 맞는 휴일의 아침은 찬란하고 싱싱한 생선의 비늘처럼 반짝이고 있었다.

기지개를 켜고 자리에서 일어났을 때 열린 창문으로 찬연한 아침 햇살이 눈부시게 쏟아져들어오고 있었고 골목 어귀로 소리지르며 뛰노는 아이들의 고함 소리가 쨍쨍 울려퍼지고 있었다.

라디오의 스위치를 켜자 감미로운 음악이 흘러나오기 시작하였다.

나는 그 음악이 내가 아는 음악이었고 또 평소에 내가 좋아하는 음악이었기 때문에 큰 소리로 따라부르면서 일어나 머리맡의 담배를 피워물었다.

일어나 피워문 최초의 담배맛은 기가 막히게 그럴듯하였다. 더구나 오늘이 무슨 국경일이고 내일이 일요일이었으므로 연 이틀 동안 쉴 수 있다는 느긋한 여유로 나는 마음껏 게으름을 피우고 있었다.

또한 어젯밤 사랑하는 유미의 몸을 정복하고 말았다는 심리적인 위안감은 나를 유쾌하게 했고, 때문에 잠옷 바람으로 창가에 서서 뛰노는 아이들의 함성과, 아침을 산보하는 사람들의 느릿느릿한 걸음걸이, 벽돌색 지붕 위를 내려쪼이는 가을 햇빛, 골목을 달려가는 우유 배달부, 러닝셔츠 바람에 줄넘기를 하면서 좁은 길을 빠져나가는 운동선수, 먼 하늘에서부터 뻗어가는 아침 기운이 온 누리에 충만되어오는 것을 휘파람을 불면서 내다보고 있었다.

나는 행복하였다. 너무나 행복해서 이층에서 뛰어내려 곤두박질하고 싶은 충동마저 느꼈다.

머리맡에 배달된 신문을 들고 대충대충 훑어보면서 기사의 제목들을 읽어보았다. 간밤엔 아무런 사건도 없었다. 신문을 읽다 말고 나는 버릇처럼 생리작용을 느꼈고 그래서 신문을 들고 변소로 들어갔다.

나는 변기에 걸터앉고 그제야 신문을 구석구석까지 읽기 시작하였다.

나는 오랫동안 신문과 씨름하였다. 그리고 일어서서 욕조에 더운 물을 채우고 아침 목욕을 서두르기 시작하였다. 분홍빛 욕조로 금세 더운물이 차오르고 뜨거운 수증기가 좁은 욕탕 안을 가득 채우고 있었다. 때문에 거울이 부옇게 흐려져서 수염을 깎을 수가 없었다.

나는 옷을 벗어던지고 뜨거운 물 속으로 뛰어들었다.

맨몸을 적시는 더운물은 그럴듯하였다. 깊은 수면 끝에 일어난 온몸의 구석구석을 생기로 일깨우고 나는 더운물에 목까지 몸을 담그면서 이 유쾌한 휴일이 내게 무엇을 베풀어줄 것인가에 막연한 기대감마저 가지며 온몸을 닦기 시작하였다.

그때였다.

나는 무심코 온몸을 훑어내려가고 있었는데 문득 아랫도리의 가장 중요한 부분을 생각해내고 자랑스러운 웃음을 웃으며 그것을 닦으려고 손을 가져갔던 순간 거짓말처럼 있어야 할 자리에 나의 그것이 없어져버린 것을 발견하였다.

나는 처음에 너무나 놀라서 내가 아직 꿈속에서 깨어나지 않은 것이 아닐까 하는 느낌마저 받았다.

분명 그것을 더듬는 나의 손에는 토란처럼 잘생긴 나의 상징이 알맞게 뜨거워져서 뿌듯하게 매달려 있다가 만져졌어야 할 텐데 놀랍게도 아무것도 만져지지가 않았다.

나는 가벼운 신음 소리를 내었다. 그리고 더운물에서부터 솟구쳐서 나의 몸을 일으켜 세워보았다.

나는 고개를 내리고 나의 아랫도리를 내려다보았다.

분명히 나의 그것은 행방불명이었다. 언제나 매어달려서 내가 움직일 때마다 시계추처럼 흔들거리며 나의 중심을 가누게 하던 감수성이 예민한 나의 상징은 없어져 있었다.

나는 나의 맨살을 꼬집어 뜯어보았다.

이럴 수가 없다. 나는 지금 악몽 속에 빠져 있는 것이다.

그러나 엉덩이 살을 꼬집자 무지하게 아팠고, 아프니 내가 꿈을 꾸는 것이 아니라는 것이 분명해졌으므로 나는 그렇다면 이게 무슨 일인가 놀라서 다시 한번 나의 아랫도리를 확인해보았다.

온도에 민감한 체온계처럼 신축성이 팽배하던 나의 성기는 틀림없이 실종되어 있었다.

나는 나의 눈을 의심하였다.

그래서 손을 들어 나의 아랫도리 부분을 만져보았다. 내 손끝에는 아무런 저항이 느껴지지 않았다.

수도꼭지가 떨어져나간 벽면처럼 오직 매끈매끈할 뿐이었다. 무성한 치모만이, 있어야 할 자리에 사라진 절터를 상징하듯 우거져 있었다.

나는 이게 도대체 어찌 된 일인가 머리를 모으고 궁리궁리하기 시작하였다.

이게 도대체 어찌 된 일인가. 이게 도대체 무슨 일인가. 어제까지만 해도 나는 자랑스러운 나의 상징을 유미의 몸 속에 삽입하고 꿀과 같은 사랑을 나누며 전율하였는데 그렇다면 나의 부분적 실종은 간밤에 생긴 이변임에 틀림이 없을 것이다.

나는 확신을 내렸다.

그렇다. 상징이 사라진 것은 어젯밤과 오늘 아침 사이에 일어난 사건이다.

그렇다면 도대체 무슨 일이 내 곁에 벌어졌던 것인가. 아무 일도 내게 벌어진 것은 없었다. 어제는 그제와 다름없었고 그제는 한 달 전과 다름없었고, 일 년 전 아니 내가 살아온 지난날과 아무런 다른 점이 없어 보였다.

아침은 어제처럼 유쾌하였고, 우유 배달부는 새벽길을 달리며 우유 배달을 하고 있었고, 동네 소년들은 어제처럼 공을 차고 놀고 있었다.

어제의 침대와, 지난날의 변기와, 예전의 욕탕에 서서 달라진 것은 아무것도 없는 더운물로 나는 목욕을 하였을 뿐인 것이다.

나는 또다시 아랫도리를 내려다보았다. 혹시 나의 그것이 자라의 목처럼 피부 속으로 숨어들었다 돌연 돌출되었을지도 모른다고 생각했기 때문이었다. 왜냐하면 나의 그것은 뜻이 죽어 있을 때는 수축되어 부끄러워 숨어 있었지만 화를 내면 꿋꿋이 목을 세우기 때문이었다. 아니면 도마뱀의 꼬리처럼 행여 떨어졌다 돋아나는 것이 아닐까 하는 희망 때문이기도 했다.

그러나 그것은 분명히 없었다.

나는 드디어 당황하기 시작하였다. 그래서 이번에는 욕탕을 조사하기 시작하였다.

어쩌면 내가 떨어뜨렸을지도 모른다. 그것과 나의 피부를 연결하는 부분이 나사가 덜 죄어져 제풀에 떨어졌는지도 모른다. 아니면 너무나 오래 달고 있었기 때문에 녹이 슬어 접착 부분이 이완되었는지도 모른다 하는 생각 때문에 나는 욕탕을 구석구석 찾아보고 있었다.

나는 욕조 안을 들여다보았다. 물위에 동동 떠 있지 않을까. 물 표면을 쳐다보다가 그것이 자기 무게 때문에 물 속에 가라앉아 있을 것이라는 확신으로 손을 집어넣고 휘휘 저어 손끝에 무엇이 걸리지 않을까 시도해보았다.

그러나 아무것도 나의 손에 잡히지 않았다. 그래서 나는 욕조의 마개를 빼고 눈여겨 물이 빠져나가는 광경을 바라보았다.

물은 좁은 구멍을 빠져 달아나고 있었다. 쩝쩝 입맛을 다시면서 도망치기 시작하였다.

그러나 욕조를 가득 채운 물이 다 빠져나가도록 나의 그것은 눈에 띄지 않았다.

야단났다.

나는 빈 욕조를 들여다보며 중얼거렸다.

어쩌면 좋은가. 도대체 어쩌면 좋은가.

나는 깊은 절망에 빠져버렸다.

하루아침에, 그렇다 하루아침에 나는 나의 상징을 분실하였다.

나의 남성다움을 증명하는 그리하여 언제나 어디서나 나를 꿋꿋하게 받치던 추를 나는 잃어버렸다.

그렇다면 나의 존재는 무엇으로 증명될 수 있겠는가. 나는 무엇으로 세포분열할 수 있겠는가. 나는 그렇다면 무엇이란 말인가.

나는 너무나 슬퍼서 눈물조차 나오지 않았다.

안 된다. 안 돼. 이렇게 되어서는 안 된다. 더구나 나는 유미와 곧 결혼식을 올릴 몸이 아닌가. 이럴 수는 없다.

나는 발작적으로 맨몸인 채 침대로 뛰어가보았다. 그리고 나는 침대에 혹시 떨어뜨린 것이 아닌가 구석구석을 조사해보았다. 시트마저 벗기고 나는 눈을 부라렸다. 그러나 없었다.

창문을, 골목길을 내다보았다. 혹시 그것이 용수철처럼 튀어올라 창 밖으로 튀어 달아나지 않았을까 하는 의구심에 나는 창가에서 고개를 내리고 햇빛이 따가운 골목길을 내려다보았다.

아이들은 여전히 공을 차며 놀고 있었다.

"얘들아아."

나는 목청껏 소리를 질러 그들을 불러보았다.

그중의 한 애가 나를 올려다보았다.

"왜요, 아저씨?"

"혹시 너희들 골목길에 뭐가 떨어진 것을 보지 못했니?"

"뭔데요?"

그중의 한 애가 진지하게 물었다.

나는 그것을 무어라고 설명할까 하다가 쑥스러웠으므로 낯을 붉혔다.

"아무튼 말야. 뭐 떨어진 것을 보지 못했니?"

"못 봤는데요."

소년이 큰 소리로 고개를 흔들었다.

"아무것도 보지 못했어요."

나는 창가에서 물러났다.

그렇다. 그것이 저 혼자서 튀어나갈 리는 만무하다. 비록 그것이 자기 의지인 것처럼 행동하는 불가사의한 물건이기는 하지만 저 혼자서 떨어져나갈 리는 만무하다.

그렇다면 도대체 어디로 간 것일까.

나는 침대에 걸터앉아 곰곰이 궁리하기 시작하였다.

내가 어젯밤 유미와 정사를 나눈 후 있었던 곳이 어디어디인가. 오는 길에 김형국의 집에 들러 택시를 타고 집으로 돌아온 것밖에는 나는 아무 데도 들르지 않았다. 분명히 확신하건대 유미와 정사를 나눌 때는 존재하고 있었다. 그것은 명약관화한 일이다.

그렇다면 혹시 김형국의 집에다 떨어뜨리고 온 것이 아닐까.

그럴 리는 없다. 그것이 구태여 그 녀석의 집에서 떨어질 이유는 아무것도 없다. 떨어졌다면 분명 그것은 나의 집에서 일어난 일일 것이다.

나는 그것이 옳은 추리임을 알아차렸다. 그래서 다시 한번 온몸 구석구석을 찾아보았다. 어쩌면 그것이 내가 알고 있는 그 장소에서 아무 곳으로나 암세포처럼 이전하여 자라고 있지나 않을까 하는 노파심으로 나는 엉덩이와 발바닥 사이까지 살펴보았다.

등은 내 스스로의 눈으로 볼 수 없었으므로 거울 앞에 서서 등까지도 눈여겨보았다.

그러나 없었다. 나의 몸에는 아무데도 그것이 없었다.

나는 다시 한번 침대와 욕탕을 뒤져보았다. 현미경으로 배양되는 세균을 들여다보듯 구석구석을 세밀히 관찰하였다.

내 눈은 틀림이 없었다. 그것은 아무 데도 없었다.

나는 눈앞이 캄캄했으므로 제자리에 주저앉았다. 눈물이 굴러떨어지기 시작하였다. 뜨거운 눈물이 흘러내려 가린 손가락 사이를 뚫고 있었다.

뚜렷한 대상도 없이 나는 무작정 억울하고 야속하기만 했으므로 마구 울었다.

그때였다.

문득 다른 생각이 떠오르고 있었다.

혹시 그것을 내가 떨어뜨린 것이 아니라 누군가 훔쳐간 것이 아닐까 하는 느낌을 받은 것이었다.

그래. 그럴지도 모른다. 내가 아무리 주의성이 없다고 하지만 그것이 제 스스로 떨어져버렸을 리가 만무하고 떨어졌다면 그것을 눈치채지 못했을 리는 없다.

어쩌면 타인이 내 그것을 훔쳐갔을지도 모른다. 돈이 든 지갑을 만원버스 속에서 도둑놈에게 잃어버렸던 기억처럼 누군가 나도 모르는 새에 바람처럼 날쌘 손끝에 숨겨든 면도날로 내 그것을 자르고 훔쳐갔는지도 모른다.

어쩌면 어젯밤에 도둑이 들었던 것이 아닐까.

나는 방 안을 두리번거려 살펴보았다. 그러나 도둑이 들었던 흔적은 없고 설사 도둑이 들었다 하더라도 값진 물건들에 손 하나 대지 않고 단지 내 그것만을 훔쳐갔을 리가 없다는 생각이 들자 나는 또다시 비애에 잠겨버렸다. 물론 그것은 내게 중요한 물건임에 틀림없지만 타인이 그것을 훔쳐 도망갈 이유야 없지 않은가.

그렇다면, 그렇다면 어쩌면 유미와 정사를 나눌 때 잃어버렸을지도 모른다. 그래 맞았다.

그녀의 집에 떨어뜨리지 않았으면 그녀의 몸 속에 떨어뜨리고 나왔는지도 모른다. 그녀의 몸은 범람하는 강처럼 끝간 데를 모르니 그

몸 어느 깊은 계곡에 흘리고 나왔을지도 모른다.

나는 뛰어서 옷을 입기 시작하였다.

가자. 유미에게로 찾아가자. 찾아가서 자초지종을 얘기하고 묻기로 하자.

나는 재빠르게 옷을 입고 이층 내 방을 뛰쳐나왔다. 그리고 계단을 내려 신을 신으려다 말고, 문득 이렇게 찾아가서 유미에게 내 그것의 행방을 묻다간 다행히 내 그것이 그녀의 집이나 그녀의 몸에 떨어져 있었다면 몰라도 그것이 아니라면 나의 약점을, 내 사랑하는 그녀에게 나의 전부를 보여주는 결과가 되지 않겠는가 생각이 들어 그렇다면 아예 찾아가지 않고 전화로 대충 암시만을 해보는 것이 나을 것이라는 생각이 들었고 또 그것이 현명한 생각이었으므로 신을 벗고 전화기로 달려갔다.

나는 떨리는 손으로 다이얼을 돌렸다. 마침 전화를 받는 쪽은 오유미 그녀 자신이었다.

"안녕하세요? 접니다."

나는 큰 소리로 인사를 하였다.

"김영호입니다."

"어머, 안녕하세요."

달콤하고 맑은 목소리로 유미가 말을 받았다.

"아니 웬일이에요? 아침부터."

"간밤에 안녕히 주무셨는가 해서 걸었습니다."

나는 짐짓 거짓말을 하였다.

"어머, 영호씨는 간밤에 안녕히 주무시지 못하셨나요?"

"아, 아, 아닙니다."

나는 당황해서 성급히 말을 받았다.

"잘 잤습니다. 밤새도록 유미씨 꿈만 꾸었습니다."

"저두 잘 잤어요."

유미가 대답하였다.

"저두 영호씨 꿈만 꾸었는걸요."

나는 전화선을 통해 듣는 유미의 목소리가 좋았으므로 아예 전화선으로 녹아들어가 그녀의 귓가에 뜨거운 한 조각의 입김으로 부어지고 싶은 충동을 받았다.

"저어, 저어."

나는 어디서부터 얘기를 꺼내야 할지 마땅치 않았으므로 말을 더듬거렸다.

"저어, 저어 혹시, 집에서 무언가 낯선 물건을 발견치 않았습니까?"

"뭔데요?"

유미가 웃었다.

"뭘 잃어버리고 가셨나요? 간밤에 뭘 빠뜨리고 가셨나요?"

"뭘 잠깐 놓고 왔습니다."

"뭔데요?"

"저어 그건, 그건."

"중요한 물건인가요?"

"저, 뭐 그리 중요한 물건은 아니지만……"

"아무것도 보지 못했는데요."

유미는 딱 잘라 말을 받았다.

"큰 물건이 아니라서 눈에 잘 띄지 않을 겁니다."

나는 비굴할 정도로 달라붙었다.

"혹시 유미씨의 몸 속에 떨어져 있는지도 모르겠습니다."

"제 몸 속에요?"

유미가 큰 소리로 되받아 물었다.

"저어, 저어 솔직히 말씀드리면 어젯밤 저는 유미씨의 집에서 가장 중요한 물건을, 제가 남성이라는 것을 보증하는 중요한 부분을 잃어버리고 왔습니다. 말하자면, 저는 어젯밤 저의 성기를 잃어버린 것입니다."

나는 솔직하기로 하였다. 그녀는 이제 남남이 아니다. 하룻밤 몸을 나누어서라기보다 우리는 이제 결혼을 약속한 사이가 아닌가. 그러니 서로서로에게 비밀이 있어서는 안 되지 않겠는가. 이럴 때일수록 숨기는 것보다는 차라리 툭 터놓고 조력을 구하는 것이 낫지 않겠는가 하는 생각이 들었기 때문이었다.

"오늘 아침에야 저는 제 그것이 없어진 것을 발견하였습니다. 방안 구석구석을 빠짐없이 살펴보았지만 아무 데서도 발견할 수는 없었습니다. 녹은 것도 아니고 연기처럼 기체로 변한 것도 아니니 분명 어디다 떨어뜨리고 온 것이 분명한 것 같은 생각이 들었습니다. 그래서 혹시 유미씨의 집에 놓고 온 것이 아닌가 전화를 걸고 있는 것입니다. 도와주세요. 유미씨."

나는 떨리는 목소리로 애절하게 말을 하였다.

"우리는 곧 결혼할 사이입니다. 때문에 이것은 보통 일이 아니에요."

"영호씨."

갑자기 유미가 낮으나 위압적인 목소리로 나를 불렀다.

"예."

"어젯밤 영호씨는 저하고 헤어지실 때 세번째의 수수께끼가 뭐냐고 물으셨죠?"

"그랬습니다."

"바로 그게 세번째 수수께끼예요."

"예, 뭐라구요?"

나는 놀라며 물었다.

"그게 세번째 수수께끼라구요?"

"그래요."

유미는 예언자처럼 말을 하였다.

"세번째 수수께끼가 바로 그거예요. 영호씨의 잃어버린 남성을 찾는 것이 문제예요."

"그렇다면."

나는 억울해서 큰 소리를 질렀다.

"유미씨는 제가 이렇게 되리라는 것을 알고 계셨습니까?"

"예."

유미는 대답하였다.

"알고 있었습니다."

"너무합니다. 너무하십니다."

"찾아오세요. 남성을 찾아오세요. 그것이 문제예요. 그것을 찾으시면 우리들은 결혼할 수 있어요. 그것을 찾기 전엔 저를 찾아오시지 마세요. 전화를 거는 것은 용서할 수 있지만요. 안녕. 안녕히 계세요."

"유미, 유미씨."

전화가 끊겼다.

나는 수화기를 든 채 멍하니 서 있었다.

이럴 수가 있는가. 정녕 이럴 수가 있는가.

나는 억울해서, 너무나 억울해서 들었던 수화기를 내던져버리고 싶은 충동을 받았다.

그렇다면 유미는 벌써 어젯밤부터 아니 그 이전부터, 우리들이 맨 처음에 만나 봄의 잔디밭에서 뜀박질을 할 때부터 이렇게 되리라는 것을 예견하고 있었다는 얘기가 아닌가.

그녀가 내게 세 가지의 수수께끼를 암시할 때부터 내 상징이 없어지리라는 것을 알고 있었다는 얘기가 아닌가. 그녀가 미리 이렇게 될 줄 알고 있었다면 차라리 어젯밤 내게 주의를 주었어야 할 것이 아니 겠는가. 내가 세번째의 수수께끼가 무엇이냐고 집요하게 물어도 그 저 나중에 자연히 알게 될 것이라고 대답한 이유는 무엇인가.

그녀와 정사를 나누면 나의 성기가 없어져버린다는 것이 어떻게 불가항력적인 숙명이라고 할 수 있겠는가.

나는 떨리는 손으로 담배를 한 대 피워물었다.

이 세상에서 가장 사랑하는 여인에게까지 배반을 당하였다는 씁 쓸한 자기 모멸감으로 심장은 터져버릴 듯이 파도치고 있었다.

그러자 문득, 아니다, 유미가 나를 기만한 것은 아니다. 자기가 설 혹 내 그것이 없어질 줄 알고 있었더라도 혹은 자기의 몸을 내게 주 었으면서도 얘기할 수 없었던 것은 그녀 나름대로의 이유가 있었을 것이다. 혹시 미리부터 이야기를 하면 그녀를 괴롭히는 마음의 구속 이 더욱더 엄격해질지도 모른다. 그것을 알았기 때문에 그녀는 내게 미리 주의를 주지 않았을 것이다. 그것을 모를 리가 없다.

현명한 그녀가 모를 리가 없다는 생각이 전광석화처럼 떠오르고 있었다.

그래, 나는 그녀를 믿어야만 한다. 나는 사랑하는 그녀를 믿어야만 한다.

나는 벌떡 몸을 일으켰다.

자, 이제 나는 떠나야 한다. 그녀가 내게 마지막으로 던져준 세번 째 수수께끼를 풀려고 사나운 거리로 순례의 여행을 떠나야만 한다. 그 세번째 수수께끼를 빨리 풀고 나는 유미와 결혼을 해야 한다.

나는 무작정 거리로 뛰쳐나왔다. 다른 방법은 없는 듯이 여겨졌다. 무슨 뾰족한 수는 뚜렷이 떠오르지 않았다. 어쨌든 나의 성기를 찾으 려면 우선 숨막히는 집에서 뛰쳐나와야 할 것만 같았다.

휴일의 거리는 한산하였다. 집집마다 국기들이 꽂혀 있었고 지나는 차들은 꽁무니에 국기를 꽂은 채 달려가고 있었다. 사람들은 한껏 멋을 부리고 그들의 마누라와 자식들을 양손에 거느리고 햇볕 내리 쬐는 교외로 나가고 있었다.

그들은 무지무지하게 행복해 보였다. 가장은 가장다운 위엄으로 벽장에서 꺼낸 등산모까지 쓰고 색안경을 코에 걸쳤으며 그들의 마누라들은 루주칠을 하고 아주 당당하게 휴일을 즐기고 있었다. 아이들은 신이 나서 휘파람까지 불고 있었다.

나는 흐르는 거리에 서서 그들의 모습을 훔쳐보았다.

그들의 눈에는 내가 의젓한 사내로 보이고 있겠지만 실상 나 자신은 중심을 잃어버린 사내라는 것을 의식할 때마다 나는 비애를 느꼈다. 그들이 지어 보이는 행복은, 과장된 미소는 나를 우울하게 하고 있었다. 저들은 최소한도 자기들의 상징을 바지 깊숙이 무장하고 걸어다니고 있을 것이다. 남자들은 남자답게, 여자들은 여자답게.

그럼 나는 무엇인가. 나의 성별은 무엇으로 분류되는가. 세포를 가져 스스로 분열을 하면서도 엽록소로 탄소동화작용을 하는 짚신벌레가 생물학자들의 학설을 당황하게 하는 것처럼 나는 차라리 중성(中性)으로서 인류학자들을 분노케 하는 것이 아니겠는가.

나는 그들을 노려보았다. 나는 그들이 의심스러워지기 시작하였다. 나를 스쳐 지나가는 모든 사람들이 의심스러워지기 시작하였다.

그들의 미소가, 그들의 행복이, 그들의 주머니가, 그들의 꼭 쥔 손바닥이, 모자 속이, 신발 속이, 호주머니가, 가방 속이, 핸드백 속이 모두 의심스러워지기 시작하였다.

내게 그럴 권리가 있다면 저들을 일일이 세우고 의심나는 부분부분을 까뒤집어 안에 든 내용물을 확인해볼 수도 있겠지만 불행히도 내겐 그럴 권리가 없었다.

나는 눈을 부라리고 걷기 시작하였다.

의심스러워지는 것은 나를 스쳐 지나가는 사람들뿐만이 아니었다.

온 거리가 모두 의심스러워지기 시작하였다. 거리의 전봇대가, 쇼윈도의 구두가, 복개된 개천 속이, 공중전화통 속이, 신문 파는 소년들 손에 들린 신문의 간지가, 육교 위의 난간이, 지하도의 계단이 모두 의심스러워지기 시작하였다.

사물이 내게 적의를 품고 덤벼들기 시작하였다.

나는 눈에 닿는 모든 사물들에게 눈을 흘겼다.

그들이 서로서로 모의를 하여 나를 따돌리고 뻔뻔하게 무관심을 가장하면서 휴일의 아침을 번쩍이고 있구나 하는 느낌에 나는 고독을 느꼈다.

나는 신문사에 들러 조그마한 광고를 낼까 하는 생각이 들었다.

실제로 신문 하단에서 사람을 찾는 광고를 많이 보아왔으므로 돈을 지불하고 광고를 내는 편이 나을 것이라는 느낌이 들었던 것이다.

'물건을 찾습니다. 어젯밤 본인은 나의 성기를 잃어버렸습니다. 그것을 찾아주는 사람에게는 후사하겠습니다.'

나는 얼핏 광고문안을 생각해보았다. 그러자 느닷없이 낄낄 웃음이 비어져나왔다. 그것은 얼마나 우스꽝스런 일인가. 자기의 치부를 마치 샌드위치맨처럼 드러내고 다니는 일에 불과한 것을 어떻게 자기 스스로 발표할 수 있겠는가.

그럴 수는 없다. 그럴 수는 없어.

나는 재빠르게 걷기 시작하였다.

잃어버린 나의 상징을 찾아서 나는 갈 곳이 있는 사람처럼 육교를 오르고 지하도 계단을 뛰어서 거리를 쏘다니기 시작하였다. 그러다가 문득 한 가지 생각이 떠올랐다.

나는 안다. 거리의 어딘가에는 잃어버린 물건을 보관해두었다가 찾아주는 분실물 센터가 있는 것을 나는 안다. 그래, 그리로 연락을 해보자.

나는 뛰어서 공중전화 부스 안으로 들어갔다. 전화번호부를 뒤져 다이얼을 돌리자 곧 신호가 가기 시작하였다. 신호가 곧 떨어졌다.

"분실물 센터입니다."

상냥스런 목소리로 여인이 전화를 받았다.

"아, 안녕하십니까?"

나는 내가 당황해하는 것에 비해 그녀의 목소리가 너무나 상냥하고 침착했으므로 얼떨떨해져서 비굴하게 아양을 떨었다.

"무엇을 도와드릴까요?"

"저어, 저어, 저는 잃어버린 물건을 찾을까 하는데요. 간밤에 물건을 잃었습니다. 혹시 그곳에 보관되어 있을지도 모른다는 생각이 들어서 말입니다."

"간밤에 접수된 물건은 꽤 많습니다."

여인은 여전히 상냥하게 말을 하였다.

"어떤 종류의 물건을 잃어버리셨나요?"

"저어, 저어."

나는 얼핏 말을 할 수 없었다.

비록 얼굴을 마주 대하고 있는 것은 아니었지만 전화를 받는 쪽이 여자였으므로 말이 나오지 않았다.

"시계를 잃으셨나요?"

"아, 아닙니다. 저, 저는 어젯밤 가장 중요한 물건을 잃었습니다."

"알고 있어요. 잃으신 물건이 중요한 물건이라는 것을요. 그것이 무엇인가요?"

"저어, 저어."

나는 드디어 용기를 내었다.

"저는 간밤에 저의 성기를 잃어버렸습니다."

"뭐, 뭐라구요?"

여인은 비명을 발하였다.

"무엇을 잃으셨다구요?"

"성기입니다."

"오우."

여인은 무엇을 먹다가 목에 걸린 사람처럼 말을 받았다.

"없습니다. 그런 물건은 접수된 적이 없어요."

짤깍 전화가 끊겼다.

나는 무안해서 낯을 붉히며 서 있었다. 그러다가 수화기를 내려놓고 그곳을 나왔다.

나는 또다시 걷기 시작하였다. 황당한 기분이었다. 무언가 둔중한 둔기로 한 대 얻어맞은 듯 머리가 띵해지고 있었다.

거리에서 갑자기 박수 소리가 터져나왔다. 눈을 들고 소리난 쪽을 바라다보니 수많은 사람들이 거리에 줄지어 서서 박수를 치고 있었다. 나는 재빠르게 그리로 다가가 사람들 사이를 뚫고 발돋움을 하여 보았다.

거리의 아스팔트 위로 행렬이 지나가고 있었다. 쿵작쿵작 나팔 소리가 요란하고 그들의 악기는 햇빛을 반짝반짝 반사하고 있었다.

거리의 건물 꼭대기에서 색종이가 눈처럼 쏟아져내리기 시작하였다.

짝짝짝 사람들은 박수를 쳤다. 나도 엉겁결에 박수를 쳤다. 국기를 든 꼬마들이 만세 만세를 부르짖고 있었다. 순경들은 호루라기를 불면서 밀려드는 인파를 정리하고 있었다.

그 순경을 나는 쳐다보았다. 그러다가 나는 결심하고 인파 속을 빠져나왔다.

재빠른 걸음걸이로 인근 파출소로 들어갔다.

"무슨 일입니까?"

책상에 앉아 무엇인가 쓰고 있던 형사가 나를 쳐다보았다.

"저어 저어, 한 가지 말씀드릴 것이 있어서 왔습니다."

나는 공손하게 팔을 모으며 말문을 열었다.

"뭡니까, 무슨 말씀인데요?"

"저, 저는 간밤에 물건을 잃었습니다."

"물건이요?"

형사는 고개를 번쩍 들고 날카롭게 나를 쏘아보았다.

"저어, 그건 아주 중요한 물건입니다."

"그래서요. 그것을 도둑맞았단 말입니까?"

"예. 도둑맞았는지 어쩐지는 잘 모르겠습니다만 어쨌든 잃은 것임에 분명합니다."

"그게 뭡니까? 중요한 물건이라면 뭡니까?"

"성기입니다."

"성기라뇨?"

형사는 무언가 잘 실감이 나지 않는다는 듯 내 말을 되받았다.

"성기라는 물건이 뭡니까?"

"저어, 저어."

나는 웃었다.

"그것 말입니다."

"그것이오? 그것이라뇨?"

나는 난처했다.

"저어 우리들의 그것 말입니다."

형사는 나를 멍하니 쳐다보았다. 그러다가 그제야 무슨 소린지 알겠다는 듯 약간 얼굴에 미소를 띠어올렸다.

"알겠습니다."

형사는 말을 끊었다.

"무슨 소린지 알겠습니다."

형사는 몸을 일으켜세웠다.

"이리로 오십시오. 여긴 사람이 많으니."

"그럴까요."

형사는 앞장서 걷기 시작하였고 나는 그 사내의 뒤를 따라 걸었다. 구석진 방문을 열고 스위치를 올리자 백열등이 켜지고 좁은 방 안을 강렬한 불빛이 채우고 있었다.

"벗으시오."

형사는 방 안으로 들어서자 명령조로 내게 말을 뱉었다.

"예?"

"아랫도리를 벗으십시오."

나는 당황하였다. 그리고 부끄러웠다.

"보여주시오. 당신의 피해상황을 알아야겠으니."

"꼭 벗어야만 합니까?"

"봐야 합니다. 그래야만 우리는 조서를 꾸밀 수 있잖습니까?"

나는 우울하게 혁대를 끌렀다. 그리고 바지를 내렸다. 내리면서 나는 지금까지 성기를 잃어버렸다는 것이 착각으로 판별되어 바지를 다 벗어내린 순간에 나의 그것이 엄연히 달려 있어 오히려 더 무안을 당하지나 않을까 하는 아슬아슬한 조바심으로 손끝이 떨리는 것을 느꼈다.

그러나 분명히 없었다. 차라리 다행스런 일이었다.

"없군."

형사는 조용히 부르짖었다.

"입으시오. 바지를 입으시오."

나는 바지를 추켜올렸다.

"나갑시다."

스위치를 내리며 형사는 방을 빠져나갔다. 우리는 파출소 안으로 돌아왔다.

"가시오."

갑자기 형사가 신경질적으로 내게 명령하였다.

"예, 뭐라구요?"

"돌아가시오."

"전, 전 물건을 잃어버렸는데요."

"알고 있다니까요."

"그럼 물건을 찾아주셔야 할 것 아닙니까?"

그러자 형사는 나를 맥 빠진 눈으로 쳐다보았다.

"당신은 돌았어. 정상이 아냐."

"예, 뭐라구요?"

"당신 지금 행복한 소리를 지껄이고 있어. 언제 물건을 잃었소?"

"어젭니다. 어젯밤입니다."

"그럼 그전까지 그곳에 그것이 달려 있었단 말이겠군."

"예, 그렇습니다."

"가시오."

사내는 손가락을 들어 입구를 가리켰다.

"저, 저어, 저는……"

"가라니까 이 소새끼야!"

그는 책상을 후려쳤다. 나는 넋이 나갔다. 총알처럼 그가 가리킨 문을 빠져서 도망쳐나왔다.

얼마만큼 뛰었는지 나는 모른다. 나는 급해서 혁대가 풀어지는 것도 모르고 뛰었다. 너무나 놀랐으므로, 그의 갑자기 돌변한 태도가 너무나 의외였으므로 나는 숨이 턱에 닿을 때까지 뛰었다.

이제는 괜찮겠지. 총알처럼 뛰었으니까, 유미가 내게 내었던 첫번째 수수께끼 이후부터 바람처럼 뛰고 있었으니까 그가 아무리 뜀박질을 잘한다고 해도 내 걸음이야 따를 수 없을 테고 그러니까 내 뒤를 따라오지 못하겠지 하는 생각이 들자 나는 멈춰 서서 걸었다. 헐떡이면서 걸었다.

그러나 내가 갈 곳이라고는 아무 데도 없었다. 성기를 찾아 떠난 순례의 아침은 어느덧 지나가고 정오가 다가오고 있었다.

식당에 들러 간단한 점심식사나 하려는 생각이 들었을 때 문득 내가 서 있는 곳이 김형국의 아파트 근처라는 것이 눈에 들어왔다.

김형국.

그 의외의 이름은 획기적인 생각이었다. 그렇다. 나는 왜 이때까지 김형국을 생각해내지 못하였던가. 그 녀석은 언제든 불가능한 일을 실행하고 있었잖은가. 두번째의 수수께끼도 나는 김형국의 도움으로 풀었잖은가.

그 녀석에게 의논하면 무슨 근사한 아이디어가 나올지도 모른다.

그보다도 나는 어제 유미와 정사를 벌이고 난 후 그의 집에 들렀다. 어쩌면 나의 그것을 그 녀석의 집에 떨어뜨리고 나왔는지도 모른다. 아니면 그 녀석이 내가 모르는 새에 내 그것을 강탈해갔는지도 모른다. 그 녀석은 능히 그런 짓을 할 수 있는 녀석이니까.

'자네의 성기를 몇 달간만 빌려주게. 내 것은 녹이 슬었어. 분해소제를 해야 되겠어.'

갑자기 김형국이 내게 물건을 빌려줄 때 했던 말이 생각났다. 나는 몸을 떨었다.

맞다. 그 자식이다. 그 자식이 내 물건을 훔쳐갔을 것이다.

상상력에 확신이 서자 분노가 차올랐다. 나는 흥분했다. 한달음에 아파트의 계단을 뛰어올라 김형국의 집 앞에 서서 초인종을 눌렀다.

곧 인기척이 나더니 문이 열렸다.

다행히도 문을 열어준 사내는 김형국 자신이었다.

"웬일이야, 네가 연신 내 집을 방문하다니 웬일이냐?"

뻔뻔한 낯짝으로 시치미를 떼면서 딴전을 피우고 있었다.

나는 다짜고짜 그 녀석의 멱살을 쥐었다.

"왜 이래, 이 친구 이게 무슨 짓이야."

"내놓아."

나는 그 녀석을 밀고 방 안으로 들어서면서 소리를 질렀다.

"이 도둑놈아. 내놓아. 내놓으란 말야."

"이거 놓고 얘기하자. 난 완력으로도 자넬 이길 수가 있어. 자 이 것 놓아. 왜 이래? 땅꼬마 신사께서 무슨 오해를 하시는 모양인데 이 거 놓고 얘기하자고. 자, 이거 놓으시라고."

"야비한 자식."

"허어 야단났군. 야단났어."

"더러운 자식."

나는 쥐었던 멱살을 풀었다. 나는 헐떡였다.

"내놓아. 내놓으란 말야!"

"뭘 말인가?"

도대체 알 수 없는 일이라는 듯 김형국이 얼빠진 소리를 냈다.

"보여주겠다. 네 놈이 시치미를 떼면 보여주겠다."

나는 혁대를 끄르고 바지를 내렸다.

김형국은 내 돌연한 행동에 눈이 둥그레져서 나의 얼굴과 내 아랫 도리를 쳐다보았다.

"네놈이 훔쳐간 것을 나는 알고 있어."

김형국은 한참 동안 내 아랫부분을 내려다보았다.

그는 웃지도 않았다.

"너는 능히 그런 짓을 할 만한 녀석이야. 더이상 떠들고 싶지도 않아. 내놓아. 내놓으란 말야!"

"잘못 생각했어."

김형국은 진지하게 쳐다보았다.

"네가 내놓으란 물건이 무엇인지 이제 알겠다. 하지만 없다. 그 물건은 내게도 없다."

"뭐라고?"

"내 것도 보여줄까? 내 것도 잃어버린 지 오래야."

김형국은 바지를 벗기 시작하였다.

나는 뜨거운 침을 삼키면서 그의 행동을, 그가 바지를 내리자 드러나는 흰 살을 쳐다보았다. 나는 확인하였다. 놀랍게도 그의 몸에도 그것이 매달려 있지를 않았다.

"이젠 날 믿겠나?"

바지를 추스르면서 김형국이 내 뺨을 어루만졌다.

"난 잃어버린 지가 벌써 오래되었어."

"잘못했네. 용서해주게."

"괜찮아. 나도 처음엔 자네처럼 흥분했었으니까."

우리는 기가 죽어서 의자에 주저앉았다.

무어라고 사과할 만한 기력조차 없어서 나는 그의 눈을 꺼리며 담배를 피워물었다. 김형국은 잠자코 앉아 있었다.

나는 천천히 사과를 하면서 내가 왜 흥분하였는가, 그리고 그것이 얼마나 내게 중요한가, 또한 그것을 찾는다는 것이 내게 어떠한 결과를 가져주는 것인가를 더듬더듬 이야기하였다.

그는 아무런 말도 없이 내 이야기를 모두 끝까지 들었다.

"그것이 마지막 수수께끼로군."

김형국은 결론을 내렸다.

"그렇게 됐네. 마지막 남아 있는 수수께끼."

"자넨 어리석어."

김형국은 조용히 날 쳐다보았다.

"내가 자네라면 날 찾아오지도 않았을 거야. 그리고 자네처럼 흥분하지도 않았을 거야."

"뭐라고? 그게 무슨 소린가?"

"생각해보게."

김형국은 손가락을 세웠다.

"자네의 그것을 훔친 사람은 다름아닌 그 여자임이 분명해."

"그럴 리가……"

"그건 분명한 일이야. 자네는 그 여자와 어젯밤 정사를 나누었다지 않는가."

"그래. 정사는 나누었어."

"바로 그거야. 그 여자가 훔친 것이 바로 그것으로 증명되지. 자네의 그것과 가장 가까이 있었던 사람은 그 여자 자신일세. 그리고 그녀는 또한 자네의 그것이 없어지리라는 것을 벌써부터 알고 있었어. 그것은 무엇을 의미하는가? 가장 은밀한 부분이 없어지리라는 것을 보지 않고서 어떻게 아는가? 자넨 내가 그것이 없었다는 것을 알고 있었나?"

"아니. 모르고 있었네."

"그렇겠지. 보지 못했으니까. 보지 못하면 예측도 할 수 없지. 내 말이 무슨 소린지 알겠나? 범인은 아주 가까운 데에 있었어."

"그런가."

나는 무언가 알 것 같았다.

"그렇군. 그렇다면 그녀는 왜 내 그것을 훔쳤을까?"

"모르지."

김형국은 대답하였다.

"그것은 그녀와 신만이 아는 일이지."

"가겠어."

나는 일어섰다.

"어디로 가겠나?"

"그 여자에게로 가겠어. 유미에게로 가겠네."

"가면 안 돼."

김형국은 잘라 말했다.

"설사 간다 한들 그녀를 만날 리는 없어. 그녀는 이미 잠적했을 테니까."

"아냐, 그녀는 약속했어. 내가 그것을 찾아가기만 하면 나와 결혼하기로 약속했어."

"믿지 말게. 여자와의 약속을 믿지 말게."

김형국은 내 손을 붙들었다.

"전화를 걸어봐. 그녀가 집에 있는가 전화를 걸어보게."

나는 전화기로 다가가서 유미에게 전화를 걸었다. 신호가 오래 가도록 전화벨은 끊어지지 않았다. 힘없이 수화기를 놓으려는데 저편에서 전화를 받았다.

"여보세요."

낯선 남자의 음성이었다.

"저어, 오유미씨 계십니까?"

나는 정중하게 말을 꺼냈다.

"유미 누나요?"

사내가 말을 되물었다.

"안 계신데요."

"저어, 어디 가셨는지 모릅니까?"

"박물관에 가신다고 나가셨는데요."

"알겠습니다."

나는 전화를 끊었다.

"가겠어. 나는 가겠어."

"가다니 어디로 간단 말인가?"

"유미에게 가겠네."

"집에 없다면서."

"박물관에 갔다니까 찾아보겠네. 가서 무슨 일로 내 그것을 훔쳤는가 따져보겠네."

"맘대로 하지."

우리는 헤어졌다.

나는 힘없이 층계를 내려 거리로 나왔다. 이젠 모든 것이 분명하게 드러나기 시작하였다.

거리의 모든 사람들이, 복장을 차리고 즐겁게 떠드는 사람들이 내게 등을 보이고 있는 것이 아니라 실상은 나와 같은 피해자임을 나는 느꼈다. 내가 그들 바깥에 있지 않고 함께 있음을 나는 알았다. 그러나 그렇다곤 하더라도 그것은 내 우울한 마음을 조금도 보상하지는 못했다.

유미의 행동이 내게 불가사의한 것으로 다가와 그 동안 내가 유미를 위해 했던 모든 행동조차도 우스꽝스러워지는 기분이었다.

어쨌든 나는 그녀를 만나야 한다. 그것만이 지금 내가 할 수 있는 유일한 것이다.

나는 박물관으로 가는 버스를 탔고, 박물관 앞에서 버스를 내렸다.

고궁을 비추는 가을햇살은 따스하였다. 수많은 사람들이 그들의 가족과 사진을 찍고 있었다. 그들 중의 한 사람이 지나치는 내게 사진을 한 장 찍어달라고 하였다. 나는 그렇게 하겠다고 하며 사진기를 들여다보았다.

　사내와 그의 아내와 또한 그의 아이들이 사진기를 쳐다보고 숨을 죽였다.

　"웃으시오."

　나는 말하였다.

　그러자 그들은 찡그렸다. 웃는 얼굴은 아니었다. 도대체가 웃을 줄 모르는 사람들처럼 양미간을 찌푸리고 사진기를 노려보고 서 있었다. 나는 셔터를 눌렀다.

　"고맙습니다."

　사내가 내게 말을 하였다.

　나는 그들과 헤어져 박물관으로 걸어갔다. 층계를 오르면서 과연 내가 박물관 속에서 유미를 만날 수 있을까 생각하였다. 그러나 만날 수는 없다고 하더라도 이왕 유미를 찾아나선 길이었으니 들어가야 한다고 결심하였다.

　박물관 안은 어두컴컴하였다. 밝은 데서 어두운 곳으로 갑자기 들어선 길이라 눈앞이 어릿어릿하고 물건들이 눈에 들어오지 않았다.

　물건들이 유리창 속에 진열되어 누워 있었다. 수많은 사람들이 진열장 속을 들여다보고 있었다. 자기, 금관, 벼루, 그림, 병풍, 청기왓장…… 수많은 유물들이 차례차례 전시되어 있었다. 그 전시된 유물 곁에 서 있는 사람 중에 혹시 유미가 있을까 나는 주의해가면서 그들을 살펴보며 나아가고 있었다.

　사람들은 지금은 사라진 영화와 기쁨의 흔적이 남아 있는 유물들을 들여다보며 조금씩 한숨과 탄식의 입김을 내뿜고 있었다. 전시된 유물들은 위엄을 떨치며 자기들을 들여다보는 사람들을 조롱하고 있었다.

　그때였다.

나는 수많은 전시물을 훑어나가다가 유미가 서 있는 것을 발견하였다. 그녀의 몸이 유난히 컸으므로 관람객들 중에서도 유독 눈에 띄었다.

나는 반가워서 소리를 지를까 생각하다가 그녀가 무엇인가를 열심히 들여다보고 있었기 때문에 혹 방해가 될까 해서 조심조심 걸었다.

그녀가 들여다보고 있는 진열장 주위로는 다른 진열장보다 많은 사람들이 모여 있었다. 그들은 고개를 꺾고 진지하게 유리창 안을 들여다보고 있었다.

나도 그들 무리에 끼어 그 안을 들여다보았다.

나는 그 안에서 나의 잃어버린 성기를 발견하였다. 그것은 이미 산 자의 그것이 아니었다. 빛까지 바래서 단단하게 발기된 채 박제되어 엄청나게 견고한 자세로 우뚝 서 있었다.

그것은 한때 내 아랫도리에 달려 있던 물건이라고는 생각되지 않게 천연덕스러웠으며 그럴듯하였다. 오랜 세월이 지난 흔적처럼 푸른 청동색의 녹까지 슬어 있었다.

'손 대지 마시오.'

유리 진열장 주위에 그런 문구가 씌어 있었다.

사람들은 우울하게 유리창을 통해서 그것을 들여다보고 있었다. 몇몇의 입에서는 탄식의 소리가 새어나왔다.

지금은 사라진 원시의 야성을 그리워하는 듯한, 퇴화된 눈빛을 번득이면서 그들은 잠든 그 성기가 혹시 깰까 두려워하듯 발걸음도 조심조심 떼어놓고 있었다.

나는 그제야 눈을 떼고 유미를 쳐다보았다. 오래 전부터 나를 쳐다보고 있었는지 그녀의 눈과 내 눈은 어렵지 않게 마주쳤다.

내가 무어라고 한마디 하려고 입을 떼려 하자 유미는 갑자기 자기 입에다 손가락을 갖다대었다.

그것은 향수에 젖어 있는 관람객의 꿈을 깨지 말라는 신호도 되지만 잠들어 있는, 한때는 나의 것이었던 신화(神話)의 깊은 잠을 방해하지 말라는 신호의 표시이기도 하였다.

(1972년)

전람회의 그림 2

꽃을 노래함

꽃이여. 한 송이의 붉은 꽃이여.

그대는 푸른 풀잎 속에 피어 있다. 간밤의 그 세찬 빗줄기 속에서도 질긴 바람 속에서도 꼿꼿이 피어서 차가운 새벽 냉기 위에 빛보다 밝은 진리를 안고 몇 방울의 젖은 이슬, 검은 비로드 위에 흘리는 몇 방울의 우유즙 같은 깊은 우수를 띠고 그대 햇볕 속에 누워 있다.

내 그대를 사랑함은 그것이 어제의 일이 아니었지. 그것은 아주 오래 전부터였어. 내 어두운 밀실에서 밤이 새도록 투명한 유리잔 위에 내 부패한 혼을 부어내리고 그것을 마시고 다시 긁어내리는 동안에도 꽃이여. 한 송이의 붉은 꽃이여. 그대는 혼자서 피어 있었다.

내 젊은 시절을 이제 거의 지내고 밤마다 나는 검은 재처럼 스러지는 나의 빛나는 청춘을 본다. 나의 젊은 시절은 묵은 책갈피에 끼워진 건조한 낙엽 몇 장처럼 이미 죽어 있었지. 그것은 무엇을 의미하는 것일까. 그것은 이제 전갈보다 깊게 교정을 하고 술을 마시고, 출판기념회에 나가고, 세금 인상에 눈 부릅뜨는 일상사에 젖어 합창보다 시끄러운 여론에 깜짝깜짝 놀라고 몇 개의 거짓말, 몇 개의 허위 속에 침몰한다는 얘기겠지. 아무도 나의 죽음을 탓하진 않아. 손 들어 햇볕을 가리는 손바닥에 그려진 서너 개의 손금처럼 우리는 죽음을 손 안에 그리고 다닌다더군. 그래도 손금은 무게도 없고 그것은 흡사 죽음과 같아. 밤마다 나는 관 속에 누워 있는 자신의 백골을 본다. 나의 몸 위엔 거부하는 자들이 힘주어 던지는 쇠스랑 소리 같은 흙 덮이는 소리와, 슬퍼도 절대 울지 않는 사나이가 무거운 망치로 못을 박는 소리가 들려오더군.

그런데도 꽃이여. 한 송이의 붉은 꽃이여. 그 불면의 밤이 지나 아침이 무겁게 달아오르는 차갑고 축축한 습지 위에 그대는 예나 다름없이 그곳에 피어 있다.

내 그대를 사랑함은 그것이 어제 오늘 일이 아니었어. 그대가 있는 분위기, 그곳엔 별도 눈을 감고 바람도 피해 가더군.

꽃이여. 그것은 새로운 발견이 아니었어. 가슴 저미는 고통과 슬픔, 돌연함, 머리를 흔들어 신음을 하고 아편을 먹고 구역질을 하고 그러다가는 방뇨를 하고, 고래고래 소리를 지르면서 손톱을 깎다가 나는 정말 선뜻한 감정으로 그대를 발견했던 게야. 그대는 내가 어머니의 자궁 속에서 미끄러져 가위로 탯줄을 자르고 숨이 막혀 으앙 하고 우는 순간부터 그곳에 피어 있었지. 눈이 내리고 빗줄기가 때려도 그대는 벗은 채 그곳에 참고 있었어.

나는 그대 앞에 부끄럽구나.

정육점에서 사 드는 한 근의 쇠고기처럼 나는 밤마다 나의 죽음을 손끝에 가늠하고 있다. 그것은 때로 무거워져가기도 하고 때로는 풍선처럼 가벼이 날리고 있지.

우주는 내가 생각하는 것만큼 크지 않았어. 그것은 너무나 작고 허약해서 딛고 다니기에도 무서운 것이었어. 마치 봄볕에 녹는 얼음의 두께처럼 나의 가벼운 체중에도 깜짝깜짝 놀라곤 했었어. 진리는 무엇일까, 나는 모르겠어. 그것은 시험관 속에 들어 있는 몇 방울의 증류수 같은 것일 거야. 우리는 힘들여 시험관을 가열한다. 물은 뜨거워 백색의 정액을 흘려놓는다. 그러나 그것일 뿐, 우리는 증류수를 먹고 지내는 것은 아니잖아.

나는 잃어가고 있어. 창 밖에 내리는 비를 봐. 비는 유리창 위를 흘러내리고 있어. 가슴엔 수증기가 어려 한 방울 두 방울 들어내리듯 자욱한 물기. 그러한 낙화의 혼으로 뒤엉키고 있어.

누구든 얘기하지.

존경의 훈장을 가슴에 달고, 참으로 오랫동안 사색만을 해온 사람들도 거품 뿜는 민물게처럼 정의를 내린다. 타인의 입이여. 타인의 언어여. 타인의 정의여. 무책임한 민주주의여. 내게 소중한 것은 한 줌의 침묵. 그대 있는 배경의 어두운 진리. 내 솔직히 고백할까. 그들은 내게 날카로운 비수를 주더군. 그리고 그것으로 그대 한 송이 꽃을 자르라고 명령하더군. 몇 번이나 나는 그대를 꺾으러 정원에 나갔다. 내 눈은 빛나오르고, 내 성기는 무섭게 발기하더군.

그러나 꽃이여. 한 송이의 붉은 꽃이여.

그대는 다시 피어난다. 내가 그대를 자르고, 그대의 핏속에 이빨을 들이대고 흡혈귀처럼 그대의 더운 피를 핥아 혼미한 하늘은 흔들리고, 어두운 계단을 한없이 올라가는 나의 의식 속에서 그대 꽃은 차가운 겨울날 전신주 위에 앉아 나를 응시하는 철새의 시위 속을 뚫고 나가는 나의 강한 예감 속에서 돌연히 솟아오른다. 돌연히 피어난다.

그대는 꺾이나 시들 줄 모른다. 그대는 잘리나 질 줄을 모른다.

꽃이여. 한 송이의 꽃이여.

그대는 말없이 나를 따라다닌다. 방 안엔 뜨거운 모닥불, 유리창에 가득한 성에를 긁어내리면 그 조그만 영지 속에서 그대 한 송이의 꽃은 창연히 빛나고 있다. 나는 커튼을 내린다.

모든 방 안의 불을 끄고 숨죽여 그대를 바라보면 그대는 좀더 가까이 다가와서 환히 웃는다.

그대 나를 그렇게 봐주렴. 산 자의 곁에 따라다니는 죽은 자의 무덤. 산 자의 모습에서 죽은 자를 읽어내고, 그것을 추모하자.

깊은 기도를 하자.

아내 이야기

일요일 아침인데도 아내는 새벽부터 나를 깨우기 시작했다. 새벽이라면 어폐가 있겠지만 어쨌든 일요일 아침 여덟시면 여느 날의 새벽이 아니고 무엇이랴. 아내는 물론 알고 있다. 일요일이면 흔히 아침도 생략하고 그냥 내리 열두시까지 잠을 자대고, 아침 겸 점심을 뜨고는 허리만 안 아프다면 다시 잠을 자대는 나의 일요일 습성을 말이다.

그런데도 아내는 일요일 새벽부터 나를 깨워대는 것이 아닌가.

"무슨 일이야?"

나는 잔뜩 볼멘 소리로 물었는데 아내는 투정난 목소리로,

"오늘은 도배를 해야 돼요."

하고 강경 일변도의 단정을 내리는 것이었다.

"도배라니?"

나는 아직 잠과 현실 사이에서 어릿어릿, 깨어 있다는 실감이 나지

않았으므로 좀 얼빠진 소리를 냈다.

"방 도배 말이에요. 방 도배."

"아, 거 사람 사서 하면 될 것 아니야. 사람 사면."

"뭐, 뭐라구욧?"

아내가 순간 소프라노음을 발했다.

"사람 사서 할 일이 따로 있지. 당신 정말 왜 이래요?"

"알, 알겠어."

알겠다. 이 우라질 여편네야. 하수도 공사쯤은, 두꺼비집 퓨즈쯤은, 집 울타리 페인트칠쯤은 소위 남편족들이 해야 한다는 것은 알고 있다, 이 여편네야. 하지만 오늘은 일요일이 아니냐. 갓 봄에 상에 오른 야채 샐러드같이 싱싱한 일요일이 아니냐. 쿠데타만 일어나지 않는다면, 한강 물만 넘쳐흐르지 않는다면 염치 불구하고 오전 손님까지 부재중이라고 거짓말하고는 늦잠을 계속 근무해대는 일요일이 아니냐.

아, 아, 아, 아, 아. 기지개를 켜고 일어나서 천편일률적인 신문을 읽고, 천편일률적인 헛구역질 나는 양치질을 하고, 변소에서 천편일률적인 대변을 보고, 천편일률적인 아침상을 받고, 아, 아, 오 분만 더 잤으면 한이 없겠다라는 소박한 욕망을 반추해가면서 둘이 로터리 지물점에 가서 도배지를 사기로 했다.

"골라봐요."

나는 줄곧 하품만 하면서 유난히 맑은 일요일 오전의 햇볕에 눈을 가느다랗게 뜨고 등산 가는 차림으로 버스를 타는 등산객들을 노려보기도 하면서 연신 아내의 슬리퍼, 거기 맨발 발가락 사이에 낀 때를 바라보며 웬일일까, 그것을 혀로 핥고 싶은 충동과 구토증을 같이 느끼고 있었다.

"당신이 먼저 골라봐요."

아내는 내게 양보를 했다. 나는 아내와 고개를 맞대고 견문지철을 들척이면서 들여다보았는데 나는 불쑥 별 생각 없이 파르스름한 도배지가 어떤가 하고 물었다.

"앞으로 무더워지면 아무래도 찬 색깔 계통이 나을 것 같단 말이야. 안 그래?"

"안 돼요."

빛깔에 대해 예민한 아내는 아니나 다를까 부정을 했다.

"난 이것이 좋아요."

오우, 망할. 이게 무슨 일이람. 무슨 온실도 아닐 테고, 이방 무늬 연속으로 된 나무 잎사귀 도배지를, 그래 무늬가 작다면 또 모른다. 이건 무늬는 손바닥만큼이나 큰 것이, 이것을 방 안에 가득 붙여놓는다면 우리가 도대체 무슨 곤충 채집가의 전시본에 핀 꽂힌 박제된 곤충이란 말인가. 아니면 풀숲을 기어다니는 길짐승이란 말인가.

"그래, 이것이 좋을 것 같군."

하지만 나는 선선히 응낙을 했다. 내가 언제 벽지 보고 살았냐. 밥 먹고 살았지. 우리는 두루말이 도배용지를 가슴에 안고 집으로 왔다. 아내는 풀을 쑤고 나는 그 동안 세수를 했다. 정확히 오전 열한시부터 도배는 시작되었다. 아내는 방바닥을 치워 공간을 만들고 방을 쓰는 빗자루로 귀얄을 대신해서 풀을 칠하기 시작했다. 나는 재봉틀용 작은 의자를 놓고, 아내가 풀을 바르는 것을 우두커니 바라보고 있었다. 풀칠이 다 되면 나는 한쪽 끝을, 아내는 다른쪽 끝을 잡고 우선 벽면부터 붙여나가기 시작했다. 나는 자유의 여신상처럼 의자 위에 위태위태하게 서서 작은 기포라도 남겨서는 안 된다는 아내의 간곡한 분부에 따라 몇 번씩 수건을 뭉쳐 누르면서 서서히 짜증을 내고 있었다.

"안 되겠어요. 비뚤어졌어요. 다시 떼요."

"거기 보세요. 거기거기. 들떴잖아요. 다시 한번 꽈악꽈악 누르세요."

"여기 풀 있어요. 거기 다시 풀칠하세요."

뚜렷이 가렵지 않은 등허리를 남의 손을 빌려 긁어내릴 때와 같은 짜증이 복받쳐오르고, 그러나 나는 될 수 있는 한 참기로 했다.

제기랄. 이 방이 내 소유의 방이라면 또 모른다. 알다시피 이 방은 이십오만원짜리 전셋방이다. 육 개월 기한부로 든 이 방을 뭐 내 집인 양 도배를 할 필요가 어디 있느냐 말이다.

나는 좀 후에는 거의 혼자서 천장까지 도배를 했는데 천장 도배를 해본 유경험자여, 그대는 알고 있을 것이다. 망할놈의 천장에 도배를 한다는 사실이 겨울용 장갑 끼고 머리칼 한 올 붙잡아내는 일보다 더 어려운 일임을. 나는 목에 깁스를 댄 사내처럼 목이 뻣뻣해져서 옛 천문학자인 양 하늘을 보고 지낼 형편이었다. 더구나 점심도 굶고 그 잔소리 갠장갠장한 아내의 짜증까지 들어가며 일을 마치고 나니 어둠이 깃들인 한밤중, 천금과도 같은 일요일은 이미 사라져버렸고, 때문에 나는 억울하고 슬퍼서 손에 묻은 지문 찍을 때의 잉크 같은 지저분한 풀기를 그대로 놔둔 채 잠이 들었던 것이다.

이상한 일이 벌어진 것은 바로 그 도배질이 있은 후부터였다. 아내가 한밤중 분명 없어져버린 것이다. 나는 갓 도배한 생생한 풀 냄새 나는 방 안에 누워 아주 안락하게 휴식을 취하고 있었다. 그러다 아내가 밤늦도록 주위에서 보이지 않아 우선 일어나서 라면을 끓여 시장기를 채운 다음 아내가 혹 친정집에 김치 얻으러 간 것이 아닐까 전화를 걸어보았고, 아내의 친구 집에도 전화를 걸어보았으나 오리무중이었다.

별수 없이 나는 홀로 밤을 새우고 다음날 회사에 출근했다. 그러면서 혹 아내에게서 전화가 걸려오지 않을까 전화벨 소리마다 깜짝깜짝 놀라곤 했지만 번번이 공무로 걸려온 전화일 뿐 아내는 감감무소식이었다. 퇴근하자마자 부리나케 집으로 와봐도 아내는 없었다. 땅으로 꺼졌는가 하늘로 솟았는가 어처구니없는 사실에 나는 혼이 나가서 유행가 가사 말마따나 '나의 창문을 흔드는 이 누구인가 반가워서 나가보니 빈 그림자뿐이었네' 하는 식으로 작은 소리에도 선뜻선뜻 아내의 예리성인가 놀랐지만, 아내는 드디어 월부책 장사와 바람이 나버린 셈인가 행방불명이었다. 나는 다음날 궁리궁리한 끝에 일간신문에 한 행 오백원짜리를 열 행이나 빌려 아내와 내가 연애 시절 같이 찍은 사진에서 내 사진을 오려낸 아내의 독사진까지 게재하고는 신파조의 설득문, 일테면 돌아오라 아내여, 과거의 잘잘못은 묻지 않을 테니 돌아와만 다오 아내여, 너를 기다리는 나는 침식을 잊었다, 위 사진의 여인을 찾아주는 사람은 일금 삼만원 아니 이만원, 아니 일만원을 후사하겠음이라는 광고를 게재했던 것이다. 그리고 나는 터덜터덜 걸어 집까지 돌아왔는데 아내 없는 텅 빈 방은 너무나 슬퍼서 천지가 어찔어찔하고, 신혼생활 삼 개월 만에 홀아비 된 기분이어서 그만 덜컥 죽어버렸으면 좋겠다라며 누운 채 담배를 피워물었다. 그때였다.

"여보, 여보."

나는 누군가 나를 부르는 소리를 들었다. 그것은 틀림없는 아내의 목소리였다. 나는 반가운 나머지 방문을 드르륵 열어젖혔는데 마당엔 빈 달그림자만 가득할 뿐. 먼 곳의 개만 컹컹 짖을 뿐. 나는 다시 벌렁 누워 도무지 내가 무엇을 잘못했는가를 생각하려고 머리를 모았다. 도대체 내가 무엇을 잘못했던가. 잘못이라면 텔레비전 못 사준 죄와, 남들은 다이아몬드 운운하는데 삼만원짜리 블루사파이어밖에 해주지 못했다는 것이다. 제기랄. 아내가 돌아와만 준다면 다이아몬드 오 캐럿이 문제냐. 십 캐럿이 문제냐. 그때였다.

"여보, 여보."

다시 틀림없는 아내의 목소리가 들려왔다. 나는 조용히 소리나는 곳을 쳐다보았다. 그것은 천장과 벽이 잇닿은 직각의 앵글 속에서 들려오는 목소리였다.

"살려주세요, 여보. 날 구해주세요."

오냐. 오냐. 구해주고말고. 나는 마술사의 요술에 걸려 천 년 잠을 자는 공주를 구하기 위한 기사의 창과 같은 식칼을 거머쥐고 그 직각의 앵글 속으로 뛰어들었다. 갓 도배질한 벽면의 도톰히 튀어나온 곳을 칼로 자르자 풀기가 묻고 벽의 냉기처럼 싸늘하게 체온이 식은 아내가 널어 말리는 어포처럼 떨어져내렸다.

우리는 너무나 반가워서 한참을 껴안고 뒹굴었다. 좀 창피스럽긴 했지만 뽀뽀도 했다. 아내는 며칠간 벽지처럼 벽에 밀착되어 있었기 때문에 마르고 납작하긴 했지만, 싱싱한 녹말풀 냄새는 새로운 자극이어서 흥분한 곤충처럼 떨어가며 서로의 몸을 혀끝으로 핥기 시작했던 것이다.

추운 여름날

그것은 애당초부터 기묘한 상봉이었다. 장이라는 사내와 김이라는 사내는 우연히도 그 다방, 같은 좌석에서 선보는 사람들처럼 고개를 맞대고 앉게 된 것이었다. 둘은 처음 시선이 마주쳤을 때부터 상대편 남자가 어디선가 한 번뿐만 아니고, 수차례 악수까지 나눈 일이 있던 사내라는 것을 서로 알아채고 있었다. 그런데 당연하게도, 그 기억이 떠올라주지 않는 것이었다. 도대체 이 자식을 어디에서 만났을까? 두 사내는 씁쓸한 커피를 마셔가면서 꼼짝도 않고 상대편을 노려보며, 그 기억을 상기시키려고 애를 썼다. 물론 단번에 "어디서 많이 뵌 듯한 얼굴이군요"라는 인사를 한 다음, 서로 통성명을 하거나 집안에 대한 안부를 묻고 서로의 공통점을 피력하면 상대편이 누군가를 잘 알 수 있을 테지만, 누가 그런 어리석은 짓을 할 셈인가. 도대체가, 서로에게 이용가치도 없으면서도 이를테면, 이 자식이 커피 한잔을 공짜로 사주리라는 이해타산이 없으면서도, 그 번거로운 인사를 나눌 필요는 없을 것이고, 또 서로 인사를 하고 난 후에 그들이 꽤나 거북한 사이였다는 것이 밝혀진다면, 피차 어색해질 우려가 있지 않겠는가. 생각해보면 인간 모두가, 더욱이 나이가 마흔 살 이상이나 본의 아니게 먹게 된 대한민국 국민이라면 열 사람 중에 다섯 명쯤은 자기에게 해로운 적을 갖고 있는 것이 보통이었다. 만약 통성명을 하고 난 후에 상대편이 동란 시절에 목숨을 부지하기 위해 자신을 고발한 사내라는 것이 밝혀진다면, 만약에 상대편이 자신의 은밀한 밀고로 억울하게 자리를 빼앗긴 동료임이 밝혀진다면, 만약에 상대편이 계를 하다가 몽땅 곗돈을 가지고 도망가버린 사람임이 밝혀진다면, 그때엔 어찌할 셈이란 말인가.

장과 김은 나이 지긋이 먹은 사내답게 상대편을 자세히 저울질해보고 자로 재보고 몸무게를 달아보고, 지금까지 살아온 진리, 즉 일단은 상대편을 사기꾼 아니면 도둑놈 둘 중 하나로 생각해본 다음 추리를 해나가기 시작했다. 김이란 사내가 담배를 하나 피워물고, 라이터를 찾았는데 마침 라이터는 기름이 떨어져 있었다.

"불을 좀 빌려주시겠습니까?"

김은 장에게 예의를 다하여 정중하게 말을 했다.

"좋습니다."

장이란 사내는 담뱃불을 내밀었는데, 둘은 비로소 뜨거운 섭씨 육

백도의 담뱃불 속에서 악수를 한 셈이었다. 다시 침묵이 오고, 둘은 진영을 바로잡고 상대편을 타진하기를 계속했다. 마침내 장이 비대한 몸을 앞으로 내빼며, 조심스레 얘기를 꺼냈다.

"저 혹시 장민구라는 사내를 알고 있지 않습니까?"

"장민구라니요?"

김은 잔뜩 긴장을 하며, 어금니를 꽉 물고 경계의 태세에 완벽을 기했다.

"잘 모르시는 모양이군요. 죄송합니다."

"가만있어보자. 장민구, 어디서 많이 듣기는 들은 이름인데."

"저, 몸은 비대하고, 출판사의 경리과장을 하고 있는 사내 말입니다."

"출판사라면, 대지출판사 말입니까?"

"천만에요. 지구출판사 말입니다."

"아!"

김은 순간, 담배가 튕겨나갈 정도로 크게 놀라며, 이내 너털웃음을 치기 시작했다.

"이 사람, 장민구. 오랜만이네그려."

"자네는……?"

장민구라는 사내는 김이란 사내가 힘차게 내민 손아귀에 자신의 비만한 손을 내맡기면서도 아직도 이 사내가 자기의 시계를 벗겨가지나 않을까 하는 불안으로 가득 차 있었다.

"나, 김용직일세. 헛허허. 대학교 동창끼리 모르고 있었다니."

"앗, 그럼 자네가 바로 용직이, 힛히히히."

둘은 드디어 마음을 놓았다. 둘은 우정을 과장하기 시작했고, 녹슨 우정을 먼지 털기 시작했다. 기름으로 씻고 녹을 벗기자, 제법 번쩍이는 우정이 얼굴을 내밀었다. 한바탕의 소제작업이 끝난 후, 둘은 자신의 훈장을 자랑하기 시작했다. 어깨에 달린 견장을 소제하기 시작했고, 가슴에 건 훈장을 보아란 듯 가슴에 달기 시작했다. 그러나 그런 소제작업도 금방 흥이 가져버리고, 이내 무슨 얘기든 꺼내야 할 텐데 하는 식의 답답한, 공연히 시선이 마주칠 때마다 백치처럼 웃음을 머금어야 하는 침묵이 왔다. 장은 신문을 꺼내들었고, 신문은 다행히 그들의 시선을 가려주었다.

이십여 년이 흐른 다음 처음 만난 두 우정은 지나치게 조용했다.

"자네, 강희영이란 녀석 알지?"

"그래, 술고래였지."

"맞았어. 그 사람 어제 죽었어. 그 친구뿐인 줄 아나? 학교 동창회 명부를 우리 출판사에서 염가로 만들었는데 동창 이십 명 중에 다섯 명이 죽어버렸단 말야."

"많이도 죽었군."

김이나 장이나 하등의 실감이 가지 않는 듯, 그따위 생사의 문제란 아무런 감흥도 일으킬 수 없다는 듯 무표정했다. 죽음 얘기로 화제를 이어나가려는 노력도 수포로 돌아갔고, 드디어는 장이 신문을 던지며,

"이 자식 보게, 이거. 이 자식 장땡 잡았군."

하며 신문의 톱기사를 가리켰다. 김도 고개를 빼어 보았는데, 그 기사는 그즈음, 항간에서 화제의 대상이 되고 있는 전쟁고아의 유산문제를 취급한 기사였다. 신문 3면엔 일시에 십만 달러를 탄 전쟁고아가 입을 헤 벌리고 넋이 나간 모습으로 서 있는 사진이 게재되어 있었다. 그 내용인즉 이러하였다. 6 · 25 때 한 전쟁고아가, 추락한 미국 군인을 움집 속에 감추어두고 휴전이 된 다음 살려주었는데, 그 미군의 아버지는 미국의 갑부로 착실한 기독교 신자였으므로 죽을 때 재산 분배에서 그 전쟁고아에게 십만 달러를 할당한 것이었다. 어디서나 그 화제는 대유행하였다. 국가에서는 한 무명 소년의 선행이 외화 획득에 지대한 공헌을 했다고 표창했으며, 그 전쟁고아에게 하

루 동안에 백여 군데에서 구혼 신청이 쇄도했다는 소문은 거짓말로 여기더라도 어쨌든 간에 인기에서 비롯된 것이었다. 한때는 한 군인이 중국집에서 '울면'을 먹다가 진주를 씹었다는 것이 대유행이었다. 그것은 시가로 십여 만원 한다고 했는데, 그 값은 불문에 부치고라도 백원의 울면 한 그릇으로 천 배의 돈을 번다는 사실이, 강냉이 튀기듯 맹랑한 것이 아니라 실제로 잡을 수 있다는 가능성만으로 언젠가는 중국집이 수지맞았던 일도 있었다. 또 한때는, 강원도 산골의 어느 시골 부인이 잠을 자다 달을 먹는 꿈을 꾸고는 신의 계시를 받은 듯, 그날로 집을 팔아 주택복권을 몽땅 샀는데 그것이 결국 칠백만원의 행운을 안겨주었다는 사실이 대유행이었을 때도 있었다.

하지만 그따위란 어린애 배꼽만큼도 아닐 정도인 십만 달러가 전혀 생각지도 않았던 그 전쟁고아의 가슴팍을 비비며 달려들었다는 사실은 정말 억울하기도 하고, 배가 아프기도 하고, 질투가 나기도 하고, 후련하기도 한 화제가 아닐 수 없었다.

"살다보면 이런 일쯤 있어야 재미있을 게 아닌가, 응?"

장이, 은단을 씹으며 동의를 구했다.

"그래, 그러게나 말이야. 십만 달러라면 정말."

"가만있어보게. 십만 달러라면 얼마지? 원화로 말야? 자네 만년필 있나?"

"없어."

장은 마침 재떨이를 바꿔가는 레지더러 연필을 갖다달라고 부탁을 했다. 십만 달러! 그것은, 어떤 바 이름도 아니요, 술 이름도 아니다. 캐러멜의 상표도 아니요, 그렇다고 책 제목도 아니다.

레지는, 금세 연필과 메모지를 갖다주었다. 장민구는 메모지에다 355×100,000을 썼다. 그러고는 계산기처럼 찰칵이며 곱셈을 했는데 나온 숫자는 삼천오백오십만원이었다.

"이것 보게. 삼천오백오십만원일세. 삼천오백만원이라면 삼십오 년 동안을 살아가더라도 일 년에 백만원씩 쓸 수 있지 않겠나? 그러면 한 달에 십여만원가량, 하루엔 삼천삼백원가량을 아무 일도 않고 빈둥빈둥 놀고 쓸 수 있단 말일세."

"그쯤 있으면 은행 이자만 뜯어먹고 살아도 되지. 헌데 자네 계산은 틀렸어."

"틀렸다니?"

"삼백오십오 대 일의 환율이 아니라 삼백칠십오 대 일일세. 그러니 삼백칠십오 곱하기 십만을 해야 한단 말이지."

"허허, 이 사람 모르는 소리. 그건 공정환율이고, 내 건 은행에서 원화로 바꿔줄 때 쓰는 환율이란 말이야."

"이 사람, 무식한 소리 말게. 손가락으로 장을 지지겠네. 삼백칠십오 대 일이라니까……"

"이거 왜 이래? 삼백, 오십, 오 대, 일일세."

둘은 한푼을 깎기 위한 아낙네와 장사치 같은 모습으로 핏대를 올렸다. 처음에는 그래도 웃음이 둘의 얼굴에 머물러 있었으나, 이내 그것이 사라져가고 둘은 얼굴을 상기해가며 자기의 주장을 절대 굽히지 않았다.

"헛허, 우린 동창이니까 부끄럼이 있을 수 없지만 딴 데 가서도 그런 소리 하다간 망신당하네."

"누가 할 소린지 모르겠는걸. 난 내 이름을 걸고 맹세하겠네."

"이름을 걸다니? 난 내 목숨을 걸고 맹세하겠네."

"정말이지? 좋아. 그럼 우리 내기를 걸기로 하세."

갑자기 장이 재미나다는 듯, 연필를 들고 귀를 후볐다.

"좋도록 하자고. 내기를 거세. 뭘 걸기로 할까?"

"나갈 때 자네와 내가 먹은 찻값을 내기로 하세그려."

"좋아."

둘의 협상 조건은 일치되었다. 둘의 침묵은 불꽃이 튀기 시작하고 숨소리가 높아지는 도박장으로 변하고 말았다. 무슨 얘기를 해야 할까 하는 식의 침묵은 깨어져버렸고 투쟁의 냄새가 번득이기 시작했다. 추호도 양보하지 않겠다는 생사의식이 이십여 년 동안 만나지 못했던 두 동창을 사로잡고야 말았다.

비로소 둘 사이에는 우정이 흐르기 시작했다.

장은 큰 소리로 레지를 불렀고, 레지는 금방 와주었다.

"이봐, 미스 리. 미스 린 미국 돈 딸라가 한국 돈 얼만지 알고 있나?"

"누가 그걸 몰라요?"

순간 레지는, 상업적으로 웃으며 으쓱거렸다.

"그, 그럼 그게 얼마지?"

백원을 내느냐, 그냥 공짜로 차를 한 잔 먹느냐의 내기는 그 여자의 입 하나에 달려 있는 것이었다.

"오백 대 일 아니에요?"

"뭐라고?"

장과 김은 동시에 비명을 발했다.

"오백 대 일이라니? 아니 미스 린 누굴 놀리는 거야?"

"놀리긴요. 화폐개혁 전에 오백 대 일이었으니까 지금은 오십 대 일이겠죠."

"이번엔 또 오십 대 일이라니? 그건 아주 옛날의 환율이란 말야. 미스 리, 우리가 요구하는 것은 1970년도 최신판이란 말이야."

"그걸 누가 알아요? 내일이면 또 변할 텐데. 그런 건 골치 아파요. 한 가지만 외워두면 그만 아녜요?"

"맙소사, 맙소사."

장은 실성한 사내처럼 혀를 내두르고 냉수를 핥았다. 선풍기는 미지근한 공기를 토해내고 있었고, 날씨는 살인적으로 더웠다. 레지가 돌아가자 김이 말을 꺼냈다.

"무식한 것한테 물어본 게 잘못일세. 저런 게 뭘 알겠나?"

"자네 말이 옳아. 그럼 신문사에 전화를 걸어 알아보기로 하세그려."

"그게 낫겠네. 그러면 우리 내기 조건을 다른 것으로 바꾸기로 할까. 차 한 잔 값 내기란 스릴이 없단 말이야. 좀더 스릴 있는 것으로 바꾸세그려."

"그럼 무엇을 내기로 할까? 찻값도 내고 이따 나가서 맥주 두 병과 삼백원짜리 이상의 저녁을 사기로 할까?"

"그것 멋진 계획일세그려. 이왕이면, 맥주를 집어치우고, 다섯 되 이상의 막걸리와 다섯 접시 이상의 안주를 사는 것을 덧붙이세그려."

둘은 협상 조건을 고쳤다. 전화는 동시에 일어나 둘이 카운터까지 가서 걸기로 했다. 그래 막 일어서려니 뒷좌석에 앉았던 사내가 싱긋 웃으며 말참견을 했다.

"저는 상과대학 졸업반입니다. 제가 말씀드리면 안 되겠습니까?"

그러자 둘은 서로의 얼굴을 쳐다보며 표정으로만 합의를 보았다.

"그래 환율이 얼마란 말이오?"

"삼백칠십오 대 일입니다."

사내는 웃지도 않고 대답했다. 그러자 김은 너털웃음을 지으며 자리에 앉았다.

"보게그려. 삼백칠십오 대 일이란 말일세. 자! 찻값 백원과 삼백원짜리 이상의 저녁 두 그릇 육백원, 막걸리 다섯 되 육백원, 안주 다섯 접시 이상의 일천원을 준비하란 말일세."

김은 침샘에서 짜르르 생침이 혓바닥으로 몰려오는 것을 느끼며 큰소리를 쳤다.

"이것 봐. 이거 왜 이래, 이거."

장은 수건을 꺼내 쉴새없이 얼굴을 문지르며 항의를 했다.

"증거를 대란 말이야, 증거를. 삼백칠십오 대 일이란 증거를 대란 말이야."

"전 학교에서 배운 것을 그대로 말씀드렸을 뿐입니다."

상과 대학생은 무표정하게 대답하곤 눈을 감았다.

"이봐, 그따위 학교란 게 무슨 소용이야. 밤낮 데모만 하는 대학교가 말이야. 이것 봐. 난 내 경험 외엔 믿지 않는단 말야."

"허허 이 사람. 술래 배짱인 모양인데……"

"천만에. 자! 우리 정확히 하자고. 분명히 하자고."

장은 다시 냉수를 핥았다.

"왜 이래. 젊은 상과 대학생이 우리보다는 백 배 날 텐데."

"웃기지 말라고. 낫긴 쥐뿔도 난 게 없다."

장은 잔뜩 얼굴이 상기해 있었고, 거친 숨을 내몰아쉬고 있었으므로 마치 언덕을 올라가는 구식 기차 같았다. 그는 갑자기 목소리를 낮추더니, 김의 얼굴 앞으로 바짝 달라붙었다.

"자신있는 모양인데 우리 협상 조건을 바꾸기로 할까?"

"마음대로 하게. 자네 좋을 대로 하란 말야."

"정말이지?"

장은 순간 낄낄대며 웃었다.

"좋아! 그럼 자네와 내 코를 걸기로 하세그려."

"코라니?"

"진 편의 코를 이긴 편이 면도칼로 자르기로 하세."

그들은 순간, 서로의 땀구멍을 식별할 수 있는 위치에서 상대편의 코를 쳐다보았다. 만약에 이 친구에게서 코가 없어져버린다면, 그것은 난센스다. 기가 막힌 난센스다. 둘은 마주 보고, 껄껄 웃었다.

"거참 재미있는 내길세그려. 면도칼은 준비됐나?"

"까짓 이긴 편에서 사기로 하지."

"좋아, 응낙했네."

둘은 차가운 악수를 했다. 그들의 얼굴에서 이미 웃음은 사라져버렸고, 그들의 코는 핏기를 거두었다. 전화번호는 김이 찾았고, 다이얼은 장이 돌렸다. 습기 밴 눅눅한 전화기는 별스럽게 신경질적이었다. 두서너 번 반복한 후에야 상대편이 나왔다.

"아! 여보세요. A신문삽니까?"

"그렇습니다."

"정치부를 좀 바꿔주슈."

장은 소리를 높였다. 다방의 음악은 꿈속을 헤매고 있었고, 레지는 끄떡끄떡 졸았다. 김은 살찐 장의 얼굴에서 선명한 땀방울이 솟아나는 것을 바라보고 있었다. 신호음은 이내 떨어졌고, 전화선을 통하여 장바닥 비슷한 신문사의 소음이 흘러들어왔다.

"여보세요. 정치붑니까?"

"그렇습니다."

"아! 수고하십니다."

갑자기 장은 꾸벅 인사를 했다. 말하자면 그의 고개는 자동적으로 인사를 한 셈인데 인사를 받은 쪽은 끄떡끄떡 졸고 있는 레지였다.

"한 가지 묻고 싶어서 전화를 걸었습니다."

"뭐라고요? 잘 들리지 않는데요."

"한 가지 묻고 싶어서 전화를 걸었습니다."

장은 악을 썼다. 그러자 자고 있던 다방의 손님들이 번쩍 눈을 떠서 이쪽을 쳐다보았다.

"환율이 어떻게 됩니까? 여보세요. 딸라 대 원화의 비율이 얼마나 됩니까?"

"그런 건 경제부에 물으쇼. 바꿔주겠수다."

"전화 바꿨습니다."

이번엔 다른 목소리가 말을 받았다. 그러자 장은 또다시 꾸벅 인사를 했다.

"안녕하십니까?"

그리고 그는 앵무새처럼, 녹음기처럼, 같은 소리를 되풀이하기 시작했다.

"저 환율이 어떻게 됩니까? 환율 말입니다."

"실례지만 댁은 누구십니까?"

"예, 저는 장민구입니다. 나이는 마흔두 살. 지구 출판사의 경리과장입니다. 가족은 마누라와 두 딸…… 아! 여보세요, 여보세요. 개자식."

전화는 끊기고, 다방 안에서 잠이 깨었던 손님들이 다시 눈을 감았다. 김은 낄낄 웃었다.

"방송국으로 돌리세. 신문사보다는 방송국이 친절하니까……"

"좋아! 그 대신, 내기 조건을 바꾸기로 하지. 코는 있으나 없으나, 외관상엔 꼴불견이지만 죽지는 않을 테니까 아예 우리들의 목숨을 걸기로 하지."

"목숨이라고? 거참 재미있는 내기로군. 이긴 사람이 진 사람의 목숨을 빼앗는단 말이지?"

"자네는, 이해력이 빠르군그래. 자! 우리 서로 계약서를 쓰기로 하지. 나중에 진 다음에 무어라고 변명하고 애걸하는 것을 나는 원치 않으니까."

"건 나두 마찬가질세."

둘은 잠시 사이 좋게 고개를 맞대고 계약서를 썼다.

그들의 생명은 종이 한 장에 축소되어 이제 이긴 편은 염소 새끼처럼 생명을, 아니 종이 한 장을 먹어도 좋을 판이다.

여전히 방송국 전화번호는 김이 찾았고 다이얼은 장이 돌렸다.

이윽고 방송국에서는 환율이 삼백칠십오 대 일이라고 알려주었다.

김은 그가 도망가지 않도록 꼭 붙잡았고, 장은 슬피 울기 시작했다.

장이 우는 모습을 한참 바라보고 있던 김도 드디어는 같이 울기 시작했다. 그들이 우는 까닭을 아는 사람은 그들 자신을 제외하고는 아무도 없을 것이다.

(1972년)

전람회의 그림 3

조서(調書)

성명 : 최인호(崔仁浩)
생년월일 : 1945년 10월 17일
고향 : 서울
직업 : 없음
　상기인은 아래와 같은 사항의 조서를 꾸밈에 앞서 사실과 조금도
다름이 없음을 맹세합니다.

　제1의 조서
　나는 그 자리에 없었다.
　제2의 조서
　저는 그 자리에 없었습니다.

제3의 조서

저는 분명하고도 확실하게 그 자리에 없었습니다.

제4의 조서

1972년 4월 22일 오후 3시경 저는 그 자리에 없었습니다.

제5의 조서

1972년 4월 22일(토요일) 오후 3시경, 저는 분명하고도 확실하게 그 자리에 없었습니다.

제6의 조서

1972년 4월 22일(토요일) 오후 3시경, 저는 분명하고도 확실하게 그 자리에 없었던 것으로 기억됩니다.

제7의 조서

1972년 4월 22일(토요일) 퇴근시간 바로 직전에 김진국에게서 전화가 왔습니다. 오후 세시에 종로5가 소재 강상섭 집에서 술 파티가 벌어지는데 참석하겠느냐고 물어왔습니다. 저는 감기에 걸려 차라리 일찍 집에 들어가 쉬는 편이 낫겠다고 말했습니다. 사실 그때 저는 심한 감기에 걸려 있었습니다. 그랬더니 김진국은 뭘 그러냐, 다들 모이긴 오랜만이고 더욱이 이국철이 결혼한 지 얼마 안 되었으니 축하해줄 겸 참석하라고 하였지만 저는 아무래도 쉬는 편이 낫겠다고 말했습니다. 그랬더니 그럼 알겠다. 하지만 세시경 몸이 견딜 만하면 참석해라 기다리겠다, 하고는 전화를 끊었습니다. 저는 택시를 타고 곧장 집으로 왔습니다. 아스피린을 두 알 먹고 텔레비전을 보며 땀을 흘렸습니다.

제8의 조서

1972년 4월 22일(토요일) 오후 12시경. 김진국에게서 전화가 왔습니다. 저와 김진국과는 대학교 동창으로 매우 친한 사이였습니다. 그의 얘기는 오후 세시에 종로5가 소재 강상섭 집에서 토요일 오후를 즐기는 술 파티 내지는 간단한 돈 내기 트럼프를 하자는 거였습니다. 그러나 저는 그때 유행성 감기에 걸려 있었기 때문에 도저히 참석할 수 없겠다, 몸이 아프니 집에 들어가서 쉬겠다 하고 말하였습니다. 그랬더니 김진국은 원 감기 가지고 그러냐, 감기쯤이야 소주에다 고춧가루 타서 먹으면 금세 낫는다, 고 말했으며 더욱이 이국철이 결혼한 지 얼마 안 되어 한턱을 내겠다니 축하해줄 겸 참석하라고 하였습니다. 그러나 나는 좀 쉬어야겠다고 말하였습니다. 그랬더니 그럼 지금 당장에 결정하지 말고 세시경 몸이 견딜 만하면 참석해라 다들 기다리겠다, 라고 하면서 전화를 끊었습니다. 저는 곧장 택시를 타고 집으로 왔습니다. 오는 도중에 만난 사람은 아무도 없었습니다. 약방 주인도 제 얼굴을 기억할까 어떤가에 대해서는 잘 모르겠습니다. 전 오직 아스피린 두 알을 샀을 뿐이니까요. 집은 처(강옥분, 26)도 친정에 가고 텅 비어 있었습니다. 그러므로 퇴근 후의 내 행방을 기억해 줄 만한 사람은 아무도 없습니다. 저는 약방에서 산 아스피린을 두 알 먹고 텔레비전을 보았습니다. 텔레비전에선 스포츠를 중계하고 있었습니다.

제9의 조서

저는 그 장소에 갔습니다. 그러나 한 일은 아무것도 없었습니다.

제10의 조서

분명히 저는 그 장소에 갔고, 그리고 그 자리에 있었습니다. 그러나 확신하건대 한 일이 아무것도 없었습니다.

제11의 조서

분명히 저는 그 장소에 갔었고, 그리고 그 자리에 있었습니다. 그러나 확신하건대 아무것도 한 일이 없는 것으로 기억됩니다.

제12의 조서

1972년 4월 22일(토요일) 오후 3시경. 저는 그 장소에 갔었고 그리고 그 자리에 있었습니다. 그러나 우리는 술을 마신 것 이외엔 아무것도 하지 않았습니다.

제13의 조서

1972년 4월 22일(토요일) 오후 3시경. 저는 종로5가 소재 강상섭 군의 집에 갔었습니다. 그곳엔 김진국을 비롯하여 이국철, 설상희, 남수남, 최성국 등이 먼저 와 있었습니다. 우리는 준비된 술을 마셨습니다. 술은 양주였습니다. 노래도 불렀습니다. 우리 친구 중에서 노래를 가장 잘 부르는 친구는 남수남으로 그는 연달아 서너 곡을 불렀습니다. 〈머나먼 고향〉이라는 노래를 불렀는데 매우 잘 불렀던 것으로 기억됩니다. 그리고 우리는 트럼프 놀이를 했습니다.

저와 김진국이 돈을 땄고, 나머지 사람들은 돈을 잃었습니다. 오후 열시경 우리는 헤어졌습니다.

제14의 조서

1972년 4월 22일(토요일) 오후 3시경. 저는 회사에서 퇴근하고 식사를 마치고 난 후 택시를 타고 종로5가 소재 강상섭군의 집에 갔었습니다. 그곳엔 김진국을 비롯하여 이국철, 설상희, 남수남, 최성국 그리고 박연구가 와 있었습니다. 우리는 먼저 낮술부터 마셨는데 술은 양주였습니다. 노래도 불렀습니다. 친구녀석 중에서 노래를 가장 잘 부르는 친구는 남수남으로 그는 서너 곡을 연달아 불렀습니다. 〈머나먼 고향〉과 〈까투리 사냥〉이란 노래를 불렀던 것으로 기억됩니다. 그리고 우리들은 트럼프 놀이를 했습니다. 세븐 카드와 파이브 카드를 했는데 매우 작은 판이었습니다. 십원짜리 판이었으므로 오후 열시경 김진국과 제가 딴 돈이 불과 오천원도 못 되었습니다.

제15의 조서

저는 아무런 말도 하지 않았습니다.

제16의 조서

우리는 아무런 말도 나누지 않았습니다.

제17의 조서

우리는 분명하고도 확신하건대 아무런 말도 나누지 않았던 것으로 기억됩니다.

제18의 조서

1972년 4월 22일(토요일) 오후 3시경. 저는 회사에서 퇴근하고 식사를 마친 후 곧 택시를 타고 종로5가 소재 강상섭의 집으로 갔습니다. 그곳엔 김진국을 비롯하여 이국철, 설상희, 남수남, 최성국 그리고 박연구가 와 있었습니다. 우리는 먼저 낮술부터 마시면서 간단한, 아주 간단한 얘기를 몇 마디 주고받았습니다. 설상희가 이국철에게 신혼 재미가 어떠냐고 물었습니다. 이국철은 재미가 없다고 대답하였습니다. 박연구가 피임을 하는 중이냐 물었습니다. 이국철은 하지 않는다고 대답했습니다. 김진국은, 그가 피임을 하지 않는다는 것이 얼마나 놀라운 일인가, 그것은 정말 존경할 만한 일이다, 라고 말하였습니다. 나도 그렇다라고 동조하였습니다.

제19의 조서

1972년 4월 22일(토요일) 오후 3시경. 저는 회사에서 퇴근하고 식사를 마친 후 곧 택시를 타고 종로5가 소재 강상섭의 집으로 갔습니다. 그곳에서 우리는 많은 얘기를 나누었습니다.

이국철이, 어떤 참새는 포수가 쏜 총을 맞곤 웃으면서 죽었는데 왜 그런 줄 아냐고 물었습니다. 설상희가, 총알이 겨드랑이를 스쳐 지나갔기 때문이라고 대답했습니다. 설상희가, 밥상의 파리가 밥을 먹다가 파리채에 눌려 죽으면서 무어라고 말을 했겠냐고 물었습니다. 저는 "내가 먹는다면 얼마나 먹겠냐"라고 대답하였습니다. 박연구가 물에 비친 달이 하늘에 뜬 달보다 크게 보이는 이유가 무엇인가에 대해 물었습니다. 남수남이 물에 불어서 그렇다고 대답하였습니다. 최성국이가, 따뜻한 봄날 쥐들이 스무 마리가량 산보를 나갔는데 늙은 고양이가 앞에 나타났다. 그래 쥐들이 있는 힘을 다해 고양이를 포위하고는 무어라고 했겠는가 물었습니다. "이놈, 고양이야, 너는 독 안에 든 쥐다"라고 김진국이 대답하였습니다. 강상섭이는, 아들 식인종이 배가 고파 먹을 것이 없자 아버지와 어머니를 잡아먹고 무어라고 했겠는가 묻자, 이국철군이 "나는 때때로 고아처럼 느낀다"고 대답하였습니다. 설상희가 다시 문제를 하나 냈습니다. 월식이 시작되는 음산한 가을날, 낙엽이 한 잎 두 잎 지는 어느 의과대학 시체실, 그날따라 바람은 몹시 불어 유리창을 마구 흔들어대고 있었다. 밤 열시, 수위마저 잠든 대학의 밤은 고요의 바다 같았다. 열 개의 시체실은 팔층 건물의 지하실에 있었고 시체들은 송장 냄새를 피우며 말이 없었다. 모두가 잠든 이 밤, 한 가닥의 불빛이 새어나오는 곳이 있었는데 그곳은 시체실에 딸린 P교수의 연구실이었다. 거기에선 P교수와 조교 한 명이 식음을 전폐하고 연구에 몰두하고 있었다. 어디선가 부엉이가 울고 가는 소리가 들리고 밤고양이가 울었다. 이때 나타난 사나이, 하얀 복면의 사나이가 철제 가방을 들고 지하실 입구에 서 있었다. 사나이의 입은 한 일자로 꾸욱 다물어져 있었고, 눈은 살기를 띤 듯 앞만 응시하고 있었다. 드디어 걸음을 떼어놓기 시작하자 이상한 굉음이 시체실을 울렸다. 사내는 드디어 열한번째 교수실의 문 앞에 다다랐다. 그리고는 똑똑 하고 여리게 노크한다. 아무런 반응이 없자, 이번엔 탕탕 세게 노크한다. 그래도 교수실은 반응이 전혀 없다. 철제 가방의 사나이는 화난 듯 체념한 듯 쾅! 문을 떼밀고 들어선다. 아, 긴장의 순간에도 교수와 조교는 연구에만 정신을 쏟고 있다. 이때 사나이는 철제 가방을 유유히 열고는 무엇인가를 꺼낸다. 그것이 무엇일까, 하고 설상희가 물었습니다. 글쎄, 권총이겠지, 하고 최성국이 대답하였습니다. 아니겠지, 좀 무엇인가 유머러스한 것일 거야. 그렇겠지, 그럴 거야. 그러나 아무도 우리 중에 그 대답을 맞힌 사람은 없었습니다. 그러자 설상희가, 뭐긴 뭐야, 자장면 두 그 릇이지, 하고 말했습니다.

제20의 조서

저는 그가 누구인지 모릅니다.

제21의 조서

우리는 그가 누구인지 모릅니다.

제22의 조서

우리는 분명하고 단호하게 그가 누구인지 모릅니다.

제23의 조서

그는 저와 같이 있지 않았습니다. 그는 그 자리에 없었습니다.

제24의 조서

그는 우리와 같이 있지 않았습니다. 그러므로 그는 그 자리에 없었 습니다.

제25의 조서

그는 분명하고 단호하게 우리와 같이 있지 않았습니다. 그러므로 그는 그 자리에 없었습니다.

제26의 조서

저는 그가 누구인지 모릅니다. 그러나 그가 그 자리에 있었던가 어 쨌던가에 관해서는 잘 모르겠습니다.

제27의 조서

그는 그 자리에 있었습니다. 우리와 같이 있었습니다.

제28의 조서

그는 야비하고 더러운 자식입니다. 우리 모두가 그와 같이 있었다 는 사실을 수치스럽게 생각하고 있습니다.

제29의 조서

(다시 아래와 같은 현상들의 독립과 그것들의 감격을 위해 위 연(聯)의 명사절에 명사절을, 수식어에 수식어를 무제한 가미시킨) 조서.

단색화보(單色畫報)

그즈음 그는 늘 술을 마셨다. 모든 종류의 술을 마구잡이로 퍼마셨다. 깨면 또 마시고 무슨 핑계를 대어서라도 술을 마셨다. 술을 마시지 않으면 견딜 수 없었다. 죽음이란 것은 물론 언젠가는 겪어야 할 것임에도 불구하고 평소에는 느끼지 않게 마련인데 그즈음 그에겐 늘 죽음이 보였다.

한겨울에 방 안에서 키우는 관상용 마늘의 투명한 뿌리처럼 죽음이 늘 보였다. 길을 걸어도, 커피를 마셔도, 탱크가 진주한 거리에서도, 지하도에서도, 출판기념회에서도 코감기 걸린 사내가 주머니 속을 뒤져 콧구멍을 뚫는 휴대용 비약을 들이마시듯 죽음을 늘 호주머니 속에 넣고 다니고 있었다.

집에 오면 늘 뒤에 누군가 쫓아오는 사람이 없는가 돌아보곤 그리고 황급히 층계를 두 개씩 세 개씩 겹쳐 뛰어 그의 방으로 들어가곤 하였다. 문을 몇 번이고 확인하여 잠그고는 밤을 갉아먹었다.

어느 틈엔가 그의 이빨은 무성히 자라고 있었다. 그래서 그는 이빨이 더이상 자라지 않게 하기 위해서라도 힘주어 음식물을 갉곤 하였다.

닫힌 거리로 트럭이 지나가고 빽빽 호각 소리가 났다. 그러면 그는 방 안의 불을 끄고 커튼을 내렸다. 공습으로 등화관제하듯이 방 안의 불기가 행여 바깥으로 나갈세라 두려워하였다.

밖으로는 바람이 불고 야간 통행증을 가진 사내가 야미 쌀을 배급

178

타러 나가고 있었고 구변 좋은 다이아진 장사가 암거래를 하고 있었다. 성병 걸린 신학도가 가짜 페니실린을 주사 맞고 한길가에서 푸들푸들 떨고 있었다.

피난 간 사람의 집으로 기어가는 사람들의 발걸음 소리도 들려왔다. 그들은 노략질을 하고 있었다.

어제의 관리인이 우리에게 노래를 시켰다. 지정곡과 자유곡을 신청하면 그들은 노래를 불렀다. 그들은 이미 음치가 아니었다.

방 안에 들어서면 갓을 씌운 등불을 켰다. 등불 밑에서 그는 신문을 읽고 다시 술을 마셨다. 그러고는 여자 사진을 보고 수음을 하였다. 수음 속에서 그는 잘못했다고 주인마님에게 개처럼 얻어맞곤 하였다.

바지 벗을 새도 없었다. 계집은 치마만 올리니 맨몸이었다. 그도 단추만 끌렀다. 군화도 벗을 새가 없었다. 그는 두어 번 분탕질을 하다가 미끄러졌다. 현금 대신 조금 상하긴 했지만 아직 먹을 수는 있는 건어를 주었다.

밤이면 어디선가 무적(霧笛)이 울고 모스 부호가 들려오고 있었다. 그는 힘주어 암호를 해독했다. 그러나 무슨 소린지 알 수 없었다.

그는 심하게 앓고 있었다. 의사도 그의 병을 무어라고 진단하지 못하였다. 어떤 의사는 그가 애를 밴 것임에 틀림없다고 말하였고, 어떤 의사는 그가 의인화되어가는 쥐의 증세와 같다는 관념적인 진단을 내렸다. 또 어떤 의사는 그에게 무엇을 먹었느냐고 물었는데 그는 도토리를 먹었다고 대답했다. 그러자 의사는 뢴트겐을 찍고 그의 두개골을 함부로 수술하였다. 건방지게 그의 허락도 받지 않고 마취를 했다. 간호사도 형편없었다. 아프간 뜨는 철제 바늘로 상처부위를 꿰매었다. 그는 입원도 하지 않고 걸어나왔다. 물론 현금이 없었으므로 망가지긴 했지만 가긴 가는 손목시계를 주었다.

또 어떤 의사는 그가 암에 걸렸다고 하였다. 가지각색이었다. 형편 없는 친구들이었다.

그런데도 특기할 것은 그가 움직이고 있다는 사실이었다. 그는 애를 밴 것도 아니요 쥐도 아니요 뇌 이상도 아니요 암 환자도 아니었다. 위장은 튼튼하였다. 무엇을 먹어도 소화할 수 있었다. 입덧하는 아낙네처럼 토담 흙도 먹었다. 회충 많은 아이처럼 풀잎도 씹었다. 그래도 그는 설사하지 않았다.

그즈음 그는 아무도 믿지 않았다. 여편네가 주는 음식 이외엔 아무 것도 먹지 않았다. 그즈음 그는 아무것도 보지 않았다. 게시판에 붙은 공고문 이외엔 아무것도 읽지 않았다. 그즈음 그는 또 아무것도 듣지 않았다. 그는 귀머거리였다. 그저 술만 마셨다. 그는 괴롭고 또 괴롭고 또 괴로웠다.

그러던 어느 날 그는 밤늦게 집으로 돌아왔다. 술에 취해서 걸음을 잘 가눌 수가 없었다.

여편네가 혀로 제 몸을 핥고 있었다. 이미 망령 들어 있었다. 갓난 애새끼를 잡아먹으려고 호시탐탐 노리고 있었다. 아이는 누르면 삑 삑 우는 고무인형처럼 아주 쥐어흔들어야 겨우 울었다.

애는 쥐를 닮아 있었다. 겨울이 가까웠으므로 털갈이를 하고 있었다. 그는 취했지만 정성 들여 문을 잠그고 판자막을 이빨로 갉기 시작하였다. 며칠 쉬었기 때문에 이빨이 함부로 자라 있었다.

여편네는 옆집에서 훔쳐온 내의를 입고 있었다. 그는 저녁식사를 하였다. 찬장에서 도토리를 꺼내어 갉아먹었다. 도토리는 이미 상해 있었다. 위장이 작아져서 하나도 제대로 못 먹었다. 먹다가는 토하고 먹고는 토하였다. 비장해둔 모이는 눈에 띌 정도로 축이 나 있었다.

그는 우울하고 또 우울해서 한숨을 쉬었다. 관리인이 그가 없는 새 여편네를 족쳤을 것 같은 예감이 들었다. 그리고 도토리를 두어 개

빼앗아갔을 거라는 생각도 들었다.

그러나 여편네는 하도 뻔뻔해서 미안해하지도 않았다. 늦게 배운 서방질이 신나는 듯했다.

애는 뻑뻑 울었다. 애는 태어나고부터 아무것도 먹지 않았다. 이빨이 없었으므로 도토리도 먹지 않았다. 아이는 어느 틈엔가 제 손가락을 하나씩 뜯어먹고 있었다. 그래서 손가락이 죄 없어져버렸다.

이젠 피아노를 가르쳐줄 수 없지.

그는 그래서 책을 뜯기 시작했다. 방 안에 가득가득한 책들이 어찌나 원수 같은지 환장할 지경이었다. 그는 아궁이에 불을 지피듯 책을 뜯어 아이에게 먹였다. 아이는 처음엔 거부반응을 보이는 듯하더니 나른한 맛이 든 모양이었다. 종이 먹는 양처럼 얌전하게 책들을 받아먹었다.

그는 자리에 누웠다. 갑자기 서럽고 서러워서 그는 울었다. 큰 소리를 낼 수가 없어서 숨죽여 울었다. 여편네가 알까보아 그는 이불을 뒤집어쓰고 울었다. 그는 울면서 호출부호를 쉴새없이 보이지 않는 사람에게 보내었다. 그러나 아무도 수신해주지는 않았다. 그러다가 그는 잠이 들었다.

꿈은 악몽이었다. 자다가 깨고 깼다가 잤다. 그러나 그때 누군가 머리맡에서 뜨거운 그의 이마 위에 찬 수건을 갈아주고 있다는 것을 어렴풋이 느꼈다.

괴로워, 괴로워요 하고 그가 중얼대면 머리맡의 그 사람은 뜨거운 음식물을 자기 입으로 식혀 먹여주는 것처럼 조용히 귓가에 안심해, 아무렴 안심하라니까 하면서 안심시켜주었다.

밤새 머리맡에서 파도가 출렁이었다. 그의 뜨거운 머리는 차츰 식어가고 그는 오랜만에 숙면을 하였다.

나중에는 머리맡의 사람의 손을 끌어다가 자기의 몸을 감싸게 하고 자기도 했고, 잠결에 그 한없이 깊고, 한없이 따스한 사람의 무릎을 베고 자기도 했다. 그러면 그 사람은 자장가를 불러주었다.

잘 자라 우리 아기 앞뜰과 뒷동산에
새들도 아가양도 다들 자는데
달빛은 영창 위로 은구슬 금구슬 반짝이는 밤
잘 자라 우리 아기, 잘 자거라.

그는 그 사람의 노래가 끊기거나 이마에 올려주는 차디찬 수건이 체온에 데워졌는데도 안 갈아주면 아기처럼 칭얼대었다. 그러면 그 사람은 머리맡에서 쉴새없이 그를 위해 일을 계속하였다. 그는 땅 하고 깊은 잠에 떨어져갔다.

다음날 잠이 깼을 때 그는 머리맡에 백골이 앉아 있는 것을 발견하였다. 아주 빛이 가기 전에 떠나야 하는 몸을 하도 그가 불쌍하고, 미련이 남아 조금만 조금만 앉아 있다가 그만 사라져가는 어둠을 놓쳐버리고 다가올 아침햇살에 완연한 내부를 드러낸 하나의 백골이, 그의 아침 기지개를 쓸쓸하나 다소 자랑스럽게 지켜보고 있었다.

식인종

우리 아파트에 이상한 소문이 퍼지기 시작한 것은 지난 겨울부터였다. 아, 글쎄 우리 아파트 다동 302호에 식인종이 살고 있다는 소문이 퍼진 것이다.
식인종이라니, 놀라운 소문인 것이다. 무슨 근거로 그런 소문이 퍼졌는가에 대해서는 우리도 잘 모른다.

대부분 우리 아파트에 살고 있는 사람들은 오랜 전셋방을 뛰쳐나온 서민층이나 갓 결혼해서 주책없게도 대낮에 창문 열어놓고 키스를 입이 부서져라 해대는 신혼부부들로, 그래도 자기들을 책깨나 읽고 음악깨나 듣는 인텔리로 자처하고 있는 사람들이었다. 잘 아시겠지만 요즈음의 아파트는 꽤 인기 있는 살림처로, 뭐랄까 저녁녘이면 슬리퍼를 끌고, 자기 애를 유모차에 태우고, 오르락내리락 아파트 앞 공터를 오가며 어설픈 외국영화 흉내를 내고 싶어하는 젊은이들에게 환영받기엔 아주 안성맞춤으로 만들어져 있었던 것이다.

이런 아파트에 참 우스꽝스럽고, 그러면서도 사람 환장하게 만드는 소문이 퍼지기 시작한 것이다.

처음에 우리는 우리 아파트 내에 영화배우 김소라양이 살고 있다는 것과, 레슬링 선수 천일규군이 살고 있다는 것으로 저녁 화제를 풍요롭게 하고 있었던 것이다. 정말 김소라양은 우리를 우쭐거리게 만들기에 충분한 여인이었다. 주간지에서 얼굴이나 보던, 세 번 결혼했다가 드디어 작년 가을에 이혼했다는 김소라양의 우리 아파트 거주는 우리의 아내들에게 마치 자기 자신이 영화배우와 같은 아파트에 살고 있다는 것 이상의 실감, 일테면 영화배우도 늦은 아침 하품을 하면서 눈곱 뜯으며 식료품점에 통조림을 사러 올 때 보면 시장 반찬을 사고 오는 좀 예쁘게 생긴 우리 주부들과 다름없다는 사실을 확인시켜줌으로써 우리들 소위 지식층들은 별 희한한 기쁨을 만끽하게 되는 것이다.

그뿐이냐. 김소라양이 우리 아낙네들의 화제 속에 운위되고 있는 만큼, 우리 남편족들은 헤비급 챔피언 천일규 선수의 일거수일투족에 관심을 기울이고 있었던 것이다. 한 달에 삼만원 혹은 사만원 받는 우리 월급쟁이들은 보통 귀가할 무렵엔 눈앞이 어찔어찔하고 산다는 것 자체에 지독스런 환멸을 느끼면서 축 늘어져 들어오는 것이 보통인데 우리 아파트 다동 603호에 레슬링 선수가 살고 있다는 사실을 상기할 때마다 우리 남편들은 시금치를 먹는 외국만화 주인공 뽀빠이군처럼 무언가 힘이 솟아오르는 것을 어쩔 수 없이 느끼곤 하는 것이다.

텔레비전에서 일본 녀석이나 미국의 흡혈귀를 단숨에 메다꽂는 천일규 선수가 텔레비전 화면 속에서가 아니라 생생한 현실 속에서 우리와 다름없이 한 달에 삼천오백원의 관리비를 내는 동등한 거주인으로 존재한다는 것을 생각할 때마다, 혹은 지나치는 길에서 만난 천일규 선수가 우리보다 비록 키와 몸이 크긴 하지만 우리 자신을 난쟁이로 느끼게끔 만들지 않고 오직 아담하게 느끼게 할 뿐이란 지극히 평범한 감격 속에서 비단 아파트 거주자들의 초등학교 다니는 아들딸의 우상일 뿐 아니라 어른들의 잊혀져가는 동심마저도 환호작약하게 만드는 것이었다.

그러나 좀 후에는 우리 마누라족과 남편족들은 김소라양과 천일규군에게 차츰차츰 관심을 잃어가고 있었다.

아파트 구조란 것은 기묘한 것이어서, 같은 건물 속에 살고 있는 동거인이면서도 엄격한 타인이라는 사실을 일깨워주기에 충분한 구조 골격으로 빚어져 있었기 때문이었다.

어쨌단 말이냐. 그래 김소라양과 천일규군이 살고 있다고 어쨌단 말이냐. 내 마누라가 김소라양이 아니고 내 남편이 천일규군이 아닐 바에야 그 연놈들이 어째 우리들의 인텔리층 머리통을 지배할 수 있단 말이냐. 내참 더러워서. 퉤퉤, 퉤퉤.

그래서 우리들은 점점 더 아파트 열쇠를 견고한 미제 키로 바꾸기 시작했고, 새벽녘에 눈 비비며 뒷걸음질치는 오입쟁이처럼 날쌔게 층계를 내려갔다가는 이내 머리카락이 보일세라 꼭꼭 숨어버리는 숨바꼭질의 경지로 몰입하게 되었던 것이다.

못을 박을 때 장도리가 없더라도 우리는 차라리 귀찮긴 하지만 철물점에서 그것을 사는 것으로 만족했을 뿐 옆집에서 빌릴 생각은 아예 포기해버리고 있었다.

바로 그 무렵 그런 괴이한 소문이 퍼지기 시작한 것이다. 앞에서도 한 번 말했지만 그 소문의 근거가 어디서 비롯된 것인지 잘은 모른다. 그러나 그 소문은 귀에서 귀로 금방 퍼져버려 나중에는 거의 구체화되고 있었던 것이다.

나는 그 소문을 아내에게서 들었는데 아내는 그 얘기를 시작할 때 창문을 잠그고, 문을 몇 번 여며 닫고서야 역적모의하는 모리배 같은 표정으로 내 귓가에서 소곤거렸던 것이다.

다동 302호에 식인종이 살고 있다는 것이었다. 다동 302호에. 으핫하하, 농담하지 마. 농담도 유분수지. 나는 식빵을 먹으면서 일축해버렸다.

"정말이라니까요."

아내는 비명을 발했다.

"정말 식인종이라니까요."

"당신이 봤어? 봤느냔 말야. 사람 갖다 먹는 것을 봤느냔 말야."

"난 보진 못했지만 사람들은 봤대요."

아내가, 이상스럽게 성욕을 느끼는 투로 눈빛을 빛내면서 단호박 냄새를 피우기 시작했다.

"그래 뭐라고 하는데?"

나는 유쾌하고도 재미스런 감정이 근질근질 밑바닥에서부터 올라오는 것을 느끼면서 내친김에 물었다.

"뭐라고들 하냐니까?"

그러자 아내는 숨을 몰아쉬면서 얘기했는데, 아내의 이야기는 대충 이러하였다. 좀 잔인한 얘기로, 심장이 약한 분이나 임신부들은 보호자를 동반하고 읽어주기 바란다.

사내는 길거리에서 사람들의 귀나 코를 베어온다는 것이다. 그뿐이냐. 어떤 때는 남성의 그것을 여성의 그것을 떼어가지고, 그 사람이 들고 다니는 007가방 속에 넣어가지고 온다는 것이다. 그것을, 사내는 갖은 양념을 뿌려 한 이틀 잰 후에 나이프와 포크로, 익숙하게 먹어버린다는 것이다. 으핫핫하하. 농담도 유분수지 우릴 뭘로 아냔 말이야. 아 그래 우리가 아프리카 토인이란 말이냐, 으핫하하.

나는 웃었다. 웃어젖혔다.

"당신두 참. 미쳤어. 이봐, 미쳤어."

그러자 아내는 무섭게 화를 내기 시작했다.

"미쳤다구요? 내가 미쳤다구요? 그래요, 미쳤어요. 그렇다면 미친 것은 나뿐 아니라 온 아파트가 미쳐 있는 거란 말이에요."

그러면서 아내는, 그 사내가 얼마나 지독한 줄 아느냐, 글쎄 우리들은 이를 닦을 때 칫솔로 닦지만 그 사내는 줄칼로 이를 간다. 그래서 이의 날을 세우고, 물어뜯기 편하게 뾰족하게 만든다. 빵으로 샌드위치를 만들어 그 사이에 인육을 넣어 먹는다는, 괴기영화에서도 보기 힘든, 정말 어처구니없는 만화 같은 얘기를 씨부리기 시작했던 것이다.

"그래, 그것을 사람들이 보았단 말이지, 봤단 말이지?"

"그래요."

"누가, 누가 말이야?"

나는 차츰 흥미를 느끼기 시작했다.

"많은 사람들이 봤대요. 누군지는 말할 수 없어요."

"아니 왜?"

"잡아먹히면 어떡하지요?"

아내는 마치 자기가 잡아먹혔으면 하는 투로 심통이 난 듯 말을 했다.

"그래서 그건 비밀이에요."

"알겠어, 자자구. 자자구."

나는 이미 달아올라 눈이 충혈된 아내를 껴안으면서 불을 껐는데 그날의 정사는 어찌나 격렬하고도 치사하고도 야비했는지, 아 글쎄 아내는 마치 나를 먹을 듯이 깨물다가는 뻔뻔스럽게도, 자기의 귀를 깨물어달라고 야단이었던 것인데, 더욱이 걸작이었던 것은 그날 밤에 내가 어떤 거대한 짐승에게 잡아먹히는 꿈까지 꾸었던 것이었다.

그러나 이 미개스럽고 야만스러운 화제는 이상하게도 우리를 사로잡기 시작했던 것이다. 아아, 사랑스러운 야만인이 우리가 반찬 없는 밥을 먹고 있을 때 사람의 고기를 냠냠 입맛을 다시면서 먹고 있다는 사실을 눈앞에 떠올릴 때마다 나는 통쾌하고 유쾌했고, 목이 메어오곤 하였다.

물론 나는 그 사내를 한 번도 본 적이 없었다. 아니 그 사내의 얼굴을 모르므로 혹 지나치는 길에 만났다 하더라도 그가 누구인가는 몰랐을 테지만, 어느 틈엔가 내 가슴 내부에는 사내의 영상이 서서히 자라고 있었던 것이다. 반 옥타브 낮은 음계의 음악이 울리는 밀실에서 창문을 잠그고 커튼까지 내리고 조그만 등으로 방 안을 우울하게 충전시키고 있는 그런 순간에 얌전히 눈물을 흘리면서 자기가 잡아온, 자기가 구해온 먹이를 후회하면서 먹는 귀여운 식인종의 영상을, 아니면 사나운 거리거리를 먹이를 구하려고 혼잡한 버스 속에서 혹은 거리에서, 비싼 오메가나 라도 시계가 아니라 산 사람의 귀를, 코를 염탐하고 뜨거운 침을 삼키면서 날쌔게 뜯어내 도망치는 식인종의 뒷모습을, 자기로서는 이미 맛이 들어버려 어쩔 수 없는, 이미 중독이 되어버린 그런 불행한 식인종의 습관을, 날카로운 칼과 같은 이로 소리도 선연히 인간의 비린 귀를 씹는 그의 엄숙한 저작을 생각할 때마다 나는 '외제' 통조림을 씹는 듯한 기묘한 쾌감을 느끼곤 하였던 것이다. 사내의 영상은 내 내부에서 서서히 구체화되기 시작했던 것이다. 때문에 내가 우울한 일이 있을 때마다 스스로를 식인종의 경지로 '승화' 시키는 버릇을 소유하게 되었던 것도 무리는 아니었다. 나는 정말 어떤 때엔 놀랍게도 뻔뻔스러운 사람의 코를, 귀를 베어먹어버리고 싶은 식욕을 느끼곤 했다.

그래서 나는 아내와 단둘이 있을 때마다 오히려 내가 먼저 그 사내에 대한 얘기를 꺼내면서 묻기 시작했던 것이다. 내가 그 사람의 생김새에 대해서 물었을 때 아내는 그 사내가 아주 평범하게 생겨먹었다고 전제한 다음 그 평범하게 생겨먹었다는 것을 내게 얘기해줄 수밖에 없다는 것에 분노를 느꼈는지 악의에 차서 그 사내를 욕하기 시작했다. 아내는 차라리, 사내가 미남자이거나 아니면 무슨 짐승스럽게 생기기를 바랐는지도 모를 일이었다.

"아 글쎄, 하지만 그렇게 생겨먹었다는 것이 얼마나 유리하겠수, 정말 얼마나 유리한 거냔 말이에요."

"어째서?"

"남의 눈에 띄지 않을 거고, 그러니 남에게 두려움을 주지 않을 거고, 또 범행을 저지른 후에도 기억에 남지 않을 게 아니에요."

"옳거니, 옳아."

나는 점점 감탄하기 시작했다. 언젠가부터 나는 영화를 볼 때에도 악인 편에 서고 있었다. 도대체가 치밀하게 계획을 짠 은행강도가 왜 막판에 끝장나버리는지 울화통이 치밀 판이었던 것이다. 악인도 이길 때가 있어야 하는 것이다. 정말 꼭 선인만 이길 필요는 없는 것이다. 악인도 가끔 붙잡히지 않고 잘살아야만 하는 것이다. 이겨라, 나의 식인종이여. 끝까지 교묘하게 숨어버려라, 나의 식인종이여. 비록 아내가 그를 평범한 사내로 못박았다 할지라도, 내 상상 속에서 자란 엄격하고 얌전한, 예의 바르고 단정한, 그러나 속으로는 빛나는 야성을 가진 식인종의 이미지가 일순에 무너질 리는 없는 것이었다.

나는 은행에 예금한 정기적금이 이자가 붙듯이 사내에 대한 나의 존경심이 날로 불어가는 것을 느끼고 있었다.

그러나 나의 이런 기대는 며칠 후에 깨어져버리고 말았다.

아내와 내가 외출을 하려고 밖으로 나왔을 때 한 사내가 느릿느릿, 무언가를 씹으면서 아파트 광장 잔디밭에 앉아 있었던 것이다. 사내는 밝은 빛의 체크 무늬 옷을 입고 트랜지스터 이어폰을 귀에 꽂은 채 앉아 있었는데 그 사내를 보자마자 아내는 나를 툭툭 치면서 숨가쁜 소리를 발했다.

"저 사내예요, 저 사내."

"뭐라고, 저 사람이 뭐라고?"

"저 사람이 바로 그 사내예요."

나는 놀랐으나 이내 마음을 가라앉히고 사내를 뜯어보기 시작했다.

물론 나는 알고 있다. 기대가 크면 실제에 언제나 후회하는 법이라고. 그러나 그것은 정말 너무한 정도였다. 그 사람은 마치 치즈 바른 크래커를 받아먹는 애완용 개와 같은 왜소한 체구의 사내였다. 지극히, 너무나 지극히 평범한 사내였다. 저 사내가 사람의 귀를 씹는, 성기를 먹는 사내라는, 혹은 그리하여 언제나 어디서나 내 위축된 마음속에 V자를 그리며 행운과 투지를 선사하는 사내였다는 사실을 상기했을 때 나는 억울해서 쓴 모래를 씹는 기분으로 한숨을 내쉬었다.

그 순간 나는 분노가 치밀어, 얌전히 잔디밭에 앉아 뒹굴고 있는 사내의 멱살을 쥐고 두들겨패고 싶은 충동을 받았다.

"뻔뻔스럽게 생겼죠?"

아내가 내 옆구리에 팔짱을 끼며 모범 신혼부부 같은 미태를 부리면서 싱긋 웃어댔다.

그후부터 나는 내 가슴 내부에서 사내의 영상을 지워버리고 있었다. 그리하여 까마득히 식인종에 대한 얘기를 망각하고 여전히 축 늘어져 회사에서 돌아오거나 참담한 기분으로 아파트에 틀어박혀 종이비행기를 만들어 쉴새없이 아파트 광장을 향해 내던지는 지극히 유아적인 유희로 시간을 소일하고 있었던 것이다. 그러나 아내를 위시해서 온 아파트의 주민들은 여전히 그 사내를 경계하고 곁눈질하고 비아냥거리고 공포에 떨며 피하고 있었다. 그러던 어느 날 우리 아파트 주민들에게 드디어 그 사내의 정체를 벗길 수 있는 기회가 왔다. 라동에 살고 있는 일곱 살 먹은 소년이 어느 날 딱총을 가지고 나가 놀다가 행방불명이 된 것이었다. 그의 부모들은 경찰에 의뢰하고 신문에 광고도 내고 친척 집을 순회하면서 꼬마의 행방을 추적하였지만 일 주일이 지나고도 오리무중이자 어느 누군가가 그 식인종에 대한 얘기를 꺼냈던 것도 무리는 아닐 것이다. 그 얘기를 꺼낸 것은 식료품집 주인인 나이 먹은 여자였는데 그 여인은 자기 애가 행방불명된 것 이상의 아주 근엄하고 근심스러운 표정으로 이야기를 꺼냈으므로 그 말을 들은 아파트 주민은 누구도 이의를 제기하는 사람이 없었다. 더구나 합법적인 이유로 그 사내가 혼자 살고 있는 아파트 방을 뒤져볼 수 있다 싶자 평소의 기대감을 충족시켜줄 절호의 기회가 왔다는 생각에 모두들 필요 이상으로 흥분하기 시작했던 것이다.

이하의 얘기에 대해서 정말 웃지는 말아주기 바란다. 물론 나도 이 얘기를 아내에게서 들었는데 여러분들은 우리 여편네나 혹 우리 아파트 주민의 심리상태를 비정상적인 것으로 간주해버리지는 말아주길 바란다. 당신의 귀여운 아들이 어느 날 갑자기 행방불명되어 하늘론가 땅으론가 종적을 감추어버렸을 때 설사 귀하가 박사 아니라 박박사 학위를 받은 대학 총장이라 하더라도 최악의 경우까지 생각해보지 않는다고 누가 보장하겠는가. 더군다나 그 사내가 귀여운 자식의 코를 베어먹고 귀에 나이프질을 하고 있을지도 모른다는 상상을 했을 때 이웃된 도리로 낫과 식칼을 들지 않을 수 없는 우리 아파트 주민의 그 현명하고도 우애 깊은 처사에 어찌 그대라고 해서 동조하지 않을 수 있단 말인가. 그리하여 일군의 틈입자들은 두터운 복장을 하고 일단 유사시를 생각해서 사내를 일격에 쓰러뜨릴 수 있는 무기까지 지참하고 소리소리 질러가면서 분개와 분노에 차서 이를 악물어 꾸욱 깨물고 단연 해치우고 말겠다는 의지의 눈빛을 번득이며 타인의 방을 향해 계단을 오르는 행진을 시작했던 것이다.

그리하여 누군가 초인종을 세게 누르고 사내가 문을 열어주기를 기다리고 있을 때 모두들 이제 드디어 사내의 현장을 목격하고 마는구나 하는 기대와 또 한편의 공포로 까무룩 선 자리에서 죽고도 싶은 기묘한 쾌감 속에 빠져들었던 것이다. 이윽고 사내가 문을 열었다.

그 순간 억센 틈입자의 손이 사내의 목을 짓누르고 준비했던 끈으로 사내의 온몸을 결박하기 시작했다.

"이빨을 주의해요, 이빨을."

어떤 부인이 숨가쁘게 비명으로 주의를 환기시켰다. 주민들은 사내의 온몸을 꼼짝 못 하도록 결박시켰으며 주의 깊은 어떤 사내는 입에다 수건으로 재갈까지 물리는 데 성공했던 것이다. 마침 사내는 혼자 식사를 하고 있었던 모양, 식탁 위에 간소한 밥상이 차려져 있었고 부엌 가스 조리대 위엔 신 김치 냄새를 내면서 국이 끓고 있었다.

주민들은 온 방을 샅샅이 뒤지기 시작했다. 그 사내의 방도 우리들의 방과 다름없이 단조로운 규격의 방이었는데 주민들은 하나씩 하나씩 물건을 집어보았고 어떤 사내는 냉장고 속을 뒤져 내용물을 하나하나 검사하는 세심함도 잊지 않았다.

그리하여 얻은 결론은 놀라지 마시라. 그 방에서 서너 개의 귀와 다섯 개의 코 조각, 잘생긴 남성의 성기 열 개쯤, 말린 어포와 같은 여성의 성기 두어 다스가 나왔으면 좋았겠지만 약이 오르게도 아무 것도, 정말 아무것도 나온 것이 없었던 것이다. 얻은 결론으로는 그가 우리들보다 무지하게 많은 춘화도를 가진 친구고, 지나치게 신을 믿는 광신도라는 두 가지 이외엔 아무것도 없었던 것이다.

"그래 당신도 갔었단 말이지?"

나는 아내의 얘기를 들으며 무언가 섬찟한 기분으로 아내를 올려다보았다.

"갔었어요."

아내의 눈은 이미 야성으로 불붙고 있었다.

"잘됐군."

나는 갑자기, 창문을 깨부수고 문을 열고 온 아파트 광장을 향해 살려주세요, 날 살려주세요, 아내가 날 잡아먹으려고 하고 있어요, 하고 구원을 요청하는 소리를 지르고 싶은 충동을 받았다.

"그래, 어떻게 됐어, 그 사내는?"

나는 창 밖을 내다보며 이미 밤이 깊어 하나둘 불이 꺼져가는 건너편 아파트를 내다보았다. 저들도 우리들의 방을 어느 날 어느 시각에 낫과 창을 들고 부수고 들어올 것이라는 막연한 예감으로 나는 잔을 기울여 끊었던 술을 찔끔찔끔 마시기 시작했다.

"우리 모두 사과했어요."

아내는 비애에 찬 쓰디쓴 목소리를 냈다.

"정중히 사과했어요."

꼬마가 발견된 것은 경찰에 의해서였다. 녀석은 서울역에서 소매치기를 하고 있었던 것이다. 잡힌 순간에도 손에 훔친 물건을 들고 있었다는 것이다. 경찰이 소년을 집으로 데려오려 해도 막무가내로 집에 오려 하지 않더라고 했다. 경찰이 그 이유를 묻자 집이 무서워졌다고 선선히 대답하더라는 것이다. 왜 집이 무서워졌는지 경찰이

192

다시 묻자 소년은 왜 그런지 모르지만 어쨌든 집이 무섭더라는 것이었다. 어쨌든 그 일이 있은 후부터 아파트 주민들은 더욱더 문을 꼭꼭 잠그고 한결 풀이 죽은 모습 혹은 이미 제 나이의 세 배쯤 살아버린 표정으로 오가고 있게 된 것은 당연한 일이었다.

우리들은 머리맡에 손만 뻗치면 닿을 수 있는 곳에 날카로운 과도를 두고 자는 버릇이 생겼고 나는 저녁 늦게 아파트 광장을 거닐 때마다 이 도시의 중심 어딘가에서 후춧가루를 뿌려 인육을 씹는, 거대하고도 야만스런 검은 광기가 마귀의 입김처럼 서려 있는 한기를 선뜩선뜩 느끼곤 하였다. 그래서 나는 날이 더워졌는데도 내복을 꼭꼭 입고 다녔는데, 어느 날 아내는 내가 집에 들어오자 기다렸다는 듯 문을 잠그고 커튼을 내리더니 조용히 내게 와서 새로운 비밀을 알려주었다.

이번엔 아파트에 유령이 나타난다는 것이었다. 그것도 예전처럼 무시무시한 느낌을 주는 식인종과 같은 유령이 아니라 유머러스하고 익살스러운 유령이라는 것이었다. 키가 훤칠하고 잘생긴 미남 유령인데 재미있는 것은 지나가는 여인들의 속치마를 만세하듯 훌훌 들추어보고 속에 입은 팬티의 색깔을 보고는 낄낄낄 웃으면서 도망친다는 것이었다. 물론 나는 절대 속지는 않을 것이다. 눈알을 번쩍 뜨고 있는 한 속지는 않을 것이다. 하지만 나는 아내의 행동을 말릴 수가 없다. 밤마다 공연히 식모애를 시켜도 좋은 군것질 사오는 일을 게으른 아내가 자청해서 하고 그럴 때 정성스레 섹시한 내의를 입고 시간 오래 걸려 나갔다가는 우울한 표정으로 들어오는 그런 작업을 제어할 수는 없는 것이다. 단지 그 유령이 빨리 딴 아파트로 가거나 저 먼 곳 도시로 사라져버리기만을 선량한 나는 빌고 있을 뿐이다.

(1972년, 미발표)

무서운 복수(複數)

모든 나뭇잎이 그 흔들림이
아직 그대로 남아 있는
이 시월
무사(無事)무사의 침묵
아침, 거품 물고 도망가는 옆집 개 소리
하늘을 보면 부호처럼
떠나는 새들

자 떠나자
'무서운 복수(複數)'로 떼지어 말없이
이 지상의 모든 습지
모든 기억이 캄캄한 곳으로
— 황동규의 시 「철새」 중에서

1

    내가 오만준을 만난 것은 문과대학 앞 계단으로 기억된다. 그때 그는 좀 무더운 봄날이었는데도 검은 작업복에 흰 고무신을 신고 있었다.

    얼굴의 혈색은 매우 나빴고 머리는 스포츠형으로 짧게 깎고 있었다. 내가 강의실에서 나와 봄볕이 밝은 잔디밭 위에 앉으려고 했을 때 누군가가 내게로 다가왔다.

"실례지만 최준호씨 아니십니까?"

하고 그는 물었다. 그 소리는 굵고 저음이었지만 어딘지 신경질적인 데가 있어 보였다.

"그런데요."

나는 그를 올려다보면서 웃었다. 그때 내가 웃은 것에 대해서 개의치 말아주기 바란다. 그것은 내가 군에서 거의 사 년 만에 제대하고 학교에 복학한 후 너희들 같은 후배들에게는 이처럼 웃는 일만이 어느 정도 거리를 두는 것이다라는 느낌을 주려고 애를 쓰고 있었고 때문에 그 무렵 학교에서 만나는 이마다 솜씨 좋은 외무사원처럼 웃음을 뿌리고 다녔던 것이다. 사실 나는 학교를 구 년째 다니고 있었기 때문에 학우들과 어울리면 강한 열등의식과 더불어 자신에 대한 혐오감을 동시에 느껴야 했다. 그래서 나는 개인적으로 아주 친한 경우를 빼놓고는 언제나 존댓말을 사용하고 있었고 학교에서는 늘 사무적인 표정으로 잘 봐달라는 식의 인심 후한 웃음만을 뿌리고 다니고 있었던 것이다.

"저 이번 달 잡지에서 최형의 이름을 보았습니다. 최형이 바로 잡지에 글을 쓰신 분입니까?"

그는 햇볕을 가리려고 눈을 가느다랗게 뜨면서 내 옆에 불쑥 앉았다.

"그렇습니다."

나는 이 친구가 국문과 생도가 아니기를 간절히 바라면서 마침 배부된 교내 신문을 들척이고 있었다.

국문과에 재학중인 고학년 학생들은 모두 까다롭고 의식적인 독자라서 내가 글을 쓰는 친구라는 것을 알게 되면 하나둘 저번에 쓴 소설은 어디어디가 이상합니다. 『현대문학』에 실린 작품은 헤밍웨이의 「킬러」라는 작품을 적당히 모방한 것 같은 생각이 듭디다, 알고 보니 최형도 여간 재주꾼이 아니셔, 재주가 보통이 아니야라는 식의 말을 종종 듣게 되었던 것이다. 그즈음 나는 재주꾼이라는 말에 어느 정도 넌덜머리와 콤플렉스를 느끼고 있었는데 재주꾼이라는 평을 해주는 의식적인 독자들은 작품에 칭찬을 해주려는 심사보다는 마치 곡예에서 원숭이가 담배를 주면 피우고, 껌을 주면 껍질을 까서 씹고, 줄넘기를 하는 걸 보는 듯한 일종의 야유를 동반하고 있었다. 더구나 신춘문예 같은 데 두어 번 응모했다, 자기 작품이 최종 예선에서 심사위원 사촌동생에게 정실로 떨어졌다라는 식의 자기 합리화가 강한 문학도들이 숫제 엿먹어라 하는 심사로 던지는, 최형 거 재주가 통통 튀시누만, 최형 거 요새 작품평이 좋은 걸 보니 술 좀 많이 산 모양입디다 따위의 말을 듣기에 지쳐 있었다.

그래서 나는 이 스포츠형으로 머리를 깎은 친구가 제발 문학도가 아니기를 원하고 있었던 것이다,

"저 부탁이 있는데 들어주시겠습니까?"

상대편은 잠시 망설이다 나를 쳐다보았다.

"무슨 종류의 부탁이신가요?"

나는 상대편이 방심하는 가장 좋은 순간을 포착해 거절하리라 마음먹고, 적당히 웃으면서 주머니를 뒤져 담배에 불을 붙였다.

"짤막한 글을 하나 써주시면 됩니다."

사내는 좀 뻔뻔스럽게 뭐 다 알고 있지 않느냐는 투로 말을 했다.

"혹 연애편지 써달라는 부탁은 아니겠지요? 힛히."

나는 미국식 유머를 발휘하겠다고 농담을 했지만 상대편은 웃지 않았다. 우스운 것은 나는 글을 쓴다는 이유 하나로 어처구니없는 글부탁을 받는 수가 왕왕 있다는 것이었다. 언젠가는 어느 친구가 내게 찾아오더니만, 죄송합니다만 요새 원고료가 한 장에 얼마가량 하지

요? 백오십원이나 이백원 줍니다. 건 왜 물으시죠? 아닙니다, 저 이번에 학생회장에 출마할까 하는데 원고지 스무 장 정도의 연설문 좀 써주시겠습니까? 물론 원고료는 드리지요, 한 장에 삼백원 드리겠어요라면서 마치 나를 각자(刻字) 쓰는 친구로 취급했던 적도 있었던 것이다.

"아닙니다. 그런 게 아닙니다. 오후에 시간이 있으십니까?"

"있습니다."

나는 대답했다.

"그럼 됐습니다. 한 여섯시쯤 만납시다."

사내는 수월수월하게 말을 했다. 하지만 그는 오해를 했던 것이다. 내가 시간이 있다라고 했던 건 수업이 있어서 시간이 없다라는 뜻의 거절하는 대답이었는데 어떻게 상대편은 자기 나름대로 편리하게 생각했던 모양이었다.

그러나 나는 구태여 새삼스럽게 거절하지는 않았다. 실상 오후 내내 수업시간은 비어 있었기 때문이었다. 단지 이 골치 아픈 친구를 피하려고 임기응변으로 꾸며낸 대답에 지나지 않았으니까.

"소개가 늦었습니다. 전 철학과 삼학년에 재학하고 있습니다. 이름은 오만준입니다. 이따 학교 앞 시장터에 있는 대머리집에서 만납시다. 그 막걸리집을 알고 계십니까?"

"모릅니다."

나는 대답했다.

"왜 거 오른쪽 골목으로 들어가다보면 수염 많이 난 털보가 하는 술집이 있습니다. 그 집이 안주가 싸고 또 양도 많습니다."

"아, 거 돼지껍데기 파는 술집 말입니까?"

"맞습니다. 그리로 한 여섯시쯤 나와주십시오."

"알겠습니다. 그리로 나가겠습니다."

나는 에라 모르겠다, 시원스럽게 응낙을 했다. 그러자 오만준은 일어서서 툭툭 엉덩이에 묻은 마른 잔디풀을 털어내리더니 가슴을 지나치게 편 걸음걸이로 사라져버렸다.

그즈음 학교 내엔 이상한 바람이 불기 시작했다. 작년 가을까지는 '교련'을 예비역 군인들이 실시하고 있었다.

사실 교련이라야 군대 갔다 온 친구들에겐 싱거워빠진 제식훈련이나 기껏해야 총검술을 하는 게 고작이었다. 집합하고 뒷머리 기른 교관이 소리 빽빽 질러도 거 쉬었다 합시다, 관둡시다, 하는 도저히 무슨 짓인지 모를 군대놀이가 바로 그것이었는데 그래도 교련 검열인가 뭔가 실시할 때는 제법 사열도 하고 '내려 막고 베어' 같은 어려운 목총놀이를 연기해내는 것이었다.

두 시간 하는 교련이면 휴식시간 한 시간에 출석 부르는 것이 삼십 분, 정작 연습은 삼십 분에 불과한 것이었다. 그래도 나는 B학점을 받았는데 나같이 게으른 늙은 학생이 B학점 이상 받은 것은 '셰익스피어의 「한여름밤의 꿈」 빼놓고는 교련뿐이었다.

그런 것이 새 학기부터는 현역 군인으로 교체해서 교련을 실시한다는 것이다. 물론 학교 내에 현역 군인이 없었던 것은 아니었다. ROTC 교관들이 바로 현역 군인들이었다.

우리는 가끔 학교 수업을 마치고 긴 교정을 내려가노라면 눈을 들어, 눈을 들어, 앞을 보면서…… 하낫, 둘, 하면서 인근 로터리를 한 바퀴 돌고 학교 부근 주민들에게 우리가 다름아닌 장교 후보생입니다, 라는 자랑스러운 명칭을 군가로부터 재확인시키며 동네 꼬마들의 선망의 대상이 되고는 의기양양하게 귀대하는, 공연히 지나가는 버스들이나 몇 분 정차시켜버리는 군인 아닌 학생, 학생 아닌 군인 나으리들을 볼 수 있었다.

참으로 미안하게도 그들은 학교 내에서 특이한 존재였던 것이다.

그들이 가장 빛날 때는 학교 행사 때, 여왕 대관식에서 정렬하며 맞아들이는 때와 여름방학 끝마치고 얼굴이 새까맣게 타 와가지고 풋내기들 앞에서 무용담 자랑할 때밖에 없었고 그 외는 늘 바쁘고 초조하고 도무지 안쓰러운 표정으로 학교를 오가고 있었다.

그래서 우리는 그들을 바·보·티·씨. 혹은 당구 용어인 로테이션이라고 부르고 있었다.

어쨌든 그들을 가르치기 위해서 학교에는 심심치 않게, 파견된 군인들이 오가고 있었던 것은 사실이었다. 그들은 마치 소돔의 성에서 유독 자신들만은 십자군이라는 듯 명동다방에서도 어깨를 펴고 앉는 육사생도보다 더 과장되게 군인같이 보이려고 애를 쓰는 것처럼 보였다.

장교들은 가장 군인다운 몸짓으로 걸으면서 한더위에도 정복은 꼭꼭 입고 있었다. 우리들은 도무지 이 교관들에 대해 신경 쓸 것이 없었다.

나처럼 군대 복무를 마친 친구라면 제대한 지 며칠 후까지도 장교 복장만 봐도 손이 언뜻언뜻 올라가긴 했지만 군대가 길고 짧은지, 단지 쓴지 모르는 친구들, 또 용케 수많은 대학들이 그러하듯 군인 가는 길을 빼버린 약삭빠른 친구들에게는 그야말로 무관한 존재였던 것이다.

그러던 것이 새 학기 초부터 학교 내에 현역 교관들이 부쩍 늘었던 것이었다. 그것도 우리와 무관한 군인 아저씨들이 아니었다. 바로 우리들의 생사를 쥐고 있는, 학점을 주고 뺏고 하는 선생님으로서의 군인들이었다.

어딘지 침몰한 폐선 같은 느낌을 주고 교정 내에서 입심 좋은 친구가 경례 받으십시오라고 큰 소리 치고는 군대식 경례를 한번 붙여대면 칼칼칼 웃으면서 경례를 받던 마치 동회 서기 같은 전의 예비역 교관들과는 판연히 달랐다.

그들은 정말 군인 같았다.

생전 자기가 결혼할 때 이외에는 웃지 않기로 작정한 사내들처럼 입을 꾸욱 다물고 평상시에 걸을 때에도 손을 허리까지 쳐올리면서 식당을 마치 각개 전투장같이 오가고 있었다.

더구나 그들은 상대편이 대학생이라는 것을 지나치게 염두에 두고 있는 모양이었다.

나는 그들이 가르치는 교련시간에 한 번 들어간 적이 있었다. 시간도 한 시간이 늘어 도합 세 시간이었는데 그는 피로할 줄 모르는 수말처럼 세 시간 내내 서서 쉴새없이 제군들은 유능한 대학생입니다, 제군들은 대학생입니다라고 말끝마다 부언을 했다. 그러자 누군가가 소위 작년 예비군 교관단으로 착각을 하고

"여보쇼, 누가 대학생이 아니랄까봐 그러쇼."

하고 야유를 했는데 순간 교관은 자기가 예하부대의 부하들을 거느리고 있는 것으로 착각을 했는지

"누구야, 지금 말한 게 누구야? 일어섯."

하고 소리를 버럭 질렀던 것이다.

물론 그는 상부에서 지금 현역 교관으로 바뀐 지 얼마 안 되니까 존댓말을 사용하고 미소 작전으로 나가라라는 명령을 받았겠지만 그는 도저히 이런 식의 조롱은 감수해낼 인내성이 결여된 듯 보였다.

그러니까 한 학생이 일어섰다. 그는 봐주쇼 하는 듯이 씨익 웃었다.

"웃지 마라."

하고 교관은 무표정하게 명령했다. 그래도 학생은 웃으면서 뒤통수를 슬슬 긁었다.

그것은 순전히 앞서의 행동을 질질 끄는 의도에서 나온 행동은 아

니었다. 사실 그는 그렇게 악의에 차서 행동하리만치 생겨먹지도 않았고 그저 안경 쓰고 유약한 친구로 친구들을 웃겨보려고 장난질한 것에 불과했던 것이다.

"웃지 마라."

그러나 교관은 두번째 같은 어조로 명령했다.

그 소리는 이상한 느낌으로 우리를 사로잡아 뒷좌석에 앉아 잠을 자고 있던 친구, 친구와 음담패설을 하고 있던 친구 들을 정색하게 만들었고, 그래서 우리들은 교관의 얼굴에 혹 물고늘어질 웃음기가 있는가 어쩐가를 보고, 혹 어딘지 물고늘어질 웃음기가 있다면 가차 없이 히히히 웃어버리고 같이 얼렁뚱땅 이 위기를 넘어가자고 교관을 쳐다보았으나 교관은 갑옷을 뒤집어쓰고 투구를 쓴 고대 십자군처럼 얼굴의 표정을 백지화하고 있었던 것이다.

"앉아."

교관은 실내 분위기가 완전히 압도당한 눈치를 채자 그를 앉히고 다시 그 여느 때의 미소를 되찾았다.

그러나 우리는 어쩐지 그 웃음에 같이 따라 웃을 만한 배짱은 이미 잃고 있었다.

그의 이 한바탕 해치우고 난 뒤에 보여준 웃음은 너무나 증류수 같은 웃음이었기 때문에 우리는 저 친구가 저렇게 웃다가도 우리를 오싹하게 만들기에 충분한 위엄을 소유하고 있구나 하는 재빠른 이해 타산을 느껴 그가 자꾸 웃어도 존댓말을 써도 정좌하고 앉아 있었던 것이다.

"제군들은 최고학부에 다니고 있는 대학생입니다. 왜 그렇게들 딱딱하게 앉아 있나요. 자, 몸을 풀고 앉아서 들으십시오. (그러나 우리는 몸을 풀지 않았다) 대학생이면 행동도 대학생다워야 합니다."

어느새 학교에는 이상스러운 유언비어가 충만하기 시작했다.

그 이야기인즉슨 이러하였다.

정부 당국에서 가장 귀찮게 생각하는 것은 학생들의 데모이다. 고로 데모를 막기 위해서는 현역 교관을 파견해서 학생들을 군대식으로 묶어 상부의 지시에 절대 복종하는 풍토로 만들어야 한다. 그럴 수 있는 최대한의 무기는 학점을 쥐고 있는 것이다.

비록 일 학점밖에 안 되지만 필수과목이라 반항적이요 일부 선동을 일삼는 학생들을 교련 학점으로 잡을 수 있다는 이야기였다.

그래서 우리는 마땅히 그들을 배척해야 한다는 것이었다.

참으로 우스운 일은 으레 대학가에서는 매년 봄부터 데모가 연중행사로 벌어지고 있다는 것이었다.

그것은 학생회장단이 새로 경질되는 이유에서도 기인된다.

그들은 개학하자마자 인근 다방에 혹은 오십원짜리 자장면집에 본부를 두고 소위 선거운동을 시작하는 것이었다.

우리들은 매년 봄이면 이쪽에 불려가서 커피도 얻어먹고, 저쪽에 불려가서 자장면도 얻어먹는 풍토에 맛을 들여서 시골 아낙네들이 고무신 한 켤레에 표를 찍는다는 이야기를 실감하고 있을 정도였다.

물론 우리들은 아주 지능 지수가 높아서 자장면 사준 녀석보다는 함박 스테이크 사주는 녀석을 찍어주느냐 하면 천만에 말씀이다, 라고 평소에는 말을 하지만 역시 막상 투표를 하면 함박 스테이크 사주며 최형, 이건 예사의 함박 스테이크가 아닙니다. 최형, 이건 최형과 나 사이에 스스럼이 없다는 표시입니다라는 모측의 선거 참모의 반공감적인 우정 약속을 생각해보고는 별수없이 자장면보다는 함박 스테이크를 찍어버리는 것이다.

그러면서 막상 나오면서 입으로는 자장면을 찍었다고 공언을 하지만, 뱃속엔 그 꼭꼭 씹어먹던 함박 스테이크가 잘 소화가 안 되어 곤두서 올라오며 슬쩍 우울한 비애가 스쳐 지나가는 것이다.

우리들은 그렇게 해서 학생회장을 뽑으며 그후에 어떤 녀석이 학생회장인지 모르는 것으로 일 년을 지내고 우리 부모가 피땀 흘려 벌어 내준 망할 육만원의 등록금을 찜쪄 먹든 회쳐 먹든 너희들 마음대로 처리해라 하면서 아예 수수방관해버리는 것이다.

확인되지는 않았지만 어떤 녀석은 오십만원 쓰고 어떤 녀석은 한 장을 썼다는 소문이 떠돌고 그러는 것으로 보아 학생회장 자리가 본전은 넘게 생기는 자리겠지라는 은밀한 학생들 간의 귓속말이 떠돌았다. 그러면 우리는 어쩌지 못하면서 조간신문에서 국회의원의 행동에 신경을 곤두세우고 야단질쳐야만 직성이 풀리는 것이었다.

그러니 새로 경질된 학생회장단은 으레 우리는 청렴결백한 여러분의 종입니다, 주인은 여러분이요, 우리는 여러분의 종일 뿐입니다 라는 것을 확인시키기 위해서라도 대규모의 데모를 해야 하는 것이다. 언제부터인가 우리들은 데모를 하지 않으면 온몸이 쑤시는 버릇이 들었던 것이다.

그뿐인가.

새봄에는 새로 들어온 교양학부 학생들이 참 용감하기 짝이 없어서 그들은 말만 들어온 데모를 실습하려고 잔뜩 벼르고 있었기 때문에 이 친구들이, 이 교양학부 학생들이 건재하는 한 데모 전선엔 이상이 없는 것이었다.

더구나 정부에서는 대학생들이 조금만 손만 내둘러도 불안해서 의기충천하고 들입다 페퍼 포그를 들이미는 판이니 막는 측이나 미는 측이나 그야말로 무슨 살벌한 전쟁놀음 같은 아우성을 전개해야 했던 것이다.

언젠가 내가 교수 연구실에서 창 너머로 밀려가는 데모떼를 보면서 교수님에게

"데모에 대해서 어떻게 생각하십니까?"

하고 물었더니 교수님은 웃으면서,

"거 좋은 거다, 좋은 거. 일본측 학생운동하고는 달라서 우리 학생들은 정도에 지나쳐 극렬하게는 하지 않는다. 소위 대학이라면 한편에서는 데모하는 측, 한편에서는 도서관에서 공부하는 측으로 어수선해야만 대학이지, 조용만 해서는 절대 대학이 아니다. 움직이는 대학, 그것이 진짜 대학이다."
라고 했는데 그때 나는

"그럼 데모를 막는 측에 대해서는 어떻게 생각하십니까?"
하고 물었다.

그러자 교수님은 껄껄 웃으면서

"그들은 참으로 조그만 일에도 깜짝 놀라고 있는 셈이지. 남이 자기에게 무슨 말을 할까 하고 초조해지면 그렇게 경기 들린 애들처럼 놀라게 된단다."
하고 대답을 했던 것이다.

어쨌든 이 새로 파견된 현역 때문에 대학가에서는 한바탕 대규모의 데모가 예상된다는 풍문이 풍기고 있었던 것이다.

그날 오후 여섯시 반쯤 나는 그 술집으로 나갔다. 마침 연극반에서 〈세일즈맨의 죽음〉을 연습하는 데 구경삼아 나갔다가 늦었기 때문이었다. 나는 연극을 지독스럽게 좋아해서 한때는 소도구 전문으로 수업에도 안 들어가고 늘 무대 세트 만드는 데 나날을 보낸 적도 있었던 것이다. 그때 내겐 연극만이 즐거운 일이었다.

대머리집 안은 사람들로 초만원을 이루고 있었다. 한 테이블에서는 술 취한 학생들이 기타를 치며 〈사랑해 당신을〉을 합창하고 있었다. 사랑해 당신을 정말로 사랑해, 에이, 에이, 에이, 에이, 에이, 에이.

오만준은 구석 테이블에 앉아 있었다. 둘이 앉아 있었는데 한 사내는 머리에 교모를 쓰고 있었다. 그들은 이미 소주로 한판 벌였는지 나를 보고 반갑게 손을 내미는 오만준의 눈은 풀어져 있었다.

"늦어서 미안합니다."

나는 사과를 했다. 하지만 미안할 것은 쥐꼬리만큼도 없는 기분이었다.

"인사하시죠. 이 친구는 정외과에 다니고 있는 김오진군입니다."

"처음 뵙습니다. 난 영문과의 최준호입니다."

우리는 악수를 했다. 나는 살짝 잡았는데 그는 마구잡이로 내 손을 잡고 흔들었다. 나는 손이 아팠다.

우리는 잠시 딱딱하게 앉아서 무슨 말을 해야 할까 하는 식의 침묵을 동시에 느끼고 있었다.

"영문과는 실례지만 졸업하고 무얼 하는 과입니까?"

한참 만에 어색한 침묵을 깨뜨리며 김오진이 물었다.

"고등학교 영어 선생 되는 것입니까, 아니면 외국인 상사에 취직해 딸라로 월급받는 과입니까?"

"글쎄요."

나는 웃었다. 이 자식 지독스러운 독설주의자로구나 하고 속으로 생각했다.

"그럼 정외과는 도대체 무엇을 하는 과입니까?"

"데모하는 과—ㅂ니다."

그는 단숨에 얘기를 했다. 마치 묻기를 예측하고 준비해두었다는 듯이. 그리고 그는 쿡쿡 어깨로만 웃었다.

"그럼 오형의 철학과는 무엇을 하는 과입니까?"

"아, 할 게 좀 많아요. 우선 관상, 족상, 수상을 볼 수 있지 않아요."

당신이 내 곁을 떠나간 뒤에 얼마나 눈물을 흘렸는지 모른다오. 에이, 에이, 에이, 에이, 에이, 에이.

그들의 합창은 점점 고조되고 있었다.

"사실 저 최형 작품 좀 읽었습니다."

김오진이 나를 정면으로 쳐다보았다. 나는 시작됐군 하고 혀를 찼다. 나는 특히 이런 좌석을 제일 싫어하고 있었다. 소설에 대해 아무런 관심도 없었던 친구들까지도 술좌석에 글을 쓰는 친구가 하나 앉아 있다는 것을 의식하면 마치 일급 비평가처럼 행세를 하려 들고 같이 공기놀음이나 하듯 말의 지적 유희라도 한판 벌이자는 데는 영 질색이었던 것이다. 나는 술좌석에서는 음담패설이나 해야 한다고 생각하고 있었던 것이다.

"한마디로 엉터리입니다. 좀 공격해볼까요?"

"좋습니다."

나는 일부러 감지덕지하는 표정으로 수긍을 했다. 그리고 에라 모르겠다 일찌감치 술에 취해버리자, 소주를 벌컥벌컥 단숨에 들이켰다.

"최형의 작품은 한마디로 스타일만 꾸며대고 문장만 매끄럽게 쓰려고 하는 당의정(糖衣錠)식 작품이요. 도대체 역사의식 같은 것이 없단 말씀이에요."

"그런 거야 늙으면서 천천히 배워나갈 수 있잖아요?"

나는 일부러 손을 비벼대면서 헤헤헤 웃었다.

"이봐, 오형. 지금 최형 말하는 거 들었지?"

김오진이 오만준을 쳐다보았다.

"지금 최형이 말씀이야. 역사의식 같은 것은 늙으면서 천천히 배우시겠다고 그러셨단 말씀이야. 커어 그것 참 좋습니다. 거 좋지요."

"김형은 좀 취했어."

오만준이 백조를 피워물며 한마디 했다.

"아니지요, 오형. 취하긴, 천만에요. 난 도대체 우리나라 작품을 보면 도대체가 메스꺼워 죽겠거든. 우리들 독자의 마음은 하나도 충족시켜주지 못하고 있단 말이요. 자기네들끼리 훈장 주고받는 식이란 말이야. 전번에 무슨 잡지에서 보니 우리나라 요새 작품은 순수소설이다, 참여소설이다 싸우고 있는 모양인데 최형은 도대체 어느 편이오?"

또 시작되는군 시작돼 하고 나는 투덜거렸다. 이 순수니 참여니 하는 말을 꺼낸 친구들이 얼마나 지적 수준이 높은지는 몰라도, 무어라고 한마디 하지 않으면 직성이 풀리지 않는 학생들에게 참으로 한 열 시간 계속해 지껄여도 끝이 나지 않을 귀에 걸면 귀걸이요, 코에 걸면 코걸이식의 위대한 쟁점을 주었다는 것은 참 위대한 일일 것이다.

"모르겠습니다. 난 아무 편도 아닙니다."

"커어. 그럼 최형은 기회주의자 아니오?"

김오진이 빈정거렸다.

"우리나라 소설은 모두 틀려먹었어. 한결같아. 김지하의 「오적」을 어떻게 생각하쇼?"

"좋더군요."

나는 대답했다. 원 제기랄, 벌써 몇 번째의 질문이요, 벌써 몇 번째의 대답인가. 술좌석마다 들어온 질문이요, 한 대답이었던 것이다. 왜 김지하의 「오적」은 이토록 유명해져서 어디를 가든 나를 괴롭히는지 통 알면서도 모를 일이었던 것이다.

"최형, 저 언젠가 무슨 잡지에서 최형 작품 읽어보았는데 최형 아주 이미테이션에 도통한 사람 같아."

"이미테이션이라면 무슨 정거장 이름인가요?"

"……헛허허. 괜히 이러지 마시오."

나는 순간 이 자리를 뛰쳐나가고 싶었다. 왜 내가 이 좌석에 이처럼 앉아 있어야 하는가 하고 나는 생각했다. 그러나 나는 참기로 했다. 그것은 내가 철들고 배운 유일한 미덕이었다. 성질대로 한다면

208

녀석의 이빨이 부러지든지 내 코뼈가 휘어지든지 양편에 결딴이 나야 하는 것이다. 그러나 이런 평안도 기질은 망할놈의 군대에서 아예 주눅이 들어버렸고 나이를 먹으니까 아예 감감소식이었다. 그래서 나는 될 수 있는 한 술이나 빨리 퍼마시고 그리고 먼저 취해버리려고 작정을 했다. 나는 연거푸 술을 들었다.

"당신네 글 쓰는 친구들은 사명이 있음을 잊어서는 안 돼요. 난 정말 그것을 꼭 최형에게 얘기해주고 싶어요. 당신네 붓들은 모두 사적인 얘기에 치우치고 있어요. 나이 먹은 축들은 옛날 대동강에 뱃놀이할 때가 좋았다고 쌍팔년도식 회고담이나 주절대거든요. 글은 모름지기 사회의 모순을 파헤치고 국민을 옳은 길로 각성 내지는 계몽을 시켜야 된다 말씀이야. 그렇다고 무조건 사회의 부정을 쓴다고 수작(秀作)은 아니에요. 사회의 부정을 쓰네 하면서도 대부분 조간신문을 보고 글을 쓰더군. 누가 복어알 먹고 죽었다 하면 단박 그것을 쓰거든. 복돌 어멈과 복돌 아범을 등장시켜 말이오. 그러면 신문에 대서특필, 현실을 예리하게 파헤친 수작. 수작 좋아하네. 요컨대 무엇을 쓰느냐의 문제는 조간신문만 보면 수천 개라도 조달할 수 있지만 그 모순을 어떻게 보여주느냐의 문제에서는 영 젬병이거든. 그저 복어알 먹고 콱 죽고, 평화시장에서 전태일이 자살한 이야기만 쓰면 현실을 고발한 것으로 안단 말씀이야. 그런 것은 아주 일상적인 것밖에 안 돼요. 요는 그 일이 일어날 수밖에 없는 경위를 가장 적절한 사건으로 형상화시켜야 되거든요. 그것은 그래도 좀 나아요. 최형 작품 읽어봤는데 그게 뭐 어쨌다는 거요. 아내가 바람 좀 피웠고, 스푼이 허공을 좀 날기로서니 그게 뭐 어쨌다는 말씀이야. 그런 것은 불란서 자식들이 다 써먹었어. 최형, 여기가 뭐 불란서인 줄 아시오? 여긴 한국이요, 한국."

나는 그의 장광설을 제지할 생각은 않고 그저 술만 먹고 있었다.

"슬 듭시다. 술 들어."

그때까지 무표정하게 앉아 있던 오만준이 한마디 했다. 그래서 우리는 또다시 술병을 기울여 투명한 소주를 안주도 없이 들이켰다. 김오진은 술이 취하면 취할수록 얼굴이 하얘지고 있었다. 그는 딸꾹질을 시작했다.

"저 최형 마지막으로 피격, 하나 묻겠는데 가장 쉽게 돈을 버는 방법에 대해서 알고 계십니까?"

"글쎄요."

나는 깍두기를 집어들며 좀 뻣뻣한 눈길로 김오진을 쳐다보았다.

"오형은 좋은 방법 없겠소? 한 달에 칠천구백원 물고 일 년에 십만원짜리 적금 타는 방법말고요."

"있지요."

오만준이 싱긋 웃었다.

"아주 좋은 방법 있지요."

"그게 뭐요?"

김오진이 물었다.

"라디오의 프로듀서가 되는 길이지. 그걸 해서 심야방송 같은 프로를 맡아 자기 회원들을 모집하는 거지요. 아, 요새 고등학교 학생이나 대학교 학생들이 팝송이라면 굉장히 탐닉하지 않소. 목소리가 부드럽고 섹시한 여자 아나운서 하나만 기용하면 누워서 떡 먹기 아니겠소. 헛허허."

"오형, 그 방법은 틀렸소."

김오진이 시계를 들여다보며 웃었다.

"그것은 힘이 들어. 피격. 최형, 뭐 적절한 방법이 하나 없겠소?"

"글쎄요. 하나 있기는 있습니다만."

나는 다시 술잔을 들면서 말을 했다.

"그게 뭐요?"

"가난한 사내가 순식간에 일확천금을 버는 방법, 그거야 부잣집 무남독녀를 겁탈하는 것 아니겠소?"

헛, 허허. 오만준이 크게 웃었다.

"하지만 그 방법은 틀렸소."

김오진이 정색을 하고 덤벼들었다.

"우리 같은 친구들이 여보쇼, 부잣집 무남독녀들에게 어떻게 접근할 수 있단 말이오?"

"그거야 가정교사로 들어가거나 여대생들과 영어회화 클럽을 조직하거나 그것도 아니면 하다못해 YMCA 같은 데서 가끔 주최하는 포크 댄스 모임에 나가면 되지요."

"그것은, 그것은…… 저 오형 무슨 적절한 표현이 없을까요?"

"글쎄요. 이상에 불과한 것이겠죠."

"옳습니다. 그건 이상에 불과해요. 아, 뭐 지금 시대가 신성일 엄앵란 시댄 줄 아쇼?"

김오진이 비아냥거렸다.

"그럼 김형은 무슨 묘안을 가지고 있소?"

오만준이 얼굴에 웃음기를 띠며 물었다. 셋이서 같이 마신 술이나 오만준은 술에 취한 것 같지 않았다.

"나야 기막힌 방법이 하나 있지요."

"기막힌 방법이라면 거 우리 같이 동업합시다."

오만준도 장난하는 어조로 말하고는 웃었다.

"이것은 절대 동업할 수 없는 거요."

우리는 정색을 한 김오진의 얼굴을 올려다보았다.

"그럼 마지막으로 제가 이 세상에서 가장 쉽게 돈을 버는 방법을 한 가지 말씀드리겠습니다. 피격. 제 얘기로 끝을 맺읍시다. 시간도 무척 늦었으니."

"좋습니다."

나는 큰 소리로 맞장구쳤다.

"가장 쉽게 버는 방법은…… 잠깐 변소에 갔다 와서 얘기합시다."

김오진이 재미있는 얘기를 꺼내기 앞서 약간의 침묵을 삽입시키려는 익숙한 재담가답게 비틀대면서 일어서 문 쪽으로 걸어갔다.

"오늘 최형을 오시라고 한 것은,"

오만준이 둘이 남자 우울하게 천장을 쳐다보면서 굵은 목소리를 내었다.

"우린 머지않아 데모를 시작할까 합니다. 그런데 말씀드리기에 앞서 한 가지 물어보고 싶은데, 교련에 대해서 어떻게 생각하십니까?"

그는 천장에서 시선을 거두어 정면으로 나를 향하면서 물었다.

"모르겠습니다."

나는 상대편에게 미안하다는 감정을 보이려고 애를 쓰면서 대답했다.

"난 소시민에 불과하니까요."

"최형."

그는 갑자기 큰 소리로 나의 말을 막고 오랫동안 타는 듯한 시선으로 나를 쏘아보았다.

"최형은 교묘한 말솜씨를 가졌소. 언제나 중심화제에서 겉돌고 있어요. 우리 진지하게 한번 교련문제에 대해 의견을 나눠봅시다. 어때요? 현역 군인들이 교련을 하는 사실에 대해 일말의 분노도 느끼지 않는다는 말씀이신가요?"

"모르겠습니다."

나는 대답했다.

"아마 제게 성명서를 부탁하려는 모양인데 그렇지 않습니까?"

212

"그렇습니다."

오만준이 분명하게 말을 받았다.

"써주시겠습니까?"

"전 원래 강경한 어조와 담백한 문장을 쓸 줄 모릅니다. 노력은 해보겠습니다. 하지만 큰 기대는 하지 말아주십시오."

나는 이 술좌석에서 적잖이 지쳐 있었다. 때문에 한시바삐 이 좌석에서 벗어나고 싶었다.

"고맙습니다. 내일모레 찾아뵙겠습니다."

그는 느닷없이 손을 내밀어 악수를 청했다. 나는 그의 손을 쥐었다.

술집 안은 텅 비어 있었다. 밤이 깊어 노래 부르던 친구들도 이미 사라져버린 모양이었다. 얼굴 전면이 털투성이인 주인이 탁자 위에 의자를 올려놓고 물을 뿌리더니 조심스럽게 쓸어가기 시작했다. 우리는 멍하니 서로의 시선을 엇비끼면서 담배를 피우고 있었다. 한바탕 뜀박질을 하고 났을 때의 나른한 피로 같은 것이 밀려와 결국 오늘도 저물고 말았군 하는 식의 파장이 되고 만 안이한 안도감이 가슴에 충만되기 시작했다.

"시간이 다 됐는데요. 문을 닫아야겠습니다."

술집 주인이 청소를 끝내고 한구석에 몸을 기댄 채 우리들이 빨리 나가주기를 기다리면서 두어 번 하품을 하다가 못 참겠다는 듯 우리 탁자로 다가왔다.

"알고 있습니다."

오만준이 그를 쳐다보지 않은 채 대답했다.

"변소에 간 친구가 돌아오면 가겠습니다. 헛허허, 그 친구는 돌아와서는 우리에게 가장 돈 벌기 쉬운 방법을 알려주고 떠날 것입니다. 오래 걸리지 않습니다."

"누구 말입니까?"

주인이 썰물 같은 소리를 냈다.

"여기서 같이 술을 마시던 친구 말입니다."

오만준이 고개를 들고 귀찮다는 듯이 그를 쳐다보았다. 그러자 술집 주인은 거추장스럽게 팔을 들어올려 커다랗게 기지개를 켰다.

"갔습니다. 아-암, 그 사람은 갔습니다."

"뭐라구요?"

우리는 놀라서 몸을 반쯤 일으켰다.

"갔다니까요. 벌써 한참 전에 갔는데요. 돈은 저 사람들이 물 겁니다 하고 가더군요."

헛허허, 오만준이 크게 웃었다. 나도 웃기 시작했다. 한 대 얻어맞았군. 근질근질한 웃음기가 풍선에서 바람이 빠져나오듯 흔들거리며 새어나왔다.

"갑시다, 최형. 오늘 우린 이 세상에서 가장 쉽게 돈을 벌 수 있는 방법을 김오진군에게 배웠습니다그려."

우리는 돈을 치르고 밖으로 나왔다. 시장 골목은 어둠과 밝은 빛이 적당히 배합되어 달착지근한 분위기를 조성하고 있었다. 다리는 휘청거리고 갑자기 일어선 길이라 구역질이 치받고 있었다. 그는 내게 성명서를 꼭 써주실 것으로 알겠다고 재삼 확인하였다. 나는 글쎄요, 노력은 해보겠지만 정말 기대는 하지 마십시오 하고 말을 했다. 버스 정류장에서 우리는 헤어졌다.

그가 사라지는 것을 보다가 나는 불현듯 구역질을 느꼈다. 그래서 황급히 누구 집 담일까 긴 담 밑에 고개를 꺾고 토하기 시작했다.

나는 성명서를 쓰지 않았다. 어쩔 수 없이 글을 쓸 수밖에 없는 경우를 제외하고는 아예 펜을 들고 싶은 심정이 아니었다. 편지도 쓰고 싶은 심정이 아니었다. 펜을 들어 무언가 내깔긴다는 것은 참으로 고통스런 일이었다.

더구나 성명서와 같은 간결하고 선동적인 문구를 쓰는 재간이 없었다. 그러나 내가 성명서 따위의 글을 쓸 줄 모른다는 이유보다는 더 큰 이유가 있었다. 첫째로는 성명서를 쓰는 것으로 어쩌면 내가 그러한 학생운동 따위에 본의 아니게 말려들어갈지 모른다는 것이요, 둘째는 그리하여 어떤 화가 미칠지도 모른다는 것에 대한 소극적인 공포감 때문이었다. 언제부터인가 나는 무슨 일이든 할 때마다 최악의 경우만을 생각하고 그리고 그런 경우에만 자신을 맡겨버리는 버릇이 들어 있었던 것이다.

물론 그 친구들의 부탁을 받은지라 백지를 앞에 놓고 조금쯤은 써볼까도 시도를 해보았다. 그러나 펜을 들고 무언가 형상화하려고 머리를 모으면 모을수록 이상하게도 한 가지의 사건이 상기되어오는 것이었다.

군대에 있을 때였다. 토요일 오후 외출 나오려고 구두를 닦은 후에 외출증을 주번 하사관에게서 받아들고 체크 포인트를 지날 때였다. 저만큼 앞에서 같은 대대 고참인 하사 하나가 무언가 라면박스 속에 가득히 집어넣고 혼자 어깨 위에 올려놓고 가고 있는 모습이 눈에 띄었다. 정훈관실에 근무하는 사병으로 평소에 내게 친절하고 가끔 기상나팔 부는 일을 내게 맡기고 인근 창녀 집에서 재미 보고 들어오곤 하는 친구였다.

외출 차량이 다 끊어진 오후에 혼자 라면박스를 둘러메고 나가는 그를 보며 그냥 지나칠 수는 없었다. 나는 별수없이 그에게 가 인사를 하고 내가 그것을 들고 가겠노라고 자청을 했다. 그러자 그는 웃으면서 내게 그것을 주었다. 생각보다는 가벼웠다.

"뭡니까?"

나는 그것을 어깨에 둘러메면서 그에게 물었다.

"라면입니까?"

"아니."

그는 주머니에서 팔말 한 대를 뽑아 피워물었다.

"빨랫감이야, 빨랫감."

그때 우리는 4분의 3톤짜리 차 한 대가 조종사 숙소로 돌아오는 것을 보았다. 운전사 옆에는 파일럿 복장을 하고 있는 조종사가 선글라스를 끼고 앉아 있었다. 우리는 멋지게 경례를 했다.

그러나 그 차는 세워주지 않았다. 그저 조종사가 멋지게 인사를 받았을 뿐이었다.

"제기랄."

그는 투덜거렸다.

"이걸 메고 투덜거리고 걸어갈 수는 없다. 나가는 차 아무거라도 붙들어보는 게 낫겠다."

우리는 잠시 활주로 끝 펑퍼짐한 언덕 위에 앉아서 담배를 나눠 피우고 있었다.

하늘로는 꼬리가 빨간 노스 웨스트 항공기가 막 비상하고 있었다. 우리는 그 비행기가 저편 구름 속으로 사라질 때까지 바라보고 있었다. 그러더니 조용해졌다.

활주로 위로 따스한 봄볕이 아롱거리고 열대어 같은 비행기들이 누워 있는 먼 주기장 위는 봄볕으로 마치 물을 뿌려놓은 듯 번질거리

216

고 있었다.

"야, 야. 최일병. 온다 와."

김하사가 담배를 눌러 끄면서 일어났다. 4분의 1톤 트럭 한 대가 나오고 있었다. 우리는 뛰어내려가 멋지게 경례를 올려붙였다.

그러자 차가 끼익 섰다. 운전석에는 상사가 하나 앉아 있었다.

"외출 길이냐?"

"그렇습니다."

하고 김하사가 대답했다.

"그럼 타라."

우리는 라면박스를 둘러메고 차 뒷좌석에 앉았다.

비행기용 제이피 기름이 가득 든 오 갤런 통 두어 개가 뒷좌석에 숨겨져 있었다. 그는 주기장에 세워놓은 비행기 배꼽에서 남은 기름을 빼다가 아마 그들 말대로 소위 두부값 정도 벌려는 심산인 모양이었다.

차는 달리기 시작했다. 상사는 노래를 부르기 시작했다.

"가노라 하면 붙들고, 앉으라 하면 가노라네, 헤이야 헤이야."

체크 포인트에 차가 섰다. 헌병들이 집총 자세로 다가왔다.

그중 하나가 경례를 올려붙였다. 나는 성급히 주머니에서 외출증을 꺼내들었다.

헌병이 고개를 들이밀고 내가 주는 외출증은 숫제 검사할 생각도 안 하더니 뒷좌석에 있던 기름을 발견했다.

"이게 뭡니까?"

병장 계급장을 단 헌병이 무뚝뚝하게 물었다.

"기름이다, 왜?"

상사가 말을 했다.

"안 됩니다. 이것은 가지고 나갈 수가 없습니다."

"올 때 담배 한 갑 사다주마."

"거 뒤에 있는 라면박스는 뭡니까?"

"빨랫감입니다."

김하사가 말을 했다. 그리고 그는 웃었다.

"좀 봅시다."

"야, 야. 왜 구질구질하게 야단들이야. 올 때 내 만두 사다주마, 만두. 이 아이들은 우리 대대에 있는 모범사병들이야, 모범사병. 알겠어? 그럼 수고해."

상사가 액셀러레이터를 밟았다. 차는 달리기 시작했고 그는 다시 노래 부르기 시작했다.

그제야 나는 내일 저녁 9시까지는 자유의 몸이 된 것을 의식했다.

아, 아, 한 달 만에 나오는 외출이었다. 나는 나의 몸을 공처럼 벽에 부딪쳐 튀어오르고 싶었다.

나는 그녀를 여관에 끌고 가서 코피가 나도록 성교를 할 작정을 했다. 나의 성기는 사병답게 발기하기 시작했다.

나는 한 달 내내 전번 외출에서 내가 껴안은 그녀의 몸뚱어리가 과연 꿈속에 있었던 몽정에 불과했던 것인가 진짜 내가 껴안았던 것인가 의아해하고 있었다. 나는 과연 그것이 꿈이 아니라는 것을 내 자신에게 확인시키기 위해서라도 결사적으로 그녀를 핥고 그리고 토하리라 이를 악물었다. 그때였다. 김하사가 나를 쿡쿡 찔렀다.

"수고했다. 피워라."

나는 그가 내게 주는 것을 보았다. 파고다 담배였다. 그것도 하나가 아니었다. 자그마치 다섯 갑이었다.

우리는 공항 입구 버스 정류장에서 헤어졌다. 그는 영등포 쪽으로 사라졌고 나는 신촌 쪽으로 가야 했던 것이다. 외출 나온 단 하루의 외박은 지독한 고통이었다. 도대체가 나는 군복 따위가 어울리는 녀석은 아니었다. 나는 어느 편이냐 하면 머리는 산발하고 담배를 짓씹으며 침을 퉤퉤 뱉어가면서 연극이나 해대고 애들에게 재미있는 음담패설이나 해주는 자유인에 어울리는 녀석이었다. 망할놈의 거리는 군복을 입고 나서면 참으로 화려해서 나는 몇 번이고 내가 그 망할놈의 부대에서 몹쓸 법정 전염병에나 걸린 환자처럼 격리되어야 할 이유가 무엇인가 억울해져서 죄 없는 그녀에게 상소리나 해대고 술 취한 군인애들이 그리하는 것처럼 고래고래 악을 쓰면서 토요일 밤의 거리를 쏘다니고 있을 뿐이었다. 그리고 하루가 지나고 귀대하는 시간이면 나는 공연히 편도선이 부어오르고 이빨이 아파오는 것이었다. 그러나 귀대시간이 오면 나는 부대 고참에게 외출 턱으로 줄담배와 약간의 캐러멜을 준비하고 정확한 시간에 귀대를 했던 것이다. 외출 나갔다 귀대한 다음날이었다. 청소를 끝내고 부랴부랴 일과시간에 대느라고 차갑게 식은 보리밥을 꾸역꾸역 입 안에 처넣고는 구보로 사무실에 돌아왔을 때였다. 사무실의 계장이 내게 무슨 일을 저질렀느냐고, 외출 나가서 술을 퍼마시고 싸움질이라도 했느냐고 물었다. 나는 그런 일 없다고 대답했다. 그러자 계장은, 그런데 왜 부대 내에 있는 수사기관에서 너를 찾느냐고 물었다. 어쨌든 그곳에서 나더러 급히 0.5초 내에 출두하라는 전갈이 왔으니 급히 가보라고 그는 얘기했다. 나는 보고를 하고 밖으로 나왔다. 원래 부대 내엔 규율을 전담하는 헌병대와 부대 내의 비위 사실을 취급하는 수사계통의 파견대가 있었다. 파견대는 사복을 하고 있었는데 그들은 주로 큰 부정사건을 취급하고 있다는 것을 나는 막연하게 알고 있었을 뿐이었다. 나는 기지 병원을 돌아 수사기관으로 걸어갔다. 기지 병원 앞뜰에서는 간호사와 위생병들이 배구를 하고 있었다. 흰 볼이 그들이 올려받을 때마다 포물선을 그리면서 오르락내리락하고 있었다. 좋은 팔자다. 저 쌔끼들은 계집년하고 배구를 하고 있는 팔자면 상팔

자다, 상팔자.

수사기관은 아주 외딴 곳에 있었다. 군견용 개 한 마리가 말뚝에 매여 있다가 나를 보고 공허하게 짖었다. 나는 그 개의 이름을 알고 있었다. 메리였다. 언젠가 추운 겨울 얼라트룸 근방에 밤보초를 나 갔을 때 나하고 하룻밤을 지냈던 개였다. 그러나 군견이긴 했지만 똥 개였던 모양으로 내가 좀 요령을 피우려고 활주로에 누워 잠을 자려 고 하면 그 쌍놈의 개새끼도 개 주제에 내 가슴을 파고들면서 같이 잘 궁리를 했던 염치 좋은 개에 불과했다. 경례엄정, 복장단장, 복명 복창이라고 입구에 씌어 있었다. 나는 복장을 매만지고 큰 소리로 사 무실 문 앞에서 소리를 질렀다.

"들어가도 좋습니까?"

그러나 안에서는 대답이 없었다.

"들어가도 좋습니까?"

컹컹, 메리만이 짖었다. 안에서 소리가 났다.

"들어오시오."

나는 문을 열고 들어섰다. 밝은 데서 어두운 데에 들어섰기 때문에 앞이 잘 보이지 않았다. 나는 호흡을 가라앉히고 잠시 방 안을 살펴 보았다. 방 안엔 사복을 입은 사내들 세 명이 앉아 있었다. 그들은 군 인같이 보이지 않았다.

"뭐야?"

입구에 앉아 있던 친구가 내게 물었다. 그는 손에 소형 완력기를 들고 그것을 부지런히 꺾고 있었다. 그가 힘을 주어 완력기를 꺾을 때마다 근육이 울퉁불퉁거렸다.

"부르심 받고 왔습니다."

"뭐라고?"

그가 물었다.

"이 친구 뭐라고 그랬는지 아나?"

그는 옆에서 오징어 발을 씹고 있는 동료에게 물었다.

"모르겠어."

하고 옆에 있는 친구가 대답을 해주었다.

"뭐라고 지껄였는지 모르겠어."

"관리처에서 근무하는 일병 최준호, 부르심 받고 왔습니다."

나는 크게 소리를 질렀다.

"뭐냐?

이번엔 안쪽에서 방 안인데도 선글라스를 쓰고 있는 좀 나이 들어 보이는 사내가 고개를 들었다.

"저 새긴 뭐 하는 자식인데 소리를 질러. 애 떨어지겠다."

"저번에 위문품 팔아먹은 자식입니다."

"오우 그래, 니놈이 바로 위문품을 팔아먹은 녀석이라 이거지."

"옛? 무슨 소린지 잘 모르겠습니다."

나는 엉겁결에 비명을 질렀다.

"곧 알게 해주마."

하고 그는 대답했다.

"이봐, 미스터 황. 저자를 잘 모셔."

한 사내가 일어서서 내게로 왔다. 그는 나보다 어깨 하나가 더 컸다.

"이리로 오십시오."

그는 음식점 입구에 서 있는 보이처럼 상냥하게 말을 했다. 나는 옆방으로 인도되었다. 옆방은 한층 더 어두웠다.

"불을 켤까요?"

하고 그는 내게 물었다.

"아니면 그대로 놔둘까요?"

나는 그의 얼굴을 쳐다보았다. 대답을 해야 할 것인가 아닌가 잠시 생각했다. 그러나 대답하지 않기로 했다.

"앉으십시오."

사내는 의자를 내 앞에 밀어놓았다. 나는 의자에 앉았다. 사내는 자기도 의자에 앉으면서 서랍을 뒤지며 백지를 꺼내더니 잠시 맥빠진 눈으로 창 밖을 내다보았다. 나는 그때야 그가 약간 사시인 것을 알았다.

"최일병께서는 토요일 오후 위문품으로 들어온 파고다 담배 천 갑을 사병들에게 오백 갑을 나눠주고 나머지 오백 갑을 부정 유출하여 영등포구 엄지다방 옆 담뱃가게에다 한 갑에 사십원씩에 팔았습니다. 그렇지요?"

"예?"

나는 정말 놀랐다. 그래서 벌떡 몸을 일으켰다.

"앉으라니까, 앉으세요. 그냥 이 종이에다 상세하게 쓰시기만 하면 되는 거예요."

그는 내게 백지를 주었다.

"볼펜 있나요?"

"하지만 전 쓸 것이 없습니다."

나는 허덕였다.

"나는 도무지 무슨 소린지 모르겠습니다. 나는 위문품을 부정 유출한 적이 없습니다."

"알고 있습니다. 우리는 최일병이 완전무결하게 결백한 것을 압니다. 어쨌든 쓰십시오. 그 백지에 쓰십시오. 단 석 장 이상은 쓰셔야 합니다. 띄어쓰기는 무시해도 좋습니다. 뒷장은 쓰지 않고 앞에만 쓰셔도 좋습니다."

나는 그를 올려다보았다. 그는 눈을 감고 팔짱을 낀 채 트랜지스터 라디오의 이어폰을 귀에 꽂았다. 라디오에선 외국의 권투시합이 중

계되고 있었다. 나는 별수없이 백지에다 토요일에 있었던 일, 김하사의 라면박스 속에 무엇이 들었는지 모르고 그냥 부대 고참이기 때문에 부하 된 도리로서 버스 타는 데까지 들어다주었다는 사실을 썼다. 그러나 그것은 열 줄도 넘지 못하고 있었다. 나는 그에게 다 썼노라고 했다. 그러자 그는 이어폰을 낀 채 그것을 보았다. 그리고 웃었다.

"글씨는 크게크게 써도 좋으니 석 장이라고 말씀드렸습니다. 다시 쓰십시오."

그는 서랍에서 새로운 백지 한 장을 꺼내주었다. 그리고 내가 쓴 종이를 북북 찢었다.

"종이가 모자라면 말씀하십시오. 얼마든지 드리겠습니다."

그는 다시 눈을 감았다. 나는 좀 곰곰이 생각해보자고 생각했다. 내가 토요일날 무엇을 했던가를. 그러나 나는 떳떳하였다. 잘못한 것은 쥐뿔도 없었다. 그래서 마음을 놓았다. 나는 다시 쓰기 시작했다. 나는 아까 쓴 구절에다가 내가 그에게서 담배 다섯 갑을 받은 사실을 썼다. 좀 나한테 불리한 느낌을 주었지만 모르고 한 일인 이상 죄가 될 것은 없고 그저 상세히 쓰면 될 것 같은 생각이 들었기 때문이었다. 하지만 아무리 글씨를 크게 쓰고 띄어쓰기를 자주 한다 할지라도 한 장 반 이상은 넘지를 못했다. 나는 최소한도 석 장은 채워야 한다고 한 그의 다짐을 생각해내었지만 어쩔 수 없이 그에게 다 썼노라고 말을 했다. 그러자 그는 실눈을 뜨고 나를 보더니 몇 장을 썼느냐고 물었다. 나는 두 장이라고 대답했다. 그러자 그는 한 장을 마저 채우라고 말을 했다. 그때였다. 나는 옆방에서 무슨 소리가 나는 것을 들었다. 신음 소리 비슷한 소리였다. 그리고 무언가 마치 담요를 침대봉으로 두들길 때와 같은 둔탁한 소리가 이어졌다. 그 소리가 날 때마다 신음 소리가 계속되었다. 나는 섬찟해서 귀를 기울였다. 소리는 가늘게 이어지더니 뚝 끊어졌다. 그러더니 느닷없이 옆방 문이 열리며 김하사가 다른 사내에게 이끌려 내가 있는 방으로 들어왔다. 그는 비틀거렸다.

"이 쌔끼 지독한 악질이로군. 영 그런 일이 없다는 거야."

씩씩대면서 사내가 우리 쪽으로 왔다.

"이 쌔낀 뭐야, 공범인가?"

"아닙니다."

나는 대답했다.

"나는 공범이 아닙니다."

"뭐라고?"

순간 그의 주먹이 내 얼굴을 향해 들어왔다. 나는 무방비상태로 의자 위에서 넘어졌다.

"내버려둬."

하고 트랜지스터 이어폰을 낀 사내가 눈을 감은 채 말을 했다.

"일어나."

사내가 명령을 했다. 나는 일어났다.

"차렷, 차렷, 차렷이다, 이 쌔끼야."

사내의 손이 내 가슴을 쥐어박았다. 나는 순간 호흡이 정지하는 것 같았다. 나는 다시 쓰러졌다. 그래서 다시 몸을 일으켰다.

"얘기해주십시오."

나는 허덕였다.

"내가 무엇을 잘못했는가 얘기해주십시오."

"뭐라고? 이 쌔끼가. 이런 악질적인 쌔끼들 때문에 우린 위문품 하나 못 받아본다니까."

그가 다시 나를 후려쳤다. 코피가 터졌다. 나는 쓰러지면서 뜨거운 코피가 마룻바닥에 흐르는 것을 보았다.

그러자 나는 울분 대신 눈물이 먼저 터져나왔다.

224

"내버려둬."

앉은 사내가 잠꼬대처럼 말을 했다. 나는 어린아이처럼 울었다. 그리고 구석에 서 있는 김하사를 쳐다보았다.

"김하사님, 김하사님, 얘기해주십시오. 난 아무 죄가 없다는 것을 얘기해주십시오."

"이 자식이 주접떨고 있어."

그가 내게 발을 걸자 나는 다시 넘어졌다. 그러나 나는 다시 일어났다. 다리가 후들후들 떨리고 뜨거운 땀이 후끈 솟고 있었다.

"사리를 가려서 처리해주십시오."

나는 눈물과 코피가 뒤범벅된 얼굴을 들어 나에게 타격을 가한 사내를 쳐다보았다.

"데리고 나가 얼굴을 씻겨주어라."

앉아 있던 사내가 나를 보았다. 어두운 곳에서 그의 사시는 동물적으로 빛나고 있었다.

"이리 와."

나는 그가 이끄는 대로 수돗가로 갔다. 나는 얼굴을 씻었다. 입술이 터져 부어 있었다. 그래서 얼굴을 씻을 때마다 입술이 타인의 입술처럼 무게가 느껴졌다. 그리고 쓰라리고 아팠다. 나는 다시 울기 시작했다.

"난 죄가 없습니다."

얼굴을 닦은 물기 위에 새로운 눈물이 흘러내려 나는 얼굴의 껍질을 벗겨내려는 듯이 함부로 얼굴을 훔치고 있었다.

그날 오후 우리는 똥통 사역을 하였다. 김하사와 나는 똥통에다 추위에 굳은 똥을 바가지로 퍼내어 담아 서문 밖 두엄장에 버리는 일을 하였다. 단둘이 되었을 때 김하사는 내게 미안하다고 얘기했다. 나는 그에게 내게 잘못이 없는 것을 알면서도 왜 나를 물고늘어졌는가를 물었다.

"김하사님, 정말 이건 엉뚱한 일이라는 것을 알고 계신가요? 김하사님."

나는 똥을 퍼담으면서 울며 그에게 호소하였다. 그러나 후에는 죄가 없으면서 이처럼 얻어맞고 똥을 퍼나르는 자신이 의식되어, 그것은 새로운 비애로 다가와 나는 줄곧 고장난 수도꼭지처럼 울고만 있었다. 똥처럼 비열한 자식이라고 자신을 혐오하였다. 너는 용감하게 덤벼들어야 했다. 무엇이 잘못인가를 밝혀라, 라고 오히려 큰소리치면서 덤벼들어야 했다. 그것이 용기 있는 자의 할 일이다. 나는 내가 지금껏 이십오 년이 넘도록 살아오면서 용기 있게 항의해본 적이 있던가를 생각해내려고 애를 썼다. 아직 넘치는 젊음이 있으면서 줄곧 비열하게만 살아온 자신의 경우만이 생각되었다. 나는 결코 앞장서본 적이 없었다. 나는 언제나 중간이었다. 그러자 나는 슬퍼졌다. 그날 오후 늦게 석방되면서도 나는 기쁘지 않았다. 그들은 나에게 미안하다고 말을 하면서 수사상 어쩔 수 없었다고 말을 했다. 나는 그들이 내 혐의를 벗겨주어 아주 기쁘다는 표정으로 서서 연신 꾸벅이며 고맙습니다라고 인사를 차리고 난 후 홀로 밖으로 나왔다. 그때 내 가슴에 충만된 것은 묵직한 기쁨보다는 묵직한 비애였다. 자신에 대해 침이라도 뱉어주고 싶은 모멸감이었다.

나는 내가 성명서를 쓰려고 펜을 들었을 때 왜 앞서의 사건이 상기되었는지 그 이유를 딱히 모른다. 하지만 본의 아니게 끌려들어가 당했던 그 지리하게 길었던 하루의 일은 이상하게도 내가 무슨 일을 하든지 나를 가로막는 것이었다. 즉 내가 의식하지 못하는 경우에도 무슨 일이 벌어질 수 있다는 느낌 같은 것이었다. 일테면 이런 식이었다. 내가 하는 일이 남들에게 말려들어가 이용당하고 있는 건 아닌가 하는 느낌이 언제 어디서나 나를 사로잡고 있었다. 그래서 나는 늘 자신을 삼인칭으로 생각하고 있었다. 지금의 최준호가 하는 일이 과연 옳은 일인가 하는 식으로 자신을 삼인칭으로 보고 있었던 것이다. 서랍 속에 들어 있는 과도가 서랍 속에 있긴 했지만 언제나 내 의식 속에서 빛나고 있는 바로 그런 느낌이었다.

오만준은 약속한 대로 그 다음다음날 내게로 찾아왔다. 나는 교수님의 연구실에 앉아 있었다. 그는 내게 꾸벅 인사를 하더니 전번엔 미안하게 됐노라고 사과하면서 어떻게 좀 쓰셨냐고 물었다. 나는 쓰지 못했다고 대답했다. 나는 변명은 아니지만 도저히 성명서 따위의 담백하고 과격한 문장은 못 쓰겠다고 말을 하고는 정확히 말하겠지만 나는 더이상 당신네들 하는 일엔 참여하고 싶지도 않으니 그런 과분한 부탁은 하지 말아주면 고맙겠다고 잘라말했던 것이다. 그러자 그는 알겠습니다, 더이상 부탁하지 않겠습니다라면서 뒤도 안 보고 나가버렸다.

3

그후 나는 학교에서 수없이 오만준을 만났다. 그러나 우리는 만날 때마다 가벼운 목례만 했을 뿐 말을 나눈 적은 없었다.

어쨌든 학교 분위기는 점점 어수선해지고 있었다. 우선 교련을 반대한다는 성토대회가 거의 매일이다시피 열리고 뚜렷이 교련에 반대한다는 의견을 갖지 않은 학생들조차도 교련을 보이콧하고 있었다. 하지만 학생들은 일부 학생운동 하는 친구들의 주장에 그리 동조하는 기색은 아니었다. 일부 학생들이 주장하는 교련 교수진을 현역에서 예비역으로 환원하라는 소리는 하등의 실감을 불러일으키지 못하고 있었던 것이었다. 그들은 교련 수업에 참가하고 있지는 않았지만 성토대회에 참가하고 있는 것도 아니었다. 오히려 어떤 축들은 그런 교련쯤이야 건강상, 그리고 정신무장상 있어도 좋지 않느냐는 의견을 가지고 있을 정도였다. 그래서 학교의 성토대회는 소인 집회에 불과했다.

나는 강당 앞을 지날 때마다 기껏해야 수백 명을 앞에 두고 몇몇의 사내가 단 위에 올라가 과격한 언사로 성명서를 낭독하고 있는 것을 종종 볼 수 있었다. 그 사내는 오만준이나 독설가였던 김오진이었다. 듣고 있던 사내들은 묵묵히 서서 마치 무슨 집합을 기다리는 죄수처럼 아랫입술을 깨물고 우리가 최후의 파수꾼이라는 표정으로 그 과격한 말들을 듣고 있었다.

많은 학생들은 그 광경을 웃으면서 혹은 슬슬 발걸음을 피하면서 지나가고 있었다. 집회가 끝나면 그들은 느릿느릿 변성기를 벗어난 마치 둔중한 강물이 흘러가듯 낮은 어조로 '전우의 시체를 넘고 넘어'를 합창하고 오만준에게 유도되어 학교를 한 바퀴 도는 시위행진을 시작하였다.

그들은 책가방을 든 채 학교를 순회하면서 모여라, 혹은 현역 교관을 축출하자고 고함을 지르며 학생들을 자기 편으로 끌어들이려고 애를 쓰고 있었다.

그래도 학생들은 무관심하였다. 잔디밭에 앉아 뒹굴다가 그들이 지나가면 마치 혼잡한 버스 속에서 겨우 자리를 잡았을 때 재수없게 나이 먹은 사람을 앞에 둔 경우처럼 될 수 있는 한 그쪽에 시선을 두지 않으려고 딴전을 피우고 있었을 뿐이었다.

그래서 그들의 고함 소리는, 시위는 학교에 아무런 영향을 미치지 못하고 있었다.

그러나 그들의 그런 무모해 보이는 시위행위가 계속될수록 눈에 뚜렷이 띄지는 않았지만 점점 인원수가 불어간다는 것은 숨길 수 없는 사실이었다. 더구나 자기의 조직세력을 데모에 모이는 인원수로 과시해보려는 새로 뽑힌 총학생단에 의해서 데모는 수를 늘리고 귀에서 귀로 전해지는 소문에 의하면 곧 대대적인 시위행위가 벌어질 것이라는 얘기였다.

학교 분위기는 이미 매년 초봄이 그러하듯 공부하는 분위기는 이미 상실되었다.

우리는 강의시간을 알리는 벨이 울려도 들어가지 않고 저 봄볕이 따스한 거리로 스크럼을 짜고 소리를 고래고래 질러가면서 한바탕의 북새통을 하고픈 욕망이 몸을 사로잡아 집단 수업 거부 같은 것을 강행하고 싶은 충동을 문득문득 느끼곤 하였다.

그즈음엔 벌써 학교에 올라치면 굴다리 입구 근처에 검은 드리쿼터가 서너 대 대기하고 있고 무술경관들이 투구벌레처럼 앉아서 담배를 피우고 있는 모습을 볼 수 있게 되었다.

그들은 정말 철저하게 무장되어 있었다. 머리 위엔 무슨 딱딱한 제물탱크가 걸려 있었고 옆구리는 방독면과 우리의 데모 집회를 분산시키기 위한 곤봉 혹은 신식 최루탄을 발사하기 위한 총으로 무장되어 있어 마치 과학전람회에서 보는 철로 도금한 로봇처럼 보였다.

등교하는 아침 햇살로 그들의 몸에 붙어 있는 철제들이 일시에 반짝거리고 있었다. 그들은 너희들 데모할 테면 해봐라 하는 듯한 위협감을 은연중에 풍기면서 우리들의 등교 발길을 흥분에 날뛰게 하였다. 그들도 우리들이 이미 그러한 전시효과로서의 위협에 떨어질 그런 순진성을 상실했음을 잘 알고 있었고 더구나 바로 조금 후면 이치들과 한판 밀고 던지고 후퇴하는 북새질을 벌일지도 모르는 판에 우리가 이렇게 의기양양하게 너희들 곁을 지나고 있다 하는 자만심으로 등교하는 우리들 가슴엔 오히려 이 친구들의 굳은 어깨와 침묵,

강한 의지, 우리를 막기 위해 고용된 듯한 직업의식, 이러한 참으로 만만치 않은 적을 보았을 때와 같은 투지로 충만되고 있었던 것이다.

아아, 참으로 이것은 페어플레이다. 페어플레이, 우리들의 가슴은 결코 뒤에서 적을 쏘아 죽이지 않는다는 서부 개척시대의 건맨 같은 프라이드로 가득 차 있었다. 결투를 앞두고 우리는 서로의 곁을 지나 간다. 노려보지도 않고 적개심도 없이 다정한 사이처럼 스쳐 지나간다.

그때 눈에 띄는 것은 굴다리 벽보판에 붉은 글씨로 씌인 오늘 11시 노천강당에서 성토대회라는 플래카드였다.

그것은 마치 타이밍이 잘 맞은 적시타처럼 보여 우리의 가슴은 고동치는 것이었다.

가자, 우리의 아침 등교 걸음은 마치 무도의 신을 신어버린 여인처럼 날뛰기 시작하는 것이었다. 가자, 젊은 혈기로 뒤끓는 친구의 어깨와 어깨로 스크럼을 짜고 그 아우성 속, 최루탄과 페퍼 포그, 고함과 안개에 어우러져 우리의 뇌리에 입을 대고 피를 빠는 광란의 축제, 그리하여 일체의 고독과 실의, 젊은 시절에만 느껴지는 좌절의식은 털어버리자.

우리가 가는 변소 속에 혹 남은 몽당연필이라도 있으면 진지한 표정으로 낙서를 하자, 젊은이여 그대는 지금 변소에서 똥을 쌀 만한 여유가 없다. 젊은이여, 태양이 끓어오르는 가도로 나가자, 나가자.

우리는 모이기만 하면 교련에 대한 찬반을 주장하며 결말이 나지 않는 토의를 계속하였다. 그러나 우리들은 모른 척하고 있었지만 벌써 알 수는 있게 자라고 있었던 것이다. 대체로 우리들은 모두 교활해서 모른 척하고 있었지만 사실은 슬쩍 지나치기만 해도 저 곁에서 벌어지는 음모와 부정, 간통과 방화 이런 것을 한눈에 알아보는 것이었다.

정말이지 우리들은 너무나 약게 생겨처먹었던 것이다. 마치 오른쪽 눈이 2.0, 왼쪽 눈이 2.0이면서도 군대 가기 싫어 징병 신체검사에서 허위로 '가' 를 '다' 로 읽는 꾀병을 부리는 것처럼 우리는 잘 보이면서도, 눈이 현미경처럼 좋아 박테리아균이 번식하는 것까지 보이면서도 우리는 안 보이는 척하고 있었을 뿐이었다.

우리는 실상 아프지도 않으면서도 늘 아파 죽겠다는 표정으로 오가고 있었다. 그래야만 우리들은 무사통과할 수 있었다. 그래서 우리들은 이미 엄살에 능통해 있었던 것이다.

우리들에게 조금만 피해를 줘봐라. 이를테면 머리를 깎겠다고 덤벼들어봐라. 우리들은 움직이다가도 건드리면 금세 죽은 듯이 몇 시간이고 꼼짝 않고 있는 벌레처럼 두문불출하는 것이다.

그러나 우리들은 죽은 듯이 보이지만 실눈을 뜨고 쉴새없이 곁눈질하고 있는 것이었다. 우리가 어릴 때 잠만 자고 일어나면 호박순은 울타리로 움쑥움쑥 자라곤 했었다. 보이지 않는 곳에서 호박순 자라듯 그들의 눈을 피해서 우리들은 수음을 하고, 성교를 하고, 술을 마시고, 그들을 개쌍놈 하고 욕하고, 미니스커트를 욕하고, 국회의원을 욕하고, 그러다가 가슴에서 크는 질 나쁜 암세포처럼 혹이 돋는 것이다.

말하자면 우리는 육종(肉腫)이다. 잔인하고, 질 나쁜, 그러나 비굴하고 밤에만 크는 육종이다.

그들의 가슴속에 어느 틈엔가 뿌리를 내리는 잡초처럼, 그리하여 그들의 양분을 빨아 크는 기생목처럼 우리는 크고 있는 것이다.

그뿐이랴, 우리는 스스로 세포분열까지 할 수 있다. 좀 어둡게만 해다오. 배양기 속에서 우리는 우리의 몸을 부수어 던져 또하나의 우리를 만들어낼 수 있다.

확인되지는 않았지만 이런 소문도 있었다. 우리가 데모를 하면 데모를 막는 측에서 사진을 찍는다는 것이다. 수십 통의 필름으로 망원렌즈를 통해서 우리들의 얼굴을 찍는다는 것이다. 우리가 사진관에서 찍는 일부러 웃거나 일부러 상을 찌푸리는, 간혹 서툰 사진사가 내 못생긴 턱을 잡아당기는 그런 사진이 아니고 그야말로 움직이는 스냅사진이었던 것이다.

그 사진을 문제의 사나이는 어두운 암실에서 수백 장 현상한다는 것이다. 그리고 또 그 사진을 확대한다는 것이다. 그들의 사진 속에서 우리는 입을 치과의사 앞에서처럼 아, 벌리고 혹은 돌을 던지고 고함을 지르면서 정지되어 있다는 것이다. 이미 그렇게 사진 찍힌 친구는 신세 조진다는 소문이었다.

국가기업체에는 시험을 아무리 잘 봐도 취직될 수 없고 군대에 가도 전방이라는 것이었다.

그러니 이런 말도 떠돌고 있었다. 심심풀이로 데모를 해도 앞장을 서지는 말라는 얘기였다. 즉 보이지 않는 우리의 제삼의 적, 보이지 않는 곳에서 고급 카메라로 우리들을 찍어내리는 사진사는 될 수 있는 한 피하라는 얘기였다.

데모 군중은 점점 자라고 있었다. 부쩍부쩍 늘고 있었다. 아침에 등교하면 어젯밤 학생회장이 불려갔다가 오늘 풀려났다는 소리가 귀에서 귀로 전해지곤 하였다.

거의 매일이다시피 열한시면 노천강당에서 성토대회가 벌어졌다. 신문사 차들은 학교 앞 교정에 늘 상주하여 사진을 찍고 취재를 했다. 본격적인 데모가 벌어진 것은 5월 초순부터였다.

오전 열한시경 한 오백 명의 학생들이 스크럼을 짜고 성토대회를 마친 후 학교를 한 바퀴 돌았다. 그들은 강의실 앞에 모여 '전우의 시체를 넘고 넘어'를 합창하였다. 나는 그때 수업에 들어가 철학과 과목인 예술철학을 듣고 있었다. 교수님은 천재론에 대해 강의를 하고 있었다. 우리는 강의실 창문 바깥에서 목 쉰 소리로 우리를 불러내려는 고함 소리를 들었을 때 창피하고 부끄러운 기분으로 고개를 움츠렸다. 마치 오입하는 현장에서 아는 이를 만날 때와 같은 수치감에 낯을 붉히고 있었다.

"나와라, 나와."

고함 소리는 문과대학 계단에서부터 울려퍼져 온 건물을 쩌렁쩌렁 흔들고 있었다. 그러자 수업 도중인데도 강의를 듣고 있던 학생들이 남의 눈치만을 살피고 있다가 슬그머니 그 그룹에 끼어들었다.

수업시간은 엉망이 되었다. 일어서서 나간 다수의 시위행동으로 남아 있던 학생들도 낭패한 기분으로 주섬주섬 책을 챙기기 시작했다.

"제군."

교수님은 시계를 들여다보았다.

"아직 삼십 분이나 남아 있다, 수업이 끝나려면."

"휴강합시다."

누군가가 큰 소리로 말을 했다.

"지금의 이 시간은 공부할 시간이 아닙니다."

"그럼 무엇을 할 시간인가?"

교수님은 안경을 벗어들고 침침한 눈으로 웅성이는 학생들을 쳐다보았다.

"어쨌든 나가야 합니다."

"말리진 않겠어."

교수님은 떨리는 목소리로 말을 받았다.

"하지만 내겐 자네들을 열한시 오십분까지 가르칠 의무가 있다."

"저희들은 나가야 할 의무가 있습니다."

누군가 격앙된 목소리로 말했다. 그때였다.

강의실 문이 덜컹 열리더니 흰 띠를 두른 학생이 뚜벅뚜벅 들어왔다.

"선생님, 아무래도 휴강을 시켜주십시오."

그 학생의 이마에선 구슬땀이 흐르고 있었다. 나는 그가 누군지 알았다. 그는 오만준이었다.

"용기를 보여주십시오, 선생님."

"노크를 하고 들어오게. 여기는 강의실이야."

교수님이 분필을 교탁 위에 놓으면서 될 수 있는 한 감정을 가라앉히려는 듯한 자제의 눈빛을 보이며 비교적 담담히 말을 하였다.

"모든 강의가 휴강되었습니다. 유독 선생님 강의만이 계속되고 있습니다."

"그건 나와는 상관없는 일이야."

"그렇다면."

오만준이 이마에 솟은 땀을 손으로 씻으며 물었다.

"선생님과 상관 있는 일은 도대체 어떤 일입니까?"

"수업을 계속해야 한다는 것밖에 없네."

교수님은 닫았던 강의 노트를 다시 펼쳤다.

"나가고 싶은 사람은 나가도 좋아. 그 대신 강의를 듣고 싶어하는 학생들을 불러내진 않기로 하세."

"알겠습니다."

오만준은 선선히 대답하고 가볍게 인사를 한 다음 이미 서서 서성거리는 학생들을 쳐다보았다. 학생들은 하나둘 강의실 밖으로 나가기 시작했다.

전우의 시체를 넘고 넘어 앞으로 앞으로 낙동강아 흐르거라 우리는 돌진한다.

강의실 창문 밖에서 우렁차고 독기에 넘친 매운 합창이 새로 시작되었다. 그 소리는 새로 합쳐진 군중들의 고함으로 한층 고조되고 있었다. 나가려던 학생 대여섯 명이 다시 강의실 문을 열고 들어왔다.

"무슨 일인가?"

"출석은 어떻게 하실 겁니까?"

한 학생이 쑥스럽게 웃었다.

"출석은 부르지 않겠어. 결석으로 치지도 않겠어."

그러자 안심했다는 듯 그 학생들은 나가버렸다.

나는 그때 강의실에 남아 있는 것은 두 명의 여학생과 나뿐임을 알아차렸다.

교수님은 썰렁한 강의실 분위기 속에서 지하실 창문으로 한줌 새어들어온 햇볕에 잠시 가느다랗게 눈을 뜬 채 우울하게 앉아 있었다.

"계속할까, 아까 내가 어디까지 강의를 했더라."

교수님은 교탁에 팔꿈치를 대고 무언가 딴 생각을 하는 것 같은 표정으로 덤덤히 물었다.

"플라톤의 예술무용론에 대해서 말씀하셨어요."

앞자리에 앉았던 여학생이 맥빠진 소리를 내었다.

"옳지, 그랬지 그랬어. 한데 참 여기 남아 있는 세 사람은 왜 데모에 참가하지 않는지 그 이유를 모르겠군."

교수님은 먼발치에 앉아 있는 나를 보았다. 나는 부끄러워 킥킥 웃었다.

"어디 최군, 그 이유를 말하지. 왜 데모에 참가하지 않는가?"

나는 더욱 부끄러워 얼굴을 가리며 웃었다.

"이번 학기엔 불과 두 시간밖에 정상수업을 하지 못했어. 제군들은 노트를 몇 페이지 했지?"

"두 페이지예요."

여학생이 역시 맥빠진 소리를 냈다.

"자, 그만하지."

갑작스레 교수님은 벌떡 일어났다. 그리고 주섬주섬 강의 노트를 추렸다.

"최군, 나와서 칠판 좀 지워."

나는 재빨리 의자와 의자 사이를 빠져나와 지우개를 들었다.

나는 칠판에 씌인 '플라톤'을 지웠다. '이상국가'를 지웠는데 우선 받침만을 지웠다. 그러자 '이사구가'라는 기묘한 글씨로 변했다. 나는 다시 이번엔 '이사구가'에서 '이'를 지웠다. 그러자 '사구가'만이 남았다. 사구가, 사구가…… 나는 중얼거리다 얼핏 봄철에 피는 사쿠라를 연상해내었다. 사쿠라. 그러자 나는 공포를 느꼈다. 그래서 누군가 날 노려보지 않는가, 주위를 얼핏 돌아보며 얼른 칠판을 지웠다.

'유토피아'를 지우고 '도덕적인 면에서'라는 낱말도 지웠다. 그러니 칠판은 깨끗하여졌다.

나는 손에 묻은 분필 가루를 털면서 철 지난 오버를 치렁치렁 걸치고 걷는 교수님의 뒤를 부지런히 좇아 걸어갔다. 교수님과 나는 지하 강의실 복도를 말없이 걸었다. 쿨럭쿨럭 교수님은 기침을 했다.

"감기 걸리셨군요."

나는 역시 부끄러워서 킥킥 웃으면서 말을 걸었다.

"그래, 여름감기에 걸렸어."

"감기엔 콘택 육백이 좋아요. 저도 저번에 감기에 걸렸을 때 그걸 먹고 나았어요."

"알고 있어."

교수님은 대답했다.

"나도 그 약이 좋은 약인 것은 알고 있어."

우리는 말없이 계단을 올랐다. 잠시 말이 없었다.

"아까 그 학생이 내게 용기를 보여주십시오, 하고 말을 했을 때,"

교수님은 쿨럭이면서 말씀을 꺼냈다.

"내 표정이 어땠어?"

교수님은 주머니에서 더듬더듬 은단을 꺼내어 한입 털어넣으면서 나를 쳐다보았다.

"영화배우 같으셨습니다. 핫하하."

"겨우 그건가?"

선생님은 나의 농담에 따라 웃지도 않으면서 무표정히 물었다.

"모르겠어, 뭐가 뭔지 모르겠어."

"뭐 말씀이십니까?"

"그들이 내게 요구하는 용기라는 것 말일세. 진정한 의미의 용기란 것은 과연 무엇일까?"

"글쎄요."

나는 헛기침을 하였다.

"모르겠어요. 어쨌든 선생님과 그 학생들 간에 크나큰 벽이 있는 것 같아 보였어요. 정말이에요. 지척지간인데도 수만 리 멀어 보였어요. 이런 얘기 그만둬요."

나는 얼핏 화제를 피하면서 말꼬리를 돌렸다.

"참, 최군 친구 중에 텔레비전 장사하는 친구 없나?"

교수님은 오랜 침묵 끝에 생각난 듯 물었다.

"왜요?"

"텔레비전을 갈아야겠어. 집의 것이 너무 낡았어."

화랑 담배연기 속에 사라진 전우야. 한 때의 고함 소리가 멀리멀리 흘러가고 있었다. 그 소리는 마치 너울너울 아득히 보이지 않는 곳으로까지 흘러가려는 필사의 안간힘으로 삐죽삐죽 솟아오르고 있었다.

"최군은 데모에 참가할 생각인가?"

"글쎄요."

나는 시선을 떨어뜨렸다.

"뚜렷한 계획은 없어요."

"그럼 우리 방에 가서 커피를 마시기로 하지. 커피가 알맞게 끓었을 거야."

"한쪽에선 데모하고 우리는 커피를 마시는군요."

"그렇군."

교수님은 수긍인지 부정인지 뜻 모를 끄덕임을 했다.

"그리고 여름감기를 걱정하고 말야."

"또 텔레비전을 바꿀 생각을 하고 말입니다. 핫하하."

우리는 교수님의 연구실 소파에 앉아 커피를 들었다. 커피의 맛은 무지하게 좋았다. 그러나 설탕이 부족하였다.

"최군은 6·25 때 몇 살이었지?"

문득 교수님은 교수실 창 밖으로 주욱 내뻗친 교문까지의 길을 소리소리 지르며 내려가는 수천 명의 데모 군중을 보며 내게 물었다.

"글쎄요, 예닐곱 살로 기억됩니다."

"6·25에 대한 기억은 나나?"

교수님은 창으로 들어온 초여름의 햇살이 선인장 위에 오글오글 맺히는 것을 바라보았다.

나는 교수님을 올려다보았다. 교수님은 요 몇 년 새에 더욱 나이 들어 보였다.

"기억납니다."

나는 대답했다.

"하지만 아주 조금 납니다."

"저 학생들은 그때 몇 살이었을까?"

"글쎄요."

나는 안 본 새에 몇천 명으로 굉장히 불어난 학생들이 노래를 소리소리 높여 불러가며 백양나무가 5월의 햇살에 반짝이는 포장된 길을 행진하여 나가는 것을 발돋음하여 내다보았다.

멀리 굴다리로 기차가 지나가고 있었다.

"아마 전란중에 태어난 아이들일 것입니다. 그런데 그런 것은 갑자기 왜 물으십니까? 선생님도 벌써 그 나이 하나로 젊은이들이 단순한 철부지에 불과하다라는 위압감을 주고 싶으십니까?"

나는 웃었다. 그러자 선생님도 따라 웃었다.

"최군, 가세."

선생님은 캡을 눌러쓰시면서 나를 돌아보았다.

"최군, 우리 데모 구경이나 가세. 오늘 데모는 큰 것 같아. 타대학에서도 이 시간에 데모를 벌인다더군. 최군은 언제 이 대학에 입학했지?"

"64년도에 입학했습니다."

나는 부끄러워져서 웃었다. 내친김에 그 특유의 웃음을 힛히히하고 웃으려다가 참았다.

"그 동안 데모를 몇 번 했나?"

"무지무지하게 했지요. 한일회담 반대, 국민투표 반대, 부정선거 반대, 교련 반대. 저 대학교 일학년 때는 우리 데모대가 국회의사당까지 갔었지요. 우리는 이효상 국회의장하고 토론까지 했지요. 군대생활 삼 년 반 빼놓고 일 년이라도 휴업령이 없었던 때가 없었어요."

우리는 나란히 걸어나왔다. 벌써 먼 곳 굴다리 쪽에서 최루탄을 쏘는 소리가 핑핑 나고 흰 연기가 치솟고 있었다.

나는 자꾸 지껄이고 싶었다. 그래서 들으시거나 마시거나 혼자서 지껄였다.

"전 해방둥이입니다. 참 묘할 때 세상에 태어났거든요. 잘못하면 창씨 개명까지 할 뻔했는데 말이에요. 6·25도 생각나요. 지금도 잊혀지지 않는 기억이 있어요. 얘기를 할 테니 들어보세요. 우리는 무지하게 가난했어요. 매일매일의 끼니 걱정을 했으니까요. 전 누이가 밥을 먹으면서 제게 이런 말을 했던 기억이 나요. 그때 제 식욕은 굉장해서 밥 한 사발쯤은 순식간에 해치웠거든요. 그런데 누이는 그렇지 않았어요. 늘 아껴서 먹곤 했어요. 제가 제 몫의 밥을 다 먹어치우고 허기져 있는 모습을 보면 누이는 숨겨두었던 찬밥덩이를 마치 소중한 것인 양 조금씩 주곤 했어요. 그러고는 이렇게 말하는 것이었어요.

'얘, 꼭꼭 씹어 먹어. 천 번두 넘게 씹어 먹으란 말이야.'

어느 날인가 그날도 우리 식구들은 굶고 있었어요. 아버지는 시내에 나갔다 들어오셨지만 우리의 모이를 구해오시지는 못했거든요. 우리는 모두 방에 누운 채 바닷물이 성이 나서 철썩거리며 방파제를 두드리는 소리를 듣고 있었어요. 너무나 배가 고파 잠도 잘 수 없었지만 그것보다도 우리는 미군부대에 나가는 누이가 혹시 미군들이 먹다 남긴 칠면조라도 갖고 올지 모른다는 기대감에 잠겨 있었던 것이지요. 아버님은 시내에 나갔다 오신 후로 줄곧 벽 쪽을 향해 몸을 누이시고는 주무시는지 아무런 말도 없으셨어요.

작은누이는 피난통에 어쩌다 버리지 않고 들고 온 축음기에 태엽을 주고 〈이태리의 정원〉을 틀고 있었어요. 축음기 옆에는 큰 나팔이 달려 있었는데 그 속에서 가냘픈 여인의 목소리가 연상 '컴 투 마이 가든 인 이태리'를 부르고 있었어요. 중학교에 다니고 있던 큰형이 그것을 설명해주었어요. 이태리의 정원으로 오세요. 그리고 나를 보세요. 어젯밤처럼.

그러자 작은누이가 영어도 모르는 초등학교 학생인 주제에 그 노래를 따라 부르기 시작했어요. 컴 투 마이 가든 인 이태리, 앤 시 투미 라이크 어 예스터데이. 나도 지지 않고 그 노래를 합창하기 시작했어요. 그러면서 나는 저 축음기의 태엽이 어서 빨리 풀리기를 기원하고 있었어요.

그 태엽이 풀릴 때 일순 무너지면서 스스로 눈을 감아버리는 맥 풀린 소리, 그리고 그것이 어느 틈엔가 정지해버리는 침묵 같은 것에 나는 기막힌 매력을 느끼고 있었거든요.

바로 그때 아버지는 우리들의 시끄러운 합창을 막아버리듯 불쑥 건넛마을 같은 피난민 방씨 집에 갔다 오라고 분부하셨고 거기 가서 쌀을 달라고 하면 줄 거라는 말을 하셨어요. 그래서 우리는 어둡고 축축한 바깥으로 나왔어요. 나는 그날의 일을 잊어버릴 수가 없어요.

하늘엔 별도 없었어요. 파도가 바람에 휩쓸려 우리에게 물보라를 끼얹고 있었고 밤의 파도는 인광을 발하면서 미친 듯이 모래사장을 핥고 있었어요. 물새 한 마리가 바람에 날려 사라져갔어요.

우리는 옷을 여미며 들어오는 바람을 막으려 하였지만 막무가내로 바람은 우리를 가두어 우리는 약속이나 한 듯 뒷걸음으로 걷고 있었어요. 뒤로 걷는다는 것은 무척 편안한 일이었어요. 우리는 몇 번이나 도랑에 빠지고 몇 번이나 진흙에 푹푹 빠지면서 교회당 뒤를 돌아 방씨네 집으로 갔어요.

방씨네 집은 우리가 다니는 초등학교 뒤쪽에 있었어요. 그 초등학교는 어물창고에 칸막이를 해서 피난민들을 상대로 가르쳤던 학교였기 때문에 한쪽에서 바람아 불어라 대추야 떨어져라 하면 한쪽에서는 보셔요 꽃동산에 봄이 왔어요가 노래 불렸고 언제든 생선 비린내가 나고 있었어요.

그러나 그곳은 우리의 학교였어요. 종이 하나 달려 있어 수업시간마다 깡깡깡 울리고 육학년도 오전반, 오후반으로 갈려 있는 우리 학교였어요. 서울에서 피난 온 선생님 셋이서 우리를 가르치고 있었어요. 남선생 한 분이 교장이었는데 늘 염색한 군복 바지를 입고 있었어요.

우리는 수업시간에 앞서 일어서서 운크라에서 기증한 초등학교 교과서 맨 뒤에 있는 '우리는 대한민국의 아들 딸, 죽음으로써 나라를 지킨다' 라는 우리의 맹세를 합창해야만 했었어요.

그 얘긴 그만 하고, 방씨네 집은 불기가 없었어요. 누이가 먼저 들어서서 방문을 두드렸지요. 우리는 너무 추워서 이미 체온을 잃고 있었어요.

　나는 연신 사타구니 속에 손을 집어넣고 발을 동동 구르고 있었어요. 사타구니 속은 나의 유일한 따뜻한 곳이었거든요.

　한참 만에 안에서 등불을 든 여인네가 나왔어요.

　'안녕하세요.'

　누이가 공손히 인사를 했어요.

　'안녕하세요.'

　나도 공손히 인사했어요.

　'오 너희들 변호사 집 애들이구나. 웬일들이냐?'

　여인네가 하품을 하며 물었어요.

　'아버지가 쌀 좀 꿔주십사 해서 왔어요.'

　누이가 말을 했어요. 집 뒤에 있는 돼지우리에서 돼지가 꿀꿀거리면서 울었어요.

　'쌀이 없다.'

　여인네가 말을 했어요.

　'전번에도 애, 한 되 꿔주었잖니.'

　'알아요.'

　누이가 대답했어요.

　'알고 있어요.'

　나도 맞장구쳤어요. 다시 집 뒤의 돼지가 꿀꿀 울었어요.

　'그래도 아버지가 우리가 가면 주실 거랬어요.'

　누이가 손을 비비며 말을 했어요.

　'없다.'

하고 여인네가 대답했어요.

'우리도 먹을 것이 없단다, 애들아.'

'아버지가 곧 갚아주신댔어요.'

누이가 단조로운 목소리로 말을 했어요.

하늘 위로 비행기가 지나갔어요. B 29다. 나는 소리만 듣고 알아냈어요.

'정말이에요.'

나는 얘기했어요.

'아버지가 곧 사건 하나 맡으면 돈이 생기신댔어요.'

'안된 소리지만 너희들 사료라도 먹을 테냐?'

'사료라니요?'

누이가 반문했어요.

'닭 모이 말이야. 정말 우리도 쌀이 없다. 그거라도 괜찮다면 주겠지만 늬들 부모님이 우리를 욕하실 게야. 그러니 어쩔 테냐?'

'좋아요.'

내가 누이가 대답하기 전에 먼저 말을 가로챘어요.

'그거라도 주세요.'

그러자 여인네가 집으로 사라졌어요. 우리는 어둠 속에 서 있었어요. 누이가 내게 물었어요.

'사료가 뭐냐? 먹을 수 있는 거냐?'

'몰라.'

나는 모르는 척 대답했어요.

'닭이 먹을 수 있으니까 우리도 먹을 수 있겠지.'

우리는 어둠 속에 잠겨서 무언가 골똘히 바라보기 시작했어요. 그러나 사방엔 빛이라곤 하나도 없어 우리는 마치 간밤에 꾼 악몽 가운데 빠져버린 기분이었어요.

'여기 있다.'

여인네가 무언가를 들고 나왔어요.

'한 되뿐이다. 가서 아버님께 이런 것을 주었다고 꾸중하지 마시라고 전해라. 우리도 이것밖에 없으니.'

'알겠어요.'

누이가 두 손으로 받으면서 싹싹하게 대답했어요.

'가서 전하겠어요.'

'조심해 가거라.'

'안녕히 계세요.'

'안녕히 계세요.'

봉지는 누이가 들었어요. 그러나 나는 아무래도 내가 남자고 힘이 세니 내가 들어야 한다고 우겼어요. 그래서 그것을 내가 들었어요.

나는 가만히 손끝을 봉지 속에 넣어 만져보았어요. 그것은 마치 소금처럼 깔깔한 감촉으로 좀 후에 나는 그것이 닭에게나 주는 좁쌀인 것을 알았어요.

나는 누이의 눈을 피해 그것을 한줌 한줌 입에 넣고 그리고 우물우물 씹기 시작했어요. 따스한 온기가 입 안에 감돌고 풀기가 감미롭게 차올랐어요. 나는 뛰기 시작했어요. 누이도 나를 따라 뛰었어요. 우리는 약속을 하지는 않았지만 누가 먼저 집에 도달할 것인가 내기를 한 것처럼 숨이 가쁘게 뛰었어요.

'뛰어라, 뛰어라, 깜둥이 뛰어온다. 뛰어라 뛰어라 달걀귀신 쫓아온다.'

우리는 모래사장 쪽으로 나와서도 뛰었어요. 차갑고 축축한 모래를 발로 차자 모래는 우리의 종아리를 향해 달라붙었어요.

그때 나는 모래에 걸려 땅에 쓰러졌어요. 순간 봉지가 터지고 좁쌀이 모래사장에 엎질러져버렸어요. 순식간의 일이었어요.

나는 너무 놀라서 일어설 생각도 하지 않고 쓰러진 채 어둠 속에서 좁쌀이 섞여 사금파리처럼 빛나는 것을 보았어요. 울음을 터뜨린 것은 누이였어요.

'어떡하니, 애.'

누이는 그대로 주저앉더니 투정 부리는 애처럼 발을 버둥대며 울었어요.

그제야 나도 같이 따라 울기 시작했어요. 막연하게 우리의 가슴속으로 공포감이 덤벼들었어요.

이 빛이 없는 어둠 속 둘만이 차가운 모래사장 위에 앉아 있다는 사실, 그리고 좁쌀을 엎질러버렸다는 사실이 실감되어오고 우리는 이윽고 눈물보다는, 더 큰 공포감에 와들와들 떨고 있었어요.

한바탕 울기를 끝마쳤을 때 느껴지는 지나치리만치 고요한 주위의 정적 속에서 누이는 조심조심 어림짐작으로 모래 위에 엎질러진 좁쌀을 주워담기 시작했어요.

봉지는 이미 터져 있었으므로 우리는 주머니에 그것을 담기 시작했어요. 그러나 우리는 좀 후에 그런 작업이 얼마나 무의미한 일인가를 알아차렸어요.

좁쌀은 이미 모래와 섞여 우리는 차라리 모래를 주워담는 셈이었던 것이었어요.

그러자 우리는 그 작업을 멈추고 앉아 멍하니 바다보다 큰 하늘, 하늘보다 큰 바다, 하늘과 바다보다 더 큰 어둠을 노려보기 시작했어요.

그러자 누이가 느닷없이 발로 좁쌀이 쏟아진 모래 쪽을 걷어차기 시작했어요. 그것이 심술과 같은 억지라는 걸 알아차려 놀란 나머지 말리려 했으나 잠시 후에는 나도 같이 모래를 발로 차기 시작했어요.

'에이 망할놈의 쌀 귀신이나 먹어라.'

누이가 침을 퉤퉤 뱉으면서 소리질렀어요. 바람 속에 누이가 지르는 소리는 진폭이 짧아 싹뚝싹뚝 끊겼어요.

'고수레, 물귀신 고수레.'

나는 모래를 한줌 들어 바다 쪽을 향해 던졌어요. 그냥 이런 얘기예요. 하지만 난 지금도 이 기억을 좀처럼 지울 수가 없어요.

이상하게도 이 기억이 두고두고 나를 사로잡는 것이에요. 선생님 나이 또래만 고생을 겪었다는 이야기는 하지 마세요. 젊은 너희들이 무엇을 알 것인가 탓할 필요도 없어요. 보고 겪은 것은 우리 나이 때에도 처참했으니까요."

나는 얘기를 끝마치며 웃었다.

"그것 거짓말 아닌가? 난 자네 같은 글을 쓰는 친구들은 너무나 상상력이 풍부한 나머지 거짓말을 밥 먹듯이 하는 것으로 알고 있거든."

선생님이 허허, 웃으시면서 내게 물었다.

"아닙니다. 정말 있었던 일이에요. 올겨울에 학교 애들이 부산에서 공연한다고 해서 따라갔다가 그곳에 한번 들렀었지요. 그랬더니 무슨 큰 목재공장이 들어섰더군요. 꼭 공룡의 늑골 같은 침목들이 내가 모래를 던지던 바다 위에 둥둥 떠 있었어요. 그리고 그 초등학교는 ×자로 굳게 닫혀 있었어요."

벌써 매운 기가 우리들의 코를 자극하고 있었다. 눈이 퉁퉁 부은 학생들이 뒤로 물러서면서 뒷걸음질쳐 지나갔다.

"지독하군. 난 벌써부터 눈이 매워."

"눈이 매워두 비비진 마세요. 그러면 더 눈이 아려요. 그냥 눈을 꾸욱 감고 계세요. 바람 부는 쪽에 눈을 대고 말이에요."

"최루탄 베테랑이군."

교수님은 연신 껄껄대면서 웃었다.

에취, 에취. 연거푸 교수님이 재채기를 했다.

우리는 눈을 가늘게 뜨고 무언가 광물기가 둥둥 떠서 흐르는 듯한 햇볕과 매운 기 속에서 수많은 학생들이 경찰대와 대치하고 있는 후

미까지 갔다.

학생들이 손에 돌을 들고 경찰들을 향해 던지고 있었다. 그러면 경찰들은 투석 방어용 방패로 그것을 막았다.

어샤 어샤.

전진 선발대가 다시 스크럼을 짜고 그들을 향해 돌격하였다.

그러자 그들은 페퍼 포그를 틀어 온 시야를 운무로 가리기 시작했다. 몇몇 학생들이 질식한 듯 쓰러졌다.

한 친구가 눈물을 질질 흘리면서 눈을 비비고 소리를 지르며 돌을 던지고 있었다.

나는 굴다리 입구와 철길 위 요새에서 마치 메뚜기 얼굴 같은 방독면을 쓰고 우리들을 내려다보는 경찰대들을 바라보았다.

그들은 얼핏 본 어린이용 만화영화에서의 황금박쥐와 흡사한 몰골이었다. 방독면을 쓴 얼굴은 제 자식을 잡아먹는 육식동물의 눈빛처럼 빛나고 있었다.

도무지 학생 데모대는 그들의 방어선을 뚫지 못하고 있었다.

"지독하군. 저것이 뚫리긴 뚫리나 모르겠군."

교수님이 눈을 손수건으로 비비면서 내게 물었다.

교수님의 눈이 벌써 사납게 부어 있었다.

"왜요. 한땐 뚫리기도 했어요."

펑펑 사방에서 최루탄이 터졌다. 그 연기는 한 조각의 연기마다 살아 있는 넋처럼 우리의 몸을 향해서 달라붙었다.

어샤 어샤.

새로운 한 떼의 학생들이 스크럼을 짜고 운반차에다 건축용 자갈들을 실어나르더니 집중 투석을 시작했다.

정 못 참겠다는 학생들은 후미에 길어다 놓은 바께쓰 소금물에 눈을 씻고 있었다.

그러나 나는 그 학생들이 소금물로 눈을 닦을 때 얼마만큼 눈이 아리고 쓰린가를 잘 알고 있었다.

그때였다.

나는 그곳에서 오만준을 보았다. 그는 맨 앞에서 한 손에 돌을 들고 이리저리 성난 말처럼 뛰고 있었다.

"저 친구가 누군지 아나?"

교수님이 내게 물었다.

"예. 언젠가 같이 술을 마신 적이 있어요. 학생운동하는 친구더군요."

나는 점점 아무런 의미 없는 눈물을 흘리고 있었다.

벌써 인근의 상가는 철시를 하고 쇼윈도 앞에 두꺼운 판자막을 대고 있었다.

"학생들은 이렇게 과격한 데모를 할 만큼 과연 자기 자신의 판단이 냉철하고 또한 사회의식에 밝다고 생각하는가?"

교수님은 연거푸 재채기를 하면서 말을 했다.

"하는 측이나 막는 측이나 둘 다 맹목적인 것 같다."

나는 그때 누군가가 경찰대를 향해 뛰어가는 것을 보았다. 그것은 마치 발작과도 같은 뜀박질이었다.

나는 그가 누군지를 알았다. 오만준이었다. 그러자 잠시 주춤했던 학생들도 그 뒤를 따라 맹렬히 뛰어가기 시작했다.

새로운 생기가 잠시 후퇴한 듯싶었던 군중 사이에서 피어올랐다.

어샤 어샤. 물러섰던 데모대가 다시 스크럼을 짜서 그들의 무리로 맞덤벼들었다.

삽시간에 수라장이 되었다. 치고 받고 하는 난투극이 벌어졌다. 몇몇의 학생들이 몽둥이에 맞아 쓰러지고 피를 흘리는가 싶더니 경찰대는 순식간에 후퇴하여 다시 굴다리 못 미쳐 상가 중간 지점에 이차 방어선을 구축하였다.

그러자 학생들은 손에 돌을 들고 굴다리 위 철길로 새카맣게 몰려 들었다.

"올라가보시겠습니까?"

나는 교수님을 돌아보았다.

"그러지."

우리는 언덕을 올라 철길 위로 올라섰다. 철길의 두 선은 햇볕을 받아 번뜩이고 있었고, 위에서 본 아래 도시는 초여름의 빛나는 태양으로 꿈결처럼 타고 있었다.

멀리 한강이 내려다보였다.

학생들은 쉴새없이 돌을 던지고 있었다.

나는 손을 내려 철길 침목 옆에 구르는 자갈을 집어들어 교수님께 드렸다.

"한번 던져보시겠습니까?"

그러자 교수님은 그것을 받아들었다.

"단단하군. 차돌이야."

"한번 던져보세요."

나는 웃었다.

"누가 누구에게 말이야?"

"선생님이 저들에게 말이에요. 바닷가에서 납작한 돌을 주워 몇 번 물결을 뚫는가 내기해보신 적이 있으세요?"

"있지."

교수님이 웃었다.

"하지만 저들은 바다가 아니잖아? 저들에겐 죄가 없어. 난 오히려 학생들보다 저들이 더 가엾군."

"그걸 학생들이 모르는 줄 아세요? 서로 가엾게 생각하는 거예요. 난 가끔 데모할 때마다 울어요. 그것은 우리가 불쌍하기도 하지만 저들도 불쌍해서 우는 거예요. 그들의 심정도 우리와 마찬가지일 거예요. 그러면서도 우리는 서로에게 돌을 던지는 거예요."

나는 손에 쥐었던 돌을 그들을 향해 던졌다. 그 돌은 그들 앞에 미치지도 못하고 떨어졌다.

"우리들은 이제 심장만 걸어다니는 것 같아요."

"저들이 도대체 무엇을 잘못했다는 거야?"

"몰라요. 신문에서 부정부패 어쩌구 떠들지만 우리는 그런 것은 몰라요. 그저 돌을 집어던지는 거예요. 자, 던지세요."

나는 그때까지 내가 좀전에 집어 쥐어준 돌을 애완용 기물처럼 만지작거리고 있는 교수님을 올려다보았다.

"저들이 바다가 아니라고요? 천만에요. 저들은 바다예요. 맹목의 바다예요. 자, 던지세요. 우물쭈물하지 말고."

"못 던지겠군."

교수님은 팔을 추켜올렸다 힘없이 내렸다.

"아까 선생님이 제게 물으셨죠? 진정한 의미의 용기가 무엇이냐고요. 우리들에게 진정한 의미의 용기는 이런 것으로 알려져 있다고 그렇게 생각하고 있어요."

나는 두번째의 돌을 인파, 아니 바다를 향해 던졌다.

바다여 그대가 거울과 같은 바다라면 깨어지는 소리를 내다오. 쨍그렁 하고 부서지는 소리를 다오.

"아무래도 자신 없군."

교수님은 슬쩍 쥐었던 돌을 떨어뜨렸다.

"난 저들에게 돌을 던질 수 없어. 학생들 모두도 내겐 소중하지만 저렇게 무서운 집념으로 데모를 막고 있는 저들도 내겐 소중해. 두 쪽이 모두 내겐 소중하단 말야."

"기회주의자시로군요."

나는 내가 언젠가 들었던 말을 교수님에게 함부로 했다.

"우리나라엔 ○냐 아니면 ×냐, 둘밖에 없어요."

"난 최군은 이런 현실에 신경이 무딘 친군 줄 알았었는데."

"무디죠. 하지만 일단 데모를 하면 무언가 적개심이 끓어올라요. 그건 내 생리와 무관한 거예요. 그저 물고, 뜯고, 그리고 쓰러지고 싶어요. 현역 교관 반대, 그것은 핑계에 불과해요. 교련 반대가 아닐지라도 우리는 또다른 핑계를 만들어 데모를 했을 거예요."

"그것은 비겁한 행동이야."

교수님은 최루탄 연기로 울면서 부르짖었다.

"학생은 그래선 안 돼."

"알아요."

나도 마침 총공격을 가해오는 최루탄에 눈물을 흘리면서 말했다.

"그런 것을 알면서도 우리는 약아빠져서 합리화를 잘 하거든요. 저들이 저렇게 강경하게 나오면 더 큰 데모가 벌어지는데 틀림없이 몇 학생이 구속당할 거예요. 그러면 더 큰 데모가 일어나요. 구호가 현역 교관단 반대가 아니라 교련 철폐로 바뀔지도 몰라요. 저런 식의 방어는 곤란한 것이에요."

"경험에서 우러나온 진리인가?"

교수님이 껄껄 웃었다.

"선생님, 스물일곱의 나이에 너무 많은 것을 경험했어요. 이젠 피기도 전에 늙어버린 기분이에요. 자, 이제 들어가요. 데모대가 밀리는군요."

"그러지."

교수님이 말을 받았다. 그리고는 연거푸 밭은 재채기를 했다.

우리는 쫓기는 사람처럼 황황히 뒤도 돌아보지 않고 학교로 되돌아왔다.

나의 그 예언은 적중하였다. 바로 그날 데모에서 네 명의 학생이 구속되었다. 그중에 오만준과 김오진 군도 끼어 있음은 물론이었다. 그리고 또하나의 예언도 적중하였다. 학생들의 데모도 더욱 치열해지고 있었던 것이다. 그들은 구속 학생 석방 혹은 교련 철폐를 부르짖으면서 연일 데모를 벌였다. 사실상 학교의 기능은 마비되었다. 수업은 폐지되었고 우리는 매일 데모를 하려고 학교에 나가고 있는 셈이었다.

　데모는 흔히 오전 열한시부터 시작해서 오후 세시까지 계속되었다. 우리는 우리와 이미 친숙해진 경찰대들이 거리에 눕거나 가로수에 등을 기댄 채 담배를 피우고 있는 모습을 보면서 등교를 했고 그들과 정해진 시간에 끝이 나지 않는 싸움을 전개하고는 다시 거리에 깔린 무질서한 돌자갈들, 아직 채 연소되지 않은 최루탄의 흰 가루 등을 쓸어내리려는 불자동차 물줄기를 받으면서 하교하였다. 그때 우리는 또 한 번 울어야만 했다. 최루탄의 매운 기가 이미 구석구석에 배어 있는 굴다리 주변은 바람이 불 때마다 아린 감각을 주어와서 우리는 언제부터인가 그 벽을 '통곡의 벽' 으로 부르고 있었다.

　오만준이 구속되었다가 석방된 후 처음 만난 곳은 학교 앞에 있는 다방이었다. 그는 내게 시커먼 등사 잉크 묻은 손을 내밀어 악수를 청했다. 나는 그 손을 잡았다.

　"지하신문을 등사하다가 왔습니다."

하고 그는 첫마디를 해댔다.

　"한번 보시겠습니까? 이미 우리 신문은 삼십호를 발행하였습니다."

　"주간입니까?"

　"예, 한 부에 십원씩입니다."

　나는 주머니에서 십원을 꺼내주었다. 그러자 그는 웃으면서,

　"사양하지는 않겠습니다."

하더니 탁자 위에 놓인 신문을 주었다. 나는 그 신문을 받아들었다.

물씬 잉크 냄새가 났다. 신문은 총 십육 면이었는데 삼십호 특집 때문이라고 오만준이 설명했다. 나는 일면을 보았다. 그곳엔 다음과 같은 사설이 나와 있었다.

'오늘날 우리 사회에서 가장 문제시되고 있는 것은 집권층의 횡포다. 민주주의에서의 주인이 국민이라는 가장 기본적인 사실을 그들은 망각하고 있다. 그들은 그들 자신이 마치 선택된 인간인 듯한 착각에 빠져 있다. 그들은 민심의 소재가 어디에 있는 것인지를 모르며 알려고도 하지 않는다. 요새 각처에서 일어나고 있는 집단 항의를 그들은 단순한 집단 난동으로 보고 있다. 그것은 얼마나 전근대적인 비판인가. 그들은 국민의 의사가 절대소수의 횡포에 의해 반영되지 않을 때 집단 항의라는 최후의 방법을 구사한다는 기본적인 것도 망각하고 있는 것이다. 그리고 그들은 단순히 사탕을 주듯이 소비가 미덕이라는 사치풍조만을 조장하고 있는 것이다.'

"어떻습니까?"

그는 내게 물었다.

"글쎄요."

나는 주머니에서 담배를 빼어 물었다.

"명문장이로군요. 하지만 좀 지나친 감도 있군요."

그러자 오만준이 껄껄 웃었다.

"김오진군의 글입니다. 기막힌 독설이죠."

다방 안은 어둡고 흐느끼는 듯한 음악이 흘러넘치듯 흐르고 있었다.

"어때요, 전번에 구속되었는데 한 일 주일간이었나요?"

"닷새였어요."

오만준은 다 식은 커피를 한잔 들었다.

"그 얘기는 묻지 말아주세요. 괴로운 일이니까. 참 최형 조금 있으면 우리 애인이 오는데 한번 만나보시겠어요?"

"영광인데요."

나는 과장된 제스처를 쓰면서 웃었다.

"투사의 애인을 뵐 수 있다는 영광으로 가슴이 떨려오는데요."

헛허허 오만준이 웃었다.

"한 대 얻어맞는 기분이군요. 모두 날 그런 식으로 봐줘요. 날 무슨 투사로 보는 거예요. 졸업하고 나와서 어느 당에나 들어가 학생운동했다는 경력으로 정치나 한번 하려는 그런 의도로 데모하는 것으로 말이에요. 우스운 일이에요. 최형, 난 당분간 데모를 할 수 없게 되었어요. 더 데모하면 무슨 벌이라도 감수하겠다는 각서를 썼어요. 그리고."

그는 담배를 피우면서 잠시 다방 한구석에 놓여 있는 활엽수를 멍하니 바라보았다.

"솔직히 말씀드려서 나도 가끔 회의를 느낄 때가 있어요. 내가 하는 행동이 과연 내 투철한 신념에서 나오는 일인가 하고 말이에요. 물론 난 심사숙고 끝에 행동에 옮겨요. 하지만 주위의 모든 사람들은 그렇지 않아요. 나는 가끔 주위에서 소외되었다는 느낌을 받곤 해요."

그때 한 여학생이 오만준의 옆에 오더니 잠시 서성거렸다. 나는 재빠르게 그녀를 올려다보았다. 아주 예쁘게 생긴 여인이었다. 그녀는 가슴에 한가득 책과 공책을 안고 있었다.

"앉아, 왜 그렇게 서 있지?"

오만준이 한눈에 그녀와 나를 동시에 바라보면서 애매한 웃음을 웃었다. 여인과 나는 오만준의 소개에 의해서 눈으로만 서로 인사를 나누었다.

"최형, 우리 애인 어떻게 생각하세요?"

오만준이 장난꾸러기처럼 낄낄거리면서 나를 보았다.

"굉장한 미인이시로군요. 질투가 납니다."

그러나 여인은 나의 이 서구식 유머에도 웃지 않았다.

"이 친구가 최형 요즈음에 선을 본다는 거예요. 나야 동갑이고 좀 있으면 군대 갔다와야 하고 결혼하려고 자리잡으려면 서른 살이 가까워야 하는데 그때까지 이치는 기다릴 수 없다는 거예요. 하지만 최형, 최형도 알다시피 어디 결혼이라는 게 알 두 개와 스틱 한 개만으로 할 수 있는 것인가요."

나는 좀 당황했다. 그의 이런 유의 농담을 어떻게 받아들여야 할까 망설이며 그녀를 보았으나 오히려 그녀는 이런 말에 익숙해 있다는 듯 잠잠히 웃고만 있었다.

"그래서 이치 부모들이 서두른다는 거예요. 올해 이치가 대학교 삼학년 그러니까 스물하고도 두 살이거든요. 그러니까 무슨 회사, 가만 있자, 어이 영미, 그 친구가 무슨 회사랬지?"

오만준이 커피를 마시고 있던 여인에게 물었다.

"왜? 삼성물산."

"오우라, 그래요. 최형, 삼성물산에 무슨 과장이래요. 글쎄 월급이 본봉까지 합쳐서 칠만원이 넘는다는군요. 더구나 차남이고 나이가 글쎄 서른한 살이라는 거예요. 헛허허."

오만준이 크게 웃었다.

"천만에. 서른두 살이라고 나는 분명히 얘기했는데."

"헛허허. 그래. 그래 서른두 살이었지. 서른두 살."

나는 덩달아 따라 웃으면서 새삼스레 우리 세대와는 다르구나 하는 느낌을 받고 있었다. 실로 나는 제대해서 복학한 이후로 비록 나이 차이는 대여섯 살밖에 안 나지만 많이 달라지고 있구나 하는 느낌을 받고 있었던 것이다. 그것은 어처구니없는 일이었지만 사실이었다. 우리 세대는 사실 한참 자라나야 할 나이에 눈칫밥을 얻어먹어야 했으므로 나이가 같은 또래끼리 모이면 어딘지 궁상맞고 좀 구질구질한 얘기를 나누다가 헤어지기가 보통인데 이 친구들은 수월수월하고 또 구태여 자기의 생활을 우리처럼 감추려고 애를 쓰지 않고 시원시원하게 드러내 보이는 것이었다.

우리 나이 또래는 무슨 일에든 깜짝깜짝 놀라고 소심하고 자로 재고 무게를 달고 틀림이 없어도 일단 다시 한번 최악의 경우를 생각해보고 자기 자신을 객관화해 삼인칭으로 보고 있었지만, 이 사람들은 무슨 일에든 대범하고 자로 재기 이전에 실행해버리고 최악의 경우는커녕 최선의 경우만을 생각하고 철저히 자기 자신을 일인칭으로 주관화하고 있었던 것이다.

간혹 재학생들과 어울려서 술집에 들어가보면 그들은 미리 주머니를 털어 돈을 모아서 집에 갈 차비를 빼어놓은 한도 내에서 술을 마시는 것이 보통이었던 것이다. 그것은 우리 때와는 달랐다. 우리 때는 상대편이 돈이 있건 없건 무조건 들어가 술을 퍼마시고 나중 계산할 무렵에 돈이 모자라면 영어사전이라도 맡기고 나오는 일에 익숙해 있었던 것이다. 그래서 이 학생들과 어울리다보면 나는 오히려 우리들이 얼마나 비굴하고 교활한 시대에 살았던가를 새삼스럽게 느껴야 했고 그들의 건강하고 발랄한 행동과 도저히 발맞추어나갈 수 없는 한계에 부딪히게 되었던 것이다.

"언젠가 이치의 부모를 만나본 적이 있어요."

오만준이 그답지 않게 짓궂은 화제를 계속했다.

"나참 더러워서. 자기 딸이 뭐 재클린이라도 되는 줄 아는 거예요. 거참 헛허허."

"어떻게 아가씬 오형이 군대 갔다 올 때까지 기다려주실 의향이 있습니까?"

나는 더이상 곤란한 말이 나오지 않게 말을 막으면서 물었다.

"누가 이 사람을 기다려요? 밤낮 데모만 하는 사람을 누가 기다려요?"

"헛허허. 관둡시다. 최형 관둡시다."

오만준이 손을 내저으면서 숨이 끊어질 듯이 웃어젖히는 것이었다.

계절이 여름으로 접어들자 학교는 서서히 정상을 되찾았다. 정부에서 선거 공약으로 교련시간을 많이 줄이고 괄목할 만한 보장을 해주겠다는 약속을 했던 것이다. 그러나 그것보다도 데모가 수그러든 이유로 학생들에게 은밀히 전해지는 얘기가 있었다. 즉 국가에서 어느 정도 데모를 봐준 이유가 있다는 것이었다. 그 이유로는 데모가 자주 일어나면 일어날수록 국민에게 어떤 불안의식 같은 것이 형성되어 오히려 선거 때 여당에게 유리한 작용을 하게 된다는 것이었다. 한편 젊은 층들을 건드리면 건드릴수록 부동표인 젊은 층 표를 깎아먹게 되니까 가만있었지 일단 선거가 끝난 후엔 데모를 강경하게 막을 것이라는 소문이 떠돌고 있었던 것이다. 꼭 이런 이유 때문은 아니었지만 데모는 수그러들었고 사실 데모를 하는 축들인 학생들도 이미 적잖이 지쳐 있었다. 그러나 여전히 우리는 교련시간에 들어가지 않고 수업을 거부하고 있었다. 우리는 어느 편이냐 하면 이렇게 집단적으로 수업을 거부하면 모조리 F학점을 주어 낙제시키지는 못할 것이라는 신념에, 뙤약볕에 서서 오랜 시간을 참아야 하는 귀찮은 교련은 무엇 때문에 수강하여야 하느냐를 일종의 두둑한 배짱들로 가지고 있는 편이었다. 데모를 주동하던 학생들도 잠잠해지고 총학생회는 그 동안 밀렸던 축제를 연달아 열기 시작했다. 거의 매일이다시피 여학생들을 동반한 축제가 열리고 도서관은 다가오는 기말시험 준비를 하는 학생들로 만원을 이루고 있었다. 나는 여름방학 전까지 오만준을 서너 번 만났다. 식당에서 혹은 도서관 이층에서 혹은 문과대학 벤치에서 만나 우리는 자주 얘기를 나누었다. 나는 그를 만나면 으레 그 아가씨와의 청춘사업은 잘됩니까로 말문을 열었고 그러면 그는 껄껄 웃으면서 요새 잘 크고 있습니다라면서 말을 받는 것이었다. 기말시험이 끝나고 종강 파티가 문과대 학생회 주최로 인근 로터리 술집에서 벌어졌을 때 나는 오만준을 그곳에서 만났다.

"최형은 방학 때 무엇을 할 예정입니까?"

오만준이 수많은 학생들 사이를 뚫고 내게로 술잔을 가져와 술을 한잔 따르면서 물었다.

"글쎄요."

나는 내 전매 특허가 된 애매모호한 대답을 했다. 나는 벌써 학생들로부터 글쎄요 선생으로 불리고 있었다.

"글을 쓰시겠죠 물론. 요즈음 뭘 쓰고 계시나요?"

"황진이 얘기를 쓰고 있어요."

나는 웃었다.

"동짓달 긴긴 밤을 한허리 둘혀내어 춘풍서리 밑에 굽이굽이 넣었다가 우리 님 오시는 날이어들랑 굽이굽이 펴리라는 황진이 그거 참 좋지요."

난 그즈음 누구든 요새 무슨 글을 쓰느냐고 물으면 황진이를 쓴다고 대답을 하고 있었지만 우스운 것은 막연히 이조시대의 아름다운 낭만, 황진이의 행각을 그야말로 탐미적인 분위기로 그려보겠다는 크나큰 욕망만 가지고 있을 뿐 착수조차 하지 못하고 있었던 것이다.

물론 형상화해보려고 붓을 든 적은 수없이 많았다. 그러나 막상 쓰려고 붓을 들면 머릿속에 들어 있는 황진이에 대한 이미지가 너무 벅차게 덤벼들어 어디서부터 끄집어내야 할 것인가 당황하게 되고 달이라든지 달빛 비친 한옥 창문에 어린 매화꽃 그늘 같은 요염스런 분위기에 침전되어 그만 의욕뿐인 비애에 밤을 새우곤 하였던 것이다. 그러면서도 이상한 것은 써야만 한다는 욕망이 데모에 참가할 때마다 혹은 술을 마실 때마다 조간신문에서 끔찍한 사건을 볼 때마다 거의 유행화되어 있는 집단 항의 소동을 볼 때마다 강렬하게 치밀고 있었다.

"오형은 뭐 할 것입니까?"

나는 그에게 물었다.

"전 계몽운동이나 떠날까 합니다."

오만준이 말했다.

"낙도에 가서 봉사활동이나 할까 합니다."

"꾸준하시군요."

나는 진심에서 우러난 말을 중얼거렸다.

"마침 동대문 시장에서 낡은 이발기계를 하나 샀어요. 그것을 들고 낙도에 내려갈 텝니다. 그래서 어린애들 머리나 깎으면서 한여름을 보내고 오겠어요."

"그럼 건강하게 개학 후 뵐 수 있도록 빌겠습니다. 참 애인도 동반하시나요?"

"갠 해운대에 가서 돈이나 쓰고 오겠다고 하더군요. 헛허허 중 제머리 못 깎는 모양이지요. 그리고 최형 주소 좀 적어주세요. 제가 편지할게요. 답장은 하지 마세요."

방학 때 나는 아무 데도 내려가지 않았다. 무더운 여름을 땀을 뻘뻘 흘리면서 소일하고 있었다. 8월 초순에 나는 오만준에게서 편지를 받았다. 우표가 붙어 있지 않았기 때문에 나는 우표값의 두 배를 벌금으로 물었다. 그는 내게 '존경하옵는 최형에게'라는 서두로 짧은 사연의 편지를 썼다. 그는 남해의 섬 추자도에 있다고 밝힌 후 아침저녁 눈에 뵈는 것은 바다와 하늘, 바람과 돌뿐이라고 썼다. 그리고 그는 우리가 하는 말이라는 것이 얼마나 무의미한 것인가를 느꼈다면서 차라리 이 세 치의 혀를 자르고 침묵으로 일관된 생애를 마칠 수 있으면 얼마나 좋을까 하고 썼다. 나는 그의 편지를 읽으면서 돌풍이 세찬 초가집 초롱불 밑에 웅크리고 있는 그의 모습을 생각해냈다. 그러자 웬일인지 나는 울컥 기묘한 슬픔이 목 위로 치솟는 것을 느꼈다.

그러나 나는 그와의 약속대로 답장을 쓰지 않았다.

나는 그 여름을 줄곧 '황진이'라는 작품을 써야 한다고 생각하면서 지내고 있었다. 써야 할 텐데 써야 할 텐데라는 초조감으로 늘 미열에 들떠 있었다. 황진이가 지족 선사를 파계시키는 장면을 멋지게 표현해야 할 텐데, 황진이가 이생과 둘이 금강산을 유람하는 광경을 현학적으로 표현해야 할 텐데. 그러나 여름이 다 가도록 나는 황진이에 대해서는 아무것도 쓰지 못하였던 것이다.

4

오만준이 내 생활에 깊숙이 침투되어버린 것은 여름방학을 지나면서였다. 그전의 우리는 사무적인 우정을 벗어나지 못하고 있었다. 비록 자주 만나 얘기는 나누었지만 얘기의 화제는 일상적인 것을 넘지 못하고 있었다. 그러나 오만준이 그 남해의 낙도에서 불쑥 새까맣게 탄 얼굴로 어디서 알았는지 약도를 들고 우리집으로 찾아온 이후부터 우리는 비로소 일상생활에서 벗어난 우정을 맺을 수 있게 되었던 것이다. 그가 집을 찾아올 때면 우리는 소주 한 병과 오징어를 사들고 슬리퍼를 질질 끌면서 집 뒤 약수터로 가 그것을 마시면서 수많은 얘기를 나누었다. 우리가 무슨무슨 얘기를 나누었는가는 쓸 필요성을 느끼지 않는다. 우리는 다만 우리가 젊은 나이에 여자 얘기 다하기도 벅찬 세상에 이처럼 현실에 대한 얘기를 하고 앉아 있다는 사실이 슬퍼진다는 것에 깊은 일치점을 찾아내고 있었다. 그는 자기가 외아들이고 그의 형 둘이 6·25 때 전사하였다는 것을 덤덤한 표정으로 얘기해주었다.

　나는 가끔 풀숲을 비춘 햇볕이 그의 얼굴에 투명한 빛을 반사하고 짙은 그늘을 이루게 할 때마다 그가 도저히 최루탄을 뚫고 학생들을 이끌던 사내로 보이지 않는다는 사실에 놀라곤 하였다. 그는 나보다 어느 면에서 유약하였다. 언젠가 그와 나는 무심코 얘기 도중에 풀숲에 앉아 있던 메뚜기를 잡아 성냥불로 태워 죽인 일이 있었다. 그와 나는 저녁 노을을 바라보고 있었는데 이상한 기척에 놀라서 그를 보니 얼굴 한가득히 눈물을 흘리고 있었다. 그는 자기가 죽인 메뚜기가 불쌍해서 울고 있노라고 말을 했다. 그것뿐만이 아니었다. 가끔 그와 내가 시내로 나갈 일이 있어 육교를 건널 때면 그는 과자 몇 개를 앞에 놓고 팔고 있는 노인네들을 보고 느닷없이 울기도 하였다. 내가 그에게 왜 우느냐고 물으면 이 세상에 있는 모든 늙은이들이 자기를 슬프게 하고 그 노인 앞에 놓인 한줌의 과자가 더욱 자기를 슬프게 한다고 말을 하였다.

　새 학기가 시작되고 처음 며칠간 학교 안은 무척 평온하였다. 그러나 최초의 술렁임이 시작된 것은 우리가 일학기 성적표를 받았을 때였다. 이미 대부분 짐작은 하고 있었지만 교련 성적란은 빈칸으로 남아 있었다. 교련을 이수해야만 성적을 준다는 것이었다. 새 학기가 시작되었을 때 우리는 교련 보충 시간표가 게시판에 엄중한 문구로 씌어 있고 그 밑에는 붉은 글씨로 '주의하십시오. 이것이 마지막 기회입니다' 라는 특별 추신이 기재되어 있는 것을 볼 수 있었다.

　그러나 우리는 거의 모두 보충수업까지도 기피하고 있었다. 단지 4학년생 몇 명만이 혹 성적을 따지 못하면 졸업을 못 할지 모른다는 우려하에 목총을 비껴들고 거무튀튀한 교련복을 입은 채 학교 운동장에서 서투른 제식훈련을 하고 있을 뿐이었다.

새로운 데모설이 대두된 것은 바로 그즈음이었다. 여느 때와 같은 소규모의 성토대회가 다시 교내 곳곳에서 벌어지기 시작했다. 그러자 새로이 견고하게 무장한 경찰대들이 교문 앞 공터에 진을 치고 우리들의 아침 등교길을 맞고 있었다. 무언가 심상치 않은 분위기가 삽시간에 학교를 휩쓸고 있었다. 우리들은 막연하게 미구에 또다시 데모의 와중으로 틀림없이 빠져들어갈 것이라는 예감을 하고 있었다.

오만준이 개학하고 처음 나를 찾아온 것은 바로 그즈음이었다. 나는 그때 교수 연구실에 앉아 빈 연구실을 지키고 있었다. 누군가 노크 소리를 내기에 들어오시오 하고 응답을 했더니 오만준이 들어오고 있었다. 그는 얼굴이 부석부석 부어 있었다. 우리는 악수를 나누었다.

"물어볼 게 있어서 왔습니다."

그는 지난 봄과 같은 말로 서두를 꺼냈다. 그리고 작업복 주머니에게 백조 담배를 꺼내 피워물었다.

"또 성명서 써달라는 것이오?"

나는 웃으면서 그를 쳐다보았다.

"아닙니다."

라고 그는 무뚝뚝하게 말을 받았다.

"다른 부탁이 있어 왔습니다."

그는 잠시 창 밖을 내다보았다. 나는 그의 눈을 좇아 그 눈이 끝간 데를 따라 보았다. 그곳엔 푸른 가을하늘이 가득히 펼쳐져 있었다.

"요새 전 건강이 좋지 않습니다."

불쑥 오만준이 시선을 창에 둔 채 말을 했다.

"몸 어딘가에 고장이 난 모양입니다."

"몸조심하세요."

나는 일어서면서 물었다.

"커피 한잔 끓여드릴까요?"

"아니 괜찮습니다."

"안색이 좋지 않은데요."

"요새 불면증에 걸렸습니다. 밤을 연거푸 새웁니다. 이상한 것은 밤중에 듣는 소리 하나하나가 무척 예민하게 다가온단 말입니다. 그런데 최형,"

오만준은 안색이 나쁜 얼굴로 우울하게 나를 응시했다.

"어떤 것이 진정한 용기라고 생각하십니까?"

오만준의 눈이 후광을 받고 음울하게 빛나고 있었다.

"이 말을 꼭 최형에게 묻고 싶었습니다. 오늘 제가 최형에게 온 것은 이 말을 묻고 그리고 대답을 듣고 싶었기 때문입니다."

"글쎄요."

나는 시선을 피하면서 대답했다.

"그것은 오히려 저보다 오형이 더 잘 알고 있을 텐데요."

"최형은 지금껏 자신이 용기 있다고 생각할 만큼 자기를 떳떳하게 내세워본 적이 있습니까?"

그는 새로운 담배에 다시 불을 붙이면서 내 얼굴을 올려다보았다. 나는 잠시 그가 묻는 말이 무엇을 의미하는가 생각해보았다. 문득 어둡고 축축한 습지에 웅크리고 앉아 온통 땀을 흘려가며 자신의 털을 자신의 혀로 핥아내리는 자신의 환영이 불쑥 떠올랐다. 나는 뜨거운 침을 삼켰다.

"다음 월요일부터 다시 데모가 벌어집니다."

오만준은 내 대답을 기다리지 않고 말을 이었다.

"내가 하는 행동이 옳은가 그른가는 나 자신도 잘 모르겠습니다. 이 사실은 정말 우스운 일이에요. 최형, 갑자기 데모를 한다는 사실이 두려워졌습니다. 교활한 얘기인지 모르지만 교련이 어떤 의미에서는 필요한 것처럼 생각되기도 합니다. 나는 이제 정도(正道)를 모르겠습니다."

"그럼."

나는 그의 말을 막았다.

"왜 데모를 하려 하십니까?"

"그것은."

오만준은 두어 번 기침을 했다.

"그들이 내게 그렇게 하기를 원하는 것 같아요."

"그게 무슨 뜻입니까? 그들이 오형에게 데모를 권한다고요?"

"최형. 소위 천적(天敵)이라는 말을 압니까? 본능적으로 서로를 해쳐야 하는 자연계의 현상 말입니다. 나는 요새 데모를 할 때마다 바로 그런 천적의식을 느껴요. 뚜렷한 적개심도 없는데 이를 악문다는 사실이 말이에요. 물론 지난 여름 구속되었을 때 다시 데모에 참가하면 어떠한 벌이라도 감수하겠다는 각서를 쓰고 나온 것은 사실입니다. 차라리 그런 각서 같은 것이 두려워진다면 오히려 다행한 일이에요. 하지만 이젠 제 자신이 무서워진다는 말이에요. 데모를 할 때마다 미래에 대한 희망이 부서지는 그런 기분, 이해하실 수 있겠습니까?"

"알 것 같군요."

나는 멍하니 그의 얼굴을 쳐다보았다. 지쳐 있군 하고 나는 생각했다.

"어릴 때 이런 놀이 해본 적이 있어요? 여우놀이 말이에요."

"아, 있어요. 술래는 여우가 되고 나머지 아이들은 개구리가 되는 놀이 말입니까?"

"예, 그래요. 데모를 할 때마다 나는 어릴 때의 그 여우놀이를 하고 있는 것 같은 착각이 들어요."

그는 천천히 자신의 얘기를 시작했다.

달도 없는 캄캄한 밤이다. 공터에서 동리 아이들이 놀고 있다. 계집애가 세 명, 남자아이가 일곱 명, 합쳐 열 명의 아이들이 별도 없는 암흑의 그 조그마한 분지에서 놀고 있다. 오직 있는 빛이라곤 산비탈에 우뚝 선 외등뿐인데 그 벌거벗은 전구는 동리 못된 녀석의 돌팔매질로 하루가 멀다 하고 깨어져버렸으나 오늘은 다행히도 희뿌연 빛을 발하고 있다. 그러나 그 빛은 너무나 미약하여 그 주위만 조금 밝힐 뿐, 그래서 그들은 번번이 그 등불 밑에 떨어진 동전을 찾지 못하고 만다. 그런데도 그 공터에서 아이들은 소리를 지르면서 놀고 있다. 아이들은 이 등의 밖을 바라볼 수 없다. 보이는 것은 오직 잔영 같은 외등의 안쪽, 그곳에서만 아이들은 놀고 있다. 그들은 놀이에 열중한 나머지 숙제를 잊고 있다. 이미 밤이 깊어 돌아갈 시간인데도……

그런데 아까부터 한 소년만이 술래를 계속하고 있다. 계속해서 계속해서 소년은 술래만 하고 있다. 소년은 이제 너무 술래놀이에 피곤해서 땀을 흘리고 있다. 지쳐서일까, 아니다. 무서워서이다. 그것은 여우놀이였다. 술래인 소년이 애들 가운데 서면 아홉 명의 아이들이 소년을 중심으로 원을 그리고 선다. 소년은 외등의 빛을 진하게 받고 있으나 빙 둘러선 친구들은 모두 어둠 속에 웅크리고 서 있다. 그들은 밤박쥐처럼 잔인한 눈빛을 번뜩이고 있다. "한 고개 넘었다." 아이들은 일제히 한 걸음씩 술래를 중심으로 뛰어들어온다. 원이 좁혀진다. 이제 아이들은 어둠 속에서 갑자기 빛 속으로 뛰어든 것처럼 보인다. 때문에 술래에게 아이들이 모두 탈 쓴 사람처럼 보인다. "두 고개 넘었다." "세 고개 넘었다." "네 고개 넘었다." 아이들은 합창을 하며 빛 속으로 좁혀든다. 소년들의 얼굴은 이 희뿌연 등불에 번질번질거리고 소녀들의 치마폭이 들짐승의 날개처럼 크게 보인다. "여우야, 여우야, 뭐 하니." 일제히 아이들이 함성을 지르기 시작한다. 여우라고 불린 술래는 그러나 여우 같지 않게 생긴 소년으로 조그맣고 기죽은 목소리로 잠잔다 하고 대답한다. 그는 벌써 같은 대답을 수십 번 반복해온 것이다. "잠꾸러기." 일제히 아이들이 소리를 지른다. 잠 꾸러기 여우는 잠꾸러기다. 여우는 잠꾸러기다. 그러나 음흉한 잠꾸 러기다. 아이들은 이윽고 서서 다시 깡충 뛰기를 시작한다. 한 고개 넘었다. 두 고개 넘었다. 세 고개 넘었다. 네 고개 넘었다. 아이들은 점점 술래에게로 좁혀든다. 술래는 이제 어둠 속에서 불쑥 튀어나와 강인한 친구들의 익살스런 얼굴들이 불상처럼 구릿빛으로 빛나고 있 는 것을 보고 그들의 숨결이 씩씩거리면서 자기의 등에 닿는 것을 느 낀다. 여우야, 여우야, 뭐 하니. 세수한다, 소년은 가느다랗게 대답한 다. 멋쟁이 하고 애들은 소리를 지른다. 그들의 소리는 어둠 속으로 녹아 사라져간다. 다시 아이들은 고개를 넘기 시작한다. 한 고개, 두 고개, 세 고개, 네 고개를 넘는다. 원은 더욱 좁혀들어 술래와 아이들 은 한 뼘 차이다. 아이들의 눈빛은 아슬아슬한 긴장 속에 달아오르기 시작한다. 여우야, 여우야, 뭐 하니. 밥 먹는다, 소년은 대답한다. 무 슨 반찬. 개구리 반찬, 소년은 대답한다. 죽었니, 살았니. 아이들은 다음 말이 무엇일까 긴장해서 술래의 눈을 노려본다. 술래가 죽었다 하면 그들은 자리에서 꼼짝도 하지 말아야 하는 것이다. 그러나 살았 다 하면 그들은 와아 도망쳐야 하는 것이다. 왜냐하면 술래는 여우고 그들은 개구리이기 때문이다. 더구나 여우는 죽은 짐승은 먹지 않는 다. 오직 산 짐승만 먹는다. 뛰어라, 여우야, 살았다 하고 뛰어라. 그 래야만 개구리들은 천방지축으로 필사의 도망을 할 것이다. 그들을 잡아라. 그들이 이 조그마한 공간을 비추고 있는 외등 저 바깥의 어 둠 속으로 뛰어간다고 해도 그들을 뛰어가서 잡아라. 그래야만 넌 그 를 술래로 앉히고 산 개구리를 먹을 수 있지 않느냐. 그것도 아니면 죽었다 하고 대답하고 도망가려고 멈칫거렸던 아이들을 대신 술래로 잡아들이기만 하여라. 그래야만 너는 이 지루하고 무서운 놀이를 끝낼 수가 있지 않느냐, 왜 너는 대답을 못 하고 있는 것이냐.

소년은 입이 타고 목이 타온다. 그는 둘 중에 한 가지를 고르려고 자기의 눈을 뚫어져라 노려보고 있는 친구들을 하나씩하나씩 훑어본다. 눈이 짐승의 그것처럼 빛나고 있다. 먹히지 않으려는 노력으로 아이들의 몸에서 냉기가 흐른다. 흐린 불빛 밑에 아이들의 그림자는 길게 늘여져 어둠 속으로 빠져 달아나버리고 아이들이 움직일 때마다 긴 그림자는 우쭐우쭐 춤을 춘다. 술래는 악몽 같은 어둠을 노려보고 또다시 땀을 흘리기 시작한다. 그는 개구리에게 사형선고를 내릴 수가 없다. 물론 그들에게 죽었다 하고 사형선고를 내릴 수 있다. 그러나 그는 아이들이 웃음도 참고 뻣뻣이 서서 눈을 부릅뜨고 장승처럼 목각처럼 꼼짝도 않고 서 있는 것을 무서워 볼 수가 없다. 그것은 산 자의 유희 같지 않게 유령과 유희를 하는 기분인 것이다. 그렇다고 그들을 살았다 하고 도망치게 내버려둘 수는 없다. 그들은 이를 악물고 뛰어갈 것이다. 빛 바깥으로 저 어둠 속으로 그는 과연 그들을 쫓아서 빠져나갈 수 있을 것인가. 소년은 땀을 흘리기 시작한다. 그는 그럴 때가 아닌데도 오한을 느끼기 시작한다. 그는 다시 술래를 자청한다. 그에겐 이 두려운 순간이 풀어지고 새로운 놀이가 시작되는 편이 나은 것이다. 그러자 이번엔 친구들이 싫증을 느끼기 시작한다. 그래서 그는 서서히 친구들의 놀이로부터 따돌림을 당하고 만다.

"그때 술래였던 나는 그 놀이를 생각할 때마다 무언가 섬찟해지는 두려움을 느끼곤 해요. 그 놀이란 것은 산 것은 삼키고 죽은 것은 뱉어버리는 잔인한 본능의식을 우리에게 가르쳐주는 것이었거든요. 데모를 할 때마다 나는 문득문득 그 놀이가 생각나고 차라리 지는 한이 있더라도 영원한 술래가 되어버리고 싶은 심정을 맛보곤 하는 거예요. 내가 죽은 것이 아니라 살아 있다는 것을 보이기 위해서라도 나는 술래를 해야 할 것 같아요. 바로 그런 점이 두려운 거예요. 우리의 용기란 것은 젊은이답지 않게 이처럼 치사하고 비열한 것이에요. 차라리 요즘엔 군대에 가서 이북을 바라보며 밤을 새우는 보초 노릇을 하고 싶어요. 난 모범사병이 될 수 있을 것 같아요. 하지만,"

오만준은 몸을 일으켰다.

"그들이 내게 술래이기를 바라고 있거든요. 그들은 내게 데모를 하라고 쉴새없이 요구하고 있어요. 이것은 어릴 때의 그 놀이처럼 놀이에 불과하지는 않아요. 이것은 어디까지나 싸움이에요. 난 술래 노릇을 해야 할 것 같아요. 이것은 나의 비열한 용기예요."

그는 내게 어두운 미소를 지어 보였다. 그리고 천천히 밖으로 사라졌다. 교정을 가로질러 도서관 쪽으로 사라져가는 것을 창문을 통해 내다보았다. 그의 그림자는 초가을의 햇살로 길게 드리워져 있었다. 철 이른 낙엽이 두어 잎 그의 뒷등으로 떨어져내렸다.

다음주 월요일부터 정말 데모는 재개되었다. 이번의 데모는 충분한 휴식기간인 여름방학이 지난 후였으므로 지쳐빠지고 우울한 것이 아니었고 수면을 향해 비상하는 물고기의 비늘처럼 생생하고 생동하는 물결이었다. 더구나 우리들 가슴속에는 이상하리만치 축적된 불만이 이글이글 타오르고 있었던 것이다. 상대에 재학하고 있는 친구들은 열띤 어조로 경제상태와 물가고를 반박하였고 법대에 나가고 있는 학생들은 급변하는 국제정세에 예민한 반응을 보이고 있었다. 방학중에 일어난 세계정세는 우리를 지극히 당황하게 만들어대고 있었던 것이다. 우리는 모두 공산주의자들은 제 아버지를 반동이라고 고발하고 결혼도 허가를 맡아야 하며 날마다 초근목피로 연명하고 있다는 교육을 받아왔다. 우리는 마땅히 대한민국의 아들딸로서 죽음으로 나라를 지키고 백두산 영봉에 태극기 날리며, 우리에게 부과된 사명은 오직 무력으로 북진통일이라는 교육을 받아왔으나 세계는 우리 곁에서 기묘한 움직임을 보내고 있었던 것이다.

우리의 우방 미국은 중공에게 연애를 걸기 시작했고 그들의 힘을 일본에게 분산시키고 있었다. 우리는 오히려 이북 공산당보다는 일본 친구들을 생리적으로 더 싫어하고 있었는데도 몇 년 전에 우리는 바로 그 일본과 통상을 재개했고 곳곳에서 일본인들과 만나는 이상야릇한 꼬락서니에서 봉착하게 되었던 것이다.

미국인들은 결코 언제까지나 우리를 사랑해주지 않을지도 모른다는 결론은 우리의 가슴을 실연당한 사춘기 소년처럼 달아오르게 하고 있었던 것이다. 미국은 중공과 열애에 빠졌으며 상상할 수 없는 현실이 하루아침에 다가왔던 것이다. 그러자 우리의 가치관은, 우리가 배워온 진리는 당황할 수밖에 없었다. 어제의 적은 우리 친구의 친구가 되었고 우리의 친구는 버림을 받았다. 이런 불확실한 현상은 비단 정치적인 면뿐만이 아니고 사회적인 곳에서도 일어나고 있었다. 우리는 세계 열강들이 우리들을 우습게 취급하고 있구나 하는 느낌으로 가슴이 터질 듯한 분노에 차 있었고 때문에 오직 사회적인 것으로 눈을 돌릴 수밖에 없었던 것이다.

우리가 배워온 모든 것은 쓰레기에 불과한 것이었다. 그것은 정말이었다. 우리는 우리가 노력한 만큼의 대가도 받지 못하고 있었다. 우리들의 가슴은 아무리 비싼 등록금을 내고 대학교를 졸업해도 취직할 자리가 없다는 현실적인 슬픔으로 이미 멍들고 있었다. 신문마다 기업체는 불경기로 올해는 예년의 절반밖에 사원을 뽑을 수 없다고 엄살을 부리고 있었으며 그 말은 정말 실현되었다. 우리는 우리가 쓸데없는 휴지 조각에 불과한 것처럼 냉대를 받았다. 그런데도 거리는 흥청거리고 있는 것이었다.

거리에 나서보면 무언가 좋은 세상임에 틀림이 없다는 느낌이 들어오고 우리는 날로 치솟아가는 빌딩과 빌딩 사이에서 기막힌 열등의식을 느끼고 있을 뿐이었다.

우리들의 눈은 점점 이상하게 독기에 번득이게 되었다. 우리들은 황황이며 눈 부라리고 무에 우리에게 시비를 거는 자식들이 없나 하는 똘마니 깡패처럼 눈 부릅뜨고 이를 악물고 거리를 오가고 있었다. 우리들 대학생들은 쇼 무대 앞에서 댄서들을 향해 혀 꼬부려 기묘하고도 음탕한 휘파람 소리를 내는 건달패와 다를 바 없었다.

우리가 배운 국사는 정말이지 아니꼽고 더럽고 메스껍고 치사한 얼룩진 것이었다. 사대주의, 당쟁, 모함, 음모, 살인, 부정, 독선, 방화, 반정, 더럽다, 더러워. 퉤. 퉤. 우리는 국사를 배울 때마다 구역질을 느꼈다. 그러면서도 우리의 조국은 우리에게 얼마나 불쌍한 존재였던지 우리는 줄곧 민영환의 유서를 읽을 때마다 그만 울곤 했다. 그야말로 분노의 복합체였다.

데모는 우리의 유일한 구원이요 합창이었다. 데모를 하려고 서로의 굳은 어깨에 어깨를 대면 상대편의 핏속으로 튀어들어와 수혈(輸血)이 되고 평소에는 퇴색되어 그 빛을 찾을 수 없던 젊음이 새삼스레 번쩍이며 빛을 발하기 시작하는 것이었다. 그리고 그때에 우리 가슴속에는 평소 때의 분노 이를테면 미래에 대한 불안이라든가, 사회적인 관심거리, 버스값, 군대라는 관문, 부모의 지나친 기대, 증빙서, 추천서, 인감 도장, 사이렌 소리, 보이지 않는 감시, 맹목적인 조국애, 성욕, 수음 끝의 허탈, 새로 짓는 호텔, 주간지 화보에서 본 호주 여인의 배꼽, 유부녀를 유혹하는 법, 관능적인 남성이 되는 법, 더러운 중공, 더러운 빨갱이, 고집불통인 김일성, 비겁한 미국, 교활한 일본, 일백번 고쳐 죽어도 변하지 않는 샤머니즘, 망할 놈의 조간신문 기사, 난동 사건, 시궁창 물로 만든 탁주, 집단 자살, 버스 사고, 시체를 들고 조위금을 인상하라 외치는 유가족의 벌린 입, 국회의원의 골프, 십억이 넘는다는 개인 집들, 미국에서 박사학위를 받고 온 인텔리의 서구적 사고방식, 키르케고르, T.S. 엘리엇, 철야로 여는 고고 댄스홀, 미니, 맥시, 미디, 도박, 포커 게임, 한 달에 칠천구백원씩 부어 365일을 기다려야만 탈 수 있는 십만원짜리 적금, 부실기업, 특혜, 올해의 수출 목표액 13억5천만 달러, 가발, 임질, 매독, 곤지름, 아이 백 유어 파든 서, 늦기 전에 늦기 전에 돌아와줘요. 우리는 월남의 중립문제니 새로 생긴다는 혁신 정당 이야기를 하고 있었지만 아아 비겁한 민주주의여 안심하라. 우리는 정치 이야기를 하고 있었던 것은 아니야.

이러한 모든 것들이 한데 어우러져 저수지의 물이 좁은 구멍으로 한꺼번에 빠져나가려고 아우성치는 것처럼 우리는 곤두박질치며 부서지며 치솟으며 짓밟으며 또 짓밟히며 새벽의 분수처럼 온갖 분노들이 한꺼번에 터져흐르는 것이었다.

데모를 해야만 직성이 풀리는 마약과도 같은 습관이 우리에게 박여 있어, 이 초가을에 벌어지는 데모는 굉장한 규모로 진행되고 있었다. 언제부터인가 벌써 터지는 최루탄의 싸늘한 연기, 매운 눈물, 질식과도 같은 고통, 이러한 한바탕의 북새질은 우리에게 다정한 벗이었던 것이다. 우리는 강의와 시험을 보이콧하고 모두 백 미터 경주하듯 햇볕 속을 달리고 있었던 것이다.

며칠 후 학교는 자진해서 문을 닫았다. 책가방을 들고 어슬렁어슬렁 학교에 왔을 때 우리는 학교 정문 게시판에 커다랗게 씌인 문구를 보았다. 그곳에는 학원이 안정될 때까지 무기한으로 자진 휴업하겠다는 내용의 문구가 씌어 있었다. 그러나 우리는 그 이야기가 실감이 나지 않아 책가방을 옆구리에 낀 채 서성이면서 그 문구를 서너 번 반복해서 읽어내렸다. 몇몇 학생들은 왔던 걸음을 되돌려 다시 밖으로 나가고 있었지만 대부분 어슬렁어슬렁 학교 안으로 들어와 교정에 누워 음담을 하거나 여학생이 지나가면 후익후익 휘파람을 불기도 하였다. 상대적으로 도서관은 초만원을 이루고 있었다.

나는 휴교기간 동안 매일 교수 연구실에 나가고 있었다. 교수님께 말씀드려 열쇠를 빌렸던 것이다. 나는 빈 교수 연구실에 앉아 책을 읽거나 지난 봄부터 쓰려던 황진이의 얘기를 구체화하려고 낑낑대고 있었던 것이다.

그러나 황진이의 이미지는 쓰려고 노력하면 할수록 형상화되지 않았고 나를 괴롭히고 있을 뿐이었다. 나는 애를 써서 원고지 오십 장 정도로 황진이의 얘기를 썼다. 그러나 다음날 그것을 읽고 나는 찢어 버렸다. 차라리 황진이를 학대하고 그녀의 목에 이빨을 들이대고 피를 빠는 한 마리의 거머리와도 같은 단세포 동물 이야기를 쓰고 싶었다. 황진이는 죽어서 나를 지독하나 괴롭히고 있었다. 우리는 죽은 자를 망각한다. 그러나 죽은 자는 우리를 학대한다고 나는 생각하였다.

그리고 망연히 담배를 피워물었을 때였다. 나는 내가 지금 꿈을 꾸고 있는 것이 아닐까 하는 착각을 받았다. 군인용 트럭이 지프차의 호위를 받고 헤드라이트를 켠 채 학교 안으로 질주해 들어오고 있었다. 트럭 위에는 무장한 군인들이 만재해 있었다. 나는 불길한 예감으로 커튼을 내리고 커튼 틈으로 숨죽여 그들을 바라보았다. 그들은 동상 앞 공터에 차를 세우더니 트럭에서 내려 민활한 동작으로 사방으로 분산되기 시작했다. 그들은 다짜고짜 벤치 혹은 잔디밭에 뒹굴고 있던 학생들을 잡아들이기 시작했다. 순식간의 일이었다. 그들의 머리에서는 철모가 햇볕에 번득이고 있었다. 그러자 수많은 학생들이 도서관 쪽으로 뛰어가면서 용감한 축들은 돌을 던지기 시작했다. 창문을 굳게 닫았으므로 그들의 소리는 들리지 않았다. 소리가 들리지 않는 행동은 우리가 공중전화 부스 안에서 무어라고 손짓하는 타인의 생경한

272

행동을 보는 것처럼 단조로우나 그러나 더욱 섬찟한 느낌이었다.

나는 두려움에 떨면서 그들 군인들이 뒷걸음질쳐 도망가는 한 무리의 학생들을 따라 도서관 비탈길을 재빠르게 쫓아올라가는 것을 보았다. 학생들은 도서관 문을 안으로 잠그고 도서관 안으로 피신해 버리고 말았다.

교정에선 군인들이 학생들을 집합시키고 무어라고 격앙된 어조로 말을 하고 있었다. 지휘관으로 보이는 장교가 선글라스를 쓴 채 초라하게 군(群)을 이루고 있는 학생들 앞에 서서 지휘봉을 휘두르고 있었다. 나는 그가 무슨 말을 하고 있는가를 알아차릴 수 있었다. 돌을 던진 학생들을 가려내기 위한 시위 같았다.

"손을 들어라. 사나이답게 손을 들어라. 제군들은 최고 학부를 다니고 있는 대학생들이다. 벌은 주지 않겠다. 손을 들어라."

나는 그가 그런 말을 하고 있는 것으로 간주했다.

도서관 쪽에서는 열 명도 넘는 군인들이 도서관 문을 발길로 차고 있었다. 도서관 삼층, 사층에서는 학생들의 머리가 유리창 밖으로 나와 무슨 일인가 내다보고 있었다. 그러자 한 군인이 그들에게 내려오라고 손짓을 했다. 그러나 학생들은 아무도 내려오지 않았다. 한 군인이 휴대용 나팔을 입에 대고 도서관 쪽을 향해 오랫동안 중얼거렸다. 아마 몇 분 이내로 내려오지 않으면 최루탄을 발사하겠다는 경고의 선언이었던 모양이었다. 그래도 도서관 쪽에서는 아무런 대답도 없었다. 군인들은 방독면을 쓰고 집총자세를 취했다.

이쪽 교정엔 여전히 불안한 대학생들을 앞에 두고 지휘관이 얘기를 계속하고 있었다. 그러나 그 침묵은 오래지 않아 깨어졌다. 흰 연기가 도서관 쪽에서 피어오르기 시작했다. 군인들이 환기창 안으로 최루탄을 집어넣은 모양이었다. 그러자 최루탄 연기는 도서관 창문에서 천천히 새어나왔고 그것은 흡사 거인이 담배를 피우는 모습처럼 보였다.

나는 그때 누군가 내 방 문을 두드리는 소리를 들었다. 나는 문을 열어줄까 말까 망설이다가 문을 열어주었다. 문 밖에는 한 여학생이 불안하게 서 있었다.

"좀 숨겨주세요."

하고 그녀가 말했다. 나는 말없이 눈짓으로만 그녀를 들어오게 한 다음 다시 문을 잠갔다. 그녀는 방 안에 들어오자 느닷없이 아이처럼 울기 시작했다.

"불쌍해요."

하고 그녀가 울면서 소리질렀다.

"어쩜 저럴 수가 있을까요? 어쩜 저럴 수가 있을까요?"

나는 순간 이 자그마한 여학생을 붙들고 포옹하고 싶은 충동을 받았다. 같이 뒹굴고 기나긴 입맞춤을 하고 싶었다. 나는 말없이 그녀의 앞이마에 흩어진 머리칼을 올려주면서 울지 말라고 타일렀다. 나는 그녀가 내 딸 같기도 했고 동생 같기도 했고 누님과 어머니 같기도 했고 할머니 같기도 했다. 그녀는 얌전히 소파에 앉아 숨죽여 울음을 계속하고 있었다.

나는 다시 창가로 다가갔다. 이미 밖의 상황은 달라져 있었다. 도서관 문은 활짝 열려 있었다. 수많은 학생들이 눈을 가리며 비틀대면서 걸어나왔다. 군인들이 그들에게 손을 들 것을 명령했는지 그들은 하나같이 손을 위로 높이 쳐들고 있었다. 그러한 모습은 전쟁포로같이 보였다. 군인들은 그들을 한곳에 모으더니 갑자기 제식훈련을 시키기 시작했다. 복장이 일치되지 않았기 때문에 그들의 행동은 덜 훈련된 가축처럼 무질서하게 보이고 있었다. 여학생 축들은 한구석에 모여 이 기묘한 제식훈련을 보고 있었다.

"뒤이로 돌아갓, 뒤이로 돌아갓, 우이향 앞으로 갓, 하나, 둘, 하나, 둘."

　나는 그들이 학생들에게 그렇게 명령을 내리는 것을 알 수 있었다. 학생들은 그들이 명령을 내릴 때마다 느릿느릿 그러나 어느 정도 조화를 이루면서 좌로 혹은 뒤로 돌아가고 있었다. 그러다가 그들은 앉았다, 일어섰다, 앉았다, 일어섰다를 수십 번 반복하였다. 그중에 누군가 하나가 불평하는 것을 발견했는지 불려나가 구타를 당하였다. 학생은 비틀거리면서 넘어졌다. 그러나 그는 곧 일어나 툭툭 털며 대열로 들어갔다.

　그 이후에 실시되는 제식훈련은 좀전보다 한결 빨라진 감이 있었다. 학생들은 일순에 돌고 일순에 앉고 일순에 일어서고 일순에 뒤로 돌았다. 그때 트럭이 후진해서 학생들 대열 앞에 정거하였다. 군인들이 학생들에게 머리를 땅에 대고 두 손을 허리께에 올려붙일 것을 명령하였는지 학생들은 땅에 몸을 붙이고 기묘한 자세를 취하고 있었다. 한 사람 한 사람 학생들은 트럭에 실렸다.

　나는 목구멍이 타올라 침을 삼킬 수가 없었다. 나도 어느새 뜨거운 눈물을 흘리기 시작했다. 다른 학생들도 교정을 어슬렁거리며 돌아다니고 있었으나, 투석의 혐의를 벗어난 때문인지 학교측 직원의 권유로 비교적 자유롭게 집으로 돌아가고 있었다.

　나는 그들이 모두 트럭에 탈 때까지의 긴 시간을 한눈도 팔지 않고 바라보았다. 군인들은 그들이 모두 트럭에 타자 출발을 명령하였다. 트럭은 발동을 걸고 학교 밖으로 사라져버렸다.

　학교 교정은 군인들로 채워져 있을 뿐 삽시간에 고요한 정적상태로 변하고 말았다. 누가 급한 김에 버린 것일까, 빈 교정엔 흰 운동화 한 켤레가 가을 햇볕을 반사하면서 유리 조각처럼 빛나고 있었다. 나는 그때 교내 방송국 스피커를 통해 다음과 같은 소리가 나는 것을 들을 수 있었다. "아, 아. 마이크 시험중. 하나, 둘, 셋, 넷, 잘 들립니까. 잘 들립니까. (잠시 침묵) 온 교내에 계시는 ○○인 여러분. 정부에서는 오늘부로 위수령을 발동하였습니다. 때문에 당분간 본 군인들이 학교에 주둔하여 방위임무를 맡게 되었습니다. 교내에 남아 있는 학생들은 모두 속히 하교해주시고 교직원 여러분들은 평소와 다름없이 근무에 임해주시는 대신에 총무과에서 재직증명서를 발부받아주시기를 바랍니다. 아, 아, 마이크 시험중. 하나, 둘, 셋, 넷, 잘 들립니까. 잘 들립니까. (잠시 침묵) 온 교내에 있는 ○○인 여러분……"

　나는 그 소리가 교내 아나운서의 부드럽고 상냥한 목소리가 아님을 알았다. 그 소리는 무뚝뚝하고 군인다운 충실감으로 넘쳐 있었다. 그것은 가끔 밤중에 인근 교회 스피커를 통해 예비군 소집시간을 알리는 갈라진 중대장의 목소리와 유사했다. 그 소리는 자꾸 반복되어 텅 빈 학교를 온통 흔들어대고 있었다. 나는 학교 방송실에 앉아 워커를 신은 채 마이크를 잡은 스튜디오 안 군인의 모습을 상상하였다. 그는 자기의 목소리가 생방송으로 온 교내를 쩡쩡 울리고 있다는 희열감으로 숨이 가빠 있을 것이다. 그의 목소리는 내가 중학교에 다닐 무렵 어느 날 아침인가 혁명공약을 낭독하던 방송처럼 건조하고 메마른 건성이었다. 마이크 소리는 밤새 진주한 군인의 목소리처럼 피로와 권태에 갈라져 있었지만 무언가 복종을 강요하는 저의로 일관되고 있었다. 그는 자꾸 마이크 시험중을 반복하였고 후렴처럼 수신인도 없는 아, 아, 잘 들립니까, 잘 들립니까를 크게 스피커를 통해 물었다. 그 간간이 삽입되는 질문은 마이크 기계에 압도된 사람이 자기가 앉아 있는 곳이 다름아닌 마이크 앞이라는 사실을 자기 자신에게 재확인시키려는 것처럼 과장되어 있었다.

　나는 언젠가 소설책에서 읽은 전쟁 장면을 생각해내었다. 전몰된 대원들의 시체를 앞에 두고 소대장이 비틀대면서 점호를 취하는 장면이었다. 그는 울면서 생존한 사람은 대답하라, 생존한 사람은 대답하라고 쉴새없이 외치고 있었는데 얼핏 마이크 소리에서 그 살벌한 전쟁터를 생각해낸 것은 매우 기묘한 일이었다. 그들은 우리에게 대답을 요구한다. 그러나 우리는 대답할 수 없다. 왜냐하면 우리 모두는 전몰되었기 때문에.

마이크 소리는 느닷없이 행진곡으로 이어졌다. 그것은 우리가 점심시간에 들을 수 있는 가벼운 경음악이 아니었다. 우리 국군의 무운장구를 비는, 맹호부대 용사들아를 외치는 시끄럽고 감격적인 행진곡이었던 것이다. 그것은 참으로 장난과도 같은 행진곡이었다. 골라잡아 한 곡조 꽝 하는 식의 예고도 없는 행진곡이었다.

기분내고 있다. 방송실의 군인은.

그러자 나는 갑자기 웃고 싶어졌다. 근질근질한 웃음기가 뱃속에서부터 벌레처럼 기어오르고 있었다. 그래서 나는 울음이 채 멎기도 전에 이내 킬킬대고 웃기 시작했다. 나는 울다가 웃었다. 내 모습을 보고 여학생이 불안한 시선을 했다.

"아가씬 무슨 과예요?"

"간호학과입니다."

라고 여학생이 대답했다.

"점심을 먹으러 나왔던 길이에요. 아, 아, 이건 정말 너무한 일이에요."

아, 아, 마이크 시험중. 하나, 둘, 셋, 넷, 잘 들립니까. 잘 들립니까.

"그럼 식사하세요. 제가 더운물을 끓여드릴게요."

"같이 하시겠어요?"

여학생은 건강하게 좀전의 슬픔을 씻은 듯이 잊어버린 듯 웃었다.

"그럴까요? 숨어 있는 자여. 그대는 맹렬한 식욕을 느끼노라. 어떻습니까? 제 말이 그럴듯합니까?"

나는 연극 대사를 읽듯이 극적인 어투를 썼다.

갑자기 나는 맹렬한 식욕을 느꼈다. 그래서 우리는 머리를 맞대고 여학생용 작은 도시락을 순식간에 해치웠다. 반찬은 김치와 건어였다. 우리는 참으로 맛있게, 그리고 다정하게 그것을 먹었다.

"어떻게 될까요, 학교는?"

여학생이 빈 도시락을 싸면서 나를 올려다보았다.

"학교라니요!"

나는 킬킬거렸다.

"학교가 어디 있는데요."

우리는 뜨거운 엽차를 후후 불면서 마셨다. 나는 여학생의 마른 목이 물을 들이켤 때마다 해부용 개구리처럼 수축하는 것을 보았다.

"난 집으로 내려가겠어요."

여학생이 침울하게 말을 했다.

"집이 어딘데요?"

"목포예요."

여학생이 말을 했다.

"고향이 있다는 것은 참 좋은 일일 거예요."

나는 진실로 신음하면서 말을 받았다.

"난 순수한 서울내기거든요. 고향이 지방인 아이들은 실의에 빠지면 아, 아 내겐 고향이 있구나 하는 구원이라도 느끼게 되지 않습니까? 고향은 말하자면 최후의 구원이 아니겠습니까?"

"난 몰라요."

여학생이 웃었다.

"난 그런 어려운 말은 몰라요."

"저 이를테면 말입니다."

나는 갑자기 그 여학생의 단순성을 파괴해버리고 싶은 충동이 성욕처럼 일어나는 것을 느꼈다. 나는 그 여학생의 건강을 질투하고 있었다.

"우리가 무엇 때문에 살아가느냐는 것은 차치해두고서라도 말입니다. 우리에게 어떤 향수감을 줄 수 있는 일테면 어머님의 자궁 속 같은 아늑한 고향이 있다는, 말하자면 플라톤의 유토피아가 말씀인데요, 아니지 플라톤의 이야기인지 아닌지는 잘 모르겠지만 어쨌든 고향이 있다는 것은, 원 제기랄."

나는 자꾸자꾸 웃음이 비어져나오는 것을 금할 수 없었다.

"어쨌든 부럽군요. 부러워."

"아니 누가 말이에요?"

여학생이 도시락을 털실주머니에 넣으면서 명랑하게 물었다.

"아가씨가 말입니다."

아, 아, 마이크 시험중. 하나, 둘, 셋, 넷, 잘 들립니까. 잘 들립니까. 잘 들리고말고요. 잘 들리고말굽쇼. 나으리.

"나갑시다. 이젠 어느 정도 사태가 가라앉은 모양입니다."

"괜찮을까요?"

여학생이 다시 불안하게 속삭였다.

"괜찮겠지요, 물론."

나는 가방을 들고 스위치를 내렸다. 난로의 불을 끄고 천천히 밖으로 나왔다. 학교 안은 텅 비어 있었다. 복도에는 우리들이 걷는 걸음소리가 낭랑하게 울리고 있었다. 누군가 이층 계단에서 내려오다 우리 발걸음과 맞부딪치자 황급히 피하는 것이 눈에 띄었다. 나는 짓궂게 그쪽으로 올라가보았다. 아는 학생이었다. 그는 피하려다 말고 나를 보고는 계면쩍게 웃었다.

"애 떨어질 뻔했습니다, 최형."

"나갑시다."

하고 나는 말을 했다. 우리들 셋은 햇볕이 찰랑이는 교정으로 나왔다. 교정은 너무나 쓸쓸하고 적적해서 한겨울의 고궁 같았다. 낡은 건물들이 넝쿨에 뒤덮여서 한결 퇴락해 보이고 있었다.

동상 앞에서 군인들이 양팔 벌려 간격으로 떨어져 태권도를 실시하고 있었다. 그들은 좀 쌀쌀한 날씨인데도 온통 웃통을 벗어던지고 있었다. 그들의 맨몸은 금속처럼 빛나고 있었다. 그들의 근육은 우람차고 거대하였다. 그들은 태권도 교관의 명령에 따라 좌로 혹은 우로 돌면서 허공을 찌르고 있었다. 그들이 얏, 얏, 기합을 주면서 허공을 찌를 때마다 온 학교가 쩌렁쩌렁 흔들리고 있었다. 그들은 학교 교정이 그들의 연병장으로 가장 적당한 곳이라는 것을 벌써 알아차리고 있는 것 같았다. 보이지 않는 적일지라도 가차없이 처단하겠다는 듯 그들의 주먹은 위압적으로 문과대학을, 학교 본부 건물을, 그리고 우리 학교를 세워준 인물의 동상을 향해 일종의 기왓장 깨뜨리기 연습을 실시하고 있는 것처럼 보였다. 나는 그들의 주먹에 의해서 학교 건물이 기왓장 부서져나가듯 깨어지는 환영을 보았다.

우리는 조심스럽게 그들을 피하며 걸어나왔다. 길 양 옆에는 오 보 간격으로 집총자세를 취한 군인들이 깎아세운 인형처럼 정렬해 있었다.

"최형, 학교 학생회 간부들이 모두 구속되었답니다."

학생이 속삭였다. 나는 얼핏 오만준을 생각해내었다. 그 친구도 필경 구속되었으리라. 최형, 진정한 의미의 용기를 무어라고 말하실 텝니까. 그들은 내게 술래이기를 요구하고 있어요. 난 피할 수는 없어요.

나는 묵묵히 책가방을 추켜들었다. 학교 정문엔 바리케이드가 쳐지고 총을 어깨 위로 세운 군인들 네댓 명이 길을 차단하고 있었다. 그들은 우리들에게 무엇 때문에 지금까지 학교에 남아 있었느냐고 투덜거렸다. 우리는 상냥하게 죄송하게 되었다고 사과를 했다. 학교 밖으로 나오자 여학생은 아주 고마웠다고 내게 인사를 한 다음 의과대학 쪽으로 걸어가버렸다. 나는 버스 정류장에 서서 버스가 오기를 기다리며 나도 어디론가 철새처럼 떠나고 싶다는 느낌을 받았다. 고향이 있으면 좋겠군 하고 나는 중얼거렸다.

5

나는 휴교기간을 줄곧 황진이를 써야만 한다는 압박감으로 지내고 있었다. 그러나 황진이에 대한 이야기는 도무지 씌어지지 않았다. 나는 빈들거리면서 천장의 무늬를 세기도 하고 벽면을 기는 개미의 행방을 몇 시간이고 좇으면서 황진이에 대한 집념으로 매일을 보내고 있었다. 신문은 연일 학원사태를 보도하고 있었다. 문제는 구속 학생을 제적시키기 위해서는 그것이 교수회의를 통과하여야 한다는 것이었다. 나는 구속된 학생들 중에 김오진과 오만준의 이름도 들어 있는 것을 보았다. 그러나 나는 그들이 교수회의에 의해서 제적이 될 것이라고는 생각하지 않고 있었다. 왜냐하면 그들은 데모를 주동하긴 했지만 학생회 간부들은 아니었기 때문이다. 그리고 제적된 학생들을 다시 종전처럼 구제하지는 절대 않겠다는 방침인데, 교수들측은 자기가 가르친 학생들이라면 한 명이라도 구제하려고 애를 쓸 것이 분명하기 때문이었다.

그러나 며칠 후 나는 조간신문 제적 학생 명단에 오만준과 김오진의 이름이 포함되어 있는 것을 보았다.

그것은 놀라운 충격이었다. 두터운 둔기로 뒤통수를 한 대 얻어맞은 기분이었다. 나는 신문을 들고 신음을 연신 발하고 있었다. 그뿐만이 아니었다. 제적된 학생들은 곧 군대에 입영된다는 소리였다.

나는 성급히 일어나 전화통으로 달려갔다. 전화번호부를 뒤져 교수님의 전화번호를 찾아내었다. 나는 떨리는 손으로 다이얼을 돌렸다. 전화는 두어 번 신호가 가자 떨어졌다.

"여보세요."

교수님의 잠이 덜 깬 듯한 목소리가 수화기를 통해 들려왔다.

"저 준홉니다. 최준홉입니다."

"오우 최군, 웬일인가?"

교수님이 반겨주었다.

"어찌 된 일인지 모르겠습니다. 선생님, 열다섯 명이 제적되었더군요."

나는 헐떡이기 시작했다.

"오늘 아침 신문에서 보았습니다, 선생님."

"그 때문에 전화 걸었나?"

한참 만에 교수님이 부드럽게 물었다.

"그렇습니다."

나는 수화기를 빵처럼 뜯어먹고 싶은 충동을 느꼈다.

"너무나 놀라니까 선생님 생각이 나더군요."

"최군 전화를 끊자구. 그 얘긴 더이상 하지 말자구."

"선생님 한마디만 한마디만 얘기하겠습니다. 선생님은 용기란 것을 어떻게 생각하십니까? 진정한 의미의 용기란 무엇이라고 보고 싶으십니까?"

나는 대들듯이 소리쳤다. 그러자 저쪽에서는 아무런 대답도 없었다.

"어렵군."

교수님은 오랜 후에 힘없이 말을 했다.

"참 어려운 질문이야. 최군 우리 등산이나 가세."

교수님은 일부러 짓는 듯한 밝은 목소리를 내었다.

"가까운 백운대에라도 올라가자구. 가겠나?"

"가죠. 가고말고요. 가겠습니다."

"그럼 이따 세시쯤 다방에서 볼까?"

"알겠습니다. 그리로 나가겠습니다."

나는 전화기를 놓았다. 그때 나는 식모애로부터 내게 온 편지를 받았다. 나는 편지의 겉봉을 보았다. 그곳엔 학교 이름이 한자로 인쇄되어 있었다. 나는 봉투를 뜯고 긴 내용의 편지를 읽어내려가기 시작했다.

사랑하는 ○○ 학생 여러분.

지난 10월 15일 이후 여러분이 없는 텅 빈 학교를 지킨 지 20여 일 만인 11월 9일 다시 8천여 ○○ 학생들이 가을 아침 밝은 햇볕을 한가슴에 안고 학교로 걸어들어오는 날이 왔음을 알려드립니다.

돌이켜보면 지난 20여 일은 우리들 ○○인뿐만 아니라 우리나라 모든 대학인이 처음 겪었던 가슴 아픈 나날이었으며 이런 쓰라린 경험은 두번 다시 있어서는 아니 될 유감스러운 일이라고 생각됩니다.

지난 얼마 동안 우리 학생들은 대학에서 공부한 지식을 바탕으로 국가발전과 민주주의 신장을 위한 순수한 입장에 서서 행동으로 현실참여를 시도하였으리라고 짐작됩니다. 그러나 대학은 행동의 집단이기 전에 원숙한 사색과 이지적인 사고의 집단이어야 함을 우리는 또한 간과해서는 안 될 것입니다. 대학은 지성과 이성의 초석 위에 세워진 학문의 전당이기 때문에 비지성적이며 또한 비이성적인 자세는 지양되어야 할 것입니다.

사랑하는 15명의 우리 학우들이 정든 모교의 품을 떠나 있게 되었음을 가슴 아프게 생각합니다. 그러나 우리는 이들 길 잃은 양을 언제까지나 버려둘 수는 없습니다. 나는 이들이 우리 ○○ 동산에

다시 돌아올 수 있도록 노력을 다할 것입니다. 이것이야말로 길 잃은 한 마리의 양에게 쏟은 훌륭한 목자의 사랑을 가르치는 기독교 정신이며 참된 교육이라는 것을 믿고 있습니다.

이제 우리는 과거의 쓰라림을 교훈으로 삼고 내일을 위한 새로운 결의를 굳게 해야 하겠습니다. 학생은 그 어느 때보다도 더욱 학업에 정진하고 인격 도야에 힘쓰며 스승을 존경하고 비판정신을 함양하여야 할 것입니다. 스승은 또한 학생의 어버이로서 따뜻한 사랑과 폭넓은 이해로써 지도할 것입니다. 이렇게 함으로써 ○○인은 더 큰 긍지와 용기를 가지고 좌절감을 극복하고 민족문화 창조의 역군이 되며 진리와 자유의 횃불을 높이 들고 민족의 선두에 설 수 있을 것입니다.

지금 세계정세는 급전하고 있으며 새로운 역사는 잠시도 쉬지 않고 창조되고 있습니다. 이 우렁찬 역사의 흐름 속에서 8천여 ○○학우는 잠시도 쉴 수 없습니다. 우리는 지난 80여 년의 빛나는 ○○의 전통을 거울 삼아 다시 전진과 창조의 대오를 가다듬어야 할 것입니다.

국가와 민족 나아가서 세계는 우리가 좀더 빛나는 학문적인 공헌과 건설적인 봉사를 해줄 것을 기대하고 있습니다. 이러한 기대를 저버리지 않는 유일한 길은 스승과 제자가 사랑과 희망을 갖고 대학의 자율과 자주를 찾아 대학 본연의 자세로 돌아가는 것입니다.

○○ 학생 여러분!

이제 다시 ○○의 동산에서 따뜻한 재회의 정을 마음껏 펴면서 흩어진 우리의 마음과 뜻을 모아 ○○학원 재건이라는 공동의식을 가지고 ○○인 다함께 매진합시다.

1971년 11월 6일

○○대학교 총장

교수님과 침묵만을 주고받은 짧은 산행을 마치고, 그날 저녁 나는 친구녀석들과 술을 마셨다. 고등학교 선생 하는 친구와 잡지사 기자로 있는 친구 들과 어울려서 청계천 근처 단골 술집에서 술을 퍼마셨다. 그들은 내게 요새 무엇을 하고 지내느냐고 물었다. 나는 글쎄 내가 무엇을 하고 지내는지 모르겠다고 대답하였다. 그들에게선 벌써 생활인 냄새가 나고 있었다.

우리들은 술집 여자들을 옆에 앉히고 술을 마셨는데 굉장히 음탕한 년들이었다. 우리가 한 되를 마실 때마다 비싼 안주를 추가해서 자기들 마음대로 시켰다. 그리고는 나이로는 한참 아래인 우리들에게 마구 아양을 떨었다. 우리들은 그년들의 치마 속으로 손을 넣어 맨살을 만지고 국부를 만지면서 낄낄거렸다. 처음에는 그래도 친구들의 눈을 피해 슬슬 했으나 술이 취하자 니 거 내 거 가리지 않고 마구잡이로 만지고 부비기 시작했다. 나는 그년의 입에다 입을 부비면서 오늘밤 같이 자자고 했다. 그러자 그녀는 좋다고 말을 했다. 얼마면 되느냐고 물으니 이천원은 받아야 되겠다고 지분거렸다.

엿먹어라 하고 내가 그녀의 코를 쥐어뜯었다. 이천원이면 이년아 김장 담그겠다, 라고 욕지거리를 했다. 그러면서도 나는 연신 그녀의 몸을 핥고, 그리고 빨았다. 나는 그러면서도 이 여인에게 내가 하등 성욕을 느끼고 있지 않음을 알았다. 나는 단지 물고, 빨고, 깨뜨리고 할퀼 상대만 있으면 족할 뿐이었다.

우리는 밤 열시까지 마시고 집이 먼 친구가 두어 명 있었으므로 일찍 일어나기로 했다. 계산을 치르고 대문까지 전송 나온 계집들을 다시 한바탕 물고 빨고 그러고는 팁까지 주고는 밤이 광기에 어우러진 도시로 걸어들어갔다. 나는 친구들에게 이차를 가자고 했다. 그러나 그 녀석들은 집이 멀다고 하면서 하나둘 빠져 도망가버렸고 좀 후에는 나 혼자 남게 되었다. 나는 비틀대면서 혼자 걸었다.

거리는 뻔뻔하고 현란했다. 참으로 좋은 세상이로구나라는 느낌이 불쑥불쑥 치밀었다. 반액 대매출이라고 쇼윈도마다 붙어 있었다. 나는 주머니에 손을 찌르고 쇼윈도 안을 불쑥불쑥 넘겨다보면서 발길이 닿는 대로 흘러가고 있었다. 거리는 네온의 불빛과 여인들의 향수 냄새로 충만되어 있었다. 사람들은 모두 취해서 고래고래 소리를 지르고 오줌을 질질 깔기면서 지나가는 여인들에게 욕지거리를 퍼부어 대고 있었다. 누군가 내 어깨를 쥐었다. 내가 고개를 돌리자 똘마니 같은 녀석이 히히 웃으면서 사진 좋은 것 있는데 사지 않겠느냐고 유혹했다. 나는 보고 좋으면 사고 싫으면 사지 않겠다고 얘기했다. 그러자 그 녀석은 쾌히 승낙하고 나를 데리고 무릎쯤의 위치까지 철문이 닫힌 빌딩 안으로 들어갔다. 그는 주머니에서 사진들을 꺼내어 부챗살 펴듯 펼쳐들었다. 미국 것을 원하십니까, 일본 것을 원하십니까, 아니면 한국 것을 원하십니까, 우리나라 것 하고 내가 말을 하였다.

그러자 녀석은 내게로 사진을 불쑥 내밀었다. 나는 열쇠 구멍을 통해 남의 정사를 들여다보듯 사진을 봤다. 좋지요 하고 녀석이 기승을 부렸다. 나는 천천히 모두 감상하였다. 그리고 녀석에게 도로 사진을 돌려주었다. 왜 안 사시겠습니까? 시시해 하고 내가 말을 했다. 그까짓 것은 너무 시시해. 그럼 동물하고 사람하고 노는 것을 보여드릴까요? 싫어 하고 내가 큰 소리로 소리질렀다. 여보쇼 하고 녀석이 눈을 부라렸다. 냄새를 맡긴 했으니 냄새 값이라도 줘야 할 것 아니겠소. 뭐야 이 쌔끼 하고 내가 큰소리쳤다. 거 왜 반말이쇼, 내가 당신 아들인 줄 아시오? 뭐 이 새끼가, 나는 녀석의 멱살을 쥐고 벽에다 쿵쿵 두어 번 부딪쳤다. 순간 녀석의 주먹이 내 얼굴을 강타하였다. 나는 쓰러졌다. 눈앞에 별이 번득이었다. 녀석은 후닥닥 도망가 버렸다. 나는 퉤퉤 침을 뱉어보았다. 입 안에 비린내가 확 풍겨오고 있었다. 나는 피 섞인 침을 뱉어가며 다시 거리를 걷기 시작했다. 술이 취한 의식 사이로 얼핏 희고도 공허한 공간이 스쳐 지나갔다.

버스 정류장엔 수많은 버스들이 손님을 부르고 있었다. 나는 버릇처럼 신촌행 버스에 몸을 실었다. 자리가 하나 비어 있었다. 나는 차창에 부옇게 떠오른 나의 얼굴을 멍하니 쳐다보았다. 내 얼굴 뒤로 달리는 버스 밖의 거리가 투명하게 스쳐 지나가고 있었다. 나는 버스가 정류장에서 오래 정차할 때마다 악을 쓰며 가자, 어이 운전사, 가자구, 어이, 차장 가자니까, 가재두 하고 소리를 질렀다.

그러다가 불쑥 구역질을 느꼈다. 나는 웩웩 구역질을 시작했다. 창 밖으로 고개를 내미시오 하고 옆자리에 앉은 사내가 투덜거렸다. 나는 차창 밖으로 고개를 내밀었다. 그러나 토하지는 않았다.

차에서 내려 골목길에다 나는 토했다. 토하면서 축축한 땅에 머리를 부딪고 있었다. 얼마만큼 토하자 정신이 들고 거리의 수은등이 번쩍이면서 다가왔다.

집에 들어왔을 때 나는 마침 전화가 왔노라고 식모애가 전해주는 소리를 들었다. 나는 비틀대면서 수화기를 받았다.

"벌써 세번째 전화예요. 오늘 도합 세 번 왔었어요."

그애가 말을 했다.

"여보세요."

나는 큰 소리로 말했다.

"전화 바꿨습니다."

"저 영미예요, 노영미. 최준호씨죠?"

"가만있자. 노영미씨라니?"

"저 언젠가 오만준씨하고 같이 뵈었던 사람이에요."

"오우, 노영미씨 알겠습니다."

나는 수긍을 했다.

"이거 웬일이십니까? 이 밤중에……"

"오만준씨 부탁으로 전화하는 거예요. 낮부터 찾았지만 안 계시더군요."

"무슨 일로 전화를 거셨습니까?"

나는 될 수 있는 한 분명한 어조로 발음하려 애쓰면서 물었다.

"오만준씨가 내일 군대에 가요."

"아니 오만준씨가 내일 입대한다구요?"

"그래요."

여인이 한참 만에 대답했다.

"새벽 차예요. 용산역에서 새벽 다섯시 오십분 차로 출발한대요. 바쁘시겠지만 꼭 좀 나와주십사 해서 전화 걸었어요. 오만준씨가 꼭 좀 뵈었으면 하더군요. 나와주시겠어요?"

"물론이죠."

나는 크게 대답했다.

"나가고말고요. 아가씨는요?"

"저도 나갈 거예요. 그런데 늦어도 다섯시 반까지는 역 구내로 들어가셔야 될 거예요."

"알겠습니다. 그럼 내일 아침 뵙기로 하죠."

"안녕히 계세요."

전화는 끊겼다. 나는 벌컥벌컥 냉수를 들이마시면서 자리에 누웠다. 오만준이 드디어 군대에 끌려가는군, 하고 나는 중얼거렸다. 좀 곰곰이 생각해보자고 눈을 감았다. 무엇이 어떻게 진전되고 있는 것인가를 생각해보려고 머리를 모았다. 그러나 나는 잠이 들었다.

다음날 눈을 뜨자 벌써 새벽 다섯시였다. 나는 세수도 못 하고 겨울용 스웨터를 걸쳐입고 아직 잠이 덜 깬 상태로 밖으로 뛰쳐나왔다. 간밤에 마신 술기운이 아직 남아 있었다. 지독한 고통이 가슴을 울렁

이게 하고 있었다. 나는 헛구역질을 하면서 꿈결과 같은 수은등이 켜져 있는 거리로 나왔다. 거리엔 아무도 없었다. 찬 새벽 공기가 나의 몸을 떨게 하고 이른 우마차가 쩔렁이면서 이슬에 젖은 도로 위를 지나가고 있었다. 아주 오랜만에 나선 새벽거리는 텅 비어 있었다. 나는 지나가는 택시를 잡아타고 용산역으로 달렸다. 추웠으므로 차창을 꼭 닫았다. 그리고 아직 깨어 있다는 실감을 못 한 채로 어슴푸레한 빛과 새벽의 어둠이 한데 어우러진 지쳐빠진 거리를 실눈으로 쳐다보고 있었다.

용산역에 내린 것은 다섯시 이십분이었다. 나는 역 앞에 차가 서자 역 구내로 뛰어들었다. 새벽 기차를 타고 온 승객들과 군인들로 역 구내는 흥청이고 있었다. 헌병이 군인들을 일일이 체크하고 있었다. 개찰구가 어딥니까 하고 나는 헌병에게 물었다. 저쪽으로 가보쇼 하고 그는 보지도 않고 대답했다. 나는 그리로 뛰어들어갔다.

"여보쇼."

개찰원이 나를 제지했다.

"어디 가는 거요?"

"안으로 들어갑니다."

"입장권을 사야 되지 않겠습니까?"

제기랄, 나는 투덜거리면서 매표소로 뛰어갔다. 매표소엔 많은 사람들이 줄을 지어 표를 사고 있었다. 나는 맨 뒤에 서서 내 차례가 오기를 기다리고 있었다. 역의 비치용 시계가 다섯시 이십오분을 가리키고 있었다.

입장권을 사들고 나는 개찰구 안으로 들어왔다. 역 안은 어둠 속에 서 있는 기차 석탄 냄새, 뿌우연 가등, 새벽 행장을 차리고 나온 단단한 복장의 승객들, 냄비우동을 팔고 있는 장사치들로 혼잡을 이루고 있었다. 나는 제적당한 학생들이 타고 있는 칸이 어디인가를 찾으려고 기차 안을 들여다보면서 허덕이며 달리고 있었다.

나는 맨 앞쪽 칸쯤에서 환송하러 모인 학생들을 발견할 수 있었다. 그들은 조용히 서서 손을 흔들면서 교가를 부르고 있었다.

"아! 우리들 구원의 우리들 영원한 사랑의 전당이다. 진리의 샘 여기에 솟고……"

차 안에 탄 승객들이 바깥으로 고개를 내밀고 재미있다는 듯이 교가를 부르는 학생들을 내다보고 있었다. 머리에 흰 수건을 두른 학생들이 차 안에 탄 채 바깥으로 고개를 내밀고 묵묵히 교가를 듣거나 낮은 목소리로 따라 부르고 있었다. 몇몇 교수님들도 나와 있었고 그들도 노래에 맞추어 입을 움직이고 있었다.

나는 그때 영미라는 여인을 발견하였다. 그녀는 두터운 복장을 하고 한구석에 혼자 서 있었다.

"늦었습니다."

하고 나는 웃었다.

"오만준군은 어디에 있습니까?"

뽀옥, 뽀옥 기적이 울었다. 선로를 비추는 불빛이 머플러를 두른 그녀의 얼굴 위에서 한줌 쓸쓸히 비끼고 있었다.

"저쪽이에요."

여인은 손으로 차창 안을 가리켰다. 나는 그곳에서 이쪽으로 시선을 두지 않은 사내가 앉아 있는 것을 보았다. 오만준이었다. 나는 뛰어가 차창을 두드렸다. 오만준이 나를 쳐다보았다.

"오셨군요. 기다렸습니다."

오만준이 씨익 웃었다. 흰 이빨이 반짝이었다. 나는 차 안으로 들어가려고 승강구로 갔으나 헌병이 지키고 있었다. 그는 나를 완강하게 제지했다. 별수없이 도로 창문께로 갔다. 나는 무슨 말을 꺼내야 하는가 잠시 망설였다. 그러나 우리는 아무런 말을 하지 않는 편이 나을 것 같은 침묵 속에서 우울하게 서로의 시선을 붙들고 있었다.

"최형. 우리집에 한번 들러주세요. 영미에게 우리집을 알려주었으니까요. 집에서는 제가 입대하는 줄 아직 모르고 있으니까요. 알리고 싶지 않았습니다."

오랜 후에 오만준이 입을 떼었다. 다시 뒤쪽에서는 학생들이 고래고래 악을 쓰듯 교가를 합창하고 있었다.

"저 급하게 오느라고 아무것도 사오지 못했습니다, 오형."

나는 그것이 나의 책임이나 되는 듯 부끄러워하면서 말을 했다.

"괜찮아요. 도시락이 있어요."

오만준은 손에 든 도시락을 들어 보였다. 아마 영미라는 여인이 준비해온 도시락인 것 같았다.

"건강하세요."

나는 한참 만에 입을 떼었다.

"뭐라고요?"

교가의 구호를 외치는 시끌시끌한 소음 속에서 우리들의 대화는 차단되고 있었다.

"건강하시라고요!"

나는 소리를 질렀다.

"문제없어요!"

오만준이 소리질러 받았다.

"모범군인이 되어볼 테요. 최형, 오히려 지금의 나는 마음이 편해요. 군대에서 눈 부릅뜨고 보초를 설 테요. 우리의 적은 과연 안에 있는 것일까 아니면 밖에 있는 것일까 볼 테요."

"축하합니다."

나는 웃었다.

"오형, 건강한 사병이 되어보세요. 더욱더 많은 것을 얻을 수 있을 거예요. 상관의 말에 충실히 복종하는 졸병이 되어보세요."

"고맙습니다. 영미, 편지 해."

오만준이 나와 여인 쪽을 한꺼번에 보면서 소리질렀다.

"저에게도요. 영미씨 면회도 오셔야 합니다."

느닷없이 김오진군의 얼굴이 차창 밖으로 빠져나오더니 소리를 질렀다. 우리는 서로 손을 내밀어 손을 쥐고 흔들었다. 기적이 급하게 두어 번 울고 기차는 가는 진동을 보이면서 출발하려는 기미를 보였다. 학생들은 우르르 차창으로 밀려들어 그들과 손을 잡거나 소리를 지르면서 주소를 교환하고, 부모들은 울면서 그들에게 먹을 것을 건네주고 있었다.

나는 오만준의 얼굴을 올려다보면서 우리들에겐 너무나 많은 간격과 거리가 있음을 알았다.

그에게 신의 은총이 있기를 하고 나는 막연한 신을 향해 은밀한 기도를 올렸다. 기차는 덜컹덜컹 진저리를 치기 시작했다. 세차게 뿌욱 뿌욱 기적이 울리더니 쇠와 쇠가 부딪치는 녹슨 소리를 연발하고 있었다.

"최형 편지하세요."

김오진이 두 손으로 브이자를 그려 보였다.

"영미씨두요."

"안녕히 계세요. 또 만나겠죠. 휴가 나오면 막걸리집에서 코 삐뚤어지도록 마십시다."

옆의 학생이 소리를 지르고 있었다. 우리는 말없이 차창에 바짝 다가가 차례차례 악수를 나누었다. 오만준의 손은 땀에 절어 있었다.

"정말 건강하세요. 나는 군대가 오형에게 새로운 인생관을 줄 것이라고 믿고 있어요."

"고맙습니다."

오만준이 활짝 웃었다.

292

"나도 지금 큰 기대를 걸고 있어요. 군대가 내게 무언가 새로운 것을 줄 것 같아요."

"편지해요."

영미가 손에 들었던 종이 조각을 오만준의 손에 쥐어주었다. 만세, 만세, 만세. 학생들이 느닷없이 만세를 부르기 시작했다. 차가 스르르 미끄러지기 시작했다. 안녕, 안녕히. 차창에서 손이 테이프처럼 흔들거렸다. 나는 우뚝 선 채 오만준의 손이 사라져가는 차창 바깥에서 이쪽을 향해 쉴새없이 흔들리고 있는 모습을 보았다. 나는 멍하니 그의 손에 맞추어 손을 흔들었다.

기차는 천천히 그러나 빠르게 사라져버렸다. 흰 연기를 남기며 무질서한 새벽의 어둠 속으로.

보내는 자들은 기차가 사라져버리자 역등에 뱀처럼 길게 드리워진 철로와 기차가 사라진 후 밀물처럼 몰려오는 어둠을 오랫동안 응시하고 있었다.

그러다가 그들은 하나둘 역을 빠져나가기 시작했다.

여인과 나는 떼를 지어 말없이 빠져나가는 무리 속에서 역 구내의 계단을 걷고, 그리고 긴 낭하를 걸어 아직 새벽 기운이 기승을 떨치고 있는 역 광장으로 나섰다.

"삼 년을 기다려주시겠죠. 오만준군을 말입니다."

나는 웃으면서 여인을 내려다보았다.

"글쎄요."

여인도 애매하게 웃었다.

"더 좋은 사람이 나타나지 않으면 기다리겠죠."

우리의 아침 걸음은 가벼우나 무겁고 힘차나 맥빠져 있었다. 우리는 조심해서 한 걸음 한 걸음 줄 위에 매달린 물방울이 낙하할 듯 말 듯한 아슬아슬한 침묵 속으로 천천히 침전해들어가고 있었다.

"저것 보세요."

갑자기 여인이 밝은 목소리로 전선 주위를 가리켰다. 여인이 가리킨 손끝 간 데를 바라보았다. 그곳 전선 위엔 가지런히 새들이 앉아 있었다.

"참 오랫동안 못 보던 새로군요."

여인은 감탄하면서 오선지 위의 음표처럼 나란히 정좌해 있는 새들을 잠시 서서 보았다.

"철새로군요."

나는 여인과 같이 서서 고개를 들어 새들을 바라보았다.

"곧 떠날 겁니다. 떼를 지어서 말입니다. 남양 지방으로 가겠지요."

"꼭 무슨 부호 같지 않아요?"

"그렇군요."

우리는 다시 걸음을 재촉하였다.

아침 버스들은 역 손님들을 기다리고 있었고 차장들은 소리를 지르고 있었다.

새로운 아침이 조용히 기지개를 켜고 있었다. 나는 무심코 고개를 들어 전선주 위를 쳐다보았다.

그때 나는 새들이 후닥닥 떼를 지어 새벽의 하늘 위로 튀어오르는 것을 보았다. 그리고 그 새들이 어디론가 따스한 그러나 머나먼 곳, 기억이 캄캄한 곳으로 사라져버리는 것을 오랫동안 멍하니 지켜보고 있었다.

(1972년)

억압과 에로스

—1972년의 최인호

한수영(문학평론가)

1

최인호의 소설에 관해 해묵은 몇 가지 편견들이 존재하고 있음을 우리는 알고 있다. 그것은 뚜렷한 근거를 통해 명확히 입증된 것이 아님에도, 편견의 효력이 항상 그렇듯이, 역설적으로 최인호의 문학에 관한 선이해(先理解)로서 적지 않은 영향력을 행사한다. 그런 편견 중의 하나가, 최인호 문학의 본령은 단연 중단편이라는 것, 따라서 정작 그의 문명(文名)을 높여준 장편들은 그의 문학에서는 하나의 여기(餘技)이거나 '상업주의에의 투항의 산물'에 불과하다는 것이다. 당사자인 작가로서는 대단히 억울할 수도 있을 이러한 편견이 형성된 일차적인 이유는, 첫 장편인『별들의 고향』(1973)을 필두로, 그의 장편소설 대부분이 대중적으로 크게 성공했기 때문이다. 그리고 최인호만큼 현대 대중예술 장르의 총아라고 할 수 있는 '영화'와의 접목에서 성공을 거둔 작가가 없다는 점도 단단히 그 이유의 한 몫을 차지하고 있다. 익히 알려진 바대로, 그는 소설의 영화화에 있어서 다른 어떤 작가도 따라올 수 없을 만큼 70년대 이후 한국영화에 큰 그림자를 드리우고 있다. 어쨌든 이러한 상업적 성공과 대중성의 확보가 문학성의 훼손을 담보로 얻어진 것이라는 곱지 않은 시선이 70년대 이후 최인호의 문학을 따라다니는 끈질긴 편견의 한 축을 이루고 있는 것이다.

그런 이유들로 인해, 현대 작가들 중 최인호만큼 소위 '통속성'이나 '대중성' 혹은 '상업주의' 시비에 자주 휘말린 작가도 달리 없을 것이다. 그의 소설은 늘 한국 현대문학사에서 이른바 '본격문학'과 '대중문학'의 경계를 넘나들면서 '시비'와 '논쟁'의 중심이 되어왔다. '통속성'이나 '대중성'을 둘러싼 시비의 중심에 그의 소설이 자주 놓인다는 것은 다른 각도에서 보면, 그의 소설이 풍속사적 변화와 그 의미에 남다른 감수성과 '징후 읽기'를 보여준다는 것으로 해석할 수도 있다. 엄밀한 의미에서 '통속성'이나 '대중성' 그리고 '풍속사적 연대기로서의 이야기'는 모두 '근대 장편소설'의 중요한 속성을 이루는 것이지 그것 자체가 작품의 질을 판별하는 기준일 수는 없는 것이다.

아쉽게도 이 자리는 최인호의 문학을 둘러싼 이러한 편견의 진위 여부를 논하는 자리가 아닌 까닭에 그 문제를 본격적으로 다룰 수는 없다. 그럼에도 해묵은 편견으로 이야기를 시작한 것은 '중단편이 본령이요 장편은 곁가지'라는 이 편견에 담긴 반쪽의 진실 — 다시 말하면, 이 편견은 장편에 무게중심을 둘 때는 최인호 소설에 대한 부정적 판단이 되지만, 거꾸로 중단편에 무게중심을 둘 때는 대단한 찬사로도 해석할 수 있는 양가성을 지니고 있다. 의미의 덩어리인 말이 놓이는 문맥(컨텍스트)에 따라 그 의미가 전혀 달라지는 것이 언어적

화용의 기초이듯, 이 말도 말하는 사람이나 듣는 이에 따라 때로는 '최인호의 문학은 장단편 가릴 것 없이 대단하지만 그중에서도 중편과 단편이 훨씬 낫다'는 의미로 이해할 수도 있고, '최인호의 문학은 전반적으로 보잘것이 없지만 그래도 쓸 만한 것은 장편보다는 중단편 쪽'이라는 의미로 이해할 수도 있다. 어떤 맥락에서 해석하든 중단편이 장편에 비해 상대적 우위에 놓인다는 의미구조는 변함이 없다. 혹은 '상대적 우위'까지는 아니더라도 이 말은 최인호 문학에서 중단편과 장편 사이에 일정한 미학적 차이가 있다는 점을 환기시켜주고 있다. 여기서 말하는 반쪽의 진실이란 바로 이것을 가리킨다 — 이 지금부터 살펴볼 1972년의 최인호를 이해하는 데 중요한 실마리가 되어주기 때문이다. 나중에 좀더 자세히 살펴보겠지만, 이 시기 최인호의 소설은, 소설을 둘러싼 미학적이고도 사회적이며 정치적인 여러 힘들의 길항관계의 중심에 놓여 심각한 자기 분열과 혼돈을 보여주고 있으며, 그와 동시에 그 상태로부터 벗어나고자 하는 치열한 예술적 열망을 함께 드러내고 있다. 앞에서 언급한 대로 만약 그의 장단편 사이에 일정한 차이가 존재한다면, 그것은 단순히 장르나 양식상의 차이가 아니라, 이러한 자기 분열과 모색의 길항과 충돌 가운데서 빚어진 결과이며, 그렇게 읽어야 비로소 그의 소설을 둘러싼 여러 가지 편견과 오해, 또는 이분법적 구분의 도식성으로부터 벗어나 좀더 섬세한 최인호 소설의 이해에 접근할 수 있으리라 생각한다.

여러 가지 이유에서, 1972년은 최인호 문학의 전개과정에서 매우 중요한 한 해로 기록되어야 할 연도다. 그는 이 한 해 동안에만 연작 「전람회의 그림 1」「전람회의 그림 2」「전람회의 그림 3」과 중편 「무서운 복수(複數)」, 연작 「황진이 1」「황진이 2」, 단편 「영가」와 「병정놀이」 등을 잇따라 발표하고, 신인작가였던 그를 단번에 '인가작가'로 부상시켰던 장편 『별들의 고향』의 연재를 시작한다. 우선 이 왕성

한 생산력 자체가 경이로운 것이지만, 그보다 좀더 놀라운 것은 1972년에 그가 발표한 일련의 작품들이, 언뜻 보면 한 사람의 작품인가를 의심할 만큼 서로 이질적이며, 때로는 모순적이기까지 하다는 사실이다. 그럼에도 불구하고 다시 그 이질성과 상호모순성은 대체로 하나의 근원으로 수렴되거나, 그 근원으로부터 출발하여 다른 세계로의 이행을 시도하는 디딤돌이 되고 있다. 요컨대, 그때로부터 서른 해 가까이 지난 지금 최인호 문학이 밟아온 노정(路程) 전체를 놓고 볼 때, 1972년은 청년작가이던 최인호에게, 자신을 둘러싸고 있는 세계와 현실에 관한 소설쓰기의 모든 가능성과 한계가 동시에 소용돌이치는 하나의 임계(臨界) 상황을 의미하며, 동시에 그 임계점을 경계로 하여 달라지는 최인호 문학의 변화를 예감케 해주는 지표로서의 의미이기도 한, 그런 해였던 것이다.

2

1972년의 최인호의 소설은 「전람회의 그림」 연작, 「무서운 복수」 「황진이」 연작, 이 세 개의 솥발 위에 얹힌 정립(鼎立)의 모양새를 하고 있다. 이 세 작품은 서로가 서로의 원인이면서 결과로서 공존하고 있다. 우선 「전람회의 그림」 연작을 통해 1972년이 작가에게 어떤 의미로 각인된 시간인가를 살펴보자. 연작의 소품 중 하나인 '단색화보(單色畵報)'는 예의 1972년을 이렇게 묘사하고 있다.

한겨울에 방 안에서 키우는 관상용 마늘의 투명한 뿌리처럼 죽음이 늘 보였다. 길을 걸어도, 커피를 마셔도, 탱크가 진주한 거리에서도, 지하도에서도, 출판기념회에서도 코감기 걸린 사내가 주머니 속을 뒤져

콧구멍을 뚫는 휴대용 비약을 들이마시듯 죽음을 늘 호주머니 속에 넣고 다니고 있었다.(178쪽)

그 시절은, "늘 뒤에 누군가 쫓아오는 사람이 없는가 돌아보곤 황급히 층계를 두 개씩 세 개씩 겹쳐 뛰어 그의 방으로 들어가"야만 하고, "닫힌 거리로 트럭이 지나가고 삑삑 호각 소리가 났으며" "방 안의 불을 끄고 커튼을 내리면서 방 안의 불기가 바깥으로 나갈세라 두려워하는" 시절이었다. 혹은 '조서(調書)'에서처럼, 끊임없이 알리바이를 입증하기 위해 어딘가의 장소에 있었거나 혹은 없었음을 증명해 보여야 하며, 무슨 말을 했거나 혹은 하지 않았거나를 입증해야 하며, 누군가와 아는 사이이거나 모르는 사이임을 확인시켜 보여야 하는, 계속 '조서'를 작성중인 '피의자'의 신분으로 숨죽여 지내야 하는 시절이었다. 종국에는 자신이 한 진술과 심문자가 요구하는 내용이 다를 때에는 진술 내용을 전부 반대로 쓰는 한이 있더라도 심문관의 요구대로 조서를 작성하지 않으면 안 되는 시절이었다.

1972년에 무슨 일이 일어났는가? 이 해에 '유신헌법'이 선포되었음을 떠올리면, 우리는 「전람회의 그림」 연작을 포함해서, 이 해에 발표된 최인호 소설들을 지배하고 있던 가장 강력한 억압의 기제가 그것으로부터 비롯된다는 사실을 어렵지 않게 짐작해낼 수 있다. '유신헌법'의 선포는 1961년 쿠데타로 집권한 군사정권의 권위주의적 성격이 완전히 '공포정치'의 그것으로 변모하는 계기가 되었다. 그리고 이것은 기존의 모든 '억압'으로부터 자유롭고자 했던 한 '청년작가'에게, '정치적 억압'의 중압감이 가장 크고 무거운 억압임을 느끼도록 만드는 계기이기도 했다. 따라서 이후에 최인호의 여러 텍스트에서 확인되는 그 '억압'은 정치적 상상력을 통해 해석의 실마리를 찾아야만 텍스트에 등장하는 각종의 비의적(秘意的) 수사와 상징체계들의 가닥을 잡을 수 있다.

3

「전람회의 그림」 연작은, 최인호 특유의 감수성과 언어감각으로, 1972년의 삶에 내재된 고통의 무늬와 절망의 신음 소리를 다각도로 묘사하고 있다. 사람들의 일상을 지배하고 있는 '억압'의 정치적 의미를 환기시키기 위해 그가 선택한 예술적 방법은, 현실과 비현실의 교직(交織)을 통해 익숙한 일상을 낯설게 만드는 것이었다. 그는 신화와 설화적 상상력을 동원해 일상의 두껍고 단단한 '인식의 자기 동일성'의 벽을 깨부수는 실험을 시도한다. 그래서 이 소설은 처음부터 끝까지 온갖 비의(秘意)와 암호, 상징과 알레고리 들이 난무한다.

그중 「전람회의 그림 1」은 연작 중에서 가장 많은 분량을 차지하는 독립된 중편이자, 프로이트적 욕망을 정치적 알레고리와 성공적으로 접합시킨 작품이다. 이야기의 얼개 자체는 설화나 민담에 자주 등장하는 '구혼 모티프,' 이를테면 주인공이 비범한 인물과 결혼하기 위해 몇 개의 난관을 통과해야 한다는 화소(話素)를 차용하고 있지만, 좀더 중요한 것은 이야기의 의미구조를 떠받치고 있는 '남근 상실'과 '웃음'이라는, 다분히 프로이트적 모티프들이다.

주인공인 김영호는 역사학을 전공한 35세의 대학 강사로, 140센티미터의 키에 40킬로그램의 몸무게라는 왜소한 체구를 가진 사람이다. 그가 성악을 전공한 25세의 오유미라는 여인을 만나 필사적으로 구혼을 하면서 이야기는 시작된다. 오유미는 192센티미터의 키에 80킬로그램의 거구로, 김영호가 목매어 찾아헤매던 신체 조건을 지닌 여자다. 왜소한 체구의 남자 주인공 김영호는 언뜻, 70년대의 또

다른 문학적 표상인 조세희의 『난장이가 쏘아올린 작은 공』의 '난장이'를 떠오르게 한다. 그러나, 조세희의 '난장이'가 사회경제적 지평에서의 소외와 억압, 배제와 차별의 '타자'인 반면에, 김영호의 '왜소성'은 금지된 욕망을 꿈꾸는 주체라는 점에서 그것과는 다른 지평에 놓인 문학적 상징이다.

오유미는 김영호에게 자신과 결혼하려면 세 가지 숙제를 해결해야 한다는 조건을 제시한다. 그리고 각 단계를 해결할 때마다, 첫 단계에서는 키스를 허락하고, 둘째 단계에서는 섹스를 허락한다. 그런데 세번째 숙제에서 김영호는 난관에 부딪히게 되는데, 그 세번째의 숙제는 두번째 숙제를 해결한 직후 가졌던 정사(情事)에서 김영호가 분실(?)하게 되는 '남근'을 찾아와야 한다는 것이다. 김영호는 오유미와 관계를 가진 직후 자신의 남근을 잃어버리고 말았던 것이다.

'남근'은 김영호와 오유미 사이의 거래를 가능케 하는 일종의 교환가치를 상징한다고 볼 수 있는데, 그것이 사라짐으로 인해 둘 사이의 결혼을 전제로 한 거래는 더이상 진행될 수 없는 막다른 길에 부딪히게 되며, 거래가 이루어지고 있는 동안 들끓고 있던 두 사람의 '욕망'은 다시 원점으로 돌아가 싸늘하게 냉각될 수밖에 없는 상황에 빠지게 된다.

오유미에 대한 김영호의 욕망은 어머니에 대한 근친상간의 욕망의 다른 이름으로 볼 수 있고, '남근 상실'은 '거세의 위협'으로 읽을 수 있다. 그럴 경우 「전람회의 그림 1」은 '오이디푸스 콤플렉스'를 주재료로 하고, 다양한 설화적 모티프를 양념으로 해서 버무린 프로이트식 비빔밥이 된다. 최인호는 '유신'으로 표상되는 '정치적 억압'의 현실과 그 정치적 금기를 깨뜨리고자 하는 아슬아슬한 '위반의 욕망'을, 리비도의 차원으로 확장한다. 이 예술적 시도는 눈앞에 분명한 현실로 도사리고 있는 '정치적 억압'의 실체와 그로 인한 고통을 희석시키는 대가로, '억압/욕망'이라는 근원적인 차원으로 문제의식의 외연을 넓혀, '정치적 존재로서의 인간'이라는 좁은 테두리를 벗어나 인간이라는 존재가 지닌 욕망의 뿌리를 더듬어볼 수 있도록 해준다. 결국, 최인호에게 정치적 억압으로부터 벗어나고자 하는 욕망은, '아버지의 이름'으로 표상되는 모든 '법'과 '규범'으로서의 '문명적 질서'에 도전하는 '욕망' 일반으로 환원된다.

그런 의미에서, 소설 중간에 김영호가 오진태를 웃기기 위해 동원하는 소화(笑話)의 한 대목이 결코 우연한 것일 수 없다.

우리 동리에는 머리 좋고 상냥한 똘똘이라는 초등학교 삼학년짜리 소년이 하나 살고 있습니다. 이 소년은 늘 부모님의 말씀을 잘 듣고 착한 모범 소년이었습니다. 그런데 이 똘똘이가 어느 날 엉큼하게도 학교에 가기가 싫어졌답니다. 그래 궁리궁리를 했지요. 그러자 아주 좋은 묘안이 떠올랐습니다. 똘똘이는 학교에 전화를 걸고 담임 선생님을 찾았습니다. 이윽고 담임 선생님이 나오자 똘똘이는 굵은 목소리로 어른의 흉내를 내었습니다.

(……)

담임 선생님이 이윽고 부드럽게 물었습니다.

— 실례지만 댁은 누구신지요?

그러자 똘똘이가 대답을 했습니다.

— 예 저는요, 우리 아버지입니다. (84~86쪽, 이하 강조는 인용자)

불행하게도 김영호와 오유미는 각각 지니고 있는 욕망의 피안에 가닿지 못하고 실패한다. 김영호는 오유미와 교접한 직후에 남근을 잃게 되고, 오유미로선 남근을 잃은 김영호가 세번째 과제를 해결할 수 없게 됨으로써 진정한 결합에 이르지 못한다. 오유미가 원했던 것은 김영호라는 구체적 개인도, 그가 가진 남근도 아니었다. 그녀가 원한 것은 자신의 가상적 완전성을 말해주는 '남근상'이었다. 소설의 말미에 등장하는, 박물관에 전시된 거대한 '남근상'이 그것을 상징한다. 그것은 현실 속에서는 충족될 수 없는 일종의 가상적 결핍이다. 김영호 역시, 구체적 여성 오유미가 아니라 자신의 왜소증이라는 결핍을 보완할 수 있는 보상으로서의 '어머니'를 갈구했지만, 오유미의 욕망의 대상이 자신이 아님을, 자신은 '어머니의 욕망'을 충족시켜줄 수 없는 존재임을 깨닫는다. '아버지가 되고자 했던' 그의 욕망은 좌절된다. 라캉의 유명한 슬로건, '욕망은 타자의 욕망'이라는 말이 실감나는 대목이다.

소설 가운데 상당한 비중을 차지하는 '웃음'의 문제 역시 '억압/욕망'의 코드로 읽을 때 비로소 그 완연한 의미가 파악된다. 김영호는 오유미로부터 두번째의 숙제로 '웃지 못하는 병'에 걸린 자신의 오빠를 웃겨야 하는 과제를 부여받는다. 김영호는 웃지 못하는 병에 걸린 오유미의 오빠 오진태를 치료하기 위해 무진 애를 쓰다가 결국 친구인 김형국이 빌려준 이상한 마술 상자(이것은 '알라딘의 램프'의 차용이다)의 도움으로 마침내 오진태를 웃게 만드는 데 성공한다. 그러나, 그 과정에서 발견한 것은 정작 자신도 언제 마지막으로 웃어보고 그만이었는지 기억이 가물가물하다는 사실, 다시 말하면 그 자신도 사실은 '웃지 못하는 환자'였다는 점이다. 그리고 마침내 모든 사람이 웃지 못한다는 사실을 깨닫게 된다.

　나는 최근에 언제 웃었던가를 생각해내려고 눈썹을 모았다. 그러나 그 기억이 떠오르지는 않았다.
　그래서 나는 거리의 사람들은 어떻게 오가고 있는가를 쳐다보기 시작했다. (……)

하지만 그들은 한결같이 입을 꾸욱 다물고 단연 해치우고 말겠다는 수상스런 적개심을 가지고 거리를 떠다니고 있을 뿐이었다.

그들의 얼굴에서 웃음을 발견해보겠다는 나의 생각은 어리석은 것임을 알았다.(90쪽)

프로이트는 '유머'를 일종의 나르시시즘의 개가로 간주했다. '유머'를 통해 에고는 현실의 도발에 시달리기를 거부하고 자신의 건재를 우쭐대며 과시할 수 있다. 유머는 험악한 세계를 쾌락을 위한 기회로 바꾸어준다. 그러므로, 예술과 유머는 비노이로제적 형태의 대리만족이라는 점에서 등가(等價)를 이룬다. 결국, 웃지 못한다는 것은 쾌락원리와 현실원리가 쾌락원리의 후원 아래 융합되는 가상적 공간으로서의 삶의 한 축을 잃어버렸다는 것을 의미한다. 욕망은 끊임없이 미끄러져만 가고, 리비도의 승화로서의 욕망의 대리 출구는 봉쇄되어 있는 것이 「전람회의 그림 1」의 상황이다. 살아 있는 인간이 선택할 수 있는 것은 단 하나, 억압에 순응하고 길들어가는 것뿐이다.

4

「전람회의 그림 1」이 유신헌법과 박정희 정권이라는 '아버지'의 존재, 혹은 억압의 주체와 그에 대해 일탈과 위반을 꿈꾸는 욕망의 주체를 산뜻하게 구조화하고 있다면, 「전람회의 그림 3」에 실린 '식인종'은 짧은 한 개의 에피소드에 불과한 소품이지만, 억압으로부터 튕겨져나온 욕망의 탄력이 얼마나 왜곡될 수 있는가를 보여주는 섬뜩한 이야기다. '아파트'는 이미 「타인의 방」에서부터 최인호 문학에서 중요한 표상으로서의 지위를 차지한 공간인데, '식인종'에서의 '아파트'는 주체의 자기 동일성을 확인받는 과정에서 가학성과 공격적 본능이 여지없이 드러나는 폐쇄적인 현대사회의 '축도(縮圖)'를 상징한다.

소설 속의 아파트 주민들은 자신들이 사는 아파트에 유명한 여배우와 프로레슬러가 같이 살고 있다는 것에 대단한 자부심을 느꼈다. 그러나 그 유명 대중스타도 결국 일상에서는 자신들과 조금도 다를 바가 없는 평범한 인간이라는 점에서, 인위적인 벽체로 분리된 채 익명의 점들로 떠 있는 주민들이 자기 동일성을 확인하는 데에는 이내 쓸모없는 존재가 되어버리고 만다. 그 무렵 아파트 내에 떠돌기 시작한 소문은 아연 주민들을 흥분과 긴장에 빠뜨리면서 무기력하기만 하던 아파트에 묘한 활기를 불러일으킨다. 그 소문은 아파트에 '식인종'이 살고 있다는 것이었다. '식인종'이라고 의심받고 있는 주민의 한 사람을 주시하면서 소문의 질량을 부풀리는 동안은, 그를 제외한 모든 주민들은 '비식인종으로서의 동질감'을 느끼고, 마침내 그 '비식인종으로서의 연대의식'은 일종의 쾌감으로 바뀐다. 소문은 갈수록 엽기적으로 발전하고, 주민들은 부풀어오르던 '비식인종으로서의 연대감'의 절정을 맛보기 위해 그 주민의 집을 급습한다. 지극히 평범하고 선량한 한 사내를 '식인종'으로 오인했음을 확인한 뒤에도, 주민들은 반성하지 않고 새로운 먹이를 찾아헤맨다. 이미 그들은 '자기 동일성'을 확인하는 과정에서 맛본 공격성과 가학성의 쾌감에 중독되기 시작했으며, 주체의 자기 동일성이란 종국에 배제되는 '타자' 없이 존재할 수 없다는 것을, 어느 하나를 '배제'함으로써만 그를 제외한 나머지의 '자기 동일성'이 확인된다는 것을 알아채기 시작했기 때문이다. 이번에는 아파트 안에 '유령'이 살고 있다는 소문이 떠돌기 시작한다.

「전람회의 그림」 연작을 통해 우리가 확인할 수 있는 사실 한 가지는, 유신헌법과 박정희로 상징되는 70년대의 억압적 상황에서, 최인호가 견지하는 정치적 상상력이 동시대의 작가들, 예컨대 「객지」나 「삼포 가는 길」의 황석영이나, 『난장이가 쏘아올린 작은 공』에서의 조세희의 정치적 상상력과는 다른 지평 위에 자리잡고 있다는 점이다. 황석영이나 조세희의 소설을 움직이는 정치적 동학(動學)은 단연코 '민중적 연대'라고 요약할 수 있다. 권력과 부(富)로부터 소외된 약자들이 힘을 합쳐 권력과 부를 독점하고 있는 세력을 물리치는 것, 그리하여 누구도 권력과 부를 독점하지 않고 민주적이며 평등한 세상을 구현하는 것, 그러기 위해 권력과 부에서 소외된 '약자'들(곧 민중)은 연대해야 한다는 것. 이 쾌도난마의 정치적 동학이 서서히 70년대 한국소설의 주류를 형성해나가기 시작할 무렵, 최인호는 '배타적 자기 동일성에 기반한 모든 연대는 의심스럽다'고 중얼거린다. 그렇게 중얼거리면서, 억압을 전복하지도 용인하지도 못하는 욕망의 주체는 점점 미궁 속으로 빠져들어간다.

5

중편 「무서운 복수」는 억압과 욕망의 딜레마를 무의식의 차원으로부터 에고의 차원으로, 설화의 세계로부터 현실의 세계로 끌어올리고 있다. 「무서운 복수」라는 제목의 '복수(複數)' 때문에 자연스럽게 우리는 그 대항 개념인 '단수(單數)'를 떠올리게 되지만, 이 소설은 단순히 집단과 무리에 의해 소외되는 '단수(개인)'의 존재 근거만을 이야기하고 있는 것은 아니다. 다시 말하면 '개인의 자유'라는 자유주의의 지평에 이 소설을 묶어두는 것은 이 소설의 의미를 반만 이해하는 것과 같다. 이 소설이 근본적으로 문제삼고 있는 것은 인간이 확보하는 '배타적 자기 동일성의 공간'이다. 그 점에서 「전람회의 그림 3」의 '식인종'의 문제의식과 연결되어 있다.

다른 한편으로, 이 소설은 「황진이」 연작을 쓰게 된 창작노트라고 해도 과언이 아닐 만큼, 「황진이」 창작을 둘러싼 작가의 내면세계와 현실공간의 여러 정황들이 매우 사실적으로 밝혀져 있다. 그런 점에서 「무서운 복수」는 「황진이」 연작의 모태라고 할 수 있다. 그러나 이후에 살펴보겠지만, 「무서운 복수」는 「황진이」에 의해 부정되어야만 하는 이상한 운명을 지니고 있다. 「황진이」는 「무서운 복수」에서 작가가 봉착한 딜레마의 예술적 해법이었던 까닭이다.

소설의 중심공간은 1971년 여름의 대학교이다. 유신헌법이 공포되기 직전의 살벌하고 을씨년스러운 당시의 대학 풍경이 등장인물들의 내면 의식과 주변환경 묘사의 적실성에 의해 매우 실감나게 그려지고 있다. 주인공 '나(최준호)'는 스물일곱 살 난 대학생 소설가다. 실제 이 소설에서는 내포작가와 작가가 거의 구분되지 않을 만큼 최준호는 곧 작가 최인호의 목소리를 직접 대변한다. '나'는 군사독재 권력의 억압적 헤게모니가 대학 사회마저 완전히 장악하려는 기도에 대해 몹시 곤혹스러워한다. 그러면서도, 그에 저항하는 대학생들의 데모에는 전혀 가담하지 않는다. 학생운동 지도부에서 데모에 사용할 성명서를 써달라는 요구도 거절한다. '나'에게 독재정권과 데모는 '불의 / 정의'라든가 '허위 / 진실'의 문제틀로 다가오지 않기 때문이다. '나'는 학생들의 데모를 '억압'의 힘에 되튕겨나가는 '욕망의 분출구'로 이해한다. 그런 '나'를 딜레마에 빠지게 만드는 것은, 살아 있는 모든 것은 '억압'에 맞서 자신의 '욕망'을 분출시키려는 본능을 지니고 있다는 것인데, 바로 그 '욕망'이 '배타적 자기 동일성'을 근거로 하고 있다는 사실이다. 그러므로, 데모는 불의의 권력에 대한 응징으로서의 의미보다도, '나'에게는 진압하는 경찰에 공격적 본능을 분출함으로써 '살아 있음'을 확인하려는 '몸짓' 이상으로 이해되지 않는 것이다.

결국 '나'의 고통의 근원은, 살아 있는 모든 존재는 '타자'에게 자신의 기준과 가치를 강요하고, 그것에 동의하지 않을 때는 가차없이 '배제와 차별'의 가학성을 발휘함으로써 자신의 '자기 동일성'을 확보한다는 '존재의 본질'에 있다. 그래서 '나'는 결코 '행동'할 수가 없다. 데모하는 학생과 결사적으로 데모를 저지하는 경찰, 늙은이와 젊은이, 정치가와 국민, 전쟁 체험 세대와 미체험 세대 등은 모두 그러한 '타자의 존재'에 자기의 존재 근거를 만들고 있는 존재들이다. 이 모든 게임의 법칙을 설명하는 것은 소설 중간에 삽입되어 있는 '여우놀이'의 규칙이다. '술래'를 한가운데 두고, 그를 '타자화'함으로써 놀이를 즐기는 아이들처럼, 세상의 모든 '복수'는 무언가를 끊임없이 '타자화'함으로써 자기 동일성을 확보한다. 그런데 '나'가 보기에 그것은 한갓 '미망(迷妄)'에 불과한 것이다.

학생운동의 핵심세력인 오만준과 '나'가 서로를 이해하게 되는 것은 두 사람 모두 그 '생의 이면'에 존재하는 비밀을 눈치채고 있다는 점 때문이다. "왜 데모를 하느냐"는 '나'의 질문에 오만준은 "그들이 내게 데모하기를 원하기 때문"이라고 대답한다.

최형, 소위 천적(天敵)이라는 말을 압니까? 본능적으로 서로를 해쳐야 하는 자연계의 현상 말입니다. 나는 요새 데모를 할 때마다 바로 그런 천적의식을 느껴요. 뚜렷한 적개심도 없는데 이를 악문다는 사실이 말이에요.(264쪽)

오만준의 데모는 일종의 '관성'이다. 그리고 그 '관성'은 존재하

308

기 위해 치러야 하는 '자기 동일성 확보' 게임의 규칙이기도 한 것이다. 그 '관성'을 자각했다는 사실로써 '나'와 오만준은 일종의 '연대감'을 느낀다.

오만준은 '관성'으로서의 '욕망의 왜곡된 분출'로부터 벗어나기 위해 '추자도'로 봉사활동을 떠난다. '나'는 어떻게 이 딜레마를 벗어날 수 있는가? '나'는 연전부터 계속 조선시대 기생인 '황진이'를 주인공으로 한 소설쓰기를 시도한다. '황진이'를 모델로 한 그 소설쓰기가 '나'를 진퇴양난의 '딜레마'로부터 벗어나게 만드는, 그래서 냉소와 무기력, 공격성과 가학성으로부터 놓여나도록 만드는 '출구'가 되고 있는 것이다.

우스운 것은 막연히 이조시대의 아름다운 낭만, 황진이의 행각을 그야말로 탐미적인 분위기로 그려보겠다는 크나큰 욕망만 가지고 있을 뿐 착수조차 하지 못하고 있었던 것이다.

물론 형상화해보려고 붓을 든 적은 수없이 많았다. 그러나 막상 쓰려고 붓을 들면 머릿속에 들어 있는 황진이에 대한 이미지가 너무 벅차게 덤벼들어 어디서부터 끄집어내야 할 것인가 당황하게 되고 달이라든지 달빛 비친 한옥 창문에 어린 매화꽃 그늘 같은 요염스런 분위기에 침전되어 그만 의욕뿐인 비애에 밤을 새우곤 하였던 것이다. 그러면서도 이상한 것은 써야만 한다는 욕망이 데모에 참가할 때마다 혹은 술을 마실 때마다 조간신문에서 끔찍한 사건을 볼 때마다 거의 유행화되어 있는 집단 항의 소동을 볼 때마다 강렬하게 치밀고 있었다.(258~259쪽)

결국, 「무서운 복수」의 학생 데모는, 「전람회의 그림 1」에서의 김영호의 구혼 행위나, 「전람회의 그림 3」에서의 아파트 주민들이 헛소문에 집착하던 것과 똑같이, '출구를 찾는 욕망'의 계열체를 이룬

다.「무서운 복수」의 주인공 '나'(동시에 소설가 최인호)는 그 어느
것에서도 진정한 욕망의 승화를 발견하지 못한다. 그가 모색하는 진
정한 욕망의 승화는 바로 '에로스'를 통한 인간의 비적대적 연대로
부터 가능해진다. 주인공인 '나'가 그토록 쓰고 싶어하는 '황진이'
에 관한 소설은 바로 '에로스'를 통한 세계와의, 그리고 무수한 '타
자'들과의 진정한 화해에 대한 기대를 상징하고 있다. 억압에 대한
전복의 기도는 길고 긴 우회로를 돌아 결국 '에로스'에 귀착했던 것
이다.

6

그러나, 정작 완성된「황진이 1」「황진이 2」는 고단하고 길었던 그
의 모색 끝에 도달한 귀착점치고는 너무나 거칠고 성긴 모습을 하고
있다.「황진이 1」은 이름 모를 서생이 황진이의 명성을 듣고 그를 유
혹하기 위해 괴나리봇짐에 피리 하나 달랑 꽂은 채 송도로 달려가 황
진이를 유혹하는 데 성공한다는 줄거리이고,「황진이 2」는 지족 선
사의 고명을 들은 황진이가 그를 파계시키기로 작정하고 선사가 머
무는 암자로 찾아가 하루를 유숙하며 그를 유혹한다는 내용이다. 그
러나, 두 개의 연작을 압도하고 있는 것은 내내 일종의 '분위기'일
뿐, 정작 그 안에서는 과연 '황진이'를 둘러싼 '성적 탐미'가 어떻게
균열된 세계와 자아를 봉합하고, 무수한 '타자'들을 연대시켜줄 수
있을 것인지에 관해 아무런 근거도 확인할 수가 없다. 치기 어린 수
사적(修辭的) 문장에 실린 '이미지'들이 포화상태를 이루며 소설 전
체를 가로지른다.
  김현은 한 글에서 최인호가 시도하고 있는 '황진이'의 예술적 기

획을 "세계와 자아를 동시에 포기하는 관능"이라고 매우 혹독하게 비판하고 있다. 그가 보건대, 최인호가 「황진이」 연작을 통해 보여준 관능에는 '사회적 기율'과 '역사'가 제거되어 있기 때문이다. 그럴 때의 '관능'은 '허무의식'의 다른 이름이며, 그것은 사디즘이라고 하는, '폭력화된 관능'과 동일한 것일 뿐이라는 것이다.

'사회적 기율'과 '역사'가 제거되어 있다는 김현의 지적은, 다른 말로 바꾸면, '황진이'의 '에로스'가 어떻게 억압으로부터의 '해방'이 될 수 있는가에 대한 충분한 설명이 없다는 것이다. 중요한 것은 '성적 욕망'의 무제한적인 충족이 아니라, 그것이 '사회' 안에서 어떻게 다른 리비도적 승화로 왜곡되거나 통제되며, 그러한 왜곡과 통제를 넘어서서 '성적 욕망'의 진정한 충족에 이르는 길이 무엇인가를 보여주어야 한다는 점, 그럴 때 비로소 '에로스'는 진정한 '비(非)배타적 연대'와 '친교' 그리고 억압으로부터의 '해방'의 가능성을 띠게 된다는 점이다.

'황진이'는 1972년 현재보다도 사회적 억압이 더 심했으리라고 짐작되는 조선시대에, 현재보다도 더 엄격히 통제되거나 금지되었을 '성적 일탈'을 저지름으로써 억압에 저항한 모델로 최인호에 의해 '역사'로부터 끌어올려진 존재다. 결국, '황진이'는 '억압과 위반의지'가 현재보다 더 강렬하게 충돌했던 '과거'에 활동한 '낭만적 반역자'라는 점에서, 나라가 위기에 처했을 때 들려주는 '위대한 애국자' 이야기의 주인공과 같은 역할을 하고 있는 셈이다. 1972년이라는 '환멸의 현실'로부터 벗어나기 위해 그가 시도했던 '에로스의 구원'은 일종의 낭만적 허위로 귀결되고 만다. 「황진이」 바로 다음에 놓이는 첫 장편 『별들의 고향』이 중요해지는 이유가 바로 이 지점에서 발생한다. 우리가 『별들의 고향』에 대해 던져야 할 질문은 그 낭만적 허위가 자기 기만이었음을 깨닫는 '성찰'인지, 허위와 환멸 사이를 끊임없이 진자운동하는 '허무주의에의 경사'인지의 여부이다.

그러한 1972년의 최인호를 향해 작고한 비평가 김현은 다음과 같은 의미심장한 고언을 던지고 있다.

나는 그가 소설 본래의 영역에 되돌아오기를 희망한다. (……) 세계 인식이 비극적이면 비극적일수록 초월에의 욕구는 강하다. 최인호의 「황진이」는 그의 「미개인」 「무서운 복수」에서의 비극적인 현실 인식을 그가 벗어나려고 애쓰는 과정에서 얻어진 작품이다. 그 소설 속의 공간은 환각계의 공간이다. 거기에는 최인호도, 그가 살고 있는 현실도 보이지 않는다. 있는 것은 '부유(浮遊)하는 말' 뿐이다. 나는 소설이란 하나의 고문(拷問)이라고 생각한다. 위대한 소설은 관습의 세계를 수락하려는 의식을 고문하는 도구에 지나지 않는다.(「초월과 고문 ─ 한 소설가의 세계 인식에 대하여」, 『문학사상』 1973년 4월호)

최인호에 관해 씌어진 어떤 평문도, 김현의 이 비평적 고언에 실린 애증(愛憎)의 무게를 감당하기는 어려울 것이다. 역설적이게도, 김현은 글의 허두에 언급한 그 편견을 형성하는 데 지렛대 구실을 했다고 해도 과언이 아닌, 그러한 비평가였다. 청년작가 최인호를 발견했을 때의 김현은 어쩌면 1960년대의 김승옥에 이어지는 문학사적 계보의 어느 한 자리에 그를 위치시켜놓았을지도 모른다. 그가 청년 최인호에게 바랐던 것은 탁월한 언어감각과 빛나는 감수성이 좀더 산문적 고투(苦鬪)에 의해 단련되는 것이었다. 그러므로, 위의 비평적 고언에는 어쩌면 돌아올 수 없는 강을 이제 막 건너려고 하는, 한 재능 있는 청년작가에게 보내는 안타까운 고별의 예감이 서려 있다. 김현이 보기에 남은 선택은 이제 작가의 몫이었다. 그가 산문적 고투를 감당하면서 소설의 세계에 머무를 것인지, 아니면 '부유하는 말'의 세계로 침잠할 것인지. 1972년은 그래서 더욱 최인호에게는 중요한 해였다.

7

1972년의 최인호의 소설들은 한 개의 충만한 가능성 그 자체로 존재했다. 그것은 어쩌면 당시에 주류를 형성해가고 있던 '정치적 동학'의 여백을 채울 수도 있는 가능성이었다. '권력'의 주인이 누구인가만 달라질 뿐, '억압과 통제'라는 '구조' 자체는 전혀 바뀌지 않는 현실의 구조연관에 대해, 그는 '억압/위반'이 무의식의 차원에서부터 비롯되고 있으며, 그것은 단순히 정권을 바꾸거나 민주주의를 제도적으로 정착시키는 문제로 해소될 수 없다는 성찰을 보여주었다. 물론 이러한 성찰의 값어치는 그 동안 최인호 문학을 해석하는 데 별반 주목받아오지 못했던 대목이다. 바로 이 지점이 그의 문학에 내재해 있는 '보이지 않는 진보성'의 은거지(隱居地)이자, 그의 문학에 대해 이런저런 시비를 거는 편에서 보면 가장 불온한 '반동성'이 생겨나는 곳이기도 하다. 실상, 그의 소설에 내려지곤 하던 '상업주의에의 투항'은 그의 문학의 진면목을 보지 못한 아주 소박한 투정에 불과한 것이다. 그가 보여준 당시의 모색과 고뇌는 당시의 현실적 권력에 저항하는 쪽에서도 고스란히 재생산할 가능성을 지니고 있다는 점에서 정당한 것이었다. 그는 너무 이르게, '배타적 자기 동일성'의 위험을 경계했고, 그것을 억압의 주체와 억압의 대상 양쪽에게 고루 들이대면서 자신의 의심을 드러냈던 셈이다.

진정으로 안타까운 것은, 그가 그러한 의심과 회의를, 김현이 말한

바 '산문적 고투'를 통해 확인하려는 과정을 너무 일찍 생략해버렸다는 점이다. 초월이 '종교'의 몫이라면, '소설'은 '뛰어넘기'가 아니라 '기어가기'에 해당하는 것이 아닌가. 1972년의 최인호는 그 선택 앞에서 서둘러 '에로스'를 향해 '초월'을 시도하고 있는 것이다. 그런 점에서, 1972년은 소설가 최인호가 포복자세로부터 불현듯 일어나 '초월'의 자세로 옮겨가는 '디딤돌'의 해였던지도 모른다. 그가 가톨릭에 귀의하고, 불교의 선(禪)에 매료되며, 고대의 신화를 복원하기 위해 작가적 역량을 쏟아부었던, 그 이후의 행보에 숨어 있는 예술적 의미를 모두 이 1972년이 지닌 임계상황의 결과로 해석한다면 '지나친 환원주의'라는 비판을 면하기 어렵겠지만, 이 해가 그의 예술적 행로에 하나의 중요한 기로(岐路)였음은 분명해 보인다.

1945년	10월 17일 서울에서 변호사였던 아버지 최태원(崔兌源)과 어머니 손복녀(孫福女)의 3남 3녀 중 차남으로 출생.
1951년	1월 6·25동란으로 인해 부산으로 피난.
1952년	3월 초등학교 입학. 2학기 때 2학년으로 월반.
1953년	서울에 돌아와 영희초등학교로 전학.
1954년	덕수초등학교로 전학.
1955년	아버지 별세.
1958년	서울중학교 입학.
1961년	서울고등학교 입학.
1963년	고등학교 2학년 때 단편 「벽구멍으로」가 한국일보 신춘문예에 입선.
1964년	연세대학교 문리대 영문과 입학.
1966년	11월 공군 사병으로 군 입대.
1967년	단편 「견습환자」가 조선일보 신춘문예에 당선. 11월에는 단편 「2와 1/2」로 『사상계』 신인문학상을 수상.
1969년	단편 「순례자」(『현대문학』) 발표.
1970년	단편 「술꾼」(『현대문학』), 「모범동화」(『월간문학』), 「사행」(『현대문학』) 발표. 공군을 제대하고 11월 황정숙과 결혼.
1971년	단편 「예행연습」(『월간문학』), 「뭘 잃으신 게 없으십니까」(『신동아』), 「타인의 방」(『문학과지성』), 「침묵의 소리」(『월간중앙』), 「미개인」(『문학과지성』), 「처세술개론」(『현대문학』) 발표.
1972년	단편 「황진이 1」(『현대문학』), 「전람회의 그림 1」(『월간문학』) 발표. 장편 「별들의 고향」을 조선일보에 연재. 「타인의 방」「처세술개론」으로 현대문학 신인상을 수상. 연세대학교 영문과 졸업. 딸 다혜 출생. 단편 「전람회의 그림 2」(『문학과지성』), 「영

가」(『세대』), 「황진이 2」(『문학사상』), 「병정놀이」(『신동아』) 발표. 중편 「무서운 복수」(『세대』) 발표. 장편 「내 마음의 풍차」를 중앙일보에, 「바보들의 행진」을 일간스포츠에 연재. 장편 『별들의 고향』(전2권), 소설집 『타인의 방』 출간.

1974년　단편 「기묘한 직업」(『문학사상』), 「더러운 손」(『서울평론』) 발표. 희곡 「가위 바위 보」를 산울림 극단에서 공연. 장편 『바보들의 행진』, 소설집 『영가』 출간. 세계 13개국 순방. 『맨발의 세계일주』 출간. 아들 성재(도단) 출생.

1975년　단편 「죽은 사람」(『문학과지성』) 발표. 『샘터』에 「가족」 연재 시작. 장편 『구르는 돌』 『우리들의 시대』(전2권), 『내 마음의 풍차』 출간. 영화 〈걷지 말고 뛰어라〉 감독.

1976년　단편 「즐거운 우리들의 천국」(『한국문학』) 발표. 장편 「도시의 사냥꾼」을 중앙일보에 연재.

1977년　「개미의 탑」(『문학사상』), 중편 「두레박을 올려라」, 희곡 「향기로운 잠」(『문학사상』), 「다시 만날 때까지」(『문학과지성』), 「하늘의 뿌리」(『문예중앙』) 발표. 장편 「파란 꽃」을 서울신문에 연재. 장편 『도시의 사냥꾼』(전2권), 소설집 『개미의 탑』 출간.

1978년　중편 「돌의 초상」(『문예중앙』) 발표. 장편 「천국의 계단」을 국제신보에, 「지구인」을 『문학사상』에, 「사랑의 조건」을 『주부생활』에 각각 연재. 소설집 『돌의 초상』 『작은 사랑의 이야기』 및 산문집 『누가 천재를 죽였나』 출간.

1979년　단편 「진혼곡」(『문예중앙』) 발표. 장편 「불새」를 조선일보에 연재. 장편 『사랑의 조건』 『천국의 계단』(전2권) 출간. 미국 여행 (3개월간 체류).

1980년　장편 『지구인』(전3권), 『불새』 출간.

1981년　단편 「아버지의 죽음」(『세계의문학』), 「이상한 사람들 1, 2, 3」(『문학사상』), 「방생」(『소설문학』) 발표. 장편 「적도의 꽃」을 중앙일보에 연재. 『안녕하세요 하나님』 출간.

1982년	장편 「고래사냥」을 『엘레강스』에, 「물위의 사막」을 『여성중앙』에 연재. 단편 「위대한 유산」(『소설문학』), 「천상의 계곡」(『소설문학』), 「깊고 푸른 밤」(『문예중앙』) 발표. 「깊고 푸른 밤」으로 제6회 이상문학상 수상. 장편 『적도의 꽃』, 소설집 『위대한 유산』 출간.
1983년	장편 『물위의 사막』, 소설집 『가면무도회』 출간. 장편 「밤의 침묵」을 부산일보에 연재.
1984년	장편 「겨울 나그네」 동아일보에 연재. 소설로 쓴 자서전 『가족 1』 출간.
1985년	장편 「잃어버린 왕국」 조선일보에 연재. 장편 『밤의 침묵』 출간.
1986년	장편 『잃어버린 왕국』, 산문집 『모르는 사람에게 보내는 편지』 출간. 영화 〈깊고 푸른 밤〉으로 아시아영화제 각본상 수상. 영화 〈깊고 푸른 밤〉으로 대종상 각본상 수상.
1987년	장편 『저 혼자 깊어가는 강』, 소설로 쓴 자서전 『가족 2』 출간. 가톨릭에 귀의(영세명 베드로). 어머니 별세. 〈잃어버린 왕국〉 KBS 다큐멘터리 촬영차 장기간 일본에 체류.
1988년	〈잃어버린 왕국〉 다큐멘터리 5부작 KBS 방영. 「어머니가 가르쳐준 노래」 『생활성서』에 연재.
1989년	산문집 『잠들기 전에 가야 할 먼길』 출간. 장편 「길 없는 길」 중앙일보에 연재.
1990년	『현대문학』에 장편 「구멍」 연재.
1991년	장편 「왕도(王都)의 비밀」 조선일보에 연재. 산문집 『사람들 사이에 섬이 있다』 출간.
1992년	동화집 『발명왕 도단이』 출간. 중편 「산문」(『민족과문학』) 발표. 『샘터』에 연재중인 「가족」 200회 기념으로, 가족 1『신혼 일기』, 가족 2『견습 부부』, 가족 3『보통 가족』, 가족 4『이웃』 출간. 영화 〈천국의 계단〉 시나리오 집필. 『시나리오 선집』 3권 발간.
1993년	『길 없는 길』(전4권) 간행. 가톨릭 『서울주보』에 칼럼 연재 시

작.〈일본 속 한민족 탐방〉으로 일본 여행.

1994년   교통사고로 16주간 입원 치료. 장편『허수아비』출간. 동남아,
          유럽, 백두산 여행. 1개월간 중국 답사 여행.『별들의 고향』재
          출간.

1995년   『왕도의 비밀』(전3권) 출간. 광복 50주년 기념 SBS 다큐멘터리
          6부작 〈왕도의 비밀〉 촬영. 중국을 6개월간 여행. 한국일보에
          「사랑의 기쁨」연재. 동아일보 칼럼 집필.

1996년   산문집『사랑아 나는 통곡한다』출간. 다큐멘터리 6부작 〈왕도
          의 비밀〉 SBS에서 방영.

1997년   장편『사랑의 기쁨』(전2권) 출간. 장편「상도(商道)」한국일보
          에 연재. 가톨릭대 국문학과 겸임교수. 장녀 다혜, 성민석군과
          결혼.

1998년   『사랑의 기쁨』으로 제1회 가톨릭문학상 수상.

1999년   『내 마음의 풍차』재출간. 가톨릭신문에「영혼의 새벽」연재 시
          작. 산문집『나는 아직도 스님이 되고 싶다』출간. 작은누이 명
          욱 교통사고로 별세. 소설가 박완서와 15일간 미국의 콜롬비아
          대학을 비롯 여러 대학에서 강연.

2000년   산문집『날카로운 첫키스의 추억』출간. 월간『들숨날숨』에「이
          상한 사람들」연재.「가족」연재 300회 자축연. 시나리오 〈몽유
          도원도〉 집필. 소설가 오정희와 15일간 미국의 UCLA 대학을
          비롯 여러 대학에서 강연. 큰누이 경욱 별세.『상도』(전5권) 간
          행. 외손녀 성정원 출생.

2001년   소설집『달콤한 인생』, 산문집『어머니가 가르쳐준 노래』출간.
          장편「해신」중앙일보에 연재중.

최인호 중단편 소설전집 2
황진이

ⓒ 최인호 2002

| 초판인쇄 | 2002년 4월 20일 |
| 초판발행 | 2002년 4월 30일 |

지 은 이	최인호
책임편집	김현정 조연주 장한맘 손미선
펴 낸 이	강병선
펴 낸 곳	(주)문학동네
출판등록	1993년 10월 22일 제22-188호

주 소	136-034 서울시 성북구 동소문동 4가 260번지 동소문빌딩 6층
전자우편	editor@munhak.com
전화번호	927-6790~5, 927-6751~2
팩 스	927-6753

ISBN 89-8281-499-X 04810
      89-8281-497-3(세트)

www.munhak.com